唐宋诗人咏江苏诗选

徐放 主编

凤凰出版社

图书在版编目（ＣＩＰ）数据

唐宋诗人咏江苏诗选 / 徐放主编. -- 南京 ： 凤凰
出版社，2023.3
　ISBN 978-7-5506-3836-5

　Ⅰ. ①唐… Ⅱ. ①徐… Ⅲ. ①唐诗－诗集②宋诗－诗
集 Ⅳ. ①I222.74②I222.84

中国版本图书馆CIP数据核字(2022)第243765号

书　　　　名	唐宋诗人咏江苏诗选
主　　　编	徐　放
责 任 编 辑	徐珊珊
装 帧 设 计	徐　慧
出 版 发 行	凤凰出版社(原江苏古籍出版社) 发行部电话025-83223462
出版社地址	江苏省南京市中央路165号，邮编:210009
照　　　排	南京凯建文化发展有限公司
印　　　刷	安徽省天长市千秋印务有限公司 安徽省天长市郑集镇向阳社区邱庄队真武南路168号
开　　　本	880毫米×1230毫米　1/32
印　　　张	12.375
字　　　数	310千字
版　　　次	2023年3月第1版
印　　　次	2023年3月第1次印刷
标 准 书 号	ISBN 978-7-5506-3836-5
定　　　价	78.00元

(本书凡印装错误可向承印厂调换,电话:0550-7964049)

编　委　会

序　言

　　本书寻迹宋人计有功《唐诗纪事》，元人辛文房《唐才子传》，明人高棅《唐诗品汇》、胡震亨《唐音癸签》，清人沈德潜《唐诗别裁》、厉鹗《宋诗纪事》等书，不作泛泛赏析，而以诗话为载体道古论今。所选之诗优先以史为画、以江苏大地为卷，尤其突出唐宋诗人足迹江苏的历史背景与留下的佳话，以纪其胜。

　　江苏傍江临海，历史悠久，既有夏商周时代的泰伯奔吴六百年历史，又有"大风起兮云飞扬"的秦末所涌现出的众多英雄人杰，更有绚丽多彩的六朝文化与影响深远的运河文化，历史上引无数骚人墨客为之向往寻迹，沉淀了丰富的吟咏作品。为生动再现历史上真实的江苏，本书编排上将江苏现今13个地级市按六朝文化、吴文化、汉文化、海文化布局；遴选唐代78位诗人、宋代59位诗词人歌咏江苏历史、古贤人杰、江海山川、民风民俗诗274首、词30阕，大体遵循诗人齿序排列，惟吴文化、汉文化城市优先历史人物、历史事件为导引；逢各地山川形胜、民风民俗广为题咏的主题，则于传统齿序编排中按风物名胜归类便览（内部亦按朝代先后排列）；同一诗人足迹江苏数咏，凡每地超过3首者亦作集中介绍，以突出诗人故事。

　　自古以来诗以言志，可以兴观群怨，历为中国文化传统，逮近代更是各类诗选层出不穷，释者各异。本书一反当代古诗词出版多偏重普及生字注释、囿于艺术赏析，而特以"诗话"形式，借所选之诗穿越江苏，以考证每首作品写作地点、年代为指归，以纠偏前著流行观点为职志，以勾沉千年江苏大地历史风云、名人壮事为传承，聚焦唐宋日月之下、诗人眼中的千年江苏魅力。

　　鉴于迄今尚无一本以江苏整体为视角结集之诗选,为此本书积六人六年之力,遍访江苏名胜,于浩瀚诗海中精选歌咏江苏之佳作三百首入卷,每篇诗话长短五百字左右,共计二十余万字付梓,以敬乡邦。

　　本书六年朝经暮史幸遇良师陈谊,以及张秀娥、黄继东、罗建、凌建平等众多挚友知音鼓励,在此一并表示致谢。

徐　放

2022 年 2 月

目　录

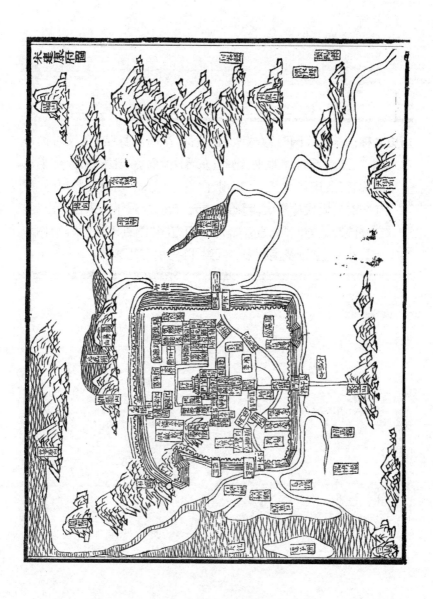

历史名称： 春秋战国时称越城、金陵；秦汉时称秣陵；东汉时称丹阳；三国西晋时称建业、建邺；东晋南朝时称建康；隋灭陈废建康称蒋州；唐代称江宁、升州、白下、上元；宋朝时称升州（亦称江宁府）；元代称集庆；明初为应天府，明永乐年间朱棣下诏"两京并建"：北方叫"北直隶京师"，南方叫"南直隶京师"，始称南京。东吴、东晋及南朝宋、齐、梁、陈先后在此建都。

白下驿饯唐少府

（唐）王　勃

下驿穷交日，昌亭旅食年。
相知何用早，怀抱即依然。
浦楼低晚照，乡路隔风烟。
去去如何道，长安在日边。

【诗话】

　　王勃（650—676），字子安，绛州龙门（今山西河津）人，隋朝教育家、思想家王通之孙，与杨炯、卢照邻、骆宾王共称"初唐四杰"。辛文房《唐才子传》：王勃"六岁善辞章"，"未及冠，授朝散郎。沛王（李贤）召署府修撰"，"勃属文绮丽，请者甚多"，"有集三十卷，及《舟中纂序》五卷，今行于世"。其他记载：九岁时读秘书监颜师古《汉书注》，作《指瑕》十卷以纠其错，十六岁进士及第，后任虢州参军，因罪革职，其父福畤受连累迁交趾（今位于越南北部）令。二十七岁时，渡海省亲途中溺水而死。

　　"白下驿"：位于今南京通济门北、清溪河大中桥一带。六朝时，此地为建康卫城"白下城"。唐高祖武德九年（626）迁金陵县治于此，改名白下县，故后人常用白下代称金陵。据旧方志载：唐代白下桥旁有"白下"驿亭，与白下门隔河相对，乃当时文人官员送往迎来饯别之所。"少府"：唐后通称县令为明府，县丞、县尉为少府。上元二年（675）王勃自洛阳前往交趾探父，在洪州（今江西南昌）写下著名的《滕王阁序》之前路过金陵，在此结识唐少府。王勃因罪革职，在"关山难越，谁悲失路之人"之际受唐少府礼遇与厚待，故此在唐少府北上与之握别之际，写下这首送别诗。

　　"穷交"：穷贱之交。"昌亭"：地名，今属江苏淮安市。"旅食"：即寄食。"昌亭旅食"：典出《史记·淮阴侯列传》《汉书·韩彭英卢吴传》，记韩信家贫时常从南昌亭长寄食，后多用此词喻怀才不遇寄人篱下。"怀抱"：内心。《兰亭集序》中有"或取诸怀抱，晤言一室之内"句。以上是说，虽非旧知，但一见如故。"浦楼低晚照，乡路隔风烟"是说自己。"浦楼"：水边的楼，也可解为其父福畤所在的交趾。"乡路"：回首故乡之路。"长安在日边"是说唐少府赴京之途。长安，唐代都城；日边，喻天子所在之地。南朝刘义庆《世说新语》中记载晋明帝司马绍年幼时，有客从长安来，其父晋元帝问他日与长安哪个远，司马绍回答说日近，因为"举目见日，不见长安"。王勃用此典，意在表达唐少府将能接近天子，政治上会有所建树，相形之下，同样是离别自己却不知前路如何。

经江宁览旧迹至玄武湖（节选）

（唐）张九龄

南国更数世，北湖方十洲。
天清华林苑，日晏景阳楼。
果下回仙骑，津傍驻彩斿。
凫鹥喧凤管，荷芰斗龙舟。
七子陪诗赋，千人和棹讴。

【诗话】

张九龄（678—740），字子寿，号博物，韶州曲江（今属广东）人。唐朝开元名相、政治家、文学家、诗人。景龙初年进士及第。唐玄宗即位后，得到宰相张说奖拔，拜中书舍人，迁中书侍郎、同平章事，迁中书令。以气度不凡、富有胆识远见、选贤任能，为后世崇敬。

玄武湖古称"桑泊"，据《建康实录》秦始皇开始称其为"湖"，此后历有后湖、练湖等名称，至南朝宋文帝时再改"玄武湖"。元嘉初为训练水军，南朝宋文帝将湖中淤泥堆积成若干岛屿，其中最大的三座称"蓬莱""方丈""瀛洲"三山，玄武湖渐成风景地。唐代名相张九龄曾游金陵至玄武湖赋此诗，生动反映当时游人弋湖盛况。

"南国更数世，北湖方十洲"：是说六朝虽成为历史，但它给金陵带来了一个玄武湖，这也是张九龄此行"经江宁览旧迹"主咏。"天清"指作者来此时间。"华林苑"：南朝刘宋皇家花园。"景阳楼"：陈后主景阳宫。"晏"：南方方言食晏，介于午饭和晚饭之间。"凫鹥喧凤管"：凫鹥指野鸭和沙鸥，泛指水鸟。晋张华《游猎篇》："鹄鹭不尽收，凫鹥安足视。""凤管"指笙箫或笙箫之乐。这句是说玄武湖处处鸟鸣如乐，似在天上人间。"荷芰"：莲花与四角菱。"七子"：指魏晋嵇康、阮籍、山涛、向秀、刘伶、王戎、阮咸"竹林七贤"。"和棹讴"：棹指船桨，言游人弋湖咏而归。

送朱越

（唐）王昌龄

远别舟中蒋山暮，君行举首燕城路。
蓟门秋月隐黄云，期向金陵醉江树。

【诗话】

王昌龄（698—756），字少伯，《唐才子传》载太原人，系盛唐诗坛大家名笔之一。载丹阳进士殷璠选编的《河岳英灵集》，专收自开元二年（714）至天宝十二载（753）的诗歌，共收录24位诗人234首诗，其中王昌龄诗入选最多，共16首，排名超过其次王维、常建（各15首），李白、高适、崔国辅（各13首）。由此可见王昌龄在当时的名望。另据中唐薛用弱《集异记》记载的"旗亭画壁"故事，记诗人与高适、王之涣之间谐趣横生、令人绝倒的饮酒斗诗，亦足见诗人早年长安生活。

王昌龄一生诗歌题材广泛，而主要成就是边塞诗、送别诗，其边塞诗与高适、岑参齐名。流传最广的当属《出塞》"秦时明月汉时关，万里长征人未还"，《从军行》"黄沙百战穿金甲，不破楼兰终不还"。这首《送朱越》，因其所送友人是去边塞，反映的也是"蓟门秋月隐黄云"，所以可视为王昌龄边塞诗的延续。

这首诗的焦点乃"蓟门秋月隐黄云"。所送友人朱越生平不详，送别地点是蒋山，即今天南京的紫金山（春秋时称金陵山，汉代称钟山，三国时改蒋山，魏晋以后叫紫金山）。友人前往的远方是燕城（今河北易县）。"蓟门"在古代诗词中一般为幽燕之地代词，"黄云"出自南朝梁简文帝《陇西行》之二："洗兵逢骤雨，送阵出黄云。"这里指战争意象。据史：汉末以来高句丽"全盛之时强兵百万，南侵吴越，北扰幽燕齐鲁，为中国巨蠹"。故唐朝建立后，贞观十九年（645）唐太宗亲征高句丽，开启了平东大业；至总章元年（668）方彻底荡平高句丽，于平壤设安东都护府，辖辽东半岛全境。其治累迁，上元三年（676）迁辽东城（今辽宁辽阳）；开元二年（714）再迁营州（今辽宁朝阳）；天宝二年又迁至辽宁义县。时蓟门为安东都护府后方，故有隐黄云之虑，亦为盛唐有志之士建功立业之所。"醉江树"：取自张若虚《春江花月夜》尾句："不知乘月几人归，落月摇情满江树。"期待友人早日返回，再相见。

此诗为"王江宁"四十岁后诗作，作者因开元二十五年对张九龄被罢相表示同情，由此"得罪"李林甫被贬江宁丞。诗人"名著一时，栖息一尉"，早年登科后先做校书郎，后改汜水尉，继任江宁丞，天宝十二载再贬龙标尉。天宝十五载归乡途中，遭闾丘晓杀害。诗人离任江宁时李白有诗赠行："杨花落尽子规啼，闻道龙标过五溪。我寄愁心与明月，随风直到夜郎西。"

长干行

（唐）李　白

妾发初覆额，折花门前剧。郎骑竹马来，绕床弄青梅。
同居长干里，两小无嫌猜。十四为君妇，羞颜未尝开。
低头向暗壁，千唤不一回。十五始展眉，愿同尘与灰。
常存抱柱信，岂上望夫台。十六君远行，瞿塘滟滪堆。
五月不可触，猿声天上哀。门前迟行迹，一一生绿苔。
苔深不能扫，落叶秋风早。八月蝴蝶黄，双飞西园草。
感此伤妾心，坐愁红颜老。早晚下三巴，预将书报家。
相迎不道远，直至长风沙。

【诗话】

李白(701—762)，祖籍陇西成纪(今甘肃天水)。隋末其先人流徙中亚碎叶(唐时属安西都护府)，李白即诞生于此。五岁时随父迁居蜀地绵州，发蒙能诵六经，十五岁有诗。十九岁曾作《上李邕》："宣父犹能畏后生，丈夫未可轻年少。"二十五岁出蜀漫游，广谒社会名流。天宝初，被诏入京担任翰林，离开长安后漫游齐鲁吴越。安史之乱中，李白入永王李璘幕，后受牵连被流放夜郎。遇赦不久辞世，卒于今安徽当涂。

此诗据安旗《李白全集编年笺注》，写于开元十四年(726)作者首次游金陵时。其诗属乐府，记写一对夫妻，他们原是青梅竹马，自幼同里居住，后来结为夫妇，这位长干女子，因夫婿经商，聚少离多，由此这首诗也从侧面反映了唐代金陵的商旅生活。

诗题《长干行》：长干，有记载以来南京最早地名之一，位于今南京市城南。行，即"歌"，古诗的一种体裁。"初覆额"，是幼年发式。"剧"：

游戏。"骑竹马"：儿童用竹竿当马作戏。"床"：井干，即井上所设木架，用以安放提水的桔槔。"里"：古代五家为邻，五邻为里。"无嫌猜"：不避嫌疑。"抱柱信"：相传古代有一叫尾生的人，与一女子约在桥下相会，女子临期未至，河水突然上涨，尾生不肯失信抱桥柱等待，最终被水淹死。"望夫台"：传说有人久出不归，其妻日日登山望夫，后竟变成一块石头。"瞿塘"：长江三峡之一，在今重庆奉节县南。"滟滪堆"：瞿塘峡口的一块大礁石，冬季水位低突出江面，夏历五月江水上涨即没入水中，船只容易触礁。"坐愁红颜老"：因愁红颜老去而伤心。"三巴"：指巴郡（今重庆）、巴东（今奉节）、巴西（今阆中）。"不道"：不管，不顾。"长风沙"（地名）：在今安徽省安庆市江边，距今南京约七百里，此处江水湍急。

长干曲四首

（唐）崔　颢

君家何处住，妾住在横塘。
停船暂借问，或恐是同乡。

家临九江水，来去九江侧。
同是长干人，自小不相识。

下渚多风浪，莲舟渐觉稀。
那能不相待，独自逆潮归。

三江潮水急，五湖风浪涌。
由来花性轻，莫畏莲舟重。

【诗话】

　　像李白一样，开元十年（722）中进士的汴州（今河南开封）人崔颢，也是了解民歌、制作文人乐府诗的高手。这组《长干曲》以两位"同是长干人，自小不相识"男女主人公的对话，写出以"长干"为出发地、三江五湖为家的金陵儿女生活故事，是一部"民歌体"的水上风情录，一出个性鲜明场面生动的"微型诗剧"。

　　人物对话的场景，并非在长干，也不在"横塘"，横塘在长干里以西、内秦淮河至水西门段，同是金陵地名。男女主人公相遇，是远在金陵之外的长江上游某个"泊舟"地。女主人公身份应是船家女，也有说采莲女。生性活泼的她，大概是听到了对方口音有些熟悉，就主动发问了，这是第一首的情节。第二首是男子答话："家临九江水，来去九江侧。"此九江代指九水相汇而成的长江。意思是我也是"长干人"，住在石城江边，只是以前从未相遇。第三首又是女孩子说话，船向下游走，像我这样的小船越来越少了，江面宽又逢晚潮逆，既相遇哪能独自归？第四首仍是男的答话：没错，归途"三江潮水急，五湖风浪涌"。三江泛指长江中下游，旧说古时江流过彭蠡（今鄱阳湖）分成三道入海，故称"三江"。这样湍急的水流真得小心！要是你带上我的话，千万别怕增加了船重啊。

　　崔颢本是开元才子，他曾写过《七夕》："班姬此夕愁无限，河汉三更看斗牛。"而这首《长干曲》所反映的情感更朴素，《金陵诗文鉴赏》一书中王英群评道："由素不相识到愿意同舟共归，非同小可，这是心心相照的。不但语意明确，并流露出充满幸福的甜蜜感。这是作家对语言加工锤炼的结果，不同于一般的村语、民谣。"

长干行

（唐）李 益

忆妾深闺里，烟尘不曾识。嫁与长干人，沙头候风色。

五月南风兴，思君下巴陵。八月西风起，想君发扬子。

去来悲如何，见少离别多。湘潭几日到，妾梦越风波。

昨夜狂风度，吹折江头树。渺渺暗无边，行人在何处。

好乘浮云骢，佳期兰渚东。鸳鸯绿浦上，翡翠锦屏中。

自怜十五余，颜色桃花红。那作商人妇，愁水复愁风。

【诗话】

李益（748—827），字君虞，陇西姑臧（今甘肃武威）人。大历四年（769）齐映榜进士，调郑县尉。《唐才子传》述李益："同辈行稍进达，益久不升，郁郁去游燕赵间。幽州节度刘济辟为从事，未几又佐邠宁幕府。风流有辞藻"，"每一篇就，乐工贴求之，被于雅乐，供奉天子。如《征人》《早行》篇，天下皆施绘画"，"从军十年，运筹决胜，尤其所长。往往鞍马间为文，横槊赋诗，故多抑扬激厉悲离之作。高适、岑参之流也"。唐宪宗时以诗名召为秘书少监、集贤殿学士。

描写贾客生活是盛唐诗歌新题材，自秦、汉、六朝以来，长干里既是南京最繁华的地方，也是水路发达，连接长江之地，故不少长干人以舟为家，以贩为业。此诗一作李白，但宋人黄庭坚认为作者乃李益。此首长干更多以一位"嫁与长干人"，日日"沙头候风色"的商人妇自述与丈夫的离别之苦，再次为后人剪影了一幅不同于太白风格的金陵风土人情画。

长干：《建康实录》案语云："《丹阳记》：'大长干寺道西有张子布宅在淮水南对瓦官寺门、张侯桥所也。桥近宅因以为名其长干，是里巷名。'江东谓:'山陇之间曰干'"。此长干位于今南京秦淮河以南至雨花台以北的城南。

"烟尘":旅途上如烟的尘土。这句是说主人公从来未离开过深闺,连路上的烟尘都未看见过。"沙头":江边沙岸。"候风色":经历季节变幻。"巴陵":地名,在今湖南省岳阳市洞庭湖边。"扬子":古长江渡口,位于今江苏江都县南十五里。"湘潭":县名,今属湖南省,地处湘水之曲,利于停泊船只,为古代商业繁盛地。"浮云骢":行如浮云之马,指快马。"佳期":与丈夫相约。"兰渚":长满兰草的小洲。"翡翠"句:似锦屏上绣的翡翠鸟一样,雌雄成对。《埤雅》:"旧云:'雄赤曰翡,雌青曰翠。'"诗尾八句为商妇之遐想,终至"愁水复愁风"愁叠愁。

金陵酒肆留别

(唐)李 白

风吹柳花满店香,吴姬压酒唤客尝。
金陵子弟来相送,欲行不行各尽觞。
请君试问东流水,别意与之谁短长。

【诗话】

此诗写于开元十四年(726)春,李白欲离金陵、东游扬州时于酒肆赠友。诗人借"留与别"写出了金陵风物之美、人情之厚,因惜别情长而语言形象富丽、清新流转,表现了诗人青年时的丰采与潇洒情怀。南宋《苕溪渔隐丛话》评:"好句须要好字,如李太白诗'吴姬压酒唤客尝',见新酒初熟,江南风物之美,工在'压'字。"

"酒肆":肆,意为商铺。《周礼》云:"正其肆,陈其货贿。""柳花":柳絮。古人头年十月酒,至第二年初春新酒酿好,称为春酒。柳飞轻絮之际,正是春酒酿成之时,满店酒香似是被随风飞舞的柳絮所带来。"吴姬":金陵春秋时曾属吴国,故称吴地卖酒的美貌女子为吴姬。晚唐诗人罗隐有诗云:"闻说江南旧歌曲,至今犹自唱吴姬。""压酒":酿酒时,用压床将浆与糟分开的工序称为压酒。"子弟":泛指年轻人。

登金陵凤凰台

（唐）李　白

凤凰台上凤凰游，凤去台空江自流。
吴宫花草埋幽径，晋代衣冠成古丘。
三山半落青天外，二水中分白鹭洲。
总为浮云能蔽日，长安不见使人愁。

【诗话】

"仰天大笑出门去，我辈岂是蓬蒿人。"天宝元年(742)李白自蜀至长安，携所业投贺知章。贺读至《蜀道难》叹曰:"子谪仙人也。"乃解金龟换酒，终日相乐，遂荐于玄宗。入宫一年因贺知章归越，又被高力士、杨国忠等人谗言，李白缘此告退长安，游历齐鲁吴越。此诗即写于天宝六载，诗人被排挤离开长安后再次访游金陵时。

诗人这首与友人崔宗之同游六朝写下的《登金陵凤凰台》是唐朝律诗中流传极广的佳作。明代杨慎《升庵诗话》云:"李太白过武昌，见崔颢《黄鹤楼》诗，叹服之，遂不复作，去而赋《金陵凤凰台》也。"

"凤凰台":古称凤凰山，位于今南京花露岗。相传刘宋元嘉年间(424—453)，有凤凰翔集于此乃筑台。古以"君权神授"视凤凰为祥瑞，象征王朝兴盛。与昔日辉煌相比，至唐代金陵已降格为一个普通州县，六朝繁华和曾经风光无限的凤凰台，此时在诗人眼中也只能是个美丽又凄凉的"传说"了。因此这首怀古诗以"凤凰台上凤凰游"破题后，立即转向"凤去台空江自流"这个现成又自然的"借景抒怀"落脚点上，并分时、空两路加以阐发:"吴宫""晋代"句说的是"时";"三山""二水"句说的是"空"。经纬分明地交织出一幅"建业"凋零、"白下"落寞,但"三山"犹在、"白鹭"尚存的"六朝旧都画图"。作者最后结句,隔着千年的时间和万里空间抒发内心:因为"浮云蔽日",因为"长安不见"——这才是他心中的"万古愁"。

"吴宫":三国孙吴皇苑。"晋代衣冠":代指东晋时一代旷达风流名人;也有解此指编撰《晋书》、注释《山海经》的郭璞,死后建衣冠冢于玄武湖。"三山":在今南京长江南岸,因三峰相连初名三山矶,又因是六朝都城的江防,故又称护国山。"二水":指唐代白鹭洲在长江中将江水一分为二,后江流改变与陆地连接。"浮云":喻当道小人。陆贾《新语》有:"邪臣之蔽贤,犹浮云之障日月。"方回《瀛奎律髓》称:"太白此诗与崔颢《黄鹤楼》相似,格律气势未易甲乙。"崔诗意在"日暮乡关何处是",而李白诗意境更深远,抒发了忧国情怀。

金陵三首

(唐)李　白

其　一

晋家南渡日,此地旧长安。

地即帝王宅,山为龙虎盘。

金陵空壮观,天堑净波澜。

醉客回桡去,吴歌且自欢。

其　二

地拥金陵势,城回江水流。

当时百万户,夹道起朱楼。

亡国生春草,离宫没古丘。

空余后湖月,波上对瀛州。

其 三

六代兴亡国，三杯为尔歌。

苑方秦地少，山似洛阳多。

古殿吴花草，深宫晋绮罗。

并随人事灭，东逝与沧波。

【诗话】

李白在这三首金陵怀古诗中，极写金陵的山川形胜，古城气势与昔日的繁盛景象，同时对六代兴亡、人事无常，深致慨叹。

第一首首句"晋家南渡日，此地旧长安"：建兴四年（316），西晋在内忧外患中覆灭，公元 317 年，晋元帝司马睿南渡（今幕府山五马渡），定都建业，史称东晋。长安：西汉都城，此处用为国都的代称。第二句"帝王宅""龙虎盘"：据宋人张敦颐《六朝事迹编类》，建安十三年（208）诸葛亮游历金陵时语："钟阜龙蟠，石头虎踞，真帝王之宅。"三四句：言金陵壮观的形势，如无英雄一无所用。天堑净波澜：指如今国家业已统一安定。醉客：李白自称。

第二首首句"地拥金陵势，城回江水流"：金陵势，指金陵山，今名紫金山。回：曲折，此句是说石头城使江水为之绕行。第二句"当时百万户，夹道起朱楼"：本句意象取自谢朓《入朝曲》。永明八年（490），27 岁的青年诗人谢朓应荆州刺史萧子隆之请，作《鼓吹曲》十首，其中之一便是《入朝曲》："江南佳丽地，金陵帝王州。逶迤带绿水，迢递起朱楼。飞甍夹驰道，垂杨荫御沟。凝笳翼高盖，叠鼓送华辀。献纳云台表，功名良可收。"描写东吴、东晋、南朝宋、齐、梁、陈在此建都时的盛况。三四句：后湖，即玄武湖。瀛洲，玄武湖中之洲名。相传南朝时为训练水军曾疏浚玄武湖，将湖中淤泥堆成三岛，名曰蓬莱、方丈、瀛洲。

第三首："六代"亦称六朝。"苑方"，帝王狩猎的地方。据《三辅黄图》记，汉代的上林苑，在秦代也是帝王狩猎之处，周围有三百里。"秦地"：秦都咸阳、汉都长安皆位于秦地（今陕西省境）。这句是说金陵与洛阳都是四面多山。"古殿吴花草，深宫晋绮罗"：织成花纹的丝织品称"绮"，轻软而有疏孔的丝织品为"罗"。人事：指国家之兴亡的人与事。这句是说金陵往昔的豪华全都随着长江而东逝了。

劳劳亭

（唐）李　白

天下伤心处，劳劳送客亭。
春风知别苦，不遣柳条青。

【诗话】

金陵劳劳亭，亦名"临沧观"，始建于东吴，古人送别之所，故址与新亭相近，在今南京城西的江边。劳劳，告别时举手相招；古汉语"劳"同"辽"，有目送望远之意。此诗大约为天宝六载（747）李白漫游金陵时所作。

折柳赠别是中国古代的一种行旅风俗，在诗文、戏曲和小说等文学作品中均有反映。《三辅黄图·桥》："霸（灞）桥，在长安东，跨水作桥。汉人送客至此桥，折柳赠别。"这是有关折柳赠别的最早文字记载。因此一般认为此俗形成于秦汉。

关于这个习俗的由来，相传是取自于《诗经》中的《采薇》："昔我往矣，杨柳依依；今我来思，雨雪霏霏。""柳"与"留"谐音，借此表达依依不舍之情。此外，俗语说"有心栽花花不开，无心插柳柳成荫"。柳树生命力很强，柳条插土能活，插到哪里，活到哪里，年年插柳，处处成荫。折柳送别，也就蕴含着希望远行的人，能够在他乡顽强地生活。同时，折柳赠别是对旅人行途安全的祝福。北魏贾思勰《齐民要术》载："正月旦取杨柳枝著户上，百鬼不入家。"古人视柳树为可以辟邪却鬼的"鬼怖木"，希望旅人带上它而使鬼魅望而生畏，远远躲开，确保旅程的平安。

三山望金陵寄殷淑

（唐）李　白

三山怀谢朓，水澹望长安。
芜没河阳县，秋江正北看。
卢龙霜气冷，鸪鹊月光寒。
耿耿忆琼树，天涯寄一欢。

【诗话】

作者一生多次到金陵。安史之乱中李白曾为永王李璘（唐玄宗第十六子）幕僚，后唐肃宗视坐拥江南的李璘为叛逆而征讨，李璘兵败被杀，李白也因此被流放夜郎。此诗即写于安史之乱末期的上元二年（761），李白遇赦后最后一次旅居金陵。时作者深知一生功业难成，自信诗文可传不朽，又对金陵有着很深的感情，故有"三山怀谢朓""芜没河阳县，秋江正北看"诗句。作者此时借登三山望金陵，实为向友人一吐心曲：决意晚年学仙学道，以度余生。

殷淑乃诗人道友，号中林子，在李白集中另有《送殷淑三首》等诗，可见二人交集之深。"三山"：古称三山矶、护国山，位于今南京城西长江南岸。"水澹望长安"：瞿蜕园《李白集校注》疑"水澹"二字是"水淡"之讹。水淡，水边地。谢朓《晚登三山还望京邑》诗首句即"灞涘望长安"，李白"水澹望长安"应是暗用该诗。"芜没河阳县"：河阳（今河南孟州），意在引潘岳典故。潘岳又称潘安，西晋著名文学家，在文学上与陆机并称"潘江陆海"（见钟嵘《诗品》）。少以才名闻世，被誉为"古代第一美男子"，年轻时因作《籍田赋》被人嫉妒，于是滞留十年未得迁升。咸宁四年（278），贾充召潘岳为太尉掾，后出为河阳县令。此联意思是，做过河阳县令的潘岳如今早已芜没泉下，而我却像当年的他一样"引领望京室"。"卢龙霜气冷，鸹鹊月光寒"：卢龙山位于南京城北，原名狮子山。晋元帝南渡，见此山连绵与石头城相接，比为北方的卢龙山。"鸹鹊"：汉代甘泉宫观名。"琼树"：即玉树，比喻人品高洁，此处指殷淑。

临江亭五咏（其一）

（唐）储光羲

晋家南作帝，京镇北为关。
江水中分地，城楼下带山。
金陵事已往，青盖理无还。
落日空亭上，愁看龙尾湾。

【诗话】

储光羲（706—763），润州延陵（今江苏金坛）人，祖籍兖州（今山东济宁）。开元十四年（726）登进士，初为冯翊、汜水、安宣、下邽县尉，后官至监察御史。"安史之乱"后因曾受伪官而入狱，后贬岭南。辛文房《唐才子传》说储光羲："工诗，格高调逸，趣远情深，削尽常言，挟风雅之道，养浩然之气。览者犹聆《韶》《濩》音。"

此诗题下原序："建业为都旧矣。晋主来此而礼物尽备，虽云在德，亦云在险，京口其地也。呜呼有邦国者、有兴亡焉，自晋及陈五世而灭。以今怀古，五篇为咏，临江亭得其胜概，寄以兴言。"意思是说金陵能成为六朝都城，与该地山川之险分不开。这首诗具体地表达了这种看法，但又希望分裂的局面不再出现。

"临江亭"：具体位置无考，据诗意当在金陵，其所在位置能看见龙尾湾的江边。"晋家南作帝"：指公元 317 年，晋元帝司马睿继孙权后建都金陵，史称东晋。"京镇"：即今之镇江市古称。"江水中分地"：指当时南朝北朝以长江划界。"金陵事已往,青盖理无还":事,金陵作为帝都之事。青盖:汉制,王者之车用青盖。《三国志》注引干宝《晋纪》:吴主皓"使尚广筮并天下,遇同人之颐,对曰:'吉。庚子岁,青盖当入洛阳。'"后孙皓降晋,死于洛阳。这句诗是说,国家分裂的局面再也不应出现了。"龙尾湾":金陵地名。南朝人庾信曾有诗《望渭水》:"树似新亭岸,沙如龙尾湾。"以龙尾与新亭对举,距离当不太远。一说即在今下关狮子山(古称卢龙山)江边。

送陆鸿渐栖霞寺采茶

(唐)皇甫冉

采茶非采菉,远远上层崖。
布叶春风暖,盈筐白日斜。
旧知山寺路,时宿野人家。
借问王孙草,何时泛碗花。

【诗话】

　　皇甫冉(约717—770),字茂政,安定(今甘肃)人。《唐才子传》记:"十岁能属文,张九龄一见,叹以清才。天宝十五载(756)卢庚榜进士,调无锡尉","大历初,王缙为河南节度,辟掌书记","仕终左补阙"。

　　中国是茶的故乡,也是茶文化发源地。诗题陆鸿渐,乃唐人陆羽。据《唐才子传》:"初,竟陵禅师智积得婴儿于水边,育为弟子。及长,耻从削发,以《易》自筮,得《蹇》之《渐》曰:'鸿渐于陆,其羽可用为仪',始为姓名。"又说他"上元初,结庐苕溪上,闭门读书……扁舟往来山寺,唯纱巾藤鞋,短褐犊鼻,击林木,弄流水。或行旷野中,诵古诗,裴回至月黑,兴尽恸哭而返","嗜茶,造妙理,著《茶经》三卷,言茶之源、之法、之具,时号'茶仙'"。幼为弃婴被僧人收养的他于乾元元年(758)来金陵考察，寄居天下"四大丛林之一"的栖霞寺采茶制茗、钻研茶道，两年后去苕溪（今浙江吴兴）著述《茶经》。比他年长十六岁，时在江南的皇甫冉与他有深交，故有《送陆鸿渐栖霞寺采茶》诗。无独有偶，同是诗人、系皇甫冉之弟的皇甫曾亦有一首《送陆鸿渐山人采茶回》诗，记录陆羽栖霞采茶著书盛事："千峰待逋客，香茗复丛生。采摘知深处，烟霞羡独行。幽期山寺远，野饭石泉清。寂寂燃灯夜，相思一磬声。"

皇甫冉作此采茶诗有以"茶"喻人和赞"茶道"之意，故先为茶"正名"，而后再言"采"。其诗起句中的"蔆"，荥草，在屈原诗中被列为同芳草相对的"恶草"。"布叶"与"盈筐"句，既为"远远上层崖"的采茶实写，又情韵生动如画。"旧知"与"时宿"句是说：并非不知每日返回寺庙的归途，但为了寻得真正的好茶，有时忘了时间被迫寄宿陌生农家。全诗最后以"借问王孙草，何时泛碗花"作结。王孙：典出《楚辞招隐士》"王孙游兮不归，春草生兮萋萋"，这里用作"友人"美称。"何时"表达期盼，祝愿友人早日写出《茶经》，酿出佳茗。作者乃陆羽忘年之交，尾句意在问什么时候才能喝到您采制出来的新茶啊！

此诗为六朝以来金陵茶事以及"茶圣"在栖霞山踪迹的生动记载。今日山中白乳泉边的"试茶亭"，仍铭记着这段"陆羽入山采茶，皇甫冉作诗相赠"的千秋佳话。

相和歌辞·贾客乐

（唐）张　籍

金陵向西贾客多，船中生长乐风波。
欲发移船近江口，船头祭神各浇酒。
停杯共说远行期，入蜀经蛮远别离。
金多众中为上客，夜夜算缗眠独迟。
秋江初月猩猩语，孤帆夜发潇湘渚。
水工持楫防暗滩，直过山边及前侣。

年年逐利西复东，姓名不在县籍中。

农夫税多长辛苦，弃业长为贩卖翁。

【诗话】

张籍(768—830)，字文昌，和州乌江(今安徽和县)人，贞元十五年(799)进士及第。与同时代韩愈、白居易交往密切，为白居易倡导"反映社会现实"的"新乐府诗"的健将。名句有《节妇吟寄东平李司空师道》"还君明珠双泪垂，何不相逢未嫁时"，《秋思》"洛阳城里见秋风，欲作家书意万重"等。一生历官太常寺太祝、水部员外郎、国子司业，遂有"张太祝""张水部""张司业"之称。王安石曾云："苏州司业诗名老，乐府皆言妙入神。"可见张籍在文学史上地位。

《贾客乐》原为南朝乐府《西曲歌》旧题，张籍借用它来写一群金陵商人常年奔波在长江水路上的辛劳与甘苦。诗中虽然没有具体的故事情节，也不作人物形象的精雕细刻，而是截取商旅生活的几个横断面，通过一组情景交融的特写，刻画人物职业特点与内心活动。贯穿全诗的主线：首先是"金陵向西贾客多，船中生长乐风波"中的"乐"字；继而是"船头祭神""经蛮远别"旅程艰险及"夜夜算缗""夜发潇湘"的生活场景，表现"乐"字后面的"苦"和"愁"。最后以"年年逐利西复东，姓名不在县籍中"的商人之乐，对比"农夫税多长辛苦，弃业长为贩卖翁"的农夫之苦，由此呈现《贾客乐》的诗人本意：既隐含封建社会"士农工商"的贵贱排序，更揭示中唐经济发展中农民破产，被迫弃尊降贵"由农择商"的现实。诗人持"农本"思想，带有对商人之乐的贬抑，对农民愁苦的同情。

"贾客"：贾，商人。"算缗"：算账，纳税。缗，古代穿铜钱用的绳子，亦计量单位，一缗(一串铜钱)为一百文。"贩卖翁"：古时商人别称。

永嘉行

（唐）张　籍

黄头鲜卑入洛阳，胡儿执戟升明堂。

晋家天子作降虏，公卿奔走如牛羊。

紫陌旌幡暗相触，家家鸡犬惊上屋。

妇人出门随乱兵，夫死眼前不敢哭。

九州诸侯自顾土，无人领兵来护主。

北人避胡多在南，南人至今能晋语。

【诗话】

　　《永嘉行》为张籍名篇，但此诗一直以来并未收入其集。据传因此诗有"公卿奔走如牛羊"句，所以此诗自问世，即遭朝中权贵挞伐。传说张籍为此曾出重金，试图将已流入民间的此诗赎回，但为时已晚。故诗人死前，嘱子孙永远勿将《永嘉行》收入集中。尽管如此，这首诗最终还是因其语言生动，勾画了晋末历史画卷及晋人南渡而广为流传。

　　东晋时期，避乱南渡的北方人有百万以上。大迁移进一步提高了南方的生产水平，也促使文化重心南移，一时建康这座当时南方最大都城，充满着"衣冠南渡"学士文人。南风北俗由共处而融合，连方言也大为改变，"北人避胡多在南，南人至今能晋语"反映了当时南京从"吴语方言区"，逐渐演变为"北方方言区"。这对后世南京社会发展影响久远。从此，建康城不再是"单纯吴文化"的江南城市，而是由此逐渐形成融南北风格于一体的全国性大城市。

石头城

（唐）刘禹锡

山围故国周遭在，潮打空城寂寞回。
淮水东边旧时月，夜深还过女墙来。

【诗话】

刘禹锡（772—842），字梦得，荥阳（今河南郑州）人。八岁从诗僧皎然、灵澈学诗，贞元九年（793）登进士，二十九岁入杜佑幕，夏为徐泗濠节度使掌书记，秋改淮南节度使掌书记。三十二岁授监察御史，与柳宗元同属王叔文反对宦官和藩镇割据的"革新集团"。永贞元年（805）遭弹劾后，经历漫长贬谪。这组《金陵五题》一说认为作于宝历元年（825），诗人在贬谪后期的和州刺史任上。

这组诗作者自序："余少为江南客，而未游秣陵，尝有遗恨。后为历阳守，跂而望之。适有客以《金陵五题》相示，逌尔生思，欻然有得。"历阳乃和州古称，与金陵一江之隔。时诗人凭借满腹才情，写出了继李白金陵怀古之后的"扛鼎之作"。《石头城》为五题之一，其他四首依次为《乌衣巷》《台城》《生公讲堂》《江令宅》。白居易对这一首特别赞赏，说"潮打空城寂寞回，吾知后之诗人不复措词矣。"

石头城：公元前333年楚威王在石头山（今名清凉山）筑城，称"金陵邑"。建安十六年（211），孙权将治所（统治中心）迁至秣陵（今南京），翌年在石头山金陵邑原址筑城，石头城因此而得名。"故国"：指已故王朝。"周遭"：即周围，是说石头城周围都是山。"潮"：指江潮，古时石头城临江。此诗写山、潮、水、月，伴守着寂寞空城，而六代豪华、龙盘虎踞已是旧时陈迹，惟有"山潮水月"见证着历史变迁。杨士宏《唐音》："批云：山在，朝（潮）在，月在，惟六国不在。"寄寓了诗人深沉慨叹。

乌衣巷

（唐）刘禹锡

朱雀桥边野草花，乌衣巷口夕阳斜。
旧时王谢堂前燕，飞入寻常百姓家。

【诗话】

这首诗是《金陵五题》中的第二首。刘禹锡自谓《乌衣巷》《台城》二篇"亦不孤乐天之言"。可见他自己很欣赏这几首诗。此诗落笔只写野草、夕阳、燕子，既说明了朱雀桥、乌衣巷昔日的繁华，又写出了唐代金陵的衰落。末二句借每年归巢之燕，引出无限沧桑之感，艺术构思极巧，成为千古传诵的名句。

据《舆地纪胜》载："乌衣巷 在秦淮南，去朱雀桥不远。……《晋志》云：'王导自卜乌衣宅，宋时诸谢乌衣之聚，并此巷也。'"《丹阳记》说："乌衣之起，吴时乌衣营处所也。""朱雀桥"：乃东晋时建在秦淮河上之桥，因傍朱雀门故名。当时金陵以台城为中心，按东青龙、西白虎、南朱雀、北玄武古代星宿信仰建城，而朱雀桥面南又位于乌衣巷名胜地，故作者由此起笔：感叹昔日车水马龙繁华，与如今桥路寂寞、野草野花丛生对比。"王谢"：谓东晋立足江南居功至伟的王导、谢安。公元317年司马睿在建康称帝，以王导为丞相稳定了大局。东晋太元八年（383）苻坚统一北方后率百万大军南下，时任征讨大都督的谢安，举"淝水之战"以八万兵击败前秦苻坚。末两句是说王、谢两家乃名门望族，世居乌衣巷，如今物是人非，昔日旧巷故居，现在却成为寻常百姓宅第了。

台 城

(唐)刘禹锡

台城六代竞豪华，结绮临春事最奢。
万户千门成野草，只缘一曲后庭花。

【诗话】

　　此诗为诗人《金陵五题》之三。以六朝帝王"起居临政"的台城为题，寄托吊古伤今的国殇，并为六朝的覆灭总结出惊人相似的末途：荒淫亡国。

　　台城：即六朝宫城，故址在今南京玄武湖以南至大行宫一带。宋《容斋续笔》说："晋、宋间谓朝廷禁省为台，故称禁省为台城。"王象之《舆地纪胜》载："台城，一曰苑城，即古建康宫城也。"自东吴、东晋，南朝宋、齐、梁、陈以建康为都，此地为历代帝王居住的宫城。太清二年(548)南朝梁叛将侯景围台城，翌年三月梁武帝萧衍饿死在台城净居殿；又陈后主"景阳宫"亦建台城内。"结绮临春"：指南朝陈至德二年(584)，陈后主在景阳宫专门为张丽华、孔贵嫔居住修建的"结绮、临春、望仙"三阁。此三阁门窗皆用檀木、沉香木制成，又用金玉装饰。此后用以泛指历史上豪华的楼阁建筑。"万户千门"：引司马迁《武帝本纪》"帝作建章宫，度为千门万户"。此指六朝宫殿。公元589年隋文帝灭陈后，命夷平建康城邑、宫殿，改作耕地，诗中因有万户千门成野草之叹。

西塞山怀古

（唐）刘禹锡

王濬楼船下益州，金陵王气黯然收。

千寻铁锁沉江底，一片降幡出石头。

人世几回伤往事，山形依旧枕寒流。

今逢四海为家日，故垒萧萧芦荻秋。

【诗话】

　　此诗乃作者又一脍炙人口的咏史名作，其中"金陵王气黯然收"与"一片降幡出石头"两联落笔金陵，但写此诗时作者仍未到过金陵。据《刘禹锡年表》，此诗写于长庆四年（824），诗人从夔州刺史调任和州刺史，沿江赴任途经湖北西塞山时。诗人首次到金陵乃宝历二年（826）罢和州刺史，方离和州游建康。时作者有《罢和州游建康》诗："秋水清无力，寒山暮多思。官闲不计程，遍上南朝寺。"

　　本诗表达的是：统一是不可阻挡的历史必然，虽有优异地形和严密的江防但仍不足恃。这一主题反映了自永贞元年以来，诗人一以贯之的反对分裂割据政治态度。

　　"西塞山"：在今湖北省黄石市长江南岸。《水经注·江水三》云："江之右岸有黄石山，水径其北，即黄石矶也。……山连延江侧，东山偏高，谓之西塞。"唐《元和郡县图志》云："西塞山在县东八十五里，竦峭临江。"但清代学者何焯考证："按西塞即荆门。《水经》云：'江水又东流径荆门、虎牙之间。'注云：'此二山，楚之西塞也。'"诗中首联"王濬楼船下益州，金陵王气黯然收"：《晋书·帝纪第三·武帝》载："（咸宁五年）十一月，大举伐吴，遣镇军将军、琅邪王伷出涂中，安东将军王浑出江西，建威将军王戎出武昌，平南将军胡奋出夏口，镇南大将军杜预出江陵，龙骧将军王濬、广武将军唐彬率巴蜀之卒浮江而下,东西凡二十余万。"
同书《列传第二十·王濬》又云:"武帝谋伐吴,诏濬修舟舰,濬乃作大船
连舫,方百二十步,受二千余人。以木为城,起楼橹,开四出门,其上皆
得驰马来往","舟楫之盛,自古未有"。咸宁五年(279),濬以益州刺史
戎兵八万、方舟百里,自成都顺江而下建康,吴主孙皓面缚舆榇诣降。
诗中"益州"即今四川成都。"金陵王气"之说,始于《史记》对秦始皇
言论记载,后人一直沿用。颔联"千寻铁锁沉江底":是说当时吴国建
平太守吾彦,曾用铁链横断长江以图阻挡上流船只通过。"一片降幡
出石头":石头,指建安十七年(212)孙权所筑石头城。传咸宁六年西
晋伐吴,东吴末帝孙皓自石头城最南端的汉西门(今南京汉中门)献
玺出降。尾联"今逢四海为家日,故垒萧萧芦荻秋"是说如今国家统
一安宁,故垒已成旧迹。"四海为家":引《史记·高祖本纪》"天子以
四海为家"。

清凉寺

(北宋)孔武仲

白寺荒湾略舣舟,携筇来作上方游。
何年巧匠开山骨,自古精兵聚石头。
故垒无人空向久,高堂问话凛生秋。
云庵快望穷千里,一借澄江洗客忧。

【诗话】

　　孔武仲(1041—1097),字常父,北宋临江(今江西新余)人。举进士
甲科,累迁礼部侍郎,曾追随司马光共贬新政不便,被蔡京列为"元祐
党"夺职。卒于池州(今属安徽),著书百余卷。宋时从汴京去皖南、江
西等地,金陵是必经之路。孔武仲因之在金陵留下不少写政争失意与

羁旅穷愁诗篇。这首诗末句说"一借澄江洗客忧",可见"云庵快望"的心意了。

"白寺":指荒废的寺。"舣舟":靠岸的渡江船。略舣:随便停靠的意思。"筇":一种实心竹,节高,可以做拐杖。"上方":山上之佛寺,以其位在高处故曰上方。"开山骨":意思是说,清凉寺是开山以后建成的。山骨犹言山石,是比喻的说法。"石头":指三国孙权所建石头城,前有虎踞关,后有龙蟠里,因地势险要自古就是军事要地。"高堂":指后人为纪念孙权功业在此建的吴大帝庙。"凛生秋":形容已经很久没有听到论兴亡的声音了。"云庵":高山之屋。此处指清凉寺。

陪留守余处恭、总领钱进思、提刑傅景仁游清凉寺即古石头城(其二)

(南宋)杨万里

万里长江天上来, 石头却欲打江回。
青山外面周如削, 紫府中间划洞开。
苏峻战场今草树, 仲谋庙貌古尘埃。
多情白鹭洲前水, 月落潮生声自哀。

【诗话】

杨万里(1127—1206),字廷秀,号诚斋,吉州(今江西吉水)人。宋高宗绍兴二十四年(1154)登进士。《宋史杨万里列传》云:诗人初"调永州零陵丞,时张浚谪永,杜门谢客,万里三往不得见,以书力请始见之。浚勉以正心诚意之学,万里服其教终身,乃名读书之室曰'诚斋'"。孝宗朝迁太常博士,吏部右侍郎,出知常州。光宗即位,召为秘书监。宁宗时,升为宝谟阁学士。诗与尤袤、范成大、陆游齐名,并称"中兴四大诗人"。其诗构思新巧，语言通俗明畅，时称"诚斋体"。据辛更儒《杨万里集笺校》，此诗写于绍熙元年（1190）十一月迄绍熙二年秋，诗人除江东运副赴任、居官建康时。

"留守、总领、提刑"俱宋代官名。总领钱进思，据《景定建康志》："钱端忠，朝议大夫、尚书金部郎中，绍熙元年八月初一日到十二月十九日磨勘转中散大夫，二年五月二十七日除司农少卿，三年正月十三日改除江南西路转运副使。"傅景仁，即傅伯寿，时任江东提刑。首句"万里长江天上来，石头却欲打江回"：是说石头城自古峙江，易守难攻。颔联"青山"句：是说清凉寺是宋太平兴国五年（980），移幕府山"清凉广惠寺"于此。"紫府"：即紫宫。《艺文类聚》引《十洲记》云："青丘山上有紫宫，天真仙女多游于此。"此紫府指清凉古寺。颈联"苏峻战场"：是说东晋时冠军将军苏峻于晋明帝太宁二年（324）入金陵，大破王敦叛军，后反居金陵自领朝政，迁晋成帝司马衍于石头城往事。"仲谋庙貌"：仲谋，孙权字。孙权在位二十四年，年号依次黄龙、嘉禾、赤乌、太元、神凤，公元252年卒，谥"大帝"。是年葬于蒋山（今南京紫金山），后人为纪念其赫赫勋业，在清凉山建吴大帝庙。

南宋刘克庄《后村诗话》云："今人不能道语，被诚斋道尽。"又云："诚斋，天分也，似李白。"

吴大帝庙

（南宋）王遂

曾是东南第一王，眼看此地六兴亡。
东缘有酒登京口，西为无鱼忆武昌。
非复虎臣陪殿上，空余猩鬼泣祠旁。
何年并建琅琊庙，共对淮山草木长。

王遂(1182—1252),字去非,宋代名臣,镇江金坛人。宋宁宗嘉泰二年(1202)进士。绍定三年(1230)以"贤能吏"被朝廷选知郡武军兼招辅司参议,后改知安丰军。任监察御史时主张近君子、退小人、正风俗、息争名。授右正言、殿中侍御史。历任宝章、焕章、敷文、宝谟阁待制。最后以龙图直学士通仪大夫辞官。

吴大帝,指三国吴主孙权(182—252)。据《景帝建康志》:"吴大帝庙在西门外,清凉寺之西。旧传今庙即当时故宫。"建安三年(198),孙策被封为吴侯,始建王都吴郡(今江苏苏州)。建安十三年孙权由吴郡迁治所至京口(今江苏镇江)。建安十六年,孙权听从张纮建议再由京口迁治所秣陵(今江苏南京),并将秣陵改名建业。黄龙元年(229)孙权称帝建都武昌,同年九月又迁建业。故"东缘有酒登京口,西为无鱼忆武昌"即说此事。

据清代朱彝尊《满江红·吴大帝庙》词:"玉座苔衣,拜遗像,紫髯如乍。想当日、周郎陆弟,一时声价。乞食肯从张子布,举杯但属甘兴霸。看寻常、谈笑敌曹刘,分区夏。　　南北限,长江跨,楼橹动,降旗诈。叹六朝割据,后来谁亚。原庙尚存龙虎地,春秋未辍鸡豚社。剩山围、衰草女墙空,寒潮打。"可知当时庙内有四人位列两侧:先随孙策后佐孙权的周瑜;跟随孙权统领吴军二十载的陆逊;先为孙策长史、策崩辅立孙权的彭城人张昭;初依刘表,后归孙权,被委以重任的甘宁。

帝庙前有"驻马坡",相传建安十三年,诸葛亮奉刘备命出使东吴与孙权共商抗曹大计,两人曾联辔于此观金陵地势。宋张敦颐《六朝事迹编类》载:诸葛亮言此地"钟阜龙蟠,石头虎踞,真帝王之宅"。后孙权果在此地建都,开创六朝立都金陵先河。尾联"何年并建琅琊庙,共对淮山草木长":琅琊今属山东临沂,晋元帝司马睿曾受封琅琊王。这句是说晋元帝和孙权一样虽选金陵建都,但疆界都未逾淮山淮河。

夜泊金陵

（唐）卢　纶

圆月出高城，苍苍照水营。
江中正吹笛，楼上又无更。
洛下仍传箭，关西欲进兵。
谁知五湖外，诸将但争名。

【诗话】

　　卢纶(739—799)，字允言，河中（今山西永济）人。祖籍范阳（今河北涿州），乃北魏济州刺史、光禄大夫卢尚之后。大历初，数举进士不第，元载素赏重之，取其文进之，补阌乡尉，累迁检校户部郎中，监察御史。《唐才子传》载："纶与吉中孚、韩翃、耿沣、钱起、司空曙、苗发、崔峒、夏侯审、李端联藻文林，银黄相望，且同臭味，契分俱深，时号大历十才子。唐之文体，至此一变矣。"又说卢纶为十才子冠冕，其诗以五七言近体诗为主，今《全唐诗》录存其诗五卷。

　　此诗推测写于大历年间诗人任监察御史时。唐代宗朝西北有吐蕃、回纥侵扰，河北有藩镇之叛乱。金陵乃当时唐朝水军营地，故此诗表达作者亲历金陵所见：诸将但知争名宴乐，对敌情毫无警惕之心。"水营"：水军营盘。唐大顺元年(890)设水军基地于白下城，时有战舰千余，兵五万。"吹笛"：借指宴饮。"楼上"：城楼之上。"无更"：没有打更报警之人。"洛下仍传箭"：洛下即洛阳；传箭是唐代报警的一种形式，杜甫《投赠哥舒开府翰二十韵》有"青海无传箭，天山早挂弓"诗句。卢纶此句是说，此时正值河北河南有战事之时。"关西"：今陕西函谷关以西，唐朝都城长安所在地。"五湖"：指古时位于长江三角洲的太湖，曾名震泽，又名五湖。

泊秦淮

（唐）杜　牧

烟笼寒水月笼沙，夜泊秦淮近酒家。
商女不知亡国恨，隔江犹唱后庭花。

【诗话】

　　秦淮河自古流经金陵繁华地，历为达官显贵豪门子弟游宴场所。据缪钺《杜牧年谱》，此诗约写于晚唐大中二年（848），已过不惑之年的诗人由睦州刺史任满回朝、取道金陵途中。

　　杜牧（803—852），其祖父杜佑为唐德宗、唐宪宗两朝宰相，并撰有史学名著《通典》。作此诗时杜牧四十五岁，他已递任黄州、池州、睦州刺史，无论阅历眼光，都不可同日而语。金陵曾为六朝旧都，而秦淮乃六朝之胜。如今秦淮是怎样的呢？作者开篇即用两个"笼"字，将烟、水、月、沙四景组成了一个特殊句子："烟笼寒水"乃喻过往，而"月笼沙"尤含讽刺喻现实。"夜泊秦淮"点明时间、地点，交代感慨缘由。杜牧为晚唐有识之士，此番回朝履新史馆修撰，故旧地俯仰兴亡，夜闻《后庭曲》沧桑由生。

　　此诗第三句从字面上看似乎在嘲讽以卖唱为生的歌女，但细辨方能发现，诗人其实是在针砭那些点歌之人。"商女"不知亡国恨，这些知史的官员们也不知吗？这些醉生梦死的"点歌者"们，真是有负朝廷厚望。"犹唱"二字意味深长，表达了作者对大唐命运的深忧。"后庭花"：为南朝末帝陈叔宝所作《玉树后庭花》简称，诗云："妖姬脸似花含露，玉树流光照后庭。花开花落不长久，落红满地归寂中。"被后世喻为亡国之音。

秦淮夜泊

（北宋）贺　铸

官柳动春条，秦淮生暮潮。
楼台见新月，灯火上双桥。
隔岸开朱箔，临风弄紫箫。
谁怜远游子，心旌正摇摇。

【诗话】

　　贺铸（1052—1125），字方回，祖籍山阴，生于卫州（今河南卫辉），宋太祖贺皇后五代族孙。元祐中任泗州、太平州通判。从作者题下注"辛未正月赋"看，此诗应写于元祐六年（1091），乃诗人由泗州通判调任太平州途经金陵时。

　　北宋始于公元 960 年，开启了"文人治天下"的模式，是历史上"唯一没有亡于内乱的朝代"。宋承唐制，唐代于州府之上设"道"，宋代更名为"路"（相当于今天的省级行政架构）。全国东西南北设"四京"：东京开封、西京洛阳、北京大名府、南京河南商丘。时金陵称"昇州"。经济发达，文化繁盛，秦淮北岸"东晋学宫"改文庙后，天下士人更趋之若鹜，有"高山仰止""心向往之"之感。至明清此地方设泮池（古人将考中秀才称作"入泮"）。此诗实为难得记写北宋秦淮"朱箔紫箫繁盛"的佳作。

　　"官柳动春条，秦淮生暮潮"：官柳，语出晋武昌太守陶侃，代指驿道。是说诗人是由泗州通判调任太平通判的一个初春傍晚经此。"双桥"：宋时秦淮河上有镇淮、饮虹两桥（即今糖坊廊、钓鱼台、牛市及评事街一带）。据记载当时两桥均有桥廊，因商家夜市，故灯火繁华。"朱箔"：红漆竹帘，代指商铺林立。"紫箫"：折射宋时秦淮"勾栏瓦肆"之盛。"游子"：指古代读书人为考取功名、游学远方之人。"心旌"：心旌。谓心如悬旌，摇摇不定。

秦 淮

（南宋）范成大

不将行李试间关，谁信江湖道路难。
肠断秦淮三百曲，船头终日见方山。

【诗话】

范成大（1126—1193），南宋"中兴四大诗人"之一，平江吴郡（今江苏苏州）人。绍兴二十四年（1154）进士。初任徽州司户参军、枢密院编修、礼部员外郎等职。乾道六年（1170）奉命使金国，不辱使命而归。后累官中书舍人、四川制置使、知成都府、权礼部尚书、除参知政事等。

范成大素有文名，善写田园风光，诗词不乏哲理高格。这首诗即诗人早年之作。据《石湖诗集》此诗写于绍兴二十三年（1153）秋，诗人赴建康府漕试时所作。"行李"：初义为使者，后代指旅途。"间关"：意为崎岖辗转。《诗经·小雅·车辖》有云"间关车之辖兮，思娈季女逝兮。""肠断秦淮三百曲"：秦淮，唐许嵩《建康实录》云：秦始皇忧"五百年后金陵有天子气，因凿钟阜断金陵长陇以通流，至今呼为秦淮"。此河后被誉为"中国第一历史文化名河"。"方山"：又名天印山（古火山），位于今南京城南郊外，为秦淮河东、南二源汇合处，是金陵通往南方的必经之地。

作者这首绝句属哲理诗，诗的前两句说，不亲自旅行便不懂得行路难；后两句借秦淮河道天然弯曲行舟不易，赞叹那些不怕困难"船头终日见方山"的人。告诉人们在历经波折之后，方能实现"柳岸花明又一村"的理想。

金陵怀古

（唐）许 浑

玉树歌残王气终，景阳兵合戍楼空。
松楸远近千官冢，禾黍高低六代宫。
石燕拂云晴亦雨，江豚吹浪夜还风。
英雄一去豪华尽，惟有青山似洛中。

【诗话】

　　许浑（约 791—858），字用晦，润州人，晚唐最具影响力的诗人之一，五七律尤佳，后人拟之与诗圣杜甫齐名，更有"许浑千首湿，杜甫一生愁"之语。这首诗大概写于大和八年（834）前后，当时诗人中进士之后在江南游历，试图以才学为当地权贵赏识。

　　金陵是孙吴、东晋和南朝宋、南朝齐、南朝梁、南朝陈的故都，隋唐以来由于政治中心转移，无复六朝金粉。金陵的盛衰，成为后代众多诗人"寄慨言志"主题。一般咏怀金陵诗，多指一景一事而言，许浑这首七律则"浑写大意""涵概一切"（俞陛云《诗境浅说》），具有高度的艺术性。

　　诗以追述隋军灭陈发端，写南朝最后一个朝廷在陈后主所制《玉树后庭花》的靡靡之音中覆灭。公元 589 年隋朝大军直逼金陵，陈后主束手就擒。"景阳兵合"：意为兵合景阳宫，此为南朝历史终结。诗人登高而望，故都远近满目松楸荒冢，昔日繁华尽成幻境。接着诗以逆叙手法，用"石燕拂云""江豚吹浪"概括变幻。《方舆胜览》中引《湘中记》云："零陵有石燕，得风雨则飞翔，风雨止还为石。"江豚吹浪意谓风雨不止，象征南朝历史上争战从未停止。全诗以一句"英雄一去豪华尽"，勾画了世间干戈起伏和南朝历代王朝的兴亡交替，抒发了对于繁华易逝的感慨。

隋朝统一后定都洛阳,金陵和洛阳都有群山环绕,所以李白《金陵三首》先有"山似洛阳多"诗句,许浑"惟有青山似洛中"化用,是说今日金陵除去山川地势没变,其他宫阙旧迹一切都已不复存在。

南 朝

（唐）李商隐

玄武湖中玉漏催，鸡鸣埭口绣襦回。
谁言琼树朝朝见，不及金莲步步来。
敌国军营漂木柹，前朝神庙锁烟煤。
满宫学士皆颜色，江令当年只费才。

【诗话】

玄武湖古称桑泊,地处南朝宫城之北与钟山之阴,故旧称北湖、后湖。昔日玄武湖与长江相通,湖面比今天大得多。"鸡鸣埭":位于今南京鸡笼山以东与钟山相接之地,因齐武帝晨猎钟山射雉,至此闻鸡鸣故名。

这首诗作于大中十一年(857)诗人任盐铁推官游江东之时。"玄武湖中玉漏催":讲的是自宋孝武帝湖上阅兵起,至陈宣帝时湖上演兵之盛,时人有"五百楼船十万兵,登高阅武阵云生"之叹。"鸡鸣埭口绣襦回":是说齐武帝晨猎故事,绣襦回,指不带宫女出行。"琼树":指陈后主所作《玉树后庭花》。"金莲":源自齐东昏侯萧宝卷凿金为莲贴地,令潘妃行其上。诗以"谁言琼树朝朝见"起兴(朝是多音字,诗句中应读cháo,意为一朝一朝),用南朝齐开国皇帝萧赜夙兴夜寐,与只留下《玉树后庭花》曲的南朝陈末帝荒废国政典故作对比,即将宋齐梁陈一百七十年的南朝历史一笔勾尽。"敌国军营漂木柹":指开皇九年(589)隋文帝灭陈之前,不仅下诏数点陈后主二十款大罪、公开散发征讨檄文遍谕江南、建造战船故意将木片刨花抛入江中（顺流而下）震慑对方。但沉湎享乐、荒废朝政的陈国末帝自恃长江天险，直到二十万隋军兵临城下，才慌不择路领着两个宠妃躲进"辱井"，成为千古笑柄。"前朝神庙锁烟煤"：是说连先帝宗庙也无人祭祀了。诗最后"满宫学士皆颜色"句是说：一个帝王不以国家为重，就是拥有三朝元老、掌管军事才能出众的江总，面对国势日下也无能为力。江总（518—594），字总持，祖籍济阳（今河南兰考）人，后侨居南徐州。曾任梁、陈、隋三朝。陈后主时官至尚书令，故称"江令"。

　　李商隐（约 813—858）是晚唐杰出诗人，一生潦倒于"牛李党争"中，只活了四十六岁。后人崔珏《哭李商隐（其二）》诗云："虚负凌云万丈才，一生襟抱未曾开。"

梁　寺

（唐）汪　遵

立国从来为战功，一朝何事却谈空。
台城兵匝无人敌，闲卧高僧满梵宫。

【诗话】

　　汪遵（866 前后在世），徽州宣城（今安徽泾县）人，咸通七年（866）登进士第，长于咏古绝句。元代辛文房《唐才子传》称其与胡曾齐名，有诗集传世。

　　梁代（502—557）历经武帝萧衍、简文帝萧纲、元帝萧绎、敬帝萧方智四朝，自萧衍起崇尚佛教，在当时的国都建康（即金陵），建造了很多寺院，消耗国力于佛门，而不施恩于战士，以致公元 549 年南朝梁武帝临危无救，饿死台城。这首诗即就此事发论，寓立论于叙事描写之中，足见唐人运用绝句形式的自如。

"梁寺"：即指南朝自梁代起大建僧寺之事。"谈空"：即崇尚佛教，佛教以空为最高境界。"台城兵匝无人敌"句：是说梁代叛将侯景围台城时，四方救兵到者三十多万，没有愿与侯景决战的。"梵宫"：佛寺。

石头怀古

（唐）曹　松

日月出又没，台城空白云。
虽宽百姓土，渐缺六朝坟。
禾黍是亡国，山河归圣君。
松声骤雨足，几寺晚钟闻。

【诗话】

曹松（830—903），字梦徵，舒州（今安徽潜山）人。诗崇贾岛，应进士举多年不中，曾游历南方。天复元年（901），皇帝从一场宫廷政变中复位，于是开恩下诏对本朝金榜失意多年的"老龄举子"加以照顾。年逾六旬者五人上榜，其中曹松与王希羽皆已七十，遂人称此为"五老榜"。曹松登科后官秘书省校书郎，没有几年就去世了。

这首不同于常见的《怀古》诗，作者未明写登临四望，却于开端写"日月消逝，台城空有白云"，感叹不复往日景象。中两联由六朝坟墓渐少、遍地所见惟庄稼，由此追忆这片"禾黍"之地曾是亡国之都，山河已归本朝圣君。关于六朝坟，数十年前的张祜《过石头城》先有诗句"累累墟墓葬西原"。此诗最后以景收尾，与当年"南朝四百八十寺，多少楼台烟雨中"的都城繁盛相较，如今已是寺庙杳然，历史的骤雨扫荡了一切，令人产生强烈对比感。诗人生于晚唐，此诗一如为繁华过后而写的挽歌。

曹松同时还留下一首《己亥岁》:"泽国江山入战图,民生何计乐樵苏。凭君莫话封侯事,一将功成万骨枯。"在唐代众多诗人数万诗篇当中,有此一篇传诵应属无憾了。

台　城

（唐）韦　庄

江雨霏霏江草齐,六朝如梦鸟空啼。

无情最是台城柳,依旧烟笼十里堤。

【诗话】

诗题《台城》,乃六朝时对朝廷禁省(行政中枢尚书台)所在地的简称。据考古,其遗址应在今南京玄武湖之南、大行宫以北。这里原是三国时吴国后苑城,至晋成帝改为朝廷庙堂。此后到南朝宋齐梁陈结束,这里一直是皇宫禁地。

韦庄(836—910),字端己,杜陵(今属陕西)人,乃唐玄宗朝宰相韦见素之后,唐乾宁元年(894)登进士第。中和三年(883)韦庄客游江南,在目睹六朝故都繁华销尽之后,作此诗以抒发世易时移感慨。此诗流传最广句是"无情最是台城柳"(而此处"柳"也是理解这首诗的核心)。中国古代柳是送别的象征,人间之别折柳相送本已伤心,而此处韦庄天才般的将柳视为送别一个又一个朝代的象征,不得不说此处的台城之柳,是何等的无情与伤情。"空啼"喻唤不醒。尾句是说世事变幻,而见证六朝历史的柳"依旧烟笼十里堤"。

金陵图

（唐）韦　庄

谁谓伤心画不成，画人心逐世人情。
君看六幅南朝事，老木寒云满故城。

【诗话】

　　诗人韦庄，乃韦应物四世孙，唐朝花间派词人，词风清丽。与韦庄同时代的诗人高蟾写过一首《金陵晚眺》："曾伴浮云悲晚翠，犹陪落日泛秋声。世间无限丹青手，一片伤心画不成。"将韦庄这首《金陵图》与之比较更耐人寻味：一个感叹"一片伤心画不成"，一个反驳"谁谓伤心画不成"。其实二人都是借"六朝旧事"抒发对晚唐国运的忧虑，艺术上异曲同工。

　　"金陵"：南京古名，公元前472年越王勾践灭吴，命范蠡在今中华门外筑越城；公元前333年楚威王灭越，选石头山筑邑，取名金陵。后又称建康、建业等。"画人心逐世人情"是韦庄此诗的深刻之处。这幅《金陵图》概括的是：从公元229年孙权称帝定都建业，到公元589年隋文帝杨坚灭陈，前后在金陵建都的东吴、东晋、南朝宋齐梁陈六个朝代三百六十年历史。诗人设想了一个"历史画人"，用"心逐世人情"之视角，揭示人心向背、兴亡使然的规律，由此构成了这幅金陵图。诗人在否定了"伤心画不成"后，随即举出了无可辩驳的例证："君看六幅南朝事，老木寒云满故城。"意思是请看这幅《金陵图》吧，昔日谢朓《入朝曲》描绘的景象已荡然无存，如今只剩故家乔木，一片荒凉。这不正是在此建都的六个朝代，一个个曾经辉煌、但又一个个悲愤相续消失，只剩下"一片伤心"的写照吗？

金陵怀古

（唐）王贞白

恃险不种德，兴亡叹数穷。
石城几换主，天堑谩连空。
御路叠民冢，台基聚牧童。
折碑犹有字，多记晋英雄。

【诗话】

王贞白(875—958)，字有道，号灵溪，信州永丰(今江西上饶)人，唐乾宁二年(895)进士第，七年后授职校书郎，但不久后又弃官归隐，将余生献给了家乡子弟，创建"山斋书舍"传道解惑。尝与罗隐、方干、贯休等名士同游唱和，号称"江西四大诗人"。著有《灵溪集》七卷传世。南唐中兴元年(958)病卒故里，时值后梁，朝廷敕王贞白为光禄大夫上柱国公封号，建道公祠。诗人早年曾在江西庐山五老峰白鹿洞读书，用诗句记述了自己读书志向："读书不觉已春深，一寸光阴一寸金。不是道人来引笑，周情孔思正追寻。"这首《白鹿洞》诗至今广为流传。

这首《金陵怀古》应写于天祐元年(904)诗人弃官归隐之后。此时大唐已远非昔比，势同当年六朝。与唐代众多名家"兴亡叹数穷"不同，此诗提出了"德兴"。纵观六朝历史"德兴则兴，德亡则亡"，警言"折碑犹有字，多记晋英雄"。将金陵之"险"险在"德失"一语道破："石城几换主，天堑谩连空。"赞美历史至今留下的只是"新亭"王导、"淝水"谢安，以及参加北伐、平定叛乱的庾亮、祖逖、陶侃、檀道济那样实干兴邦的英雄。

"种德"：据诗意应指要居安思危、谋划长远、得人者兴、失人者崩。"叹数穷"：数指气数。讽刺目光短浅的政治。"天堑谩连空"：天堑指长江。谩,无丝毫改变。"御路叠民冢":冢,坟墓。"台基":指金陵台城,六朝行宫及君王行使权力之所。"英雄":指有功于社会历史进步的人。诗句未举具体英雄而留后人深远想象。

江南春绝句

（唐）杜 牧

千里莺啼绿映红，水村山郭酒旗风。
南朝四百八十寺，多少楼台烟雨中。

【诗话】

这首诗是唐文宗大和七年(833)春,时年三十岁的杜牧奉幕主沈传师之命,由宣州(今安徽宣城)经江宁,前往扬州访淮南节度使牛僧孺途中所作。

杜牧(803—852)出生的时代,一方面藩镇割据、宦官专权、牛李党争等事件层出,另一方面宪宗当政醉心于长生不老,一心佞佛(韩愈为此上《谏佛骨表》被逐)。宪宗死后,继帝穆宗、敬宗、文宗照例崇佛,时天下"法流十道""寺满百城",朝廷负担日重而国力日减。诗人这一年来到江南,目睹处处"水村山郭酒旗风"之地寺庙相连,尤闻梁武帝以倡佛为正统,到头来不仅未得朝运长久,反而误国害民一场空,遂"以诗为画"极写咏叹。

诗人自幼博通经史,二十三岁即写出名动长安的《阿房宫赋》见经世之才。其一生在咏史抒怀与写景诗中往往触及时事,这首绝句即隐机藏锋之作。此诗表面勾画了一幅微缩版的唐代"江南清明上河图",实则借"多少楼台烟雨中",在审美的同时予以讽刺,使此诗令人回味。

《孟子》中有云:"三里之城,七里之郭。"此处"郭"指城外。"酒旗":

古代一种挂在门前作为酒店标记小旗。"南朝"：特指西晋后以长江划界与北朝并立的宋、齐、梁、陈政权。"四百八十寺"：据《南史·循吏·郭祖深传》"都下佛寺五百余所"，此处四百八十寺为虚指，指佛寺众多。"多少楼台烟雨中"：楼台，指当时寺院建筑不仅规模大而且豪华。

金陵九日

（唐）唐彦谦

野菊西风满路香，雨花台上集壶觞。
九重天近瞻钟阜，五色云中望建章。
绿酒莫辞今日醉，黄金难买少年狂。
清歌惊起南飞雁，散作秋声送夕阳。

【诗话】

唐彦谦（约 874 年进士），字茂业，并州（今山西太原）人。《唐才子传》云："咸通末，举进士及第。中和，王重荣表荐河中从事，历节度副使，晋、绛二州刺史。重荣遇害，彦谦贬汉中掾（州郡长官属员）。兴元节度使杨守亮留署判官，寻迁副使，为阆州刺史。"又载"彦谦才高负气"，"博学足艺，尤长于诗，亦其道古心雄，发言不苟，极能用事，如自己出。初师温庭筠，调度逼似，伤多纤丽之词，后变淳雅，尊崇工部（即杜甫）。唐人效甫者，惟彦谦一人而已……有诗集传于世，薛廷珪序云"。《全唐诗》收其诗二卷又十一首。

"九日"：古时多指重阳节。唐王勃《九日》诗："九日重阳节，开门有菊花。不知来送酒，若个是陶家。"卢照邻《九月九日登玄武山》："九月九日眺山川，归心归望积风烟。他乡共酌金花酒，万里同悲鸿雁天。""雨花台"：位于今南京安德门外。相传南朝梁武帝时，有高僧云光法师在此开坛讲经，盛况空前，感动上天，遂落花如雨，化作遍地绚丽石子，雨花台由此得名（见《心地观经》）。"壶觞"：指酒器。唐白居易《将至东都先寄令狐留守》："诗境忽来还自得，醉乡潜去与谁期。东都添个狂宾客，先报壶觞风月知。""钟阜"：指南京紫金山。"建章"：汉武帝于长安城外所建宫殿名称，又南朝宋前废帝（刘子业）亦在建康以北邸为建章宫，故后世又常以此代指六朝都城。此诗应是作者年轻时游金陵所作。

浪淘沙令

（北宋）王安石

　　伊吕两衰翁，历遍穷通。一为钓叟一耕佣。若使当时身不遇，老了英雄。　　汤武偶相逢，风虎云龙。兴王只在笑谈中。直至如今千载后，谁与争功。

【诗话】

　　王安石（1021—1086），字介甫，临川（今江西抚州）人。北宋著名政治家、文学家、思想家、改革家。一生经历宋仁宗、英宗、神宗、哲宗四个朝代。十六岁随父入京，二十二岁登进士。嘉祐三年（1058），进京述职时作《上仁宗皇帝言事书》，长达万言；熙宁元年（1068）应神宗诏越次入对，再上《本朝百年无事札子》陈述改革主张。翌年以谏议大夫参知政事、拜同中书门下平章事。这首词即作于熙宁二年，作者以翰林学士授任参知政事之际。

　　"伊吕"：指伊尹与吕尚。伊尹名挚（尹为官职），乃伊水旁的弃婴，后居莘农耕。汤王擢用除夏桀，伊挚遂成商朝开国功臣；吕尚姓姜，字子牙，晚年垂钓渭滨遇周文王，后辅武王灭商，封侯于齐。"汤武"：汤，商朝创建者商汤王；武，周朝建立者周武王。"风虎云龙"：取《易经》"云从龙，风从虎"，以风云喻贤臣，龙虎比明君，意为明君与贤臣同心合力兴邦建国。词人引古喻今，赞美知遇，表达直到千载之后，识才、用才又有谁能忘记汤武二人呢！

作者自幼立志"致君尧舜"，直到熙宁元年宋神宗继位后，他才有了类似"汤武相逢"可以干一番大事业的机遇。此令明为称颂"良才遇圣"，实为抒发作者得神宗支持而欲大展宏图的豪迈情怀。写此词时，作为北宋"改革派"政治家，词人迫切希望宋神宗能像历史上的"汤武"一样对自己信任，支持变法，同时亦暗示一定不负知遇。所以本词不同于一般笼统空泛的咏史词，而是政治家借古喻今的杰作。历史上怀才不遇者不胜枚举，故这首《浪淘沙令》引无数仁人志士共鸣。

桂枝香·金陵怀古

（北宋）王安石

登临送目，正故国晚秋，天气初肃。千里澄江似练，翠峰如簇。归帆去棹残阳里，背西风、酒旗斜矗。彩舟云淡，星河鹭起，画图难足。　　念往昔、繁华竞逐，叹门外楼头，悲恨相续。千古凭高，对此谩嗟荣辱。六朝旧事随流水，但寒烟、芳草凝绿。至今商女，时时犹唱，后庭遗曲。

【诗话】

王安石，庆历二年（1042）登进士，历任江、浙、皖等地州县官吏十余年。自仁宗嘉祐三年（1058）进京述职始呈《上仁宗皇帝言事书》后，熙宁元年（1068）神宗即位，作者再上《本朝百年无事札子》阐述宋初百年太平无事原因，指出当朝危机四伏社会问题，期望神宗政治上有所建树。熙宁二年宋神宗擢王安石为参知政事、同中书门下平章事，主持变法。熙宁七年王安石第一次罢相，熙宁八年复拜同中书门下平章事。仅一年再次罢相。这首词即作于熙宁七年新法推行首遇挫折，作者被罢相，以吏部尚书、观文殿大学士出知江宁府时。

"故国":指历史上曾先后在金陵建都的孙吴、东晋,南朝宋、齐、梁、陈六个朝代。"千里澄江":指当年划分南北朝的长江。"彩舟云淡,星河鹭起":这句是说千里长江之上的归帆去棹,在残阳里犹如彩舟渐行渐远,直到星河鹭起无影无踪。"门外楼头":指南朝陈后主被俘国亡之事。语出杜牧《台城曲》:"门外韩擒虎,楼头张丽华。"相传隋朝大将韩擒虎率军从朱雀门攻入金陵时,陈后主还在宠妃张丽华的结绮阁中寻欢作乐。"千古凭高":站在高处俯视千古兴亡。"谩嗟":谩,通"漫",意为空叹。"但寒烟、芳草凝绿":芳草指登临送目、千古凭高,力主通过改革使大宋革故鼎新、再次强盛的作者自己。"后庭遗曲":指后人视为亡国之音的《玉树后庭花》,这里指当时反对改革的各种声音。

历经百年的北宋王朝,当时外临西夏与辽国侵扰,朝廷一方面每年向西夏和辽输纳大量银币、丝绢、茶叶;另一方面又要承担冗官、冗兵、冗费导致的沉重负担。为此作者借"念往昔、繁华竞逐,叹门外楼、头悲恨相续"抒发对守旧派误国的愤懑。据《古今词话》,宋代多有写《桂枝香》者,只王介甫之作为绝唱。后人谓此词辞语精炼、思力深透、境界阔大,开创雄浑豪迈的苏辛词之先声。

泊船瓜洲

(北宋)王安石

京口瓜洲一水间,钟山只隔数重山。
春风又绿江南岸,明月何时照我还。

【诗话】

王安石是北宋历史上中流砥柱之人物,一生两次拜相:第一次为熙宁二年(1069),宋神宗拜王安石为翰林学士参知政事、同中书门下平章事,主持变法;第二次为熙宁八年,复拜王安石同中书门下平章事,加左仆射、兼门下侍郎。此诗即写于熙宁八年二月,作者第二次拜相奉诏进京,途经瓜洲之时。

　　诗人景祐四年(1037)随父王益通判江宁府(今江苏南京)定居,到熙宁元年宋神宗立,诏"以故官知江宁府",以及之后第一、第二次罢相均选江宁退居,与江宁结下不解之缘。诗中"京口瓜洲一水间,钟山只隔数重山";"只隔"一词,道出了诗人与钟山亲近的心理距离。第三句借春风拂煦之下的江南原野,流露出无暇饱览的遗憾。末句见归意表露,可见在当时复杂的政治斗争中,诗人早已萌生脱离旋涡的心态。"春风又绿江南岸"句历来被传为改字佳话。据洪迈《容斋随笔》,诗人此句用字曾选"到、过、入、满"等十余字都不满意,最后选定"绿"字。《童蒙诗训》称"文字频改,工夫自出"。之前唐人已有用"绿"字描写春风者,如丘为《题农父庐舍》:"春风何时至,已绿湖上山。"不同的是,王安石此诗所体现的是人生政治抱负的整体情感,故此诗超越前人,给读者留下了更深刻的印象。

　　"京口",即今镇江,古时累土筑台为京,金陵建都后镇江由此称京口。"瓜洲",乃与镇江隔江相望的扬州江中之岛,古因其岛形似"瓜",故称瓜洲。

千秋岁引·秋景

(北宋)王安石

　　别馆寒砧,孤城画角。一派秋声入寥廓。东归燕从海上去,南来雁向沙头落。楚台风,庾楼月,宛如昨。　　无奈被些名利缚,无奈被他情担阁。可惜风流总闲却。当初谩留华表语,而今误我秦楼约。梦阑时,酒醒后,思量著。

【诗话】

　　千秋岁引:又名《千秋岁令》《千秋万岁》。此调即《千秋岁》添减摊破而成。令、引、近、慢：唐五代至北宋前期，词的字句不多称为令词；北宋后期，出现了篇幅较长，字句较繁的词，称为慢词。令、慢是词的两大类别。从令词发展到慢词，还经过一个不长不短的形式，称为"引"或"近"。明朝人开始把令词称为小令，引、近列为中调，慢词列入长调。令，大概唐代人宴乐时，以唱歌劝客饮酒，歌一曲为一令。引，本来是一个琴曲名词，古代琴曲有《箜篌引》《走马引》。宋人取唐五代小令，曼衍其声，别成新腔，名之曰引。

此词为王安石推行新法失败、第二次被罢相后退居金陵的晚年之作。王安石一方面以雄才大略著称于史，另一面在激烈的政治旋涡中也时时泛起激流勇退、功名误身的感慨。这首词便是作者晚年思想的表露。明代杨慎《草堂诗余》评点："荆公此词，大有感慨，大有见道语。既勘破乃尔，何执拗新法，铲灭正人哉？"

词的上片写景为主："别馆"指半山园。此园是王安石第二次罢相后，回到江宁所建居所，后王安石将其捐出，宋神宗赐额"报宁禅寺"，后世又称"半山寺"，他则迁居秦淮河畔居住直到去世。"孤城"：中山门外城墙下。"画角"：古代军中乐器，其音哀厉清越，高亢动人。上三句是耳之所闻，下两句乃目之所见。燕子东归、大雁南飞，激起了词人久客异乡、身不由己的久别返归思绪。"楚台风"：宋玉《风赋》"楚襄王游于兰台之宫，宋玉、景差侍，有风飒然而至，王乃披襟而当之曰：'快哉此风！'"即用此典。"庾楼月"：典出《世说新语·容止》："庾太尉在武昌，秋夜气佳景清，使吏殷浩、王胡之徒登南楼赏月。"下片抒怀，道词人思归之因：无奈名缰利锁世情俗态缚人手脚，感叹自己平生抱负"风流总闲却"。"华表语"：华表又称诽谤木，开明帝王立于庙堂之外以听民意。"秦楼约"：秦穆公女儿弄玉与吹箫郎萧史的典故，二人吹箫合奏引来龙、凤，乘之而去。这里王安石借以抒发对政治的失望，对失去神宗信任无法继续"熙宁新政"的慨叹。"梦阑、酒醒、思量"，言人生本是一场大梦，《庄子·齐物论》上说，只有从梦中醒来的人才知道原先是梦。

江亭晚眺

（北宋）王安石

日下崦嵫外，秋生沉砀间。
清江无限好，白鸟不胜闲。
雨过云收岭，天空月上湾。
归鞍侵调角，回首六朝山。

【诗话】

王安石此诗写江边饱览江景、落日、晚风、清流、白鸟，直至云收月上，始跨鞍归去，但角声山影，尤其置身六朝形胜，仍然使人留连不已。

崦嵫(yān zī)：山名，位于今甘肃省天水市。中国古代传说中的"日没所入山也"。屈原《离骚》云："吾令羲和弭节兮，望崦嵫而勿迫。路漫漫其修远兮，吾将上下而求索。""沉砀"：沉指露气，砀指山石。语出《汉书·礼乐志》所载《郊祀歌》："西颢沉砀，秋气肃杀。"调角：谓成曲调的鼓角之声。这句是说金陵历经兴亡，回首六朝山仿佛犹能听到鼓角之声。

梅　花

（北宋）王安石

墙角数枝梅，凌寒独自开。
遥知不是雪，为有暗香来。

　　王安石自幼便有"晨破书海,重整万里江山"之志。二十二岁登杨置榜进士第四。熙宁元年(1068)宋神宗诏越次入对,诗人上《本朝百年无事札子》,主张"发富民之藏"以救贫民,"富国强兵",实施全面改革。神宗以"谏议大夫参知政事"委其以主朝。时王安石写下著名《元日》诗:"爆竹声中一岁除,春风送暖入屠苏。千门万户瞳瞳日,总把新桃换旧符。"但六年来新政推行不辍,反对者亦谤议不绝。熙宁七年春,天下大旱,饥民流离入京,致使王安石首被罢相。次年二月,宋神宗再次起用王安石,复拜其为同平章事,加左仆射兼门下侍郎,继续推行新政。仅一年,王安石又再次被罢相。此时退居金陵"半山园"的作者政治上空前孤独,但仍对宋神宗抱有希望,自比傲雪寒梅,故作此诗。

　　"梅"为古代四君子,以不畏严寒、凌寒绽放的品格为世人喜爱。"独自":无惧旁人眼光坚持自己的理想。《宋史》王安石本传中云"天变不足畏,祖宗不足法,人言不足恤"最能体现荆公个性。"暗香":表达作者对"熙宁新政"改革"三冗"(冗官、冗兵、冗费),必将给百姓社会带来长久益处的自信。后人评此为"绝世梅诗"。作者第二次被罢相后,熙宁十年(1077)受封舒国公,元丰二年(1079)宋神宗又进封王安石为荆国公。元丰八年神宗驾崩、宋哲宗赵煦即位,新法先后废罢。翌年四月作者病逝于金陵。

莘老茸天庆观小园有亭北向道士山宗说乞名与诗

(北宋)苏　轼

春风欲动北风微,归雁亭边送雁归。

蜀客南游家最远,吴山寒尽雪先稀。

扁舟去后花絮乱，五马来时宾从非。

惟有道人应不忘，抱琴无语立斜晖。

【诗话】

宋代所称"天庆观"，即位于今天南京市莫愁路与王府大街之间的朝天宫。朝天宫乃"金陵第一名胜"，历史上有七个名字：春秋时叫冶城，东晋宰相王导在此筑西园，南朝更名总明观（供人揽胜），唐朝叫太清宫，宋代称天庆观，元朝称玄妙观，至洪武十七年（1384）朱元璋亲赐御笔"朝天宫"（天子朝觐上天之地），相当于当年南京的天坛。

朝天宫建于冶山之上，因其独特地理——古代此地上游聚宝山（公元前 472 年范蠡筑越城）、中游石头山（今名清凉山，公元前 333 年楚威王筑金陵邑）、下游卢龙山（今名狮子山），皆为长江古道。因此引历代骚人墨客登临，留下众多佳作。有记载东晋王导、谢安，南朝江淹、唐代李白，宋代王安石、陆游、辛弃疾均到过此地揽胜。元朝皇帝元文宗、清朝皇帝康熙、乾隆均驻跸于此。

宋神宗熙宁六年（1073）苏轼任杭州通判，冬往常、润、苏、秀等州赈济灾民，过金陵，诗大概即作于此时。"蜀客"：即诗人自称。来的季节是"吴山寒尽雪先稀"。诗人来此凭吊的是"吴越之争"越国灭吴后范蠡扁舟而去，以及东晋建都金陵"五马来时宾从非"。五马：指琅琊王司马睿、西阳王司马羕、南顿王司马宗、汝南王司马祐、彭城王司马纮，晋末永嘉年间北方大乱南渡至此。诗人想象自己走后，在此修行的道友山宗说一定是夕阳西下时"抱琴无语"目送自己。

朝天宫清代为孔子文庙，前照壁有"万仞宫墙"四个大字，出自《论语·子张》："夫子之墙数仞，不得其门而入。"文庙前左右牌坊，有清人曾国藩手书："德配天地""道贯古今"。

怀金陵（其一）

（北宋）张　耒

曾作金陵烂漫游，北归尘土变衣裘。
芰荷声里孤舟雨，卧入江南第一州。

【诗话】

张耒（1054—1114），字文潜，号柯山。原籍亳州谯县（今安徽亳州），后迁居楚州（今江苏淮安）。宋神宗熙宁年间（1068—1077）登进士，历任临淮主簿、著作郎、史馆检讨；哲宗朝，以直龙阁知润州；徽宗初召为太常少卿。两次被指为元祐党人遭贬谪，元祐中落职。诗歌受白居易、张籍影响，平易流畅，代表作有《少年游》《风流子》等。宋人汪藻《浮溪集》评："元祐中，两苏公以文倡天下，从之游者，公与黄鲁直、秦少游、晁无咎，号'四学士'，而文潜之年为最少。公于诗文兼长，虽当时鲜复公比。"

此诗应写于熙宁六年至元丰八年（1073—1085）间，此时张耒先后在安徽、河南等地做了十多年县尉、县丞一类地方官，并因"秩满改官"不断往来京洛间。诗人曾有《悼逝》诗自嘲"我迂趋世拙，十载困微官"，即写这段经历，但这首《怀金陵》还是让后人一睹作者阳光性格。"曾作金陵烂漫游"写诗人对金陵的回忆，怀想"芰荷声里孤舟雨"，神游"卧入江南第一州"。可见北宋时的金陵是如何韵致。"烂漫"：犹言浪漫，无拘无束、自由自在。"变衣裘"：使衣裘变色，极言北方尘土之多，以此衬托江南的山清水秀。"芰"：四角菱。"第一州"：北宋金陵称昇州，因人口众多、经济繁荣，故曰"江南第一州"。

望金陵行阙

（南宋）范成大

圣代规模跨六朝，行宫台殿压金鳌。
三山落日青鸾近，双阙清风紫凤高。
石虎蹲江蟠王气，玉麟涌地镇神皋。
太平不用千寻锁，静听西城打夜涛。

【诗话】

范成大（1126—1193），字致能，平江吴郡（今江苏苏州）人。绍兴二十四年（1154）进士，历任徽州司户参军、著作佐郎兼国史编修官、礼部员外郎、四川制置使、权礼部尚书、除参知政事等职。与杨万里、陆游、尤袤并称南宋"中兴四大诗人"。宋孝宗淳熙八年（1181），朝廷因范成大治郡有劳，擢端明殿学士，三月任建康知府。但据考，此诗为宋高宗绍兴二十三年秋，作者赴建康府漕试时作。诗人《石湖诗集》卷一最后一首《南徐道中》原注"以下赴金陵漕试作"，其下即《望金陵行阙》一诗，卷二第一首。

南宋建炎元年（1127），宋高宗赵构南渡后首选建康为行在所，绍兴元年迁都临安（今浙江杭州），又以建康为陪都，大兴土木建行宫。诗人这首《望金陵行阙》即针对此事而作。在诗人心中，历史上的六朝都是偏安局面，南宋仅差胜于六朝，并无可夸耀之处。所以这首诗开头说"圣代规模跨六朝"，结尾说"太平不用千寻锁"都有讥讽之意。

诗题"行阙"：行宫前的阙门，这里代指行宫。诗句"青鸾"与"紫凤"均为帝王御用装饰。"皋"：泽边地，"神皋"犹言国土。"千寻锁""打夜涛"句，分别引刘禹锡《西塞山怀古》及《石头城》诗意境，是说真正的太平强盛无须千寻锁，若不力图恢复中原，命运可知。

念奴娇·登建康赏心亭呈史致道留守

(南宋)辛弃疾

我来吊古,上危楼,赢得闲愁千斛。虎踞龙蟠何处是,只有兴亡满目。柳外斜阳,水边归鸟,陇上吹乔木。片帆西去,一声谁喷霜竹。　　却忆安石风流,东山岁晚,泪落哀筝曲。儿辈功名都付与,长日惟消棋局。宝镜难寻,碧云将暮,谁劝杯中绿。江头风怒,朝来波浪翻屋。

【诗话】

辛弃疾(1140—1207),字幼安,号稼轩,历城(今山东济南)人。宋孝宗乾道四年(1168)被派建康府(今江苏南京)通判。他一路游蒋山、过清溪、访桃叶渡、登赏心亭,写下这首《念奴娇》。淳熙元年(1174),作者三十五岁时再度来到建康,又写下了《水龙吟·登建康赏心亭》和《菩萨蛮·金陵赏心亭为叶丞相赋》,由此成就了赏心亭千古盛名。

建康既是南宋行都所在,也是宋金对峙的长江下游重要战略据点。作者写这首词时已二十八岁,之前曾率五十骑闯金兵五万人大营,生擒叛将张安国归宋。隆兴元年(1163)宋高宗传位宋孝宗赵昚,孝宗即位后欲有所作为重用老将张浚,但又安排"主和派"史浩参知政事。是年辛弃疾上《进论阻江为险须借两淮疏》:提出"无淮不能保江";乾道元年辛弃疾又进《美芹十论》,包括"定都金陵、恢复中原",结果均未被采纳。故辛弃疾借这首《念奴娇》"却忆安石风流,东山岁晚,泪落哀筝曲"寄语史致道,表达对"议和派"误国的激愤之情。

赏心亭位于清凉山(旧石头城)下,今南京水西门秦淮河畔。"闲愁千斛":斛,古代量器十斗为斛。"陇上吹乔木":陇上,指北方;乔木,喻故国或故里,《文选·还至梁城作》云:"故国多乔木,空城凝寒云。""安石"：东晋谢安，字安石。"泪落哀筝曲"：是说谢安被疏远后，时孝武帝设宴款待大将桓伊，桓伊为孝武帝弹了一曲《怨诗》，借以表达谢安赤忠而见疑的委屈，引谢安泪下沾襟。"宝镜难寻"：典出唐代《松窗杂录》：秦淮有渔人网得能照人五脏六腑的宝镜，渔人大惊，失手落水不能再得。作者借此表达报国之心无人鉴察。

水龙吟·登建康赏心亭

（南宋）辛弃疾

　　楚天千里清秋，水随天去秋无际。遥岑远目，献愁供恨，玉簪螺髻。落日楼头，断鸿声里，江南游子。把吴钩看了，栏干拍遍，无人会登临意。　　休说鲈鱼堪脍，尽西风，季鹰归未。求田问舍，怕应羞见，刘郎才气。可惜流年，忧愁风雨，树犹如此。倩何人，唤取盈盈翠袖，揾英雄泪。

【诗话】

　　此词作于淳熙元年（1174），作者由滁州知府改调江东安抚司参议官再次任职建康时。这是稼轩早期词中最负盛名的一篇。其时作者南归已逾十年，看到神州北方江山依旧沦为敌手、自己壮志难酬，故而作此壮词。

　　上篇以山水起势："遥岑远目"以实带虚，"献愁供恨"乃词题旨。以下七个短句，一气呵成，在阔大苍凉的背景中，将一个"男儿何不带吴钩，收取关山五十州"胸怀大志的江南游子，刻画得神肖毕现。下片词人连用三个典故，借历史人物张翰、许汜、桓温，以一波三折的手法抒怀。结尾叹"倩何人，唤取盈盈翠袖，揾英雄泪"，让千秋之下的读者皆身临其境。

　　"楚天"：战国时楚国据有南方大片土地，所以古人泛称南方天空为楚天。"遥岑"：远处的山岭；岑为小而高的山，此指作者登楼北望。"断鸿"：失群的孤雁。"吴钩"：吴地所制佩剑。唐李贺有诗云："男儿何不带吴钩，收取关山五十州。""鲈鱼堪脍"：是说原东吴人张翰，晋初仕齐王司马冏为东曹掾，晋将乱，因思故乡吴地而弃官归隐，卒避晋乱。"求田问舍"：三国时许汜向刘备抱怨陈登看不起他，刘备批评许汜在国家危难之际只顾置地买房，因被君子耻笑。"树犹如此"：见《世说新语》卷上《言语》："桓公北伐，经金城，见前为琅邪时种柳，皆已十围，慨然曰：'木犹如此，人何以堪！'攀枝执条，泫然流泪。"是说东晋桓温北伐经过金陵城而慨叹时光易逝。

菩萨蛮·金陵赏心亭为叶丞相赋

（南宋）辛弃疾

青山欲共高人语，联翩万马来无数。烟雨却低回，望来终不来。　　人言头上发，总向愁中白。拍手笑沙鸥，一身都是愁。

【诗话】

此词写于淳熙元年（1174）春，作者任江东安抚司参议官，与当时在建康任江东安抚使兼建康留守的叶衡（字梦锡）同登赏心亭时所作。后叶衡调京城临安，拜右丞相兼枢密使。

这首《菩萨蛮》从标题便可知是一首送别词。上阕写与自己心中敬重的、同属"力主恢复中原"的叶衡登亭话别，述报国无门感慨。词中"高人"即指德高望重叶衡，"青山"喻走不了的自己，意取王昌龄《送柴侍御》诗"青山一道同云雨，明月何曾是两乡"。是说青山有情、高人难遇。"联翩万马来无数"：是说孝宗即位后数度有为恢复中原，但最终受制于"主和派"而未能实现。下阕难掩壮士之愁，作者借沙鸥"一身都是愁"，流露"闲愁最苦""人不负春春自负"的心声。淳熙八年，辛弃疾罢职退居上饶，过江西博山时又写下《丑奴儿·书博山道中壁》："少年不识愁滋味，爱上层楼，为赋新词强说愁。　　而今识尽愁滋味，欲说还休。欲说还休，却道天凉好个秋。"

新　亭

（南宋）刘克庄

此是晋人游集处，当时风景与今同。

不干铁锁楼船力，似是蒲葵麈柄功。

几簇旌旗秋色里，百年陵阙泪痕中。

兴亡毕竟缘何事，专罪清谈恐未公。

【诗话】

刘克庄（1187—1269），字潜夫，号后村居士，莆田（今属福建）人。初以荫入仕，宋理宗淳祐间赐进士出身，官至工部尚书，龙图阁学士。诗多感慨时事之作，为"江湖诗派"中成就最高的诗人。除诗外，有《后村诗话》传世。

此诗借"新亭"历史，言国家兴亡。认为南宋国势日危与历史上东晋相同，不是危在外有五胡强大，而是危在内无知人善任的谢安。禁绝言路无益有害。

"新亭"：三国吴筑，位于今南京市安德门外雨花台一带，这里六朝时为都城西南交通要道，濒临长江，位置险要，乃东晋时南渡人士怀念中原的对泣之处。据《世说新语》卷上《言语》："过江诸人，每至美日，辄相邀新亭，藉卉饮宴。周侯中坐而叹曰：'风景不殊，正自有山河之异。'皆相视流泪。唯王丞相（王导）愀然变色曰：'当共勠力王室，克复神州，何至作楚囚相对？'"由此后人常用"新亭忧国"表示卧薪图强。"铁锁"：三国时吴国建平太守吾彦为阻挡西晋统一，曾用铁链横断江面以阻止上游船只通过。"楼船",指西晋益州刺史王濬受晋武帝之命,建造可容二千人的楼船自成都伐吴,公元 280 年直取吴都建康,吴主孙皓投降。这句是说国家兴亡并非全在铁锁、楼船之攻防。"蒲葵":蒲扇。"麈柄"句是说谢玄破苻坚时,谢安正从容挥麈与客对弈,而当今已无像谢安这样的谋臣。末句"缘何事":意谓做什么事怎样做。"清谈":魏晋何晏、王弼等崇尚老庄之学,摒弃务实专谈玄理,时人谓之清谈。后人以晋室之亡缘于清谈,故有"清谈误国"之说。

覆舟山

（南宋）曾　极

六代兴亡貉一丘,繁华梦逐水东流。
操蛇神向山前笑,三百年前几覆舟。

【诗话】

　　曾极(约 1195—1264),字景建,临川(今江西抚州)人,南宋宁宗前后在世,以布衣终身。通陆九渊心学,复与朱熹友善,平生常与戴复古、刘克庄等唱和。

　　"覆舟山":今名九华山,位于今南京市钟山之西、玄武湖之南、鸡鸣寺之东,是钟山余脉西走入城的第一山丘。春秋时期,因其山临湖一侧,陡峻如削,像只倾覆的船,故称"覆舟山"。又由于此山位于都城之北,封建帝王按"四神"建都模式,也将此山称为"玄武山"。六朝时,覆舟山是都城建康重要的屏障,宫城、台城均在覆舟山附近,因此覆舟山也是皇城的象征。曾极此诗意在借"水可载舟,亦可覆舟"寓意,咏六朝兴亡。

　　"六代":指历史上先后在金陵建都的孙吴、东晋、南朝宋、齐、梁、陈六个朝代。"貉一丘":即一丘之貉。"操蛇神":寓言中的山神。《山海经》卷十七曰:"大荒之中有山名曰北极天柜,海水北注焉。有神,九首,人面鸟身,名曰九凤。又有神,衔蛇操蛇,其状虎首人身,四蹄长肘,名曰强良。""三百年前几覆舟":舟,此处指王朝。意思是说三百年前在此建都的朝代,没有一个是曾经走远的。

金陵驿

(南宋)文天祥

草合离宫转夕晖,孤云飘泊复何依。
山河风景元无异,城郭人民半已非。
满地芦花和我老,旧家燕子傍谁飞。
从今别却江南日,化作啼鹃带血归。

【诗话】

祥兴二年(1279)南宋灭亡。祥兴元年文天祥在广东海丰五岭坡被俘后,即作《过零丁洋》诗回顾一生"辛苦遭逢起一经",并明示"人生自古谁无死,留取丹心照汗青"。祥兴二年四月起文天祥被押送北上燕京。六月十二日,行至金陵(今江苏南京),由于数月辛劳,元人也为劝降文天祥拖延时间,故暂将其囚于金陵驿以作休整,直至八月二十四日一行才离开建康府继续北上。

建康府是当时南宋行都,地位仅次于南宋国都临安(今浙江杭州)。作者身处曾经的行都,眼前一片衰草斜阳正如国之沉沦,而被押解漂泊无定的自己亦好似"孤云"。望着被元军占领后"无异"的"山河风景","已非"的"城郭人民",文天祥无限感慨,由此写下这首《金陵驿》。其中"从今别却江南日,化作啼鹃带血归"为千古名句。

"金陵驿":旧址在今南京市郊马群,今已在原址重建。首联"离宫"即行宫,皇帝出巡时临时居住的宫殿。南宋初年,宋高宗赵构曾短期留住金陵建有行宫。这里是文天祥对故国行都的代称。颔联"山河风景":取自《世说新语》新亭对泣典故,原文为:"周侯中坐而叹曰:'风景不殊,正自有山河之异。'"颈联"满地芦花和我老":取李贺《金铜仙人辞汉歌》"衰兰送客咸阳道,天若有情天亦老"诗意。"旧家燕子":化用刘禹锡《乌衣巷》"旧时王谢堂前燕,飞入寻常百姓家"诗句,暗指改朝换代的黍离之悲。末句"化作啼鹃带血归":相传先秦时古蜀帝,自以德薄而禅位臣子,死后化为杜鹃(又称子规),每年春天都会重归故里看望自己的臣民与故乡。作者以此明示殉国决心。

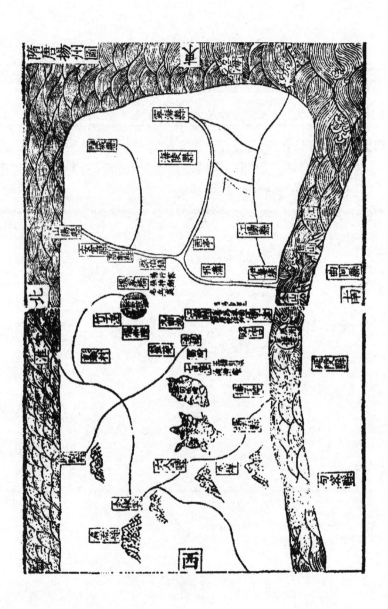

历史名称：春秋称"邗"(公元前 486 年吴王夫差建邗城)，战国时称"广陵"(楚怀王取蜀冈广被丘陵之意)，西汉时称"江都""吴州"，隋文帝开皇九年(589)改吴州为"扬州"。

春江花月夜

(唐)张若虚

春江潮水连海平，海上明月共潮生。

滟滟随波千万里，何处春江无月明。

江流宛转绕芳甸，月照花林皆似霰。

空里流霜不觉飞，汀上白沙看不见。

江天一色无纤尘，皎皎空中孤月轮。

江畔何人初见月，江月何年初照人。

人生代代无穷已，江月年年只相似。

不知江月待何人，但见长江送流水。

白云一片去悠悠，青枫浦上不胜愁。

谁家今夜扁舟子，何处相思明月楼。

可怜楼上月徘徊，应照离人妆镜台。

玉户帘中卷不去，捣衣砧上拂还来。

此时相望不相闻，愿逐月华流照君。

鸿雁长飞光不度，鱼龙潜跃水成文。

昨夜闲潭梦落花，可怜春半不还家。

江水流春去欲尽，江潭落月复西斜。

斜月沉沉藏海雾，碣石潇湘无限路。

不知乘月几人归，落月摇情满江树。

【诗话】

　　张若虚(660—720)，广陵(今江苏扬州)人，"吴中四杰"之一，另三人为越州贺知章、苏州吴县张旭、润州延陵包融。曾任兖州(今山东济宁)兵曹。唐中宗神龙年间(705—707)，作者以文学才华在京城名声大噪。其诗清新细致、表达流畅,极富韵律之美,为改变初唐文风贡献巨大。因其诗大部分失传,《全唐诗》仅存二首。《春江花月夜》即其中之一,后人谓之"孤篇盖全唐"。

此诗是唐代以来写"月是故乡明"的绝唱,遍翻全唐诗无出其右。全诗以"春江潮水连海平,海上明月共潮生"起兴,视野迅速触及"滟滟随波千万里,何处春江无月明"。这个"何处",写出了诗人故乡之美。有人认为张若虚所及故乡景色,即在"瞰京口,接建康,际沧海,襟大江"的自古名渡、七省咽喉的瓜洲芳甸镇,故有"江流宛转绕芳甸""汀上白沙看不见"句。"何处"更写出了诗人漂泊、游子月下所思的天人对话:"人生代代无穷已,江月年年只相似。不知江月待何人,但见长江送流水。"由望月感叹自己所在异乡"青枫浦"的不胜愁,想到家人"何处相思明月楼"。惆怅"鸿雁长飞光不度,鱼龙潜跃水成文",自己"可怜春半不还家""碣石潇湘无限路"。最终写出了"不知乘月几人归,落月摇情满江树",绘出了故乡之月在游子心中的皎洁与无限之美。全诗咏出了人生有限,宇宙永恒无垠的深沉哲思。

春江花月夜:乃乐府《清商曲·吴声歌》旧题。"滟滟":动荡闪光貌,这里指月光。"芳甸":春天的原野,古郊外之地称甸。"汀":水边沙地。"青枫浦":一名双枫浦,在今湖南浏阳。"扁舟":小船。"玉户":门的美称。"鸿雁":指鸿雁传书,见《汉书·苏武传》。"光不度":意谓书信难达。"鱼龙":典出古乐府《饮马长城窟行》:"客从远方来,遗我双鲤鱼。呼儿烹鲤鱼,中有尺素书。"后指鱼书传信。"碣石":河北山名,指北方。"潇湘":水名,潇水在湖南零陵入湘水,这一段叫潇湘,指南方。"乘月":随着月色。

黄鹤楼送孟浩然之广陵

(唐)李　白

故人西辞黄鹤楼,烟花三月下扬州。
孤帆远影碧空尽,唯见长江天际流。

　　此诗是李白出蜀壮游作。李白一生"好游名山""喜交朋友",在漫游和飘泊中走完了自己一生,足迹遍布九州,留下了许多咏自然、歌友情作品。

　　唐玄宗开元十五年(727)李白东游至安陆(今湖北孝感),这十年作者自述"酒隐安陆,蹉跎十年"。也正是这十年,李白结识了年长自己十二岁,一生"性情山水、不羁世间"的孟浩然。两人一见如故。开元十八年,李白得知赴长安应试不第的孟浩然即将前往广陵(今江苏扬州),便相约江夏,亲自相送,写下了这首经久传诵的名篇。

　　"故人":指老友,诗人东游安陆时相遇的孟浩然。"黄鹤楼":位于今长江中游湖北省武汉市江边,传说三国蜀相费祎乘鹤升天之地。"烟花三月下扬州":是说友人远行之地乃自古东南繁华都会,三月正是扬州琼花盛开时节。"孤帆远影碧空尽":孤帆,绝不是说浩瀚的长江上只有一只船,而是写诗人的全部情感只集中在友人乘坐的那一只帆船上。碧空尽:一作"碧山尽"。意为目送友人乘行之舟渐去渐远、越远越模糊,只剩下一粒影子,而诗人仍然久久伫立,目送流向天际的江水、友人的目的地。此诗以送友后的心灵孤寂,道出两人之间深谊。

宿桐庐江寄广陵旧游

(唐)孟浩然

山暝闻猿愁,沧江急夜流。
风鸣两岸叶,月照一孤舟。
建德非吾土,维扬忆旧游。
还将两行泪,遥寄海西头。

【诗话】

　　孟浩然(689—740)，字浩然，襄阳(今属湖北)人，比王维、李白年长。早年隐居鹿门山，壮年漫游吴越，后赴长安求仕未果从此断绝仕途愿望。一生隐居山林，但又和达官显宦张九龄、韩朝宗多有往还，与同时代李白、王维、杜甫、王昌龄、高适等酬唱绝俗。诗人很重友情，曾有《宿业师山房待丁大不至》诗："夕阳度西岭，群壑倏已暝。松月生夜凉，风泉满清听。樵人归欲尽，烟鸟栖初定。之子期宿来，孤琴候萝径。"友人亦非俗子，李白有《赠孟浩然》诗："吾爱孟夫子，风流天下闻。红颜弃轩冕，白首卧松云。"礼赞他"高山安可仰，徒此揖清芬"。《唐才子传》云：孟浩然四十岁游长安结识王维。二人穷达不同，王维状元及第、一生在朝做官，孟则终身"襄阳布衣"。但王维任郢州刺史时，"画浩然像于郢州，为浩然亭"，后人称之"孟亭"。

　　孟浩然一生虽不得志，但很多诗都抒写个人抱负，如《与诸子登岘山》："人事有代谢，往来成古今。"给开元诗坛带来了新鲜气息。他死后，王士源收集其遗诗编成四卷共二百十八首。这首《宿桐庐江寄广陵旧游》即其中名作之一。

　　"桐庐江"：又名桐溪，源出浙江天目山。"广陵"：扬州旧称，战国时楚灭越，楚怀王取蜀冈"广被丘陵"之意命名。"月照一孤舟"：是说人生如一孤舟。"建德"：今属浙江建德县，原为汉末孙韶故乡。公元221年孙权取建功立德之意，封孙韶为建德侯，故名。"忆旧游"：是说诗人对比建德，更怀念曾经和友人一起在扬州的生活。"海西头"：隋唐时扬州辖区之广，覆盖今日"苏浙皖赣闽"五省，东滨大海、在海之西故云。隋炀帝亦曾有诗句："借问扬州在何处？淮南江北海西头。"

广陵别薛八

（唐）孟浩然

士有不得志，栖栖吴楚间。
广陵相遇罢，彭蠡泛舟还。
樯出江中树，波连海上山。
风帆明日远，何处更追攀。

【诗话】

"士"：在古代西周社会被称为贵族，因"饱读经书、胸怀抱负"又称为社会灵魂。后有士族、士人等称呼。此处为作者称薛八，与薛八相别是与士之别。"吴楚间"：指春秋吴楚旧地，今长江中下游一带。"彭蠡"：指鄱阳湖。"波连海上山"：唐时广陵与大海相连。"海上山"：指蓬莱、方丈、瀛洲三神山，亦泛指海岛。"风帆明日远"：喻人生是昨日与明日之间的行者，不断与每一个今日告别成为昨天。"追攀"：谓追随牵挽，形容惜别。杜甫《遣兴》："昔在洛阳时，亲友相追攀。"

孟浩然一生分两个时期：前期壮心求仕，长安之行绝望后，寄情山水、遍游天下。薛八是作者漫游吴越时结交的好友，此篇以外亦有《夜泊牛渚趁薛八船不及》《云门寺西六七里闻符公兰若最幽与薛八同往》。作者一生视己为士，也多与同类结交，所以有"风帆明日远，何处更追攀"句。孟诗完全摆脱了初唐"应制咏物"框架，更多抒发个人怀抱，此即代表作之一，作于长安科考失意后浪迹广陵时。

秋日登吴公台上寺远眺

（唐）刘长卿

古台摇落后，秋入望乡心。
野寺人来少，云峰水隔深。
夕阳依旧垒，寒磬满空林。
惆怅南朝事，长江独至今。

【诗话】

公元前 486 年吴王夫差在今扬州西北蜀冈之上筑邗城，这是见诸史籍扬州建城的最早记录。公元前 334 年楚国灭越，楚怀王改"邗"为"广陵"，取蜀冈广被丘陵之意。秦汉之际项羽改"广陵"为"江都"，传说其曾想在此立足遂取"临江建都"之意。六朝时由于扬州位于南北对峙前沿，因屡遭战火遂有"芜城"之称。诗中吴公台即当年遗迹。

刘长卿（约 709—786）一生经历玄宗、肃宗、代宗、德宗四朝。唐肃宗时曾任长洲（今江苏苏州）尉，后因事贬南巴（今属广东）尉。代宗时任鄂岳转运使，再遭诬陷贬睦州（今属浙江）司马。大历三年（768）韦元甫调任淮南节度使，刘长卿由此得淮南转运使判官，从此结束了安史之乱后十数年流寓生涯。唐代淮南节度使治所在扬州，诗人这首《秋日登吴公台上寺远眺》应是此时登临之作。

"吴公台上寺"：本诗题下原注"寺即陈将吴明彻战场"。北宋《太平寰宇记》："吴公台，在县西北四里。沈庆之攻竟陵王刘诞所筑弩台也。后陈将吴明彻围北齐东广州刺史敬子猷增筑之，以射城内，号吴公台。"《（嘉庆）大清一统志·扬州府·古迹》载："吴公台在甘泉县西北四里，一名鸡台。"

"古台摇落后，秋入望乡心"：望乡心，《唐才子传》与中唐《元和姓纂》对刘长卿出生地说法不一，一般称祖籍宣城、郡望河间、后迁洛阳。此时诗人望乡，应是一生漂泊、安史乱后年逾半百的心情。"野寺"：指吴公台上寺。"旧垒"：古战场。"南朝事"：是说吴明彻作为南朝陈宣帝名将，陈伐北齐一路屡立战功，后与北周作战，兵败被俘忧愤以亡。钟惺《诗归》说："'独至今'三字极深，悲感不觉。"乔亿《大历诗略》云：此诗"空明萧瑟，长庆诸公无此境地"。

禅智寺上方怀演和尚，寺即和尚所创

（唐）刘长卿

绝巘东林寺，高僧惠远公。
买园隋苑下，持钵楚城中。
斗极千灯近，烟波万井通。
远山低月殿，寒木露花宫。
绀宇焚香净，沧州罢雾空。
雁来秋色里，曙起早潮东。
飞锡今何在，苍生待发蒙。
白云翻送客，庭树自辞风。
舍筏追开士，回舟狎钓翁。
平生江海意，惟共白鸥同。

【诗话】

此诗一般认为是刘长卿于乾元元年（758）归润州后，秋冬之际尝至扬州所作。

禅智寺又称上方寺、竹西寺，故址在今扬州东门外月明桥北。此地原为隋宫，后改建为寺，至清末（约1853年）毁于兵火。宋《太平寰宇记》云："蜀冈，《图经》云：'今枕禅智寺，即隋之故宫。'"唐罗隐《春日独游禅智寺》诗"树远连天水接空，几年行乐旧隋宫"亦为同见。又有记，隋大业二年(606)炀帝曾在蜀冈一带兴建"扬子十宫"，地当隋宫故址的禅智寺，始建于唐代。"演和尚"：按长卿诗题《禅智寺上方怀演和尚，寺即和尚所创》，两句并读则应解为寺即演和尚所创。"上方"：指主持僧居住的内室，亦借指佛寺。诗题与此诗三四句"买园隋苑下，持钵楚城中"相呼应。

全诗首二句"绝巘东林寺，高僧惠远公"：绝巘，谓极高峻之山峰；东林寺，在庐山，东晋高僧慧远曾创净土宗之地；惠远，即慧远(334—416)，东晋雁门楼烦人。太元九年(384)入庐山，在山中三十余年，净土宗尊其为初祖。首二句似说禅智寺属于净土宗一派，演和尚乃惠远高僧的传人，长卿为拜访演和尚曾到此，因未遇故而有怀述诗以记。"持钵"句：意谓化缘。孙逖《送新罗法师还国》有诗云："持钵何年至？传灯是日归。"楚城，扬州尝为楚地。"斗极"：北斗、南极。"千灯"：是说寺中灯烛之盛。"花宫"：谓佛殿。李颀《宿莹公禅房闻梵》："花宫仙梵远微微，月隐高城宫漏稀。""绀宇"：谓佛寺。五至九句均为描写当时的禅智寺；十句以下是写此访未遇的演和尚。"飞锡"：锡谓禅杖。"开士"：指高僧。

汴河亭

（唐）许　浑

广陵花盛帝东游，先劈昆仑一派流。
百二禁兵辞象阙，三千宫女下龙舟。
凝云鼓震星辰动，拂浪旗开日月浮。
四海义师归有道，迷楼还似景阳楼。

【诗话】

　　许浑,字用晦,润州丹阳(今江苏镇江)人。《唐才子传》载:许浑乃宰相"(许)圉师之后也。大和六年李珪榜进士,为当涂、太平二县令""大中三年,拜监察御史,历虞部员外郎,睦、郢二州刺史……浑乐林泉,亦慷慨悲歌之士。登高怀古,已见壮心,故为格调豪丽……至今慕者极多,家家自谓得骊龙之照夜也。"

　　"汴河":古称汴渠。《通典·州郡七》云:"汴渠在县南二百五十步""《坤元录》又云:'隋炀帝大兴元年更令开导,名通济渠,西通河洛,南达江淮。'"汴河亭,即筑于汴河送别之亭。此诗乃诗人借此亭以观炀帝"广陵花盛帝东游"及隋亡。约写于大和九年(835)初冬南行之际。

　　"广陵":今扬州。"帝东游":帝,指隋炀帝杨广。《隋书·炀帝纪》大业元年"发河南诸郡男女百余万,开通济渠……八月壬寅,上御龙舟,幸江都。""先劈"句:是说将从昆仑山流下的黄河分引筑渠。今考证黄河乃发源于巴颜喀拉山,长江发源于唐古拉山脉,二水均源自青藏高原。"百二":据《史记·高祖本纪》所载后人有百二秦关之说,此处的"百二禁兵"指隋炀帝的卫兵。"象阙":阙中通门。这句是说禁卫之兵别离洛阳隋宫南下。"三千"句:是说三千宫女与隋炀帝乘龙舟同行。"凝云":云凝而不流,即"响遏行云"之意,《列子·汤问》曾用此语形容歌者秦青的歌声。这句极写龙舟鼓震旗开首尾相连。末两句是说天下起义之师归于唐,隋朝终亡。隋炀帝在广陵所建"迷楼"与陈后主于金陵所建的景阳宫结局一样,徒为后人笑柄。

隋　宫

(唐)李商隐

紫泉宫殿锁烟霞,欲取芜城作帝家。

玉玺不缘归日角,锦帆应是到天涯。

于今腐草无萤火，终古垂杨有暮鸦。

地下若逢陈后主，岂宜重问后庭花。

【诗话】

扬州，春秋称"邗"，战国时称"广陵"，西汉时为"吴国"，吴王刘濞发动"七国之乱"后汉景帝改为"江都国"，汉武帝元狩二年(前121)废江都国改为"广陵郡"。隋文帝开皇九年(589)再改为扬州。

"隋宫"：此指隋炀帝江都离宫，故址在今扬州江都。杨广登帝前曾在扬州做过十年总管，对扬州一往情深。自大业元年至大业十二年(605—616)在扬州广造宫殿：有江都宫、显福宫、临江宫，仅茱萸湾一带就有归雁宫、回流宫等十座，皆沿运河而建。登基后，隋炀帝又三次监造龙舟冶游江都，终致亡国。作者这首《隋宫》即有感于此。"紫泉"：在长安北，原名紫渊，因避唐高祖李渊讳改紫泉。此代指长安。"芜城"：江都的别称。"玉玺"：皇帝印章。"日角"：前额骨起，其状如日，为帝王之相，此指李渊，据说李渊有"日角龙庭"之相。"锦帆"：指隋炀帝龙舟。是说隋炀帝的"大业"起于扬州，隋朝历史也终结在扬州。"腐草无萤火"：出自《礼记·月令》："季夏之月，腐草为萤。"萤火，炀帝江都隋宫有放萤院。《隋书·炀帝纪》：大业十二年"上于景华宫征求萤火，得数斛，夜出游山，放之，光遍岩谷"。"陈后主"：即南朝末帝陈叔宝。"后庭花"：即陈后主所作《玉树后庭花》，被后世喻为亡国之音。

此诗句句围绕扬州隋宫事典，句句有议论却又句句有据，句句以诗笔出之，有景有情，寓褒贬于感叹之中。而这种感叹又无不隐蕴着对晚唐王朝命运的担忧。清人杨逢春《唐诗绎》说："此诗全以议论驱驾事实，而复出以嵌空玲珑之笔，运以纵横排宕之气，无一笔呆写，无一句实砌，斯为咏史怀古极品。"

河 传(其一)

(唐)韦　庄

何处,烟雨,隋堤春暮。柳色葱茏,画桡金缕,翠旗高飐香风,水光融。　青娥殿脚春妆媚,轻云里,绰约司花妓。江都宫阙,清淮月映迷楼,古今愁。

【诗话】

韦庄(836—910),晚唐诗人、词人。唐末战乱不断,早年屡试不第的韦庄由此避乱江南,光启四年(888)春,乘船沿运河到达扬州,得知江南局势不稳,暂住石头城,后南下苏州、湖州、绍兴等地,最终卜居衢州(今浙江西部)。此词大约作于这一时期。"河传":词牌名,始兴于隋代,双调五十五字。此作以隋调描写隋炀帝乘舟南巡之事,最后写江都繁华已逝,空余宫阙楼阁,结尾用"古今愁"讽古喻今。《白雨斋词话》评:"苍凉。《浣花集》中,此词最有骨。"

"隋堤":隋炀帝开运河时沿河道所筑之堤,后人谓之隋堤。"画桡金缕":画有花彩的船桨。"飐":风吹物动,迎风招展之意。"青娥殿脚":即殿脚女。据韩偓《开河记》:"隋大业年间开汴河,筑堤自大梁至灌口,龙舟所过香闻百里","炀帝诏造大船,泛江沿淮而下,于是取吴越民间女,年十五六岁者五百人,谓之殿脚女。每船用彩缆十条,每条用殿脚女十人、嫩羊十口,令殿脚女与羊相间而行牵之"。"司花妓":管花的姑娘,隋炀帝曾命袁宝儿作司花妓。"江都宫阙":江都今属江苏扬州;"宫阙":古代皇宫门前两边有楼的叫阙,后称帝王居所为宫阙。"迷楼":隋炀帝在扬州蜀冈观音山所建行宫。据《迷楼记》载:"帝幸之,大喜,顾左右曰:'使真仙游其中,亦当自迷也。'可目之曰迷楼。"

过扬州

（唐）韦　庄

当年人未识兵戈，处处青楼夜夜歌。

花发洞中春日永，月明衣上好风多。

淮王去后无鸡犬，炀帝归来葬绮罗。

二十四桥空寂寂，绿杨摧折旧官河。

【诗话】

　　韦庄（836—910），字端己，京兆（今陕西长安）人，唐宰相韦见素之后。少长于下邽、孤贫力学、才敏过人，然屡试不第。昭宗乾宁元年（894）五十九岁始登进士，授校书郎，擢左补阙。天复元年（901）入蜀依王建，为掌书记，遂终身仕蜀。唐亡，王建称帝，国号蜀，韦庄为左散骑常侍，判中书门下事。卒成都。韦庄工于诗，多伤古怀世之作，有长篇叙事诗《秦妇吟》。词与温庭筠并称"温韦"。

　　唐僖宗广明元年（880），韦庄在长安应举不第，正值黄巢军攻入长安，与弟妹失散。中和二年（882）诗人离开长安，不久避乱到江南。此诗即作于这段时间。

　　这首诗大体是说，战争与和平时期的扬州具霄壤之别。太平盛世的扬州，是"处处青楼夜夜歌""月明衣上好风多"，甚至"花发洞中春日永"；而战争降临则是"淮王去后无鸡犬""炀帝归来葬绮罗"。颈联二句意味深长："淮王"，指汉高祖刘邦之孙刘安，汉文帝十六年（前164）封淮南王，后因谋反案发，于元狩元年（前122）自杀。此句是说淮王死后，从此杜绝了那些不学无术、仅靠一人得道而步入官场人的路。"炀帝"，指隋炀帝杨广，隋大业十三年（617）炀帝兵败扬州被部将所杀，结束了他一生荒淫无度生活。尾句写诗人如今过扬州，再次时逢战乱，所见之扬州全非昔日富甲天下的繁华,而是"二十四桥空寂寂,绿杨摧折旧官河"。"摧折"一语,意极深。

"兵戈":指战争。"花发洞中":化用陶渊明《桃花源记》先人避秦时乱典事。"春日永":犹言享受太平生活的长久。"好风":司空图《诗品·高古》云:"月出东斗,好风相从。""绮罗":诗中指隋宫女。"旧官河":指隋炀帝开凿的大运河。

宿扬州

(唐)李　绅

江横渡阔烟波晚,潮过金陵落叶秋。
嘹唳塞鸿经楚泽,浅深红树见扬州。
夜桥灯火连星汉,水郭帆樯近斗牛。
今日市朝风俗变,不须开口问迷楼。

【诗话】

李绅(772—846),字公垂,无锡(今江苏无锡)人。元和元年(806)武翊黄榜进士,初补国子助教。穆宗朝召为翰林学士,累迁中书舍人。武宗即位,拜中书侍郎、平章事(指宰相)。后出任淮南节度使。他在元稹、白居易提出"新乐府"之前即写有《新乐府二十首》可惜失传。现传世仅《追昔游集》诗三卷,此集乃李绅六十岁时编写,用各种体裁追记生平宦游。这首诗收于《追昔游集》卷中,当写于唐武宗会昌(841—846)末,诗人任淮南节度使时。

"嘹唳":雁鸣声。"楚泽":楚国旧有湘鄂苏浙皖一带地,唐时扬州滨海故称楚泽。颈联"夜桥灯火连星汉,水郭帆樯近斗牛":星汉,指银河。曹丕《燕歌行》有"星汉西流夜未央"句。水郭,谓扬州乃长江、运河交汇的运河之都。樯,船上挂风帆的桅杆。斗牛,指天上二十八宿中的斗宿、牛宿。此句形容扬州夜晚灯火灿烂,昼夜水运繁忙。尾句"今日市朝风俗变":市朝,指众人会集之所。是说昔日扬州为隋炀帝行都,如今已是大唐的天下、商贾云集之地。"迷楼":隋炀帝命浙江人项升兴建的宫室。宫室之大,千门万牖,误入者终日不能出。炀帝选后宫之女数千居其中,穷极荒淫。旧有《迷楼记》,不详撰著人姓氏,一说是韩偓撰。

夜看扬州市

（唐）王　建

夜市千灯照碧云,高楼红袖客纷纷。
如今不似时平日,犹自笙歌彻晓闻。

【诗话】

　　王建,字仲初,颍川(今河南许昌)人。大历十年(775)丁泽榜第二人及第,释褐授渭南尉,调昭应县丞。诸司历荐,迁太府寺丞(掌管财货、廪藏、贸易等)、秘书丞、侍御史。大和中,出为陕州司马。从军塞上弓剑不离身。数年后归,卜居咸阳原上(渭河与泾河分水处)。初游韩吏部门墙,为忘年之友,与张籍契厚,唱答尤多。工为乐府歌行。此诗是王建在魏博幕奉命出使淮南时所作。全诗对扬州的夜市作了概括描写,从中可见当时夜市之热闹,以至通宵达旦。

　　诗从夜暮着笔:"千灯"说明灯之多。诗人由地面"千灯"与天上"碧云"相连,着一"照"字,尽呈当时扬州"不夜城"之风采。次句写动景:整个夜市酒楼多、歌姬多、乘兴吃酒玩乐的商贾亦多。由此"三多"侧面表现了扬州夜市繁华。三四句发议论:自安史乱后唐朝日见衰落,所以诗人感慨"如今"时局外患内忧不绝,早已不像昔日安定太平,可是此时看到眼前人们依旧夜夜笙歌通宵达旦,由是道出辛讽之语,但更多还是流露出对大唐命运的担忧。

"扬州":唐代为淮南道首府。"夜市":夜晚集市。唐代规定州、县可以设市。又《唐六典》卷二十:"凡市以日午,击鼓三百声而众以会;日入前七刻,击钲三百声而众以散。"诗中的夜市显然突破了《唐六典》,反映了当时扬州繁荣。"红袖":指古代女子襦裙长袖,后成女子的代名词。唐杜牧《书情》:"摘莲红袖湿,窥渌翠蛾频。""时平日":承平之日。"笙歌":歌舞音乐。"彻晓":通宵达旦。

纵游淮南

十里长街市井连,月明桥上看神仙。
人生只合扬州死,禅智山光好墓田。

【诗话】

清褚人获《坚瓠集》云:"隋唐以后之扬州、秦汉以前之邯郸,皆大贾走集、笙歌粉黛之地。"唐宋诗词中描写扬州繁华的锦言名句之多,唯张祜(782—852)语出惊人:"人生只合扬州死。"南宋《后村诗话》评:"扬州在唐时最繁盛,故张祜云'人生只合扬州死'。蜀都在本朝最繁盛,故放翁云'不死扬州死剑南'。"

"纵游淮南":此处指唐时淮南道治所扬州。唐贞观年间(627—649)天下分为十道:即关内道、河南道、河东道、河北道、山南道、陇右道、淮南道、江南道、剑南道、岭南道。安史之乱后,唐代州郡之上所设之道增至十五个。"十里长街":指唐时扬州城内最热闹繁华的"九里三十步街"。《太平广记》引《唐阙史》云:"扬州胜地也,每重城向夕,倡楼之上常有绛纱灯万数,辉罗耀烈空中。九里三十步街中,珠翠填咽,邈若仙境。""月明桥":疑指二十四桥。"禅智山光":指唐代扬州禅智寺、山光寺,两寺均建于隋炀帝行宫旧址。《肇域志》引《宝祐志》云:禅智寺

"旧在江都县北五里,本隋炀帝故宫"。山光寺,原称果胜寺,位于扬州东北湾头镇,古运河之滨,隋大业中建,本隋炀帝行宫。此处将炀帝故宫遗址当作好墓田,极言扬州天下无双,又不乏讥讽。

忆扬州

(唐)徐 凝

萧娘脸下难胜泪,桃叶眉头易得愁。
天下三分明月夜,二分无赖是扬州。

【诗话】

徐凝(813年前后在世),唐代睦州(今浙江桐庐)人。据《唐才子传》:徐凝始游长安,因不愿自炫才华,竟未成名。将归,以诗辞韩吏部云:"一生所遇惟元白,天下无人重布衣。欲别朱门泪先尽,白头游子白身归。"唐元和(806—820)中举进士,官至侍郎。后归乡里,诗酒以终。《全唐诗》仅存其诗一卷。

"萧娘":南朝以来,诗词中男子所恋的女子常被称为萧娘;女子所恋的男子常被称为萧郎。"桃叶":东晋王献之爱妾名桃叶,这里代指所思念的佳人。"胜":禁得住。这是一首望月怀人之作,首句是说当离开扬州时,萧娘你不忍分别泪流满面,愁眉不展。尾句归结都是这恼人的月光,又引起我对你的牵挂。诗人似在责怪:天下的明月若分成三份,有二份无疑就给扬州占去了。"无赖":含无计与抱怨。诗人此处的"无赖"正反映了对恋人"有情"。此句因美而传,使扬州月夜永远驻留在后人心中,成为千古佳句。

送蜀客游维扬

(唐)杜荀鹤

见说西川景物繁，维扬景物胜西川。
青春花柳树临水，白日绮罗人上船。
夹岸画楼难惜醉，数桥明月不教眠。
送君懒问君回日，才子风流正少年。

【诗话】

杜荀鹤(846—907)，字彦之，号九华山人，唐代石埭(今安徽石埭县)人。《唐诗纪事》称他为杜牧和侍妾之子。他屡试不第，中进士时已四十五岁。入梁，以赋诗颂扬梁主朱全忠得赏识，授翰林学士。有《唐风集》传世。

杜荀鹤科举"成名"颇晚，但在诗坛上享名很早。当时人赞美他的"壮言大语"，能使"贪夫廉、邪臣正"，希望他远继陈子昂成为"中兴诗宗"。而他自己却说："宁为宇宙闲吟客，怕作乾坤窃禄人。"后人评价：其诗融"新乐府"于近体诗，师古而能翻新，自成一家。其作品语言通俗浅显而有画境。他的《送人游吴》历来被人广为传诵，而这首《送蜀客游维扬》姊妹篇，却相对寡闻。

"维扬"：即扬州。唐刘希夷《江南曲》云："潮平见楚甸，天际望维扬。"唐代扬州中跨运河，南面长江，雄踞东南，为仅次于长安、洛阳的天下第三大城市。与益州(今四川成都)相比，又有"一扬二益"之说。但此诗的独到之处在于：以蜀客之见，写出了唐代扬州乐不思蜀的令人向往，"送君懒问君回日"。

酬乐天扬州初逢席上见赠

（唐）刘禹锡

巴山楚水凄凉地，二十三年弃置身。
怀旧空吟闻笛赋，到乡翻似烂柯人。
沉舟侧畔千帆过，病树前头万木春。
今日听君歌一曲，暂凭杯酒长精神。

【诗话】

唐敬宗宝历二年（826），刘禹锡罢和州刺史返洛阳，与卸任苏州刺史同回洛阳的白居易在扬州初逢（据中华书局版《刘禹锡全集编年校注》：刘、白二人此前唱和甚多但未谋面，故云"初逢"）。当时淮南节度使王潘在扬州设宴招待刘、白两位诗人。白居易在席上即兴作《醉赠刘二十八使君》，为诗人长期遭贬鸣不平。刘禹锡感慨万千即席作此答诗。

白居易，字乐天，与刘禹锡同龄，二人少年时又共同在徐州生活过，刘禹锡贞元九年（793）进士及第，比白居易早七年。诗人永贞年间（805—806）因参加丞相王叔文领导的抑制宦官藩镇、整治贪官、释放宫女、减轻赋税徭役的"政治革新"失败遭贬谪，史称"八司马案"。先贬连州、朗州，再贬夔州、和州。朗州战国时为楚地，夔州（今重庆奉节）秦汉时属巴郡，楚地多水、巴郡多山，所以用"巴山楚水"泛指贬地。白赠诗最后两句"亦知合被才名折，二十三年折太多"，感叹刘禹锡因才气名望招人嫉妒，痛心被折太久。刘诗遂接此开头："巴山楚水凄凉地，二十三年弃置身。"两者应答，表现了二人亲密与相惜。"二十三年"指时间之久，"凄凉地"与"弃置身"写出了刘禹锡长期远离政治中心，谪居偏远之地的荒凉。

颔联引用两个著名典故:"闻笛赋",乃晋人向秀《思旧赋》别称。向秀好友嵇康为司马氏所杀,因受命赴洛阳,途经山阳嵇康旧居(今河南修武县),黄昏闻邻人吹笛,深感物是人非,为此写下《思旧赋》怀念嵇康。作者此处借向秀典回谢白居易。"烂柯人":出自南朝任昉《述异记》,是说自己贬谪归来感受。晋人王质入石室山砍柴,遇两童子山中下棋,至局终方发现手中之"柯"(斧柄)已朽烂,下山回村才知已过去了百年。以此比喻贬谪之久世事巨变。

颈联极见境界:说自己二十三年如同沉船,而沉舟侧畔千帆竞渡;自己如一株枯木,而春天仍然赋予万木茂盛。贬谪毕竟只是个人命运,时代和春天依旧属于人间。尾联"今日听君歌一曲":犹言今日回顾曲折。有如此身世却能道出此句者,其豁达乐观的人生态度至今鼓舞后人,无愧酬诗名作。

遣 怀

(唐)杜 牧

落魄江湖载酒行,楚腰纤细掌中轻。
十年一觉扬州梦,赢得青楼薄幸名。

【诗话】

"落魄":穷困,不得意。"载酒":携酒。"楚腰",细腰。《后汉书·马廖传》曰"楚王好细腰,宫中多饿死"。"掌中轻":相传汉赵飞燕体轻,能为掌上舞。"十年一觉(jué)":据《杜牧年谱》,作者于唐文宗大和七年(833)应淮南节度使牛僧孺之辟,到扬州任幕府推官;至大和九年入长安任监察御史,在扬州前后仅三年。而诗中"十年一觉扬州梦",应指诗人宝历元年(825)作名震京师《阿房宫赋》,至此大和九年共十年。"青楼":旧多指歌楼,但古人也有指与"朱门"区别的豪门。《晋书·曲允传》说："与游氏世为豪族,西州为之语曰:'曲与游,牛羊不数头。南开朱门,北望青楼。'"

此诗题为《遣怀》,实为作者三十三岁挥别扬州述怀。诗人少读经史、长于诗文,为人耿介,虽怀经邦济世志,但一生仕宦不达。此诗即概括自己大和二年进士及第后,一直沉于下僚,故用"赢得青楼薄幸名"比喻流连歌台舞榭,表达对虚度时光的悔恨。

诗的首句是对过去生活,包括早年随江西观察使沈传师外放洪州任江西团练巡官,大和四年调宣州继续做沈传师幕僚的回忆。多年潦倒江湖,流连于秦楼楚馆,过的是放荡不羁生活。第二句用"楚腰纤细"和"掌中轻"两个典故,写扬州歌伎之美,而真实用意是写己"落魄"。第三句"十年"与"一觉"相对,给人以时光"极快"的感觉。可以看出作者感慨之深,故于扬州总结言"扬州梦醒"。

寄扬州韩绰判官

（唐）杜 牧

青山隐隐水迢迢,秋尽江南草未凋。
二十四桥明月夜,玉人何处教吹箫。

【诗话】

韩绰,生平不详。"判官":唐时节度使、观察使的属官。"隐隐":时隐时现的样子。迢迢:遥远。"草未凋",一作"草木凋"。"二十四桥":宋沈括实地考察,认为应指"入郭登桥出郭船"的蜀冈之下、唐代罗城清河之上二十四座桥。"玉人":晚唐时有以玉人喻才子用法,此处当指韩绰。

此诗为诗人被任命为监察御史,由淮南节度使幕府回长安供职后所作。内容是思念友人,别后关切友人的生活。此诗之后杜牧还写过一首《哭韩绰》，可见二人关系深厚。首句"青山隐隐水迢迢"，勾勒出一幅"青山隐约可见、江河连接南北"图画，暗示友人远在他乡，两人相距遥远。"秋尽江南草未凋"点出时令：虽至深秋，江南草木仍然没有凋谢，诗人对比北方深秋的肃杀，因而更留恋江南。后两句乃示二人深谊，故不用板起面孔，而是用嬉笑的口气问友人在二十四桥的哪座桥教美女吹箫？这种询问并不见对韩绰风流生活的揶揄，而是更见彼此相知。此诗境界优美，人们读过此诗联想到的不是韩绰的风流，而是令人神往的两人友谊与江南风光。

送韩绛归淮南，寄韩绰先辈

（唐）薛　逢

岛上花枝系钓船，隋家宫畔水连天。
江帆自落鸟飞外，月观静依春色边。
门巷草生车辙在，朝廷恩及雁行联。
相逢莫问扬州事，曾鼓庄盆对逝川。

【诗话】

薛逢，字陶臣，蒲州河东（今山西永济）人，会昌元年（841）进士，历任侍御史、尚书郎等职。为人恃才傲物，不融权贵，故仕途不得意。其诗多表达不愿随波逐流处世态度。《新唐书》卷二百三有传。一说此诗为赵嘏所作。

这是一首贺诗，是说友人就任之地，是历史上隋家宫殿选地、春江之月升起的地方。"岛上"句：指隋炀帝宫殿多沿运河沿岸而建。"月观"：即月榭，古时广陵赏月台。《宋书·列传第三十一·徐湛之》："广陵城旧有高楼，湛之更加修整，南望钟山。城北有陂泽，水物丰盛。湛之更起风亭、月观、吹台、琴室，果竹繁茂，花药成行，招集文士尽游玩之适,一时之盛也。""门巷草生车辙在":引《汉书·陈平传》说陈平"家乃负郭穷巷,以席为门,然门外多长者车辙"。谓天下怀才不遇者大有人在。"朝廷恩及雁行联":是说韩氏兄弟先后得第又先后得官淮南,都是朝廷恩典所及。"扬州事":指杜牧《哭韩绰》,韩绰乃韩绛的先辈。"鼓庄盆":《庄子》外篇《至乐》:"庄子妻死,惠子吊之,庄子则方箕踞鼓盆而歌。"唐成玄英疏:"盆,瓦缶也。庄子知生死之不二,达哀乐之为一,是以妻亡不哭,鼓盆而歌。"

酬杨赡秀才送别

（高丽）崔致远

海槎虽定隔年回,衣锦还乡愧不才。
暂别芜城当叶落,远寻蓬岛趁花开。
谷莺遥想高飞去,辽豕宁惭再献来。
好把壮心谋后会,广陵风月待衔杯。

【诗话】

　　崔致远(857—约924),字孤云,号海云。朝鲜半岛新罗王京(今韩国庆尚北道)人。十二岁时乘船渡海入唐,便在都城长安读书。唐僖宗乾符元年(874)进士及第,中和四年(884),以"国信使"身份东归新罗。崔致远是朝鲜国历史上第一个留下个人文集的大学者、诗人,一向被朝鲜和韩国学术界尊奉为汉文学开山鼻祖。

　　崔致远在中国的十余年中,著有大量诗词。既有记录乾符元年考中宾贡进士内容,称恩师裴瓒为"一生遭遇,万里光辉";又有反映他出任溧水尉,任满被淮南节度使高骈延为从事,后授幕府都统巡官的内容。唐广明元年(880)冬,受命撰写《檄黄巢书》,一时天下传诵。留唐十六年间,"笔作饭囊""诗赋溢箱",与当时唐朝文人诗客、幕府官员高骈、罗隐、杜荀鹤等均有交游。

中和四年,崔致远堂弟崔栖远涉海入唐、奉家书迎诗人回国,于是高骈送崔氏兄弟行装、钱各二百贯,派崔致远以"国信特使"身份出使新罗,并用"淮南海舰"将崔致远和新罗入淮使金仁圭,送至登州(今山东)海界。临别前,崔致远写下了这首诗,祝愿好友"谷莺"高飞,相约"壮心谋后会"。谷莺典出《诗经·小雅·鹿鸣之什·伐木》"出自幽谷,迁于乔木",后喻之升迁祝词。诗中屡言"海槎虽定隔年回",可见崔致远对大唐王朝的一往情深。

题唐昌观玉蕊花

(唐)王　建

一树珑松玉刻成,飘廊点地色轻轻。
女冠夜觅香来处,唯见阶前碎月明。

【诗话】

王建,字仲初,颍川(今河南许昌)人。据《唐才子传》:王建"大历十年丁泽榜第二人及第,释褐授渭南尉,调昭应县丞。诸司历荐,迁太府寺丞、秘书丞、侍御史。大和中,出为陕州司马",故世称王司马。又云:王建早岁与张籍相识,一道从师求学开始写乐府诗,两人唱答尤多,工为乐府歌行,格幽思远。其诗题材广泛,如依据民间传说而作《望夫石》:"望夫处,江悠悠,化为石,不回头。上头日日风复雨,行人归来石应语。"即可略见。

"唐昌观":位于唐代都城长安。"玉蕊花":唐时名花,宋称"琼花",适生长江下游,树大而花繁。"女冠":亦称女黄冠、女道士、道姑。唐代女道士皆戴黄冠,因俗女子本无冠,唯女道士有冠故名。"碎月":形容被物体遮挡后的(零碎)月光,此处指飘落满地的花瓣。

琼 花

(唐)杜 悰

后土祠中玉蕊花，岁开两度可人夸。
风挼小朵香初破，露洗贞姿白转加。
几许芳魂归阆苑，一般清致属仙家。
留连直与诗成趣，忘却停车日欲斜。

【诗话】

　　杜悰(794—873)，字永裕，京兆万年(今陕西长安)人，唐杜佑之孙。以门荫三迁太子司议郎。诗人杜牧乃其堂弟，李商隐系其表兄。元和九年(814)娶唐宪宗大女儿岐阳公主，为驸马都尉。文宗时，历沣州刺史，转京兆尹，出为忠武节度使，后入为工部、户部尚书。唐武宗会昌二年(842)，出为淮南节度使。唐宣宗大中二年(848)，任剑南西川节度使，后复镇淮南、再迁东都留守。唐懿宗咸通元年(860)，入为右仆射，兼门下侍郎、同平章事。

　　此诗应写于唐武宗会昌二年作者初任淮南节度使时。"后土祠"：宋称后土庙、坊称琼花观，位于今扬州市广陵区。"玉蕊花"：唐时名花，又以安业坊唐昌观最为有名。至于玉蕊是否琼花现有争议，但古人以为"琼花"即玉蕊。"阆苑"：传说中仙人居住的地方。千百年来，琼花叶柔而莹泽、花秀而芬芳。诗人不仅描写了唐代扬州琼花之美，亦表达了对琼花的喜爱。诗的首联写琼花之所在，宋祁《笔记》说："维扬后土庙有花，色白，曰玉蕊。"宋代诗人鲜于侁《扬州后土祠琼花》亦曰："百花天下多，琼花天上稀。结根叱灵祠，地著不可移。"诗的颔联、颈联特写琼花盛绽之际"露洗贞姿白转加"，香气四溢、芳魂似仙，以致令人留连"忘却停车日欲斜"。由此让人联想李白《送孟浩然之广陵》"烟花三月下扬州"，可见唐人对一睹广陵琼花的向往。

望江南

（北宋）韩　琦

　　维扬好，灵宇有琼花。千点真珠擎素蕊，一环明玉破香葩。芳艳信难加。　　如雪貌，绰约最堪夸。疑是八仙乘皓月，羽衣摇曳上云车。来会列仙家。

【诗话】

　　琼花一词最早见《诗经·齐风·著》："俟我于著乎而，充耳以素乎而，尚之以琼华乎而。""灵宇"：即叱灵祠，又称后土祠，位于今扬州广陵区。琼花唐代称"玉蕊花"，宋名"琼花"，后人称"聚八仙"。适生长江中下游，四五月间开花，聚伞花序、生于枝端。

　　宋敏求《春明退朝录》载："扬州后土庙有琼花一株，或云自唐所植。"明代《南畿志》卷二十九"琼花台"注：其花"唐所植，天下独此株"。又明代杨端《扬州琼花集》收有唐代江都人来济、李邕，淮南节度使李绅、李德裕、杜悰，以及诗人杜牧等琼花诗。北宋初，王禹偁任扬州太守时作《后土庙琼花诗序》曰："扬州后土庙有花一枝，洁白可爱，且其树大而花繁，不知是何木也，俗谓之琼花。"之后北宋韩琦、欧阳修知扬州府亦作琼花诗，尤以韩琦《望江南》最为有名。"疑是八仙乘皓月"的扬州琼花，遂名声远播。

淮上与友人别

（唐）郑　谷

扬子江头杨柳春，杨花愁杀渡江人。
数声风笛离亭晚，君向潇湘我向秦。

【诗话】

　　扬州乃运河之都，诗中"扬子江"之名始于隋代，指今长江下游仪征、扬州一带。"风笛"：风中传来的笛声。"杨花愁杀渡江人"句，引孟浩然《扬子津望京口》诗"北固临京口，夷山近海滨。江风白浪起，愁杀渡头人"。"离亭"：古人在驿亭送别，故有"离亭"之称。此处离亭，即指自古南北走向的大运河、与东西流向长江交汇处的古瓜州渡。"潇湘"：水名，潇水在湖南零陵入湘水，这一段称潇湘，指南方。"秦"：陕西简称，这里泛指北方。

　　这是首送别七绝。前两句写送别之地，以扬子江头的春色杨花飞舞，烘托作者与友人分别时的难舍；第三句又以"风中笛声"和"离亭日暮"进一步渲染与友人握别的依依之情，就在这样的环境中，作者与友人一个向南、一个向北，背道而行了。全诗除了"愁杀"二字露怨意外，其他都不直写离情之苦，只以写景来进行烘托。《震泽长语》说："'君向潇湘我向秦'，不言怅别，而怅别之意溢于言外。"这句最见唐人的气韵风度。

　　郑谷（851—910），字守愚，袁州（今江西宜春）人。《唐才子传》说：谷父史，开成中为永州刺史。谷幼颖悟绝伦，七岁能咏，司空侍郎图与史同院，见而奇之，曰"当为一代风骚主也"。光启三年（887）右丞柳玭下第进士，授京兆鄠县（今陕西户县）尉，迁右拾遗补阙。乾宁四年（897），为都官郎中，诗家称"郑都官"。又尝赋《鹧鸪》警句，复称"郑鹧鸪"。又说郑谷："尝从僖宗登三峰，朝谒之暇，寓于云台道舍，编所作为

《云台编》三卷；归编《宜阳集》三卷，及撰《国风正诀》一卷，分六门，摭诗联，注其比象君臣贤否、国家治乱之意，今并传焉。"

西江月·平山堂

（北宋）苏　轼

三过平山堂下，半生弹指声中。十年不见老仙翁，壁上龙蛇飞动。　　欲吊文章太守，仍歌杨柳春风。休言万事转头空，未转头时皆梦。

【诗话】

此词据孔凡礼《苏轼年谱》考证，乃作于元丰七年（1084）苏轼由黄州赴汝州、经过扬州时。另《东坡先生全集》此词调下原注亦"元丰七年。"

全词开篇"三过平山堂下，半生弹指声中"：三过者，指苏轼此前第一次熙宁四年（1071）由汴京赴杭州任通判南下经扬州；第二次熙宁七年由杭州移知密州北上过扬州；第三次元丰二年（1079）作者从徐州移知湖州（今浙江吴兴）。弹指，佛教名词，比喻时间短暂。《僧祇律》云"一刹那为一念，二十念为一瞬，二十瞬为一弹指。"此时作者已四十八岁，故言半生倏忽。"十年不见老仙翁"：指十年前曾与欧公欢聚，不料此次竟成永诀。而壁上仍见恩师手迹《朝中措·送刘仲原甫出守维扬》"平山栏槛倚晴空，山色有无中。手种堂前垂柳，别来几度春风。文章太守，挥毫万字，一饮千钟。行乐直须年少，尊前看取衰翁。"更加怀念自号"六一居士"，即藏万卷书、千首帖、一张琴、一付棋、一壶酒、一老翁的恩师欧阳修（1007—1072）。

下阕"欲吊文章太守"：文章者，应指因"庆历新政"失败欧阳修遭贬滁州时写下的名篇《醉翁亭记》。"休言万事转头空，未转头时皆梦"：之前白居易曾有《自咏》"百年随手过,万事转头空",而苏轼经过"乌台诗案"的黄州后,对此则生发了更深层次认识。故陈廷焯《白雨斋词话》云:此句"追进一层,唤醒痴愚不少"。平山堂:今位于扬州大明寺侧,乃欧阳修于庆历八年(1048)由滁州任满调知扬州时所建。

往年宿瓜步梦中得小绝录示谢民师

(北宋)苏 轼

吴塞兼葭空碧海,隋宫杨柳只金堤。
春风自恨无情水,吹得东流竟日西。

【诗话】

　　"瓜步":长江下游有两个瓜步,一位于今南京江北瓜步山下的瓜埠渡;另一处即位于现扬州市邗江区的"瓜洲渡"(古称瓜步渡)。苏轼此诗所宿瓜步,应属后者。据《方舆胜览》:"瓜洲渡,在江都县南四十里江滨。昔为瓜洲村,盖扬子江中,沙碛也。沙渐涨出,其状如瓜,接连扬子江口,民居其上,唐为镇。""谢民师":指临江人谢举廉,字民师,宋神宗元丰八年(1085)进士。苏轼与之莫逆之交,始于元祐五年(1090)任杭州太守时,后者对其《赠刘景文诗》"荷尽已无擎雨盖,菊残犹有傲霜枝。一年好景君须记,正是橙黄橘绿时"的尾句之改。从此两人互赠诗文,这首《往年宿瓜步梦中得小绝录示谢民师》即其一也。此诗写于宋哲宗元祐七年诗人知扬州时。

　　瓜洲历史"始记于晋"。据记载晋朝时瓜洲已有"为江砥柱、为河华表"之誉,到唐朝时方与北岸相连。唐开元间凿"伊娄河"连接运河,从此瓜洲成为"南北向运河与东西向长江"交汇点,漕运盐运帆樯如织、官旅客旅南来北往,由此成为"汴水流、泗水流,流到瓜洲古渡头"的黄金要道。

作者此诗借瓜步，实写"运河之都"往事。"吴塞"：指春秋时吴王夫差在此首建邗城。"隋宫"：乃隋炀帝杨广选扬州所建江都宫、临江宫以及位于茱萸湾沿岸的众多行宫等。"只金堤"：是说如今广陵只剩下隋运河了。诗尾意象悠远：长江亘古自西向东、日月永恒自东向西，皆无尽。

书　愤

（南宋）陆　游

早岁那知世事艰，中原北望气如山。
楼船夜雪瓜洲渡，铁马秋风大散关。
塞上长城空自许，镜中衰鬓已先斑。
出师一表真名世，千载谁堪伯仲间。

【诗话】

　　陆游（1125—1210），字务观，越州山阴（今浙江绍兴）人。《宋史·列传第一百五十四·陆游》载：年十二能诗文，高宗时试礼部，因秦桧排斥仕途受阻。孝宗即位，赐进士出身，迁枢密院编修官，镇江府通判。乾道七年（1171）应四川宣抚使王炎之邀，实现"上马击狂胡，下马草军书"夙愿，任南郑幕府承议郎。翌年，范成大帅蜀，陆游为参议官，"以文字交，不拘礼法，人讥其颓放，因自号放翁"。宋光宗继位后，升礼部郎中不久罢官归故里。嘉泰二年（1202）宁宗朝再诏入京，主编《三朝史》，官至宝章阁待制。

　　"早岁"：年轻时候。"世事艰"：指北伐事业历遭阻挠。"中原北望"：即北望中原。"气如山"：指抗金意志始终未变。"楼船"：高大战船。"瓜洲渡"：在扬州之南，处于大运河与长江的交汇处。金主完颜亮历次举兵南侵均选此处渡江，绍兴三十一年（1161）宋军在此击败金兵，完颜亮为部下所杀。"大散关"：在今陕西省宝鸡市西南大散岭上，乃当时南宋与金国交界，金兵侵占大散关，宋将吴璘率部次年收复了大散关。宋孝宗乾道八年陆游为四川宣抚使王炎幕僚，曾到过大散关前线。"塞上长城"：指京口人、南朝刘宋名将檀道济。元嘉十二年（435）刘宋文帝杀他时，檀道济临刑痛语"乃坏汝万里长城"。"出师一表"：指蜀汉建兴五年（227）诸葛亮北伐前所上的《出师表》。

此诗作于淳熙十三年（1186），诗人因不改抗金主张再遭贬黜山阴老家时。全诗概括了作者一生经历，前四句忆往事，后四句叹现时。起笔一声长叹，表面似对自己年轻不谙世事的责备，实际乃怨怼朝廷畏缩恢复中原。次句紧承，写自己当年亲临镇江及大散关抗金前线，北望中原收复失地的豪情壮志。这一联全由"名词组合"，构成两幅"水上交战""陆路进击"出师图，历为后人传诵。五六句折入对岁月蹉跎慨叹，一个"空"字，点出了自己多年抱负成泡影。尾句借赞美三国孔明，批评南宋求和国策。全诗以"愤"字贯穿始末，是诗人万首诗篇的代表作之一。《瀛奎律髓汇评》中纪昀对此诗批语云："此种诗是放翁不可磨处。集中有此，如屋有柱，如人有骨。"刘克庄《后村诗话》评陆游"南渡而后，故当为一大宗"。

水调歌头·舟次扬州和人韵

（南宋）辛弃疾

落日塞尘起，胡骑猎清秋。汉家组练十万，列舰耸高楼。谁道投鞭飞渡，忆昔鸣髇血污，风雨佛狸愁。季子正年少，匹马黑貂裘。　　今老矣，搔白首，过扬州。倦游欲去江上，手种橘千头。二客东南名胜，万卷诗书事业，尝试与君谋。莫射南山虎，直觅富民侯。

　　此词作于淳熙五年(1178)夏秋之交,词人从临安大理寺少卿调任湖北转运副使,溯江西行,船停扬州时。作者二十年前在山东、河北等地从事抗金南归时到过扬州,此时再到扬州读到友人(杨济翁)伤时词章,遂不胜感慨写下此和韵。

　　"水调歌头":词牌名。相传隋炀帝开汴河自制《水调歌》,唐人演为大曲,"歌头"是大曲中的开头部分。"和人韵":这里指和诗人杨万里族弟、与稼轩谊厚的杨济翁所写《水调歌头·登多景楼》。"胡骑猎清秋":指绍兴三十一年(1161)金主完颜亮率军南侵。"汉家组练十万":汉家,代指本朝。组练,组甲操练。"投鞭飞渡":引《晋书》前秦苻坚语"以吾之众旅,投鞭于江,足断其流"。"鸣髇血污":《史记·匈奴列传》载,匈奴单于头曼太子冒顿作鸣镝(一种响箭),令部下"鸣镝所射而不悉射者,斩之"。后出猎,冒顿以鸣镝射头曼,部下悉发箭射杀头曼。"佛狸愁":北魏太武帝拓跋焘字佛狸。"季子":战国时著名策士苏秦字季子,以"合纵"游说诸侯,后佩六国相印。年轻时曾穿黑貂裘"西入秦"。这里作者自比季子,追忆当年"锦襜突骑渡江初"率义军南归往事。

　　下阕转"抚今",以"今老矣"叹时不我待。"搔白首":用杜甫《梦李白》诗意"出门搔白首,若负平生志"。"手种橘千头":《襄阳耆旧传》中载三国时吴丹阳太守李衡曾命人到武陵种橘千株。临终敕儿曰:"吾州有千头木奴,不责汝食,岁上匹绢,亦当是用耳。""二客东南名胜":二客指杨济翁、周显先乃腹藏万卷、胸怀大志的东南名流。"万卷诗书事业":化用杜甫《奉赠韦左丞丈二十二韵》诗句"读书破万卷,下笔如有神","致君尧舜上,再使风俗淳"。"南山虎":引《史记·李将军列传》,李广曾"屏野居蓝田,南山中射猎"。"富民侯":《汉书》载"武帝末年悔征伐之事,乃封丞相为富民侯"。稼轩借李广典表达愤慨,讽刺眼前只能做"富民侯"。

扬州慢·淮左名都

（南宋）姜 夔

淮左名都，竹西佳处，解鞍少驻初程。过春风十里，尽荠麦青青。自胡马窥江去后，废池乔木，犹厌言兵。渐黄昏，清角吹寒，都在空城。　　杜郎俊赏，算而今、重到须惊。纵豆蔻词工，青楼梦好，难赋深情。二十四桥仍在，波心荡、冷月无声。念桥边红药，年年知为谁生。

【诗话】

姜夔（1154—1221），字尧章，号白石道人，鄱阳（今江西）人。工诗词，尤精通乐律，却屡进士不中，以布衣终身。一生往来于苏、杭、扬、淮之间，过着清客生活。有词集《白石道人歌曲》传世，这首写于"淳熙丙申至日"，即宋孝宗淳熙三年（1176）冬至日的《扬州慢·淮左名都》，即词集第一篇。

此词作者题下有序："淳熙丙申至日，予过维扬。夜雪初霁，荠麦弥望。入其城，则四顾萧条，寒水自碧，暮色渐起，戍角悲吟。予怀怆然，感慨今昔，因自度此曲。千岁老人以为有黍离之悲也。"词中"淮左"：宋时在淮扬一带设淮南东路和淮南西路，淮南东路亦称"淮左"。"竹西"：指竹西亭，位于今扬州禅智寺，杜牧有诗云："谁知竹西路，歌吹是扬州。""春风十里"：形容当年扬州街道的繁华。"胡马窥江"：指金兵于南宋建炎三年（1129）和绍兴三十一年（1161）两次南侵占领扬州。"杜郎"：指晚唐诗人杜牧，他在扬州任幕府判官三年写过众多诗篇。"豆蔻"：即杜牧《赠别》诗"娉娉袅袅十三余，豆蔻梢头二月初"之句。"青楼"：亦杜牧辞别扬州时所写《遣怀》诗之句。"二十四桥"：指唐代于扬州蜀冈之下所建罗城，位于繁华之地清河之上的二十四座桥。

南宋绍兴三十一年,金人南侵移军扬州杀掠,使这座昔日商贾云集、珠帘十里的"淮左名都"顿为空城。时隔十五年,二十二岁的姜夔游扬州时,所见仍是一片"四顾萧条,寒水自碧,暮色渐起,戍角悲吟"。作者由此怆然度曲抒发心悲。上片描写初到扬州目睹荒凉之状,下片引杜牧纵歌扬州典故,表达"昔盛今衰"对比。全词句句情感沉痛,极合骚雅之义。陈廷焯《白雨斋词话》评:姜夔此词"'自胡马窥江'数语,写尽兵燹后情景逼真,他人累千百言,亦无此韵味。'犹厌言兵'四字沉痛,包含无限伤乱语。"

水调歌头·寄奥屯竹庵察副留金陵约游扬州不果

(南宋)黎廷瑞

　　腰缠十万贯,骑鹤上扬州。诗翁那得有此,天地一扁舟。二十四番风信,二十四桥风景,正好及春游。挂席欲东下,烟雨暗层楼。　　紫绮冠,绿玉杖,黑貂裘。沧波万里,浩荡踪迹寄浮鸥。想杀南台御史,笑杀南州孺子,何事此淹留。远思渺无极,日夜大江流。

【诗话】

　　黎廷瑞(1250—1308),字祥仲,号芳洲。宋咸淳七年(1271)进士。授迪功郎、肇庆府司法参军。入元不仕。撰有《芳洲诗集》。

　　"奥屯竹庵":即奥敦周卿,女真族人。姓奥敦(汉译又作奥屯),名希鲁,字周卿,号竹庵。"察副":元朝御史台官名。奥敦周卿其先世仕金,父奥敦保和降元后,累立战功,由万户迁至德兴府元帅。周卿本人历官怀孟路总管府判官、侍御史、河北河南道提刑按察司金事。为元散曲前期作家,与杨果、白朴有交往,相互酬唱。今存小令、散曲数首。

　　"腰缠十万贯,骑鹤上扬州"句,明《说郛》卷四十六引《殷芸小说》:

"有客相从，各言所志，或愿为扬州刺史，或愿多赀财，或愿骑鹤上升。其一人曰：'腰缠十万贯，骑鹤上扬州。'欲兼三者。""二十四番风信"：又称"二十四风""二十四番花信风"，应花期而来的风，所以叫信。是中国节气用语。根据农历节气，从小寒到谷雨，共八气，一百二十日。每气十五天，一气又分三候，每五天一候，八气共二十四候，每候以一花之风应之，如"小寒"，一候梅花、二候山茶、三候水仙。"挂席"：古有三义：辞官、教书、乘舟远游。这里指乘舟。"紫绮冠"：乃古时文人戴的一种紫色丝帽。"绿玉杖"：神仙所用的手杖。李白《庐山谣寄卢侍御虚舟》诗："手持绿玉杖，朝别黄鹤楼。""黑貂裘"：典出《战国策·秦策》"季子貂敝"事。"南台御史"：指南朝刘宋著名大臣，史学家、文学家徐爰。"南州孺子"：徐稚，字孺子，豫章南昌人。东汉时名士，世称"南州高士"。曾屡次被朝廷及地方官征召，终未出仕。汉灵帝初年，徐稚逝世享年七十二岁。徐稚因"恭俭义让、淡泊明志"的处世哲学，受到世人推崇。

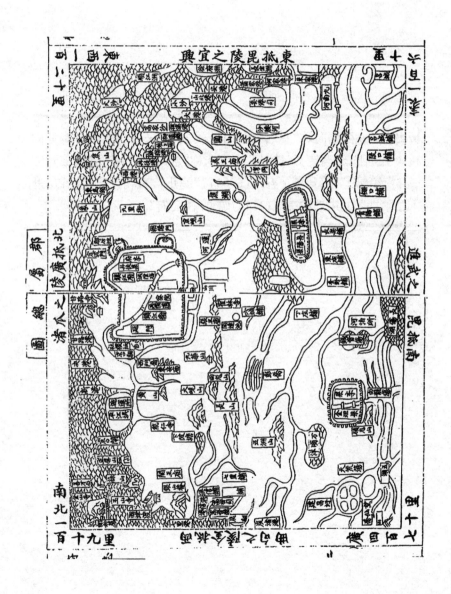

历史名称： 西周时称"宜"，春秋时属吴国称"朱方"，战国时属楚称"谷阳"，秦时置"丹徒县"，东汉末称"京口"，南朝宋齐梁陈时称"南徐州"，隋开皇十五年(595)置"润州"，唐朝天宝年间置"丹阳郡"，北宋政和三年(1113)始称"镇江府"。

次北固山下

（唐）王　湾

客路青山外，行舟绿水前。
潮平两岸阔，风正一帆悬。
海日生残夜，江春入旧年。
乡书何处达，归雁洛阳边。

【诗话】

　　王湾(693—751)，洛阳(今属河南)人。《唐才子传》说他"开元元年
(713)常无名榜进士"，"词翰早著，为天下所称。往来吴楚间，多有著
述"，"曾奉使登终南山，有赋，志趣高远，识者不能弃焉。"又有记，诗人
开元初任荥阳主簿，后入丽正院参与《群书四部录》编撰，书成后任洛阳
尉。其诗多散佚，《全唐诗》今存其十首。

　　"次"：舟次，停泊之意。"北固山"：位于今江苏镇江城东，北临长
江，与金、焦二山并称"京口三山"。"两岸阔"：一本作两岸失。"归雁"：
用鸿雁传书事。"洛阳"：作者家乡。

　　镇江，唐代以前是长江的入海口，焦山与松寥山之间被称为"海
门"，润州的驻军也因此而称"镇海军"。登北固山，望群山连绵，江天寥
廓，形势雄伟，胸次豁然。清帝乾隆有诗："诗人月旦非唐突，第一江山
果润州。"这是诗人舟次北固山下见景有感写下的一首五律。首联写自
己的行踪和方位。次联写景，言江水高涨，水面几与两岸相平，使江面
显得格外宽阔，而两岸陆地仿佛消失了一般。三联写景中兼有时空：海
日在残夜中升起，江春在旧年中到来，既有时光流逝的悲感，亦有新生
事物来自旧事物的理趣，因江上日照早暖，王湾是洛阳人，故在江南的
船上感到了春意。唐代以来此句广为流传。殷璠《河岳英灵集》说：当

年宰相张燕公曾手书此句于政事堂，"每示能文，令为楷式"。并说"诗人已来，少有此句"。

登北固山望海

（唐）吴　筠

此山镇京口，迥出沧海湄。

跻览何所见，茫茫潮汐驰。

云生蓬莱岛，日出扶桑枝。

万里混一色，焉能分两仪。

愿言策烟驾，缥缈寻安期。

挥手谢人境，吾将从此辞。

【诗话】

吴筠（？—778），字贞节（一作正节），华州华阴（今陕西华阴县）人，唐代道教名人。性高鲠，进士落第后乃入嵩山，受正一之法。唐玄宗开元年间南游金陵，访道茅山，后东游天台，作品传入京师。天宝初被召至京师，天宝中知天下将乱还山，东游会稽，隐于剡中（今浙江嵊州市），与李白、孔巢父等唱和。吴筠一生政治抱负不得施展，然情趣高雅，不踏流俗，因此入道籍以求宁静。这在唐代士人中具有一定代表性。此诗作于作者举进士不第后，表达人生选择。

"北固山"：镇江名山之一，因其远眺北国、横枕大江、山势险固而得名。"迥出沧海湄"：湄，即岸边。此句写唐时北固山面临大海的雄伟。"跻览"：登高眺望。"潮汐驰"：海水周期涨落现象，白昼称潮，夜间称汐。北齐颜之推《颜氏家训》云："潮汐去还，谁所节度？""云生蓬莱岛，日出扶桑枝"：蓬莱岛是传说仙人居住的海上三座神山之一，位于渤海。扶桑，神话中的树木名，《山海经》中也称为"榑木""扶木"，传说中太阳从扶桑树上升起,后用以指代太阳。"两仪":这里指天地。《易经·系辞上》:"是故易有太极,是生两仪。""烟驾":传说神仙以云为车,故称。"安期":仙人名。秦琅琊(今山东临沂)人,受学于河上丈人,于海滨悬壶卖药。相传始皇东游时曾与之相谈三昼夜,赐其金帛皆置之而去,留书以别,谓后千年求我于蓬莱山,始皇遂遣使入海寻之,终未果。《史记·封禅书》:"安期生仙者,通蓬莱中,合则见人,不合则隐。""人境":尘世。陶潜《饮酒》其五:"结庐在人境,而无车马喧。"

题甘露寺

(唐)曹 松

香门接巨垒,画角间清钟。
北固一何峭,西僧多此逢。
天垂无际海,云白久晴峰。
且暮然灯外,涛头振蛰龙。

【诗话】

曹松(830—903),字梦征,舒州(今属安徽安庆)人。早年曾避乱栖居洪都西山,后依建州刺史李频。李死后,流落江湖无所遇合。曹松为诗,学贾岛苦吟,"平生五字句,一夕满头丝"(《崇义里言怀》)为自我写照。光化四年(901)中进士,年已七十余。

镇江自古"一城山色、半城江声"。曹松这首晚年之作,时值唐末割据战争纷起,所以诗人登北固山、游甘露寺目睹"香门接巨垒",耳闻"画角间清钟"。"香门":寺门,香,一作禅。"画角":古乐器,传自西羌,形如竹筒,以竹木或皮革等制成,因表面饰有彩绘故称画角,其乐发声哀厉高亢,古时多用以军中警昏晓、振士气。"北固":在今镇江市东北。因其山有南中北三峰,北峰三面临江形势险要,故称北固。《南史·萧正义传》中记载南朝梁武帝曾登此山,谓"京口实乃壮观",于是改曰"北顾"。"峭":陡峭,指山峰又高又陡。"西僧":指西域僧人。"西僧多此逢"句可解为西僧慕名而来,也可视为北方战乱、西僧南迁此地修行。"无际海":犹言大海无边无涯。这两句是形容唐时北固山位于江海交汇处,所以诗人有"天垂无际海"的描写。末句"且暮然灯外,涛头振蛰龙":"然",古通燃。这句是说当西僧多此逢、暮旦修行的时候,可能天下已经开始了又一轮群雄纷争时代。

宿甘露寺僧舍

(北宋)曾公亮

枕中云气千峰近,床底松声万壑哀。
要看银山拍天浪,开窗放入大江来。

【诗话】

曾公亮,字明仲,泉州晋江(今属福建)人。宋天圣二年(1024)进士,明道元年(1032)知制诰、充史馆修撰,景祐元年(1034)入翰林学士、拜中书舍人,康定元年(1040)奉敕撰《武经总要》(至庆历四年,1044 完成)。庆历五年充枢密使,皇祐三年(1051)除同中书门下平章事,嘉祐六年(1061)拜集贤殿大学士、右仆射中太师右丞相,治平三年(1066)遭弹劾(罢相)。据曾氏后人所撰的《宰相曾公亮》一书,此诗应作于治平四年(1067)诗人六十九岁时。

甘露寺,位于今镇江下临长江、风景优美的北固山之上。此寺最早记载,因建于东吴甘露元年(265)故名。后有一说认为是唐宝历年间李德裕任润州刺史,为报答唐穆宗栽培之恩而舍宅为寺。"僧舍":僧人所住的地方。曾公亮罢相后的这一年,其改任"河阳三城节度使",到了此地选择宿僧舍的原因只有一个:揽胜。这首七绝开篇便写北固山之高

"枕中云气千峰近",次句"床底松声万壑哀",这里的"哀"应与首句的"近"对举,可作"远"来解。此诗之所以力盖后人,即在于诗人随即写出"要看银山拍天浪,开窗放入大江来"的惊天地之句。"银山"应是月光照耀下的江水,"开窗"句乃见诗人胸襟。宋仁宗对曾公亮评价极高,庆历三年《赐宰臣曾公亮免恩命不允批答》云:"卿行足以厉朝,谋足以经国。"于诗这句是说,夜色中北固高耸、大江横陈、月光如银,无不触动诗人灵敏的感官,诗人顿生观赏月光之下长江拍天浪峰之想。开窗后夜色带着月光扑面而来,满目皆是奔腾怒涛,一时涛声宛若大江涌流入室。一个"放"字,尽显诗人迎接自然的旷达热情,似乎看到诗人忘情地投入遥远的江流中,与之融为一体。全诗读之令人回肠荡气。

南乡子·登京口北固亭有怀

（南宋）辛弃疾

　　何处望神州。满眼风光北固楼。千古兴亡多少事,悠悠。不尽长江滚滚流。　　年少万兜鍪。坐断东南战未休。天下英雄谁敌手,曹刘。生子当如孙仲谋。

【诗话】

　　北固楼在今镇江北固山上,后梁武帝曾改其名曰"北顾楼"。"神州":语出《史记·孟子荀卿列传》,"中国名曰赤县神州。赤县神州内自有九州,禹之序九州是也"。后人由此引为古代中国别称。

　　什么地方可以看见中原呢? 在北固楼上,满眼都是江山如画。从古到今有多少兴亡大事? 史无辍笔,如同没有尽头的滚滚长江。当年孙权执掌三军统帅,正是在此做出了"联刘抗曹"决断,并坐镇东南指挥赤壁大战。因卓识远见不屈强敌,引发曹操感叹:表面上天下英雄是自己和刘玄德,而实际后生可畏"生子当如孙仲谋"。

此词写于宋嘉泰四年(1204),时辛弃疾由绍兴知府兼浙东安抚使,差知镇江府。词人登北固山追怀孙权,悲南宋无为,遥望北方有感。词开篇一问好似从天而来,使人震撼。登临险峻的北固楼,神州美好风光使人不禁追昔忆往。那么,究竟有多少"千古兴亡"事呢?"悠悠"是说思绪无边无尽。词下片怀古寄情,表达对曾在此地建功立业三国英雄的景仰,并为南宋如今缺少智勇双全、执掌乾坤的英雄而叹息。词末借用"生子当如孙仲谋"典故,悲愤南宋朝廷签署"金主宋臣"《绍兴协议》的无能,抒发沦陷区百姓翘盼"王师北定中原日",重整河山待后生。

整首词采用自问自答形式,时空纵横、气势恢宏,典故与思想融合、意境与情感淋漓,具有极高艺术价值,不愧为流传千古的绝唱。

永遇乐·京口北固亭怀古

(南宋)辛弃疾

千古江山,英雄无觅,孙仲谋处。舞榭歌台,风流总被,雨打风吹去。斜阳草树,寻常巷陌,人道寄奴曾住。想当年,金戈铁马,气吞万里如虎。　元嘉草草,封狼居胥,赢得仓皇北顾。四十三年,望中犹记,烽火扬州路。可堪回首,佛狸祠下,一片神鸦社鼓。凭谁问,廉颇老矣,尚能饭否。

【诗话】

稼轩毕生志在北伐,直到暮年方赶上朝廷决心北伐。此词乃词人知镇江府中二登北固山,与首次写下《南乡子》的心境不同。开禧元年(1205)韩侂胄发动全面对金战争,因准备不充分导致当年即多路失败。是年时已六十六岁的辛弃疾再次登上北固山,面对"千古江山"、面对南宋眼前的"元嘉草草",越加怀念历史上的英雄、越加感慨南宋王朝"英雄无觅"。词人一口气道出了曾经在此"坐断东南"赢得赤壁之战胜利的英雄孙权何在？同样足迹于此"斜阳草树、寻常巷陌"，后来"金戈铁马，气吞万里如虎"的寄奴（刘裕）何在？同样面对北方游牧强敌，年轻的霍去病"封狼居胥"建功立业，战国老将廉颇即使年迈依旧收复了失地，如今还有这样胆识和远见的人吗？这篇《永遇乐》道尽稼轩心中英雄，言由心生，再次为后人留下了千古无双"英雄怀念英雄"的传世佳作。

"京口"：孙权于建安十三年（208）由吴郡（今江苏苏州）迁此，建安十六年其治所再迁建业后，此地称京口。"孙仲谋"：孙权字仲谋，十七岁继承父兄之业，黄龙元年（229）称帝。"寄奴"：南朝宋武帝刘裕小名。"封狼居胥"：指西汉霍去病追击匈奴至狼居胥山（今内蒙古西北）封山而还事。"烽火扬州路"：绍兴三十一年（1161）金人南下侵占扬州历史。"佛狸"：北魏太武帝拓跋焘小名，此处指公元 450 年拓跋焘攻打刘宋时，在长江北岸瓜步山所建的行宫，后称佛狸祠。"廉颇"：战国时赵国名将。

此词与上篇《南乡子》相比，意境更贴近词人面对的现实。词下片实际是历史教训重提：南朝宋文帝刘义隆元嘉年间因准备仓促导致"北伐失利"，南宋此次贸然开战，同样重蹈覆辙，以致丧失大好机遇。"可堪回首"句是说历史悲剧应可避免，此次失败是用人的失败。"凭谁问"三句，充分表达了作者怀才不遇的无奈与忧愤。

芙蓉楼送辛渐（其一）

（唐）王昌龄

寒雨连江夜入吴，平明送客楚山孤。
洛阳亲友如相问，一片冰心在玉壶。

【诗话】

"有境界，则自成高格，自有名句"。王昌龄作品《全唐诗》共收四卷,从内容看,成就最高应是边塞诗、送别诗。明代《唐诗品汇》将王昌龄列为"五古名家""七绝圣手"。其送别诗除《芙蓉楼送辛渐》外,在被贬龙标期间亦留下被后人广为流传的佳作《送柴侍御》:"青山一道同云雨,明月何曾是两乡。"

王昌龄(698—756),字少伯,太原人,开元十四年(726)在长安与李白、崔国辅、常建、王维结交。开元十五年李岩榜进士及第、补秘书省校书郎后,又与孟浩然在长安相聚,同时交往的诗人还有高适、王之涣、储光羲,"联唱迭和"名动一时。唐代《集异记》留下了当时诗人与高适、王之涣在长安饮酒斗诗"旗亭画壁"故事。

"芙蓉楼":故址在今镇江西北角,是当时的北门城楼,面向长江(大约船码头就在城下)。"辛渐":诗人好友。从诗句看两人情谊之深,以致不顾寒雨从江宁送至镇江,而且彻夜长谈、黎明惜别。为什么诗句偏写"洛阳亲友如相问",而不是"长安亲友如相问"呢?这就是此诗"话中有话"最耐人寻味的地方。长安乃都城,诗人早年科举入仕长安、平生交友也主要在长安,一说辛渐此去只是洛阳显然不通。从诗人的经历看,此句更深刻的内涵应是:诗人对李林甫取代张九龄后的长安朝政现状充满失望,由此感叹如今冰清玉洁、志存高远友人都不在长安了,如果辛渐北上还能遇到他们,请代为告知自己依旧心如玉壶之冰。

作者《芙蓉楼送辛渐》同题共二首,另一首为"丹阳城南秋海阴,丹阳城北楚云深。高楼送客不能醉,寂寂寒江明月心"。此诗作者握别友人不再提及长安,也不说客居的命运,这正是此诗与一般送别诗不同之处。故元代辛文房《唐才子传》评:王江宁其诗境界,足以称"诗家夫子"。也因此诗,镇江芙蓉楼名声远播。

送李判官之润州行营

（唐）刘长卿

万里辞家事鼓鼙，金陵驿路楚云西。
江春不肯留行客，草色青青送马蹄。

【诗话】

刘长卿（约 709—786），字文房，祖籍宣城，郡望河间。唐玄宗开元二十一年（733）徐征榜进士及第，与杜甫是同时代人，比元结、顾况年长十岁，其创作活动主要集中在中唐"安史之乱"后，长于五言，亦有七绝佳作，这首诗便是诗人七绝之一。储仲君《刘长卿诗编年笺注》认为：刘多写离乱、经历曲折、反映时代，是当之无愧大历诗人代表。有《刘随州集》传世。

镇江的历史名称西周为"宜侯国"、春秋称朱方、战国时叫谷阳、秦时置丹徒县、东汉末称京口、南朝时称南徐、隋开皇十五年（595）置润州，至唐代天宝元年（742）方改为丹阳郡。据《刘长卿诗编年笺注》："至德中（唐肃宗年号），江淮召募士卒，于诸重镇置行营，此诗当作于此际。""行营"：主将出征驻扎之地。"鼓鼙"：军用乐器。"事鼓鼙"即指从事军务。"金陵驿路楚云西"：这句是说金陵驿路直通楚地之西。"金陵"，一般指今江苏省南京市，但唐时将节度使治所润州也称为金陵。此处即指后者，相当于说"润州驿路楚云西"。"楚"，古代楚国据有今湖北、湖南、江西、安徽、江苏等地。"行客"：指所送友人李判官。时皇甫冉亦有《酬李判官梨岭见寄》、崔峒《书怀寄杨郭李王判官》诗，应均指一人。陆时雍《唐诗境》评："'草色青青送马蹄'一语已足。'江春不肯留行客'此是胜语。"

送灵澈上人

（唐）刘长卿

苍苍竹林寺，杳杳钟声晚。
荷笠带夕阳，青山独归远。

【诗话】

刘长卿，字文房，唐玄宗开元二十一年（733）进士及第。历监察御史，出为转运使判官，后遭观察使吴仲孺诬奏，贬潘州南巴尉，会有为辩者，量移睦州司马。官终随州刺史。《唐才子传》称："长卿清才冠世，颇凌浮俗。性刚，多忤权门。故两逢迁斥，人悉冤之"，"权德舆称（他）为'五言长城'"，而他自己每题诗，"不言姓，但书'长卿'，以天下无不知其名者云"。

竹林寺是一座千年古寺，位于今镇江南山。寺傍黄鹤山，据云：南朝宋武帝刘裕微时，尝于寺外樵采耕作，时有黄鹤盘旋，以为祥瑞之征。称帝后便将山名改作黄鹤山、竹林寺改作鹤林寺。宋理学家周敦颐曾依附母舅郑向读书寺中，凿池艺莲，撰《爱莲说》。今寺中有"茂叔莲池"（周敦颐字茂叔）。宋书画家米芾最爱鹤林寺清幽，葬父母于寺侧，并许愿死后为鹤林寺伽蓝。

"灵澈"：刘禹锡《澈上人文集纪》："上人生于会稽，本汤氏子。聪察好学，不肯为凡夫。因辞父兄出家，号灵澈，字源澄。""上人"：古代对长者、有道德的人尊称。"杳杳"：深沉悠远的样子。"荷"：背负。这是一首送别五绝，因所送友人是个僧人，所以诗中开篇有"竹林寺""钟声晚"描写。后两句写灵澈独归。唐人重视远方，远近高低为人生分野。相别的灵澈，夕阳斜照在背负的斗笠上，人生是一个人的朝圣，一人往青山之远慢慢寻去，情景宛然如画。

题鹤林寺壁

（唐）李　涉

终日昏昏醉梦间，忽闻春尽强登山。
因过竹院逢僧话，偷得浮生半日闲。

【诗话】

　　李涉（约806年前后在世），洛阳（今属河南）人，自号清溪子。唐宪宗元和年间（806—820）曾任太子通事舍人，后以罪谪夷陵（今湖北宜昌）宰，居峡十年。后遇赦放还，归洛阳。唐文宗太和年间（827—835），宰相累荐，征起太学博士。《唐才子传》有记：早岁客梁园，数逢兵乱，避地南来。后以罪谪夷陵宰，十年蹭蹬峡中，遇赦得返，赋诗云："荷蓑不是人间事，归去长江有钓舟。"遂放船重来，访吴楚旧地。曾过九江皖口，被绿林豪客所执，豪首听说他就是李涉，即曰："久闻诗名，愿题一篇足矣。"因以牛酒厚待，然后再拜送之。《全唐诗》存其一百十四首，其中七绝占九十八首，可见七绝之名。

　　"鹤林寺"：是镇江南郊最古老、规模最大、古迹最多的寺院，历来名气大、访僧多。诗人这首题写在鹤林寺僧舍上的诗，即应当年遇赦得还，放船南下访吴楚之时。"竹院"：指僧院、僧寺。"逢僧话"：与僧人相逢交谈而获得的感悟。在唐代，诗人游览寺庙，题壁留诗十分流行。李涉生前两次被贬，仕途并不得志，常浪游江湖，故有首句"终日昏昏醉梦间"，可以说是他落拓生活的真实写照。后两句是说：他此行润州路过竹院，因遇一位高僧交谈，忽觉人生有限，从懒散中醒来，重新确定自己追求。觉得浮生因此放下了众多欲念而豁然开朗，人生如以一日比喻，犹如获得了一半闲暇。此句似佛家语又似尘世言，有种解脱后流露出来的快乐心情，故常被后人引用。

题润州金山寺

（唐）张　祜

一宿金山寺，超然离世群。
僧归夜船月，龙出晓堂云。
树色中流见，钟声两岸闻。
翻思在朝市，终日醉醺醺。

【诗话】

　　在唐代诗人中，张祜虽然不能列为大家，但也不失为名家。张祜字承吉，南阳人，生长在苏州，志气高逸，有用世之志，关心国家治乱之源。同时又行止浪漫，纵情声色。他与朋友崔涯说剑谈兵，行侠仗义，往来于江、淮、吴、越，一身而兼为才子、诗人、侠客。其有《到广陵》一诗是他回忆早年生活的自述："一年江海恣狂游，夜宿倡家晓上楼。嗜酒几曾群众小，为文多是讽诸侯。逢人说剑三攘臂，对镜吟诗一掉头。今日更来憔悴意，不堪风月满扬州。"

　　元和、长庆间（806—820），张祜得太平军节度使令狐楚器重，将其诗卷进呈并上表举荐，宪宗看了荐表询问元稹，元稹答："张祜雕虫小巧，壮夫不为。若奖激太过，恐变陛下风教"。由此，张祜失去了举荐入仕的机会，只好谋食于节度使幕府，但由于性格狷介狂傲每处都不长久。晚年老死丹阳。

　　张祜一生作诗甚多，杜牧赠诗云："谁人得似张公子，千首诗轻万户侯。"张祜晚年多以五七言律诗题咏名胜、史迹，传闻他每到一处必有题，吴越间著名佛寺无不留下墨迹，这首《题润州金山寺》即写于晚年。

　　这首诗"第二句"有两种文本：《文苑英华》《瀛奎律髓》《唐诗品汇》均作"微茫水国分"。但现在新印南宋传本，独作"超然离世群"，也不似后人所改。从诗意看来，"一宿金山寺"以后，应该是感到自己"超然离世群"了。这一句与尾联"翻思在朝市"相呼应。如果用"微茫水国分"，那就接不上第一句了。

对于这首诗，历代评论很不一致。方回《瀛奎律髓》评曰："此诗金山绝唱。"而清人沈德潜《唐诗别裁》却说："此公金山诗最为庸下，偏以此得名，真不可解。"而公认颔联、颈联，描写屹立江心古寺很切。"翻思在朝市"，芸芸众生终日醉醺醺。

送识上人游金山登头陀岩

（北宋）范仲淹

> 空半簇楼台，红尘安在哉。
> 山分江色破，潮带海声来。
> 烟景诸邻断，天光四望开。
> 疑师得仙去，白日上蓬莱。

【诗话】

天下名山僧占多。镇江山水奇秀，自古多有释道寺观。镇江是佛教传入最早的地区之一，历史上有许多名闻遐迩的寺庙和高僧大德，现存名寺有：始建东汉献帝兴平年间（194—195）的"焦山定慧寺"、东晋大兴年间（318—321）的"鹤林寺"、南朝宋戴颙舍宅而造的"招隐寺"、唐代名相李德裕舍宅而建的"甘露寺"，以及律宗第一山宝华山隆昌寺。今天位于江边的"金山寺"，便是佛教禅宗"四大丛林"之一的东晋名刹。范仲淹此诗写于宝元元年（1038）知润州时。

"识上人"：所指何人很难查，遍检《范仲淹年谱》，疑此人即作者童年蒙师湖南安乡兴国观司马道士。"上人"，古代对长者及有道德之人的尊称。"头陀"：佛教用语，指在世间带领人们修行觉悟的人。金山头陀岩，又名祖师岩(下为裴公洞,有头陀像供其中),为纪念裴头陀而名。"红尘":佛教、道教等对人世间之称。"山分江色破,潮带海声来":北宋时金山寺屹立长江中,离海不远,故有"潮带海声来"。"烟景诸邻断":是说金山寺远离红尘。"天光":天空的光辉。"疑师得仙去":师应指这位头陀。"蓬莱":蓬莱山,古代传说中的神山,常泛指仙境。《史记·封禅书》云:"自威、宣、燕昭使人入海求蓬莱、方丈、瀛洲。此三神山者,其传在渤海中。"

夜登金山

(北宋)沈 括

楼台两岸水相连,江北江南镜里天。
芦管玉箫齐送夜,一声飞断月如烟。

【诗话】

沈括(1031—1095)是中国科学史上里程碑式人物,与北宋王安石、司马光、苏轼同时代。生于浙江钱塘县,晚年隐居润州(今江苏镇江),卒于绍圣二年(1095)。嘉祐八年(1063)进士及第,历任太子中允、检正中书刑房、提举司天监、史馆检讨等职。其自幼勤奋好学,四岁读完了家中藏书,并随父亲宦游州县,到过泉州、润州、简州和汴京等地,见多识广,并对大自然具有强烈兴趣和敏锐观察力。晚年集前代科学成果之大成,著《梦溪笔谈》传世。一生以学思著称,非以诗名。元丰三年(1080)沈括出知延州、兼任鄜延路经略安抚使,因"永乐之役"牵连被贬。这首诗即写于被贬之后晚年隐居润州期间。作者以独特视角,记录了当时"万川东流,一岛中立"的金山寺,以及"芦管玉箫齐送夜,一声飞断月如烟"的水陆法会盛事。

"金山":位于今江苏镇江西北,原在长江中(是古代屹立于长江中流一个岛屿),以"峙然天立镇中流,雄跨东南二百州"闻名。据记载,直至清道光年间此山才与南岸陆地相连,于是"骑驴上金山"曾盛行一时。山上有金山寺,始建于东晋,乃佛教千年诵经礼佛拜忏之地,后为史上"水陆法会"发源地。"芦管玉箫齐送夜":记载北宋元丰七八年间名僧佛印住金山寺时,常有海贾访寺设水陆法会,佛印亲自主持,规模宏大,"金山水陆"遂驰名天下。

自题金山画像

(北宋)苏 轼

心似已灰之木,身如不系之舟。
问汝平生功业,黄州惠州儋州。

【诗话】

元符三年(1100),宋哲宗病逝,因无子嗣向太后于同月立赵佶(即宋徽宗)为帝,大赦天下,苏轼因此结束人生最后一次贬谪,复任朝奉朗。建中靖国元年(1101)三月,苏轼由虔州(今江西赣州)出发,经南昌、当涂、金陵,五月抵真州(今江苏仪征),六月经润州(今江苏镇江),拟择常州安居。这首《自题金山画像》即苏轼途径真州,游金山龙游寺(今属江苏镇江)时所作。

此诗写于苏轼人生最后旅程,作者已堪堪走到生命尽头。回首一生数起数落,漂泊无定,故萌平生"身如不系之舟"长叹。这首悲歌自嘲式地回首人生,让世人从另一面看到一生取得巨大文学成就的作者内心世界。"问汝平生功业",他不说自己曾经担任密州、徐州、湖州、登州、杭州、颍州、扬州、定州太守,带领民众治水励耕、传文开风业绩,而是毫不回避自己经历厄运的"黄州、惠州、儋州"。

"黄州之贬"指元丰二年(1079)"乌台诗案",时苏轼44岁。"惠州之贬"于绍圣元年(1094),苏轼59岁,此贬皇帝连下"五诏":四月落二学士以本官知和州，又改英州，旋降左承议郎，闰四月离定州，六月责授宁远军节度副使，惠州安置。"儋州之贬"于绍圣四年（1097），为苏轼离家乡最远之贬，别弟渡海，时已62岁。

《自题金山画像》为作者自嘲。但同样是苏轼，"黄州惠州儋州"作者留给后人的却是"莫听穿林打叶声，何妨吟啸且徐行"般的自信，"人有悲欢离合，月有阴晴圆缺，此事古难全"般的旷达。他从不浪费时间，"粗缯大布裹身涯，腹有诗书气自华"，直至最后"小舟从此逝，江海寄余生"。全诗深刻地传达了作者对人生"功业"的回答。人生是一次为自己心灵和命运画像的旅程。因此诗是作者一生总结，故广为流传。

金缕衣

（唐）杜秋娘

劝君莫惜金缕衣，劝君惜取少年时。
花开堪折直须折，莫待无花空折枝。

【诗话】

杜秋娘（约791—?），《太平广记·李锜婢》记载"杜名秋"，《资治通鉴》称其名为杜仲阳，唐代金陵人。金陵本是唐代江宁县（今江苏南京）旧称，但唐代江宁时属润州管辖，所以唐人往往也称润州为金陵。"娘"是唐代社会对妇女习称，如杜甫诗句"黄四娘家花满蹊，千朵万朵压枝低"。杜秋十五岁为润州刺史李锜侍妾。元和二年（807）李锜造反事败被杀，杜秋被纳入宫中（宫名杜仲阳）受到唐宪宗宠幸。长庆元年（821）唐穆宗即位，任命她为儿子李凑的傅姆，后李凑被废去王位，杜秋赐归故乡。

据《旧唐书》：杜秋娘当生于贞元元年（785）到贞元九年之间。归润州后《旧唐书·李德裕传》说：大和八年（834）李德裕至润州，"奉诏安排宫人杜仲阳于道观，与之供给"。可见，杜秋娘放还后无亲、无戚、无儿、无女、无家可归，只能寄住道观靠官府供养。又有杜牧经过润州时曾作《杜秋娘诗》"感其穷且老，为之赋诗"，诗中说："归来四邻改，茂苑草菲菲。清血洒不尽，仰天知问谁？寒衣一匹素，夜借邻人机。"其晚境穷困可想而知。

《金缕衣》是唐诗名篇，《全唐诗》谓无名氏作，但清人孙洙编《唐诗三百首》却明确署名作者杜秋娘。其诗主题又有"及时行乐""珍惜光阴"及"隐谏李锜"三说。诗以"折花"为喻，当花与"美人"联系时，此诗宣扬及时行乐思想极明显；当花与"时光"联系时，此诗又可理解为劝人惜取青春、珍惜时光。但对比陶渊明《杂诗》："盛年不重来，一日难再晨。及时当勉励，岁月不待人"，没有其那样醒豁。至于"隐谏李锜"说，则是以诗为杜秋娘所作的主观臆断并不可信。此诗盛行一时，更多地被认为喻意"人生美好时光，要抓紧做美好的事"，警示时光一去不复返。

润州二首

（唐）杜　牧

其　一

句吴亭东千里秋，放歌曾作昔年游。
青苔寺里无马迹，绿水桥边多酒楼。
大抵南朝皆旷达，可怜东晋最风流。
月明更想桓伊在，一笛闻吹出塞愁。

其　二

谢朓诗中佳丽地，夫差传里水犀军。
城高铁瓮横强弩，柳暗朱楼多梦云。
画角爱飘江北去，钓歌长向月中闻。
扬州尘土试回首，不惜千金借与君。

【诗话】

杜牧（803—852），据检诗人年表此诗应写于唐文宗大和六年（832），杜牧30岁时受命出访淮南节度使牛僧孺过京口时所作。此诗囊括润州历史典故、尽展作者才华，亦流露出年轻诗人羡慕古贤放浪之情，不失为一首咏吴佳作。

"润州"：唐代治所在今江苏镇江。"句吴"：即吴国。《史记·吴太伯世家》："太伯之奔荆蛮，自号句吴。""句吴亭"：故址在今江苏丹阳县之南。传说泰伯自北方南下奔吴，曾在此驻扎。"放歌"：放声歌唱。唐杜甫《闻官军收河南河北》诗："白日放歌须纵酒，青春作伴好还乡。""旷达"：开朗豁达，多形容人的心胸性格。《晋书·裴颜传》云："处官不亲所司，谓之雅远；奉身散其廉操，谓之旷达。""桓伊"：东晋将领、名士，早年月下遇王徽之为他吹笛。"一笛闻吹出塞愁"：出塞，曲名，调哀愁。"谢朓"：字玄晖，南朝齐文学家。建武二年（495）出为宣城守，两年后复返京为中书郎。永元元年（499）因事下狱，死狱中，时年36岁。今存诗二百余首，多描写自然景物，开唐代律诗之先河。"夫差"：春秋末期吴国国君。"水犀军"：披水犀甲的水军。"铁瓮"：润州第一城，孙权筑，号为铁瓮，其址位于今镇江北固山前。"朱楼"：谓富丽华美的楼阁。《后汉书·冯衍传》："伏朱楼而四望兮，采三秀之华英。""画角"：古管乐器，传自西羌。"钓歌"：渔歌，渔人所唱的歌。唐王勃《长柳》诗："郊童樵唱返，津叟钓歌还。""扬州尘土试回首"：扬州（今属江苏），六朝时为都城建康江北屏障。尘土，指尘世或往事。"千金借与君"：指小霸王孙策以"玉玺"抵押袁术借兵三千事。

镇江历史上既是弦歌之地，又是烽火之城。诗人第一首借地名句吴亭，写六朝人物旷达与风流；第二首诗人借古人谢朓，写此佳丽地风云往事，读来令人回味无穷。

京口怀古

（唐）戴叔伦

大江横万里，古渡渺千秋。
浩浩风声险，苍苍天色愁。
三方归汉鼎，一水限吴州。
霸国今何在，清波长自流。

【诗话】

戴叔伦（732—789），字幼公，润州金坛（今江苏常州）人。出生隐士世家，祖父和父亲皆终身隐居不仕。戴幼公少年师从著名学者萧颖士，唐上元元年（760）进士。历官抚州、容州刺史，兼容管经略使。故后人称"戴容州"。诗多写乡村题材，亦有少数边塞诗，主张"诗家之景，如蓝田日暖良玉生烟，可望而不可置于眉睫之前也"。其诗风格手法体现了由盛唐进入中唐意象，故明代胡应麟《诗薮》以其为晚唐之滥觞。《全唐诗》今存其诗二卷。作者晚年上表出家为道士。

"京口"：即今江苏镇江。东汉建安十三年（208）权始自吴郡（今江苏苏州）迁于京口（今江苏镇江）而镇之。《读史方舆纪要》引杜佑语曰："建业之有京口，犹洛阳之有孟津。"并云："自孙吴以来，东南有事必以京口为襟要。"首句"大江横万里，古渡渺千秋"：古渡，位于今镇江城西，汉称"蒜山渡"、唐称"金陵渡"、宋以后称"西津渡"，乃古镇江最大江渡，今存"一眼望千年"唐宋元明清历代码头遗迹。颔联"浩浩风声险"：是说汉末曹操孙权赤壁之战、濡须之战，刘备孙权彝陵之战，均以千里长江为战场。颈联"三方归汉鼎，一水限吴州"：三方，指汉末魏、蜀、吴三集团；一水，指天堑长江。这句是说魏蜀吴三雄争霸是一个特殊历史时期，虽打着汉朝旗号但又各霸一方。赤壁之战后大体以长江划界：北方属魏国,荆州以西长江上游归蜀国,东吴占据长江下游。尾联"霸国今何在":霸国,指最终称雄一统天下者;今何在,乃诗人怀古之叹。

题金陵渡

（唐）张　祜

金陵津渡小山楼,一宿行人自可愁。
潮落夜江斜月里,两三星火是瓜州。

【诗话】

张祜(782—852),其一生作诗甚多,但身后冷落,留下的作品亦同命运。甚至连元代《唐才子传》也将他误写为"张祐"。张祜早年多作齐梁宫体绝句,内容多题咏音乐歌舞、记述旅游风物,写开元、天宝年间宫中逸闻轶事。如成名之作《宫词》:"故国三千里,深宫二十年。一声何满子,双泪落君前。"

这是诗人于唐文宗大和、开成年间漫游江南时写的一首小诗。张祜夜宿镇江渡口时,面对长江夜景,以此抒写了人在旅途的愁思,表达了自己人生的寂寞凄凉。全诗语言朴素自然,将美妙如画的江上夜景,描写得宁静凄迷,淡雅清新。

"金陵津渡小山楼":此"金陵渡"在镇江,非指南京;"小山楼"是诗人当时寄居之地,首句开门见山。"一宿行人自可愁":"可"当作"合"解,而比"合"字轻松。两句引子很自然将读者引入佳境。"潮落夜江斜月里":诗人站在驿楼远望夜江,只见天边月沉星落,江上夜潮初退。一团漆黑的夜江本无所见,而诗人却在朦胧的西斜月光中,独赏到潮落之景。一个"斜"字,既有景又点明了时间——潮落黎明,与上句"一宿"呼应,暗中透露出一宿夜不曾寐的信息。潮落夜尽,茫茫江水浸着斜月流过,人生羁旅伴着两三点星光迎来黎明。"两三星火":一说"一寸二寸之鱼,三竿两竿之竹"乃理想的隐居之地;一说乃夜尽见黎明"两三星光",那地方"是瓜州(长江北岸渡口)"。此地名与首句"金陵渡"相应,首尾圆合。字里行间蕴藏着诗人的喟叹,传递出"人生是一场星火明灭之间的旅程",一种忧伤情调。

江楼旧感

独上江楼思渺然,月光如水水如天。
同来玩月人何处,风景依稀似去年。

【诗话】

赵嘏(806—853),字承祐,楚州山阳(今江苏淮安)人。《唐才子传》说他"会昌二年(842)郑言榜进士。大中中,仕为渭南尉","卑宦颇不如意","尝早秋赋诗曰:'残星几点雁横塞,长笛一声人倚楼。'杜牧呼之为'赵倚楼'","所谓'一日名动京师,三日传满天下',有自来矣"。又有说赵嘏年轻时四处游历,唐文宗大和七年(833)预省试进士下第,其间曾远去岭表(今横跨广东、广西的岭南),后回江东,家于润州(今江苏镇江),"能以书生令远近知重"。今有《渭南集》及编年诗二卷,悉取十三代史事迹,自始生至百岁,岁赋一首二首,总得一百一十章,今并行于世。

诗人这首《江楼旧感》,据清人所辑本,此诗应作于进士落第东归返乡之后。"江楼":江边赏景之楼。"旧感":感念旧友旧事。全诗是说在一个风平浪静的夜晚,诗人独自登上一座临江之楼,眺望江上月夜美景,月光宛如流水一般,而流水又像天空的茫茫悠悠,进而想起去年与友人同赏的情景,兴发睹物思人之感。

镇江 江楼旧感

119

题许浑诗卷

（唐）韦 庄

江南才子许浑诗，字字清新句句奇。
十斛明珠量不尽，惠休虚作碧云词。

【诗话】

许浑，字用晦（一作用诲），润州（今江苏镇江）人。晚唐最具影响力诗人之一。唐文宗大和六年（832）进士及第，开成元年（836）受卢钧邀请赴海南幕府。大中年间（847—860）入监察御史（因病乞归），后复出润州司马，历吏部员外郎，转睦、郢二州刺史。晚年归隐润州丁卯桥，自编《丁卯集》。

许浑诗以登临怀古见长，声调平仄自成一格，后人称"丁卯体"。名篇如《咸阳城东楼》"溪云初起日沉阁，山雨欲来风满楼"，《秋思》"高歌一曲掩明镜，昨日少年今白头"等。另署名杜牧的《清明》一诗"清明时节雨纷纷，路上行人欲断魂。借问酒家何处有，牧童遥指杏花村"，作者历来多有争议，一说即为许浑，由于南唐编《千家诗》时出错，导致其诗作者冠名杜牧。《全唐诗》共收录许浑诗531首，按数量列全唐第五，仅次白居易、杜甫、李白、刘禹锡。

同为晚唐诗人，韦庄这首《题许浑诗卷》将许浑与惠休对比，说江南才子许浑诗"字字清新句句奇"，其才"十斛明珠量不尽"，给许浑高度评价。"十斛明珠"：又谓"十斛量珠"。典出晋武帝太康初年，石崇奉命出使交趾，即今日越南，在白州双角山，以明珠十斛得到了绿珠。"斛"，口小底大方形量器，容量本为十斗。"惠休"：原名汤休，南朝刘宋僧，时人称"休上人"，辞采绮艳，诗与鲍照齐名。世祖命使还俗，后官至扬州从事史。诗作今存十余首，以《怨诗行》最为著名，富于民歌气息。"碧云词"：又指离别曲，是惠休代表作。江淹曾效惠休《别怨》作"日暮碧云合，佳人殊未来"。

读许浑诗

（南宋）陆　游

裴相功名冠四朝，许浑身世落渔樵。
若论风月江山主，丁卯桥应胜午桥。

【诗话】

　　"裴相"：裴度（765—839），字中立，闻喜（今山西闻喜）人。德宗贞元五年（789）登进士第。宪宗、穆宗、敬宗、文宗时期多次入相。元方回《瀛奎律髓》曰："裴晋公度累朝元老，于功名之际盛矣，而诗人出其门尤盛，自为之诗尤不可及。""渔樵"：指隐居。杜甫《村夜》："胡羯何多难，渔樵寄此生。""风月江山主"：苏轼《临泉亭下帖》云："江山风月本无常主，闲者便是主人。"此处指诗人从文立言追求。"丁卯桥"：在今镇江丹徒县。晋元帝之子司马裒（póu）镇广陵，运粮出京口，为水涸，奏请立埭，以丁卯日制可，后人筑桥因名。陆游《跋许用晦丁卯集》："许用晦居于丹阳之丁卯桥，故其诗名《丁卯集》。""午桥"：唐宰相裴度午桥庄别墅简称，宋为张齐贤所有，其地在今河南洛阳。白居易《奉和裴令公》诗："只添丞相阁，不改午桥庄。"《宋史·张齐贤传》："归洛，得裴度午桥庄，有池榭松竹之盛，日与亲旧觞咏其间"。

　　同样赞美许浑，唐代韦庄取"诗人相比"，而陆游此诗却作"名相建功立业与诗人从文立言相比"。《春秋》云："太上有立德，其次有立功，其次有立言，虽久不废，此之为三不朽"。陆游似取其意，更赞美许浑为晚唐诗坛的"江山风月主"。镇江丹徒丁卯桥也因许浑广为人知、成为名胜。

水调歌头·多景楼

（南宋）陆 游

江左占形胜，最数古徐州。连山如画，佳处缥缈著危楼。鼓角临风悲壮，烽火连空明灭，往事忆孙刘。千里曜戈甲，万灶宿貔貅。 露沾草，风落木，岁方秋。使君宏放，谈笑洗尽古今愁。不见襄阳登览，磨灭游人无数，遗恨黯难收。叔子独千载，名与汉江流。

【诗话】

陆游（1125—1210），字务观，越州山阴（今浙江绍兴）人。宋高宗时参加礼部考试，因受宰臣秦桧排斥仕途受阻。宋孝宗即位后，赐进士出身，历宁德主簿、枢密院编修官、镇江府通判。乾道七年（1171）应四川宣抚使王炎之邀，实现"上马击狂胡，下马草军书"理想，任南郑幕府。次年奉诏入蜀，任四川制置使范成大参议官。宋光宗继位后，升礼部郎中，不久罢官归故里。嘉泰二年（1202）宁宗朝再诏入京，主持编修《三朝史》，官至宝章阁待制。此词即写于宋孝宗隆兴元年（1164），作者三十九岁以枢密院编修官，出任镇江府通判时。

多景楼位于今镇江北固山上。时宋金以淮河划界，金兵盘踞淮北，镇江为南宋"保江必保淮"江防前线。登楼遥望，淮南山川历历可数。是年十月镇江知府方滋登楼游宴，引诗人强烈对比同样在此建功立业的三国"孙刘"，以及国未统一登楼每叹的晋人羊祜，写下这阕悲壮讽词。

词中"江左占形胜，最数古徐州"：东晋南渡后置侨州、侨郡，曾以徐州治所镇江，故称镇江为"南徐州"。此词开篇从形势写起：自"江左"而"古徐州"，再"连山"再"危楼"，镜头由远到近，最终点题。上阕，作者选滚滚长江入画,忆此地三国人物孙刘往事。下阕,以"不见襄阳登览",强烈对比事过不久的绍兴三十一年(1161)金兵南侵扬州(屠城),而今俊彦登楼、宾主谈笑,辛辣讽刺南宋前线官员无所作为。词中"古今愁",古愁启"襄阳登览";今愁慨言当前,时张浚北伐兵溃符离,宋廷从此不敢言兵;孝宗侈谈恢复,实则输币乞和称臣事金;眼下自己被逐临安,一片谋国事忠之心难达庙堂之上。值此"遗民泪尽胡尘里",却"不见襄阳登览",引发诗人"遗恨黯难收"无限感慨。"襄阳遗恨":指西晋大将羊祜(字叔子)一生志在灭吴,因生时未能完成大业而遗恨。

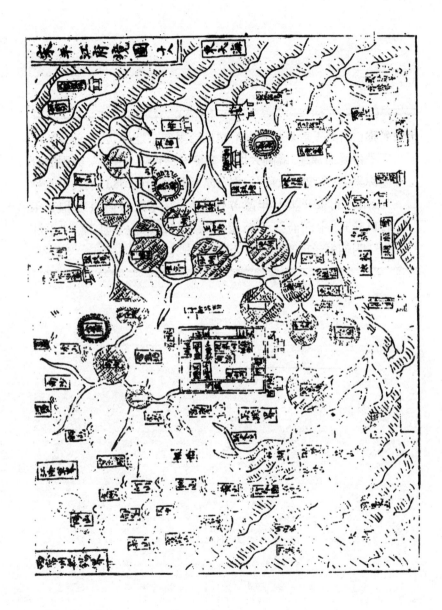

历史名称：自吴王寿梦起吴国都城从梅里向东迁移,公元前514年伍子胥受命建造"阖闾大城";秦统一后设"会稽郡",吴国旧都遂称吴县;东汉时改称"吴郡";隋朝开皇九年(589)废吴郡改称"苏州";北宋开宝七年改苏州为"平江军";宋徽宗政和三年(1113)升"平江府";元至元十二年(1275)改平江府为"平江路";明朝朱元璋改平江路为"苏州府"。

苏台览古

（唐）李　白

旧苑荒台杨柳新，菱歌清唱不胜春。
只今惟有西江月，曾照吴王宫里人。

【诗话】

　　天宝五载（746），李白在东鲁作《梦游天姥吟留别》，其中写道"我欲因之梦吴越，一夜飞度镜湖月"。自长安"赐金放还"，李白一路东游，先返任城（今山东济宁）探家，是年秋再启程南下吴越。翌年春从扬州出发，经金陵、丹阳（今江苏镇江），到达吴郡（今江苏苏州）写下这首《苏台览古》。也有学者认为，此诗作于开元十五年（727）春，李白由越州（今浙江绍兴）返回苏州之时。"苏台"：即姑苏台。相传为春秋时吴王阖闾所建，其子夫差增修，在今苏州西南的姑苏山上。姑苏山，俗称"和合山"，位于今苏州市木渎镇，苏州之名即取源于此。史载夫差增修姑苏台，上建春宵宫等，每与西施为长夜之饮。

　　既然是来"览古"，李白看到的首先是旧苑荒台，而故址残垣之外的连绵柳色与曲曲清歌，又无不呈现盛唐正处于一派大好春光之中。诗人因旧苑遗迹、因西江明月，乃勾起对春秋故国的追忆：吴国历史自商末泰伯奔吴、筑城梅里以礼让兴；到公元前 515 年专诸刺杀吴王僚，助公子光（吴王诸樊之子阖闾）即位，阖闾以楚人伍子胥为相伐楚全盛建阖闾城，至夫差移治"姑苏台"争霸亡。"怀古"引出西江之月，曾经见证春秋吴国称霸一时的歌钟满台盛况与如今月依旧而人去台空对比，引人无限幽思遥想。古人评此诗："此首伤今思古，得力全在'只今惟有'四字"。史载唐天宝四载，杨玉环（号太真）正式被册封为贵妃，李白时作此诗难隐讽刺之意。

乌栖曲

（唐）李 白

姑苏台上乌栖时，吴王宫里醉西施。
吴歌楚舞欢未毕，青山欲衔半边日。
银箭金壶漏水多，起看秋月坠江波。
东方渐高奈乐何。

【诗话】

　　李白早年的漫游生活，从开元十二年（724）春"仗剑去国，辞亲远游"正式开始。沿江一路东行，于开元十三年秋抵达金陵。翌年夏，二十六岁的李白赴姑苏，游姑苏台，作《乌栖曲》。也有学者认为，此诗乃李白于开元十九年漫游吴越时所作。《乌栖曲》本为六朝乐府清商曲辞中的"西曲歌"旧题，多为歌咏艳情四句七言。太白此作，乃将这一乐府旧题放置于千年之前的姑苏古台场景中，无怪乎当年贺知章叹曰："此诗可以泣鬼神矣。"

　　诗歌一再着意于时间的推移："乌栖时"照应题面，且暗示着黄昏时分；"半边日"更是点明日落西山，夜幕将垂；"银箭金壶"径直就写宫中计时的铜壶滴漏；"秋月坠江波"则暗示着月落秋江，黎明将近；"东方渐高"，"高"通"皜"，是东方渐白之意。如此从黄昏到清晨的一个周期，即为李白笔下对当年夫差与西施于姑苏台"为长夜之饮"的呈现。其实，此诗也不见得全如古人所说"太白则援古以讽今"，"深得《国风》刺诗之体"，"便觉吴有败亡之祸"。除了这一历史教益向度的解读以外，也不妨将此诗视为李白对"时间"的审视，其中深含着人生的喟叹。试看全诗中"人"的活动及"人化"的活动："醉西施""欢未毕""欲衔""漏水多"

"起看月""奈乐何"，都是人与"时间"在周旋不休，人看似是时间的主人，可是时间才是人与历史的真正主宰。明乎此，再读贺知章的叹赏，庶可加深对太白之诗天才的认识。

西施咏

（唐）王　维

艳色天下重，西施宁久微。
朝为越溪女，暮作吴宫妃。
贱日岂殊众，贵来方悟稀。
邀人傅脂粉，不自著罗衣。
君宠益娇态，君怜无是非。
当时浣纱伴，莫得同车归。
持谢邻家子，效颦安可希。

【诗话】

"艳色"：艳丽而有姿色。"天下重"：为天下所看重。"西施宁久微"：这句是说西施是个美女，这样的美女又怎能久居微贱？"贱日"：平凡而不得志日子。"岂殊众"：又有什么与众不同呢？"贵来方悟稀"：只有显贵的时候才感到与众不同。"罗衣"：指轻软丝织品制成的衣服。"君宠益娇态，君怜无是非"：是说被宠爱的时候愈宠愈娇，而君王因怜爱从不计较她的是非。"浣纱"：古时洗衣。"持谢"：奉告。"安可希"：怎能仅凭希望而实现。

西施，名夷光，越国人，居住浙江诸暨苎萝村，苎萝有东西二村，夷光居西村，故名西施。她的人生颇具传奇。越国战败后被迫向吴国称臣求和，越王勾践遍选国内美女献给吴王，天生丽质的西施便是其一。夫差对西施万般宠爱，先是在姑苏台造春宵宫，接着又专门为西施建馆娃阁和表演歌舞的"响屐廊"。而与此同时,越王勾践卧薪尝胆,使越国由弱而强,最终击败吴国。吴国灭亡后,西施不知去向,一说被沉海而死,一说与范蠡泛舟五湖隐去。

对这一传奇女子,唐代多有写诗吟咏,王维此诗即为其中之一,作于天宝时期。此诗借咏西施"朝贱暮贵"慨叹世情无常。"朝为越溪女,暮作吴宫妃",实际上就是一些凭际遇而骤贵者的写照。清人沈德潜《唐诗别裁》评曰:"写尽炎凉人眼界,不为题缚,乃臻斯旨。"全诗写西施不加褒贬,神致逼肖。诗末奉劝无西施姿色的人,不要徒然去模仿西施捧心颦眉,可谓别开生面点化人生。

姑苏台怀古

（唐）陈　羽

忆昔吴王争霸日,歌钟满地上高台。
三千宫女看花处,人尽台崩花自开。

【诗话】

陈羽乃苏州人,贞元八年(792)进士,与大诗人韩愈同榜,后官东宫卫佐。诗多近体,善状情景,《全唐诗》录存其诗一卷。此诗作年不详,不过具有明显的中唐气氛。"姑苏台":《越绝书》云:"胥门外有九曲路,阖闾造,以游姑胥(姑苏山又称姑胥)之台,以望太湖,中窥百姓。"诗从"忆昔吴王争霸日,歌钟满地上高台"写起,"争霸日":指公元前494年夫差打败越国,勾践献西施求和。"上高台":《绍定吴郡志》中载:"《吴越春秋》《吴地记》皆云:阖闾城西有山,号砚石山,山在吴县西三十里,上有馆娃宫。又《方言》曰:吴有馆娃宫,今灵岩寺即其地也。山有琴台、西施洞、砚池、玩花池,山前有采香径,皆宫之古迹。"尾句"人尽台崩花自开":人尽,唐李延年歌曰:"北方有佳人,绝世而独立。一顾倾人城,再顾倾人国。"《吴越春秋》载:"越王谓大夫(文)种曰:'孤闻吴王淫而好色……因此而谋可乎?'种曰:'可破。夫吴王好色,宰嚭佞以曳心,往献美女其必受之……'乃使相者相国中,得苎萝山鬻薪之女曰西施、郑旦……三年学服而献于吴。"又《吴地记》载:"《越绝书》云:'西施亡吴国后,复归范蠡,同泛五湖而去。'"

公元前482年,就在夫差率军赴黄池之会与晋国争霸时,勾践趁虚攻入吴都,俘杀太子友,焚姑苏台。公元前473年,吴国终为勾践所灭。诗的第三句,诗人独具慧眼地选择了一个具体细节——看花处。这一地点既是昔日吴王全盛时歌舞嬉戏之所,也是诗人此时目光所聚的悲怆之地。接古通今,以"花自开"表达了对历史沧桑的无限感慨。

吴 宫

(唐)李商隐

龙槛沉沉水殿清,禁门深掩断人声。
吴王宴罢满宫醉,日暮水漂花出城。

【诗话】

大中十年(856),经兵部侍郎、诸道盐铁转运使柳仲郢推荐,四十五岁的李商隐任盐铁推官。翌年春,李商隐随柳仲郢来到盐铁转运使的治所扬州。当是职务之便,诗人得以游览江东,并作下了一系列咏古诗,《吴宫》便是其中一首。

"吴宫":春秋末期吴王夫差在今苏州木渎镇灵岩山一带所建的宫殿。"龙槛":宫中有栏杆的亭轩。"水殿":即建在水上的宫殿。是说姑苏自古多水,所建王宫亦迥异北方。"禁门":即宫门。诗的前两句分别从视觉与听觉写吴宫的静:龙槛深沉、水殿倒影、禁门深掩,全无人声。诗人悬想中的吴宫为何一反常态如此安静?这类"不寻常"的描写包含诗人特别的用意。寻此用意就会发现原来是因为"吴王宴罢满宫醉"。写静是为了写醉,诗人通过倒叙的描写,让读者去想象此前吴宫狂欢极乐的场景。所以前两句如谜面,第三句乃真相揭晓,令读者能身临其境当年吴王的声色淫逸。尾句"日暮水漂花出城",诗人似不经意地拈出一个流水漂花细节,落日余晖中数片落花随流漂出宫城。诚如史家所言"花开花落,便是兴亡景象"。诗人以此细节,不仅反衬出吴宫极乐景象,更象征着吴国繁华的行将消逝。

伍相庙

(北宋)范仲淹

胥也应无憾,至哉忠孝门。
生能酬楚怨,死可报吴恩。
直气海涛在,片心江月存。
悠悠当日者,千载只惭魂。

【诗话】

范仲淹(989—1052),字希文,祖籍邠州,生于徐州,后移居苏州。宋真宗大中祥符八年(1015)进士,宋仁宗明道二年(1033)因直言进谏,由右司谏出为睦州知州,景祐元年(1034)六月调任苏州知州。范知府回到祖祢之邦,兴修水利"疏五河,导太湖注之入海";兴办教育,买地南园创立郡学。任苏州期间作有《苏州十咏》,《伍相庙》即其中的第八首。

"伍相",即春秋时辅佐吴王阖闾和夫差的楚人伍员(前559—前484),字子胥。苏州纪念伍员的祠庙有多处,名称不一,如伍员庙、伍相祠、胥王庙、伍子胥庙、忠孝王祠等。最早的伍子胥庙,建在吴中区胥口镇,范成大《(绍定)吴郡志》云:"伍员庙,在胥口胥山之上,盖自员死后,吴人即立此庙。"南朝宋文帝元嘉二年(425),移至盘门里城西隅,后又故地重建。今吴中区胥口镇复建有胥王庙，盘门内亦有翻建的伍相祠。此诗起笔即用"胥也""至哉"的感叹语气，表达出了范仲淹对伍子胥的景仰和赞颂。颔联两句精炼地概括出伍子胥一生经历与价值所在。"生能酬楚怨"：说的是公元前506年，伍子胥以齐人孙武为将，共同带兵攻入楚都，掘楚平王墓鞭尸三百，以报父兄之仇；"死可报吴恩"：指公元前484年，夫差为伯嚭所谗，赐死伍子胥。颈联描写伍子胥的刚直与忠诚，范仲淹用"海涛"与"江月"作比方，表现出了忠直之气的强烈与长久。诗尾"悠悠当日者，千载祗惭魂"乃是对比，"当日者"即当时权势显赫之人，意指吴王夫差。"惭魂"，谓有愧于心魂。据说后来勾践灭吴，夫差羞于在地下见到伍子胥，乃以白布蒙眼举剑自尽。诗人选取这一细节，愈发呈现出伍子胥的忠直精神不朽。

送司空曙之苏州

（唐）苗　发

盘门吴旧地，蝉尽草秋时。
归国人皆久，移家君独迟。
广陵经水宿，建邺有僧期。
若到西霞寺，应看江总碑。

【诗话】

苗发（？—786），潞州壶关（今属山西）人，唐肃宗宰相苗晋卿之长子。弱冠入仕，大历中，初为饶州乐平县令，继为朝散大夫、秘书丞、尚书都官员外郎等。擅长诗，有诗名。据《新唐书·文艺传》："卢纶与吉中孚、韩翃、钱起、司空曙、苗发、崔峒、耿沣、夏侯审、李端皆能诗齐名，号大历十才子。"

这本是一首送别之诗，作者却将一路风情，特别是苏州名胜盘门，向友人司空曙作了详细介绍。"盘门吴旧地":是说苏州城始于公元前514年伍子胥所筑"阖闾城",故称旧吴地。盘门,为苏州西南门,古称"蟠门",因门上曾悬有木制蟠龙,以示震慑越国;又因其"水陆相半,沿洄屈曲"得今名。这里指苏州。"蝉尽草秋时":是说送友人的季节。"归国人皆久,移家君独迟":似应司空曙《寄辣上人诗》:"欲就东林寄一身,尚怜儿女未成人。柴门客去残阳在,药圃虫喧秋雨频。近水方同梅市隐,曝衣多笑阮家贫。深山兰若何时到,羡与闲云作四邻。"司空曙(720—790),字文明,广平(今河北永年)人。安史之乱后登进士;大历中,初为洛阳主簿,后为左拾遗、长林丞;贞元后入剑南西川节度使韦皋幕府,官终水部郎中,为"大历十才子"之一。其诗多写自然景色与乡情旅思,绰有余韵,长于五律。如《云阳馆与韩绅宿别》:"故人江海别,几度隔山川。乍见翻疑梦,相悲各问年。"

"广陵":指扬州。"建邺":金陵旧称。"西霞寺":似指南京栖霞寺。"江总":字总持(519—594),济阳考城(今河南商丘)人,先后仕南朝梁、南朝陈及隋初三朝。仕陈朝末帝陈后主时,官至尚书令。

题破山寺后禅院

(唐)常 建

清晨入古寺,初日照高林。
曲径通幽处,禅房花木深。
山光悦鸟性,潭影空人心。
万籁此俱寂,惟闻钟磬音。

【诗话】

常建(约708—765),籍贯邢州(今河北邢台)人。开元十五年(727)与王昌龄同榜进士,三年后释褐任盱眙尉,又四年秩满,等候吏部铨选，在此期间漫游江浙，《题破山寺后禅院》当作于此时。"破山寺"：即今兴福寺，在江苏常熟市西北虞山上，南朝齐时邑人郴州刺史倪德光施舍宅园改建而成。唐殷璠《河岳英灵集》云："建诗似初发通庄，却寻野径，百里之外，方归大道。所以其旨远，其兴僻，佳句辄来，唯论意表。"这首五律，尤其显现出这一特征。

"清晨入古寺"记时述行，诗人在清晨登山，入南齐古寺。"初日照高林"，描摹朝阳初照佛寺丛林之上，有光明普照之意。此犹殷璠所谓"初发通庄"。从"曲径通幽处"开始，诗人"却寻野径"，绕到了寺后的禅院。"曲径"乃曲折的小路，"幽处"是清幽安静的地方，这个地方是古寺禅房，即佛徒习静之所。此处"花木深"，乃佛教用语"一花一世界，一叶一菩提"。诗人徜徉如此清幽之所，远处依稀传来了山鸟的啼鸣，似乎是在欢快地呼应着初升的朝阳；古潭蓦地倒映出自己的身影，心境一下子变得湛然空明。这里的"潭影空人心"，应该就是殷璠所说的"佳句辄来，唯论意表"。诗人来到古寺礼赞佛宇，不曾想在寺后的禅院中领悟了禅机。心境的纯净愉悦，让诗人觉得外界的一切声音都已消失，只剩下佛门钟磬之音在耳边回荡，这即是"百里之外，方归大道"。据传欧阳修深慕"曲径"二句，屡欲效作而不得，于此足可识见常建之诗"旨远兴僻"的境界。

枫桥夜泊

（唐）张　继

月落乌啼霜满天，江枫渔火对愁眠。
姑苏城外寒山寺，夜半钟声到客船。

【诗话】

张继（约715—779），其《枫桥夜泊》一诗坊间多有其落榜后游历姑苏之作一说，检《唐诗纪事》《唐才子传》，均无此说。这首名诗，可能也是作于安史乱起后，张继避地吴越之时。枫桥是苏州西郊的一座古桥，据南宋范成大《(绍定)吴郡志》记载："枫桥在阊门外九里道傍，自古有名。南北客经由，未有不憩此桥而题咏者。"枫桥横跨于古运河（上塘河）之上，故有张继"夜泊"之事。

首句写月、乌、霜三种意象，其实也是在点明时刻——夜半。"月落"：说的当是上弦月，夜半便已沉落。"乌啼"：可能是树上栖乌感受到月光变化，抑或是因秋风乍起而惊醒啼鸣。"霜满天"：深秋夜半霜寒逼人，故有"满天"之感。"江枫"：应该指江边的枫树，夜色之中，当只有轮廓而已；然而渔火，在暗夜的背景下却是分外明亮的，如此一暗一明，牵引着诗人的目光，至此着一"愁"字，抒情主体终于出现。"对愁眠"：说的其实是不眠，或曰失眠。"寒山寺"：在枫桥东，始建于南朝梁代天监年间(502—519)，相传唐代诗僧寒山子曾居于此故名，也称枫桥寺。"夜半钟声"：历史上曾经聚讼纷纭，北宋欧阳修认为张继此诗虽佳，但三更时分不是撞钟之时；南宋范成大在《(绍定)吴郡志》中综合了王直方、叶梦得等人的论辩，认为吴中地区僧寺，确有半夜鸣钟的习俗，谓之"定夜钟"。"夜半钟声"对张继这个为避战乱而远游吴越的客子来说，当是既有着惊异，又有着慰藉吧。丁仪《诗学渊源》云："继诗多弦外音，适意写心，不求工而自工者也。"这首《枫桥夜泊》，确是达到了"适意写心"的境界。

题虎丘

（唐）张　籍

望月登楼海气昏，剑池无底镇云根。
老僧只恐山移去，日暮先教锁寺门。

　　张籍(768—830),字文昌,和州乌江(今安徽和县)人,一说为苏州人。唐德宗贞元十二年(796),孟郊至和州访张籍,两年后张籍北游,经孟郊介绍在汴州认识韩愈,时韩愈为汴州进士考官,乃荐张籍,翌年张籍进士及第。此诗一作《虎丘寺》,为后人据清康熙年间顾湄《虎丘志》增补,其中"镇云根"作"浸云根"。也有人认为此诗是明高启所作。如为张籍作,则当作于诗人早年南游吴越或家居苏州之时。

　　"虎丘":又名海涌山,相传远古时本为海中一岛,随潮涌时隐时现,沧海桑田,最终从海中涌出,孤立平地而成丘。虎丘向有"吴中第一名胜"之誉,山上古有望海楼、海泉亭等胜景,此诗首句"望月登楼海气昏",即缘于此。诗云"海气昏"者,当是月下远望的想象之景,"昏"意谓弥漫苍茫。"剑池":虎丘山崖壁下一窄如长剑的深水池,相传池下即为吴王阖闾墓葬之所在,因随葬三千"鱼肠""扁诸"等宝剑故名。今剑池前刻有"虎丘剑池"四字,原为唐代大书法家颜真卿独子颜頵所书。"云根":为深山云起之处,后泛指道院僧寺,这里即指虎丘寺。后两句略显幽默,一般的寺庙都藏在深山,而虎丘却是藏山于古寺中,寺庙覆裹山体,山门即在山前,此即所谓的"寺包山"。北宋王禹偁《游虎丘》即云:"薜墙围著碧屏颜,曾是当年海涌山。尽把好峰藏寺里,不教幽境落人间。"张籍这里揶揄寺中老僧,也从另一侧面表达出对虎丘山景的欣赏。

千人石

（唐）贾　岛

上陟千人坐，低窥百尺松。
碧池藏宝剑，寒涧宿潜龙。

【诗话】

贾岛（779—843），字浪仙，范阳（今河北涿县）人。初为僧，法名无本，后还俗。元和年间（806—820）南游京洛，投谒名公，然累举进士不第。此诗又名《虎丘千人坐》，乃后人据清康熙年间顾湄《虎丘志》增补。大和九年（835）秋，贾岛应时任杭州刺史的友人姚合之邀，南赴杭州。此诗若为贾岛所作，当即作于其南游途中。

"千人石"：又名千人坐、生公石、讲石，位于虎丘剑池南侧。唐陆广微《吴地记》曰："剑池池旁有石可坐千人，号千人石。"南宋范成大《（绍定）吴郡志》云："（虎丘山）泉石奇诡，应接不暇，其最者，剑池，千人坐也。"又云"千人坐，生公讲经处也，大石盘陀数亩"。其石乃一块平坦如砥、浑然生成的紫绛色巨石，横向展开而略微倾斜，有数亩之广。生公，指东晋高僧竺道生，鸠摩罗什的著名门徒，时人称为"涅槃圣"。据传竺道生因主张"一阐提（断绝善根的极恶众生）皆得成佛"，受到佛门保守势力排挤，来到虎丘山聚石为徒，讲说《涅槃经》。千人石即为其讲经之处。贾岛此诗，前两句写千人石，后两句写剑池。"陟"：登也，"上陟"意即登高至千人石。"低窥"：乃从千人石下窥，有百尺松在石下。"碧池"：即"剑池"，相传池下为吴王阖闾墓葬之所在，因随葬三千"鱼肠""扁诸"等宝剑故名。"寒涧宿潜龙"：既是想象之辞，又可复指池下宝剑。贾岛诗风清奇僻苦、峭直刻深，如诗中动词"陟""窥""藏""宿"，即为贾岛习用的幽仄词汇。《苕溪渔隐丛话》中引《六一居士诗话》云："岛尝为衲子，故有此枯寂气味形之于诗句也。"信哉斯言。

生公讲堂

（北宋）杨 备

海上名山即虎丘，生公遗迹至今留。
当年说法千人坐，曾见岩边石点头。

　　杨备（989 年进士），字修之，建平（今安徽郎溪）人。明道元年
（1032）知华亭县（今上海松江），因爱姑苏风物，遂家吴中。尝乐吴地风
俗之美，作《姑苏百题》，每题笺释其事，后范成大修《吴郡志》多采用之。
此诗即为杨备居吴中时所作。

　　"生公"：指东晋高僧竺道生，鸠摩罗什的门徒，时人称为"涅槃
圣"。据传竺道生因主张"一阐提（断绝善根的极恶众生）皆得成佛"，受到佛
门保守势力排挤，乃于南朝宋元嘉五年（428）来到苏州虎丘。虎丘住持
法纲虽接纳了竺道生，但只允许其在寺外千人石上讲经，史载"道生讲
经于此，人无信者，乃聚石为徒，与谈至理，石皆点头"，此即"生公说法，
顽石点头"之佳话。杨备此诗，主要依据的就是这一典故。

　　首句云"海上"者，因虎丘原名海涌山，远古时本为海中一岛，后从
海中涌出孤立平地而成丘，古即"名山"。"生公遗迹至今留"，乃聚焦到
千人石上，今千人石北的石壁上，仍镌有唐李阳冰篆书"生公讲台"四
字。"当年说法千人坐"，"千人坐"即千人石。"曾见岩边石点头"，即用
"顽石点头"之典。今千人石东白莲池中尚存"点头石"。生公倡说的
"一阐提皆得成佛"，实契《涅槃经》本意，后来《大本涅槃经》传到江南，
经文中即有"一阐提人有佛性"的主张，生公也自此得到众人信服，影响
渐大，成为禅宗的先驱。

宿东寺二首（其一）

（南宋）范成大

淡天如水雾如尘，残雪和霜冻瓦鳞。
织女无言千古恨，素娥有意十分春。

东寺,指苏州虎丘寺。原是晋司徒王瑉、王珉兄弟的旧宅,后舍宅为东西两寺。唐吴县朱长文《题虎丘山西寺》诗云:"王氏家山昔在兹,陆机为赋陆云诗。青莲香匝东西宇,日月与僧无尽时。"即指东、西寺。

范成大(1126—1193),字致能,平江吴郡(今江苏苏州)人。绍兴二十四年(1154)进士,初历徽州司户参军、枢密院编修、礼部员外郎,后出知处州(今浙江丽水)。乾道六年(1170)奉诏赴使金国,不辱使命而归。翌年出知静江府(今广西桂林)兼广西经略安抚使。淳熙二年(1175)任四川制置使兼成都知府。淳熙七年知明州(今浙江宁波),因"治郡有劳",第二年任端明殿学士,三月改知建康府(今江苏南京)。淳熙四年范成大离任四川制置使,五月从成都万里桥出发,十月进入吴郡盘门。此行沿岷江入长江,然后一路过三峡,经湖北、江西至江苏,取杜甫"门泊东吴万里船"诗意记为《吴船录》。晚年致仕退隐,著《四时田园杂兴六十首》和为家乡撰写的《吴郡志》。此诗写于乾道七年范成大出知静江府,翌年冬腊月七日诗人从吴郡出发夜宿东寺时。此行诗人经湖州、桐庐、江西信州、永州,入桂林,留下记行之作《骖鸾录》。

"织女":星名,指织女星;传每年七夕与牛郎星相会。"素娥":嫦娥别称,诗中代指明月。谢庄《月赋》有"集素娥于后庭"。

题苏州灵岩寺

(唐)张　祜

碧海西陵岸,吴王此盛时。
山行今佛寺,水见旧宫池。
亡国人遗恨,空门事少悲。
聊当值僧语,尽日把松枝。

【诗话】

　　据元代辛文房《唐才子传》记载,张祜是南阳人,寓居苏州。其《长安感怀》即云"家寄东吴西入秦",可见诗人早年曾长期住在苏州。张祜长年浪迹,游历四方,晚年乃移居丹阳(今江苏镇江),以布衣终身。《唐才子传》又云:张祜"性爱山水,多游名寺,如杭之灵隐、天竺,苏之灵岩、楞伽、常之惠山、善权,润之甘露、招隐,往往题咏唱绝。"这首《题苏州灵岩寺》,可能是开成年间(836—840)他暂时家居苏州时所作。灵岩寺,即今灵岩山寺,位于苏州西南灵岩山上。灵岩山,即古石鼓山,又名砚石山,本是春秋吴王夫差馆娃宫旧址,也是越国献西施的地方,今尚存吴王遗迹。灵岩山寺始建于西晋,寺址即为馆娃宫遗址。

　　此诗从想象中春秋吴国的"盛时"写起。"碧海西陵岸":说的是虎丘,虎丘原名海涌山,相传远古时虎丘本为海中一岛。虎丘之名,源于春秋吴王阖闾,他在此修城建都,死后亦葬此处。传说葬后三日,墓地有"白虎蹲其上"因而得名。张祜溯源于此,也暗寓着沧桑变化。灵岩山馆娃宫,如今已成佛寺,然山顶花园的宫池还在,依稀记录着当年的盛况。吴国全盛而亡,遗恨千古,不过山寺佛门却没有这些人间悲喜。"聊当值僧语,尽日把松枝":聊者,暂且之意;值,遇到;松枝,代指谈柄。末两句意谓暂且同遇着的僧人手持松枝终日谈禅吧,言语中似透出一些无奈。史载张祜干谒诸侯,屡求汲引,而终无所成,这首寻访名寺之作当亦包含对自己的喟叹。

送人游吴

(唐)杜荀鹤

君到姑苏见,人家尽枕河。
古宫闲地少,水港小桥多。

夜市卖菱藕，春船载绮罗。

遥知未眠月，乡思在渔歌。

【诗话】

杜荀鹤（846—907），字彦之，池州石埭（今安徽石台）人，一说为杜牧之微子。唐昭宗大顺二年（891）进士，未官归山。杜荀鹤早年曾游历吴越等地，故而对姑苏比较熟悉，这首《送人游吴》，被沈德潜《唐诗别裁》赞为"写吴中如画"。

诗歌既是送人，所以采用了向人描述的口吻。"君到姑苏见，人家尽枕河"，平白如话，道出了苏州之为水乡的特点，一个"枕"字，尤其形象，苏州人家多依河而居，民居有部分建筑甚至架在河上。另外，"枕"字还带有"安眠"之意，传达出诗人对姑苏的亲近之感。"古宫闲地少，水港小桥多"：所谓古宫，当指春秋时的吴王宫殿，这里代指苏州。"闲地少"乃写其屋宇相连、人烟稠密，与下句的"小桥多"均为简练的白描。"夜市卖菱藕，春船载绮罗"：菱藕，即菱角与藕，乃"江南水八仙"水乡特产；"绮罗"乃精美丝织品，诗中可指苏州盛产苏绣（与蜀绣、云锦齐名），也可指身着绮罗的女子。这两句写姑苏水上夜市的特有景象，将姑苏繁荣写到了夜晚，写到了游览的细处，其中的热闹喧腾，当是晚唐乱世中人人企盼的太平繁华生活。末一句"遥知未眠月，乡思在渔歌"，终于道出了送别之意，然杜荀鹤仍从对方着笔，遥想对方在姑苏水乡的渔歌声中，一定会思念家乡。换句话说，友人即使是思念故乡，也是在姑苏的渔歌声里。全诗句句围绕苏州，句句不离水乡，令人读来如临其境，也充分体现出杜荀鹤平易自然，朴实明畅的诗风。

吴门行

（南宋）刘　翰

吴歌婉婉清如水，西风晓自阊门起。
双桡艇子采菱来，翠荇绿蘋香十里。
芙蓉影落已知秋，溅湿罗衣眉黛愁。
回声荡桨入门去，明月家家秋水流。

【诗话】

　　刘翰（1190年前后在世），字武子，长沙（今属湖南）人，宋光宗绍熙中前后在世。久客临安，迄以布衣终身。曾有诗词投呈张孝祥、范成大。此诗题作"吴门行"，可能即作于往见范成大之前后。阊门，是苏州古城八门之一，位于城西北，原为水陆城门。公元前514年伍子胥筑吴都，阊门便是这座城池"气通阊阖"的首门。陆机《吴趋行》有云："吴趋自有始，请从阊门起。阊门何嵯峨，飞阁跨通波。"可见阊门地位与形制。刘翰此诗，当是其经过阊门时所作，反映宋代的苏州。

　　诗以"吴歌婉婉"起笔，"吴歌"：即吴地的民歌。"婉婉"：柔美和顺之意。"清如水"：清新亮丽如流水。吴歌向以委婉清丽著称，刘翰将其比作流水，可谓传神。诗人当时可能正乘船行于水上，耳边传来婉婉歌声，故而取以喻之。"西风"：即"秋风"。"西风晓自阊门起"，可见已是初秋时分，到了采菱时节。"双桡艇子"：即双桨小船。"采菱"：即为吴门女子采摘菱角之事，吴歌中亦有《采菱曲》。"翠荇绿蘋"，"蘋"一作"滨"，荇与蘋都是常与菱伴生的水生植物。诗人并不正面描写采菱，转而描述采菱的环境，并着一"香"字，突出了吴门风俗与风景的宜人之美。"芙蓉影落"写荷花凋零，笔调忽转向悲愁，所谓"菡萏香销翠叶残，西风愁起绿波间"，秋风可能吹动了诗人的乡思，所以再看采菱女，也似乎眉黛含愁了。等到日暮时分采菱女纷纷荡桨归去,留下刘翰独自对着明月秋水,当更是一段难捱的时光吧。

绝句四首(其三)

(唐)杜 甫

两个黄鹂鸣翠柳,一行白鹭上青天。
窗含西岭千秋雪,门泊东吴万里船。

【诗话】

杜甫(712—770),字子美,巩县(今属河南)人,原籍湖北襄阳。中国诗歌史上一位集大成者。少年有志"致君尧舜上,再使风俗淳",所以"读书破万卷,下笔如有神"(《奉赠韦左丞丈二十二韵》)。二十四岁赴洛阳应进士举不第,于是赴兖州省亲,漫游齐赵,登泰山写下"会当凌绝顶,一览众山小"名句。三十五岁再赴长安应试,因权相李林甫编导了一场"野无遗贤"闹剧,结果参试士子全部落选。一生仅任左拾遗(安史之乱中逃出长安被唐肃宗授为左拾遗)、检校工部员外郎(广德二年严武再次镇蜀表荐杜甫授职)。诗人处于大唐盛世之末,毕生写诗一千五百多首,尤以律诗、绝句别具一格,诗风受《离骚》影响趋于现实主义。

天宝十四载(755)安史之乱爆发,潼关失守,杜甫先后辗转多地。乾元二年(759)杜甫弃官入川投靠成都尹严武。不久严武调回朝廷,蜀地随后生乱,杜甫遂往梓州(今四川绵阳)暂避。"安史之乱"平定后严武重返成都任职,杜甫也得以重回成都。此诗即写于广德二年(764),杜甫再次搬回成都草堂居住时。安史之乱初定,一向忧国忧民的诗人心情极佳:看见天上的鸟儿自由飞翔是诗,透过窗口眺望岷山之上白雪亦诗,凝视草堂门前即将前往江南的舟船亦诗,遂写下一组即景诗命为

"绝句"，本诗排第三。

这首诗呈现出一种云开日出的心情，以对仗手法，让每句均形成一幅画，并以"千秋雪"给人以时间久远感觉，"万里船"呈现空间之阔。此时诗人虽在成都，但眼光早已放眼万里之外重归平静的社会。"东吴"，乃唐代对今日苏州的古称。此诗反映了安史之乱后交通恢复，长江上下游难得一见的，姑苏与成都之间经济交往画卷。宋人蔡梦弼《杜工部草堂诗话》云："其穷也，未尝无志于国与民；其达也，未尝不抚其易退之节。"

寄李儋元锡

（唐）韦应物

去年花里逢君别，今日花开已一年。
世事茫茫难自料，春愁黯黯独成眠。
身多疾病思田里，邑有流亡愧俸钱。
闻道欲来相问讯，西楼望月几回圆。

【诗话】

韦应物（737—791），字义博，京兆杜陵（今陕西西安）人。唐玄宗时，曾在宫廷中任"三卫郎"，后官滁州、江州、苏州等地刺史。有《韦苏州集》。他早年宿卫内廷，任侠使气，生活颇为放浪。安史乱后，"折节读书"成为诗人，及对民生疾苦有较深体会关心的地方官。其恬淡诗风，依旧流露出少年时代的豪放气势。

此诗当作于贞元初年，作者正在苏州做刺史时（中国社会科学院文学研究所《唐诗选》与程千帆《古诗今选》持此观点）。"李儋"：字元锡，曾官殿中侍御史。韦应物和他酬唱的作品很多，如《赠李儋》《将往江淮寄李十九儋》《赠李儋侍御》等。"已"：一作"又"。"黯黯"：低沉暗淡之意。"邑":指苏州。"流亡":出外逃亡的人。唐代安史之乱后,均田法完全被破坏,百姓不堪徭役、赋税之苦,大量离开本土逃往外地,故云。"愧俸钱":意谓未尽地方长官的责任。"问讯":探望。西楼:一名观风楼。唐代白居易等作品里多次提到苏州西楼。末两句是说,听到你要来看我,我几个月来一直在盼望,月亮都圆了好几次了。

阊门怀古

（唐）韦应物

独鸟下高树，遥知吴苑园。
凄凉千古事，日暮倚阊门。

【诗话】

　　韦应物官终苏州刺史,罢官后乃闲居苏州,最终亦卒于苏州,故"韦苏州"之称可谓实至名归。诗人出身关中望族,天宝十载(751)入宫为玄宗近侍,时豪横放浪,任侠负气。天宝十五载六月,安史叛军进长安,失职流落。乾元元年(758)进太学,始折节读书。白居易曾云:"其五言诗高雅闲澹,自成一家之体,今之秉笔者谁能及之?"苏轼则曰:"李杜之后诗人继出,虽间有远韵,而才不逮意。独韦应物、柳宗元发纤秾于简古,寄至味于澹泊,非余子所及也。"可见韦苏州成就之高。

　　此诗作于韦应物苏州刺史任内,诗题一作"阊门"。从诗中"遥知"一语,略可推知此诗可能作于诗人初入苏州之时。"阊门":苏州古城八门之一,位于城西北。公元前514年,伍子胥筑吴都,阊门便是"气通阊阖"的首门,陆机《吴趋行》云:"吴趋自有始,请从阊门起。"韦应物来到阊门,却着意于"独鸟下高树",使这首五绝一落笔即带出苍古孤峭之色。"吴苑":即长洲苑,春秋时吴王阖闾游猎之处,后亦借指苏州。"遥知":意谓从远处推知,诗人目光初为独鸟牵动,此时可能是远远看到了城中古树，因而联想到古吴苑的盛衰往事，由此兴起沧桑之感。末句乃点出日暮黄昏，诗人独倚阊门，如此则千古凄凉之意已蕴积其中矣。明人有言："中唐五言绝，(韦)苏州最古，可继王、孟。"此诗之苍古蕴藉，足可当此评也。

登阊门闲望

（唐）白居易

阊门四望郁苍苍，始觉州雄土俗强。
十万夫家供课税，五千子弟守封疆。
阖闾城碧铺秋草，乌鹊桥红带夕阳。
处处楼前飘管吹，家家门外泊舟航。
云埋虎寺山藏色，月耀娃宫水放光。
曾赏钱唐嫌茂苑，今来未敢苦夸张。

【诗话】

白居易（772—846）于宝历元年（825）三月任苏州刺史，五月到官，宝历二年九月因病去官。此诗当作于白居易苏州刺史任上，诗云"始觉"，可以推知乃初到苏州不久而作。

阊门乃苏州古城八门之一，位于城西北，高楼阁道雄伟壮丽。唐代此地十分繁华，地方官吏常在此宴请迎送。此诗为七言排律，共六韵十二句。首联总写阊门四望之感，"郁苍苍"：乃"郁郁苍苍"之缩略语，原指草木茂盛，这里是生气旺盛的意思。"土俗"：当地的民风民貌。所谓"州雄土俗强"意即唐代按经济人口全国州郡分"辅雄望紧上中下"七等级，大历十三年（778）苏州被升为江南地区唯一的雄州。中间四联分写苏州繁华。"夫家"犹言男女，丁男无妻者谓夫，有妻者谓家。"十万夫家""五千子弟"，乃言苏州富强，惜稍露白刺史官家面目矣。"阖闾城"：

乃伍子胥所筑吴都，此处用作苏州代称。"乌鹊桥"：在苏州城东南葑门内，与阖闾城同时建造，今犹存。白居易登阊门而见乌鹊桥，桥位于东而云"带夕阳"，可见当是想象之辞。"虎寺"：即云岩寺，又名虎丘山寺，位于西北虎丘上。"娃宫"：即春秋馆娃宫，位于西南灵岩山。末联上句中"钱唐"指杭州、"茂苑"代指苏州。白居易在唐穆宗长庆二年至四年（822—824）官任杭州刺史，《白居易集》中《登阊门闲望》之前一首为《答客问杭州》，诗略云："为我踟蹰停酒盏，与君约略说杭州"，"所嗟水路无三百，官系何因得再游"。故而此诗乃言"曾赏钱唐嫌茂苑"。不过，白刺史登阊门远望过后，再言"今来未敢苦夸张"，可见刺史大人多少已欲收回陈辞了。

正月三日闲行

（唐）白居易

黄鹂巷口莺欲语，乌鹊河头冰欲销。

绿浪东西南北水，红栏三百九十桥。

鸳鸯荡漾双双翅，杨柳交加万万条。

借问春风来早晚，只从前日到今朝。

【诗话】

白居易诗以平易浅白著称，言辞朴直，"用语流便"，虽伤于"太露太尽"，然平易近人，有"老妪能解"之称。宋人张戒《岁寒堂诗话》曰："梅圣俞云：'状难写之景，如在目前。'元微之云：'道得人心中事。'此固白乐天长处，然情意失于太详，景物失于太露，遂成浅近，略无余蕴，此其所短处。"此言可谓公允。白居易的闲适诗，以浅切平易风格，淡泊悠闲的意绪情调，以及知足保和的思想，屡屡为人称颂。故而《诗人玉屑》云："白氏集中，颇有遣怀之作，故达道之人率多爱之。"

此诗题云"正月三日",则当作于宝历二年(826)正月初三。江南地暖,气候湿润,刚入正月,即已逗出春天的模样。首联两句下,白氏自注曰:"黄鹂,坊名;乌鹊,河名。"苏州古有坊市之名各三十,《吴地记》称黄鹂坊在长洲县,今不详。"乌鹊河",一作"乌鹊桥",在苏州城东南葑门内,为苏州最古老的桥建筑,今犹存。"莺欲语"明点"黄鹂巷","冰欲销"暗承"乌鹊河",是巧思也。颔联"红栏三百九十桥"句下白氏自注:"苏之官桥大数。"如此则"红栏"乃为桥上栏杆。苏州是江南水乡,河道纵横、桥梁即路,晚唐杜荀鹤有言"人家尽枕河""水港小桥多"。此处将"绿浪"与"红栏"交相映衬乃写繁华。颈联继续描绘水上景象,鸳鸯荡漾,杨柳依依,正是江南初春的好风景! 末句乃借设问"春风",写出春天到来之迅速,并暗点"正月三日"。全诗语言平白,意绪悠闲,是典型的白氏闲适诗。

白云泉

(唐)白居易

天平山上白云泉,云自无心水自闲。
何必奔冲山下去,更添波浪向人间。

【诗话】

这首诗亦作于宝历年间(825—827)白居易苏州刺史任上。白云泉,在今苏州天平山上。天平山乃苏州最高山,位于太湖之滨。北宋《吴郡图经续记》云:"天平山,在吴县西二十里,巍然特高,群峰拱揖,郡之镇也。"有"吴中第一山"美誉。清泉即指"吴中第一水"的白云泉。白居易自元和十年(815)贬任江州司马后,政治态度渐由"兼济天下"转为"独善其身",闲适、感伤诗突然增加。这首《白云泉》,尤可看出诗人后期诗歌创作的转折。

天平山唐代亦称"白云山"，而白云在诗词中多有用作"归隐"寓意。唐王维《终南别业》诗即有"行到水穷处，坐看云起时"，南朝梁陶弘景《诏问山中何所有赋诗以答》亦有"山中何所有？岭上多白云。只可自怡悦，不堪持寄君"。故而诗人在此七绝第二句，乃用两个"自"字，描述天平山的"云"与"水"，以表达向往中的隐居生活。"何必"乃反问，谓高士出山只给人间增添波浪。古人在此二句下批曰"四皓亦未免多事"，又云"小小题目，说得高超，唤醒热中人不少"，可谓白诗知音。诗人江州之贬五年后，唐宪宗服金丹暴卒，传为宦官毒杀；又四年唐穆宗服方士金石药卒；又二年就在诗人去官离苏的北还途中，唐敬宗再被宦官所弑。短短数年，三位皇帝非正常死亡，可见白诗所谓的人间"波浪"，本已是惊涛巨浪了。

送刘郎中赴任苏州

（唐）白居易

仁风膏雨去随轮，胜境欢游到逐身。
水驿路穿儿店月，花船棹入女湖春。
宣城独咏窗中岫，柳恽单题汀上蘋。
何似姑苏诗太守，吟诗相继有三人。

【诗话】

刘禹锡在大和五年（831）十月除苏州刺史。当时白居易任河南尹，刘禹锡赴任途中过洛阳，留十五日，与白居易朝觞夕咏，极平生之欢。这首七律《送刘郎中赴任苏州》即作于此时。

"仁风"：形容恩泽如风之流布，多用以颂扬古代帝王或地方长官的德政。"膏雨"：滋润作物的霖雨。"胜境"：风景优美之地，此指苏州。首联总写刘禹锡出任苏州刺史，将会给百姓带来德政，同时也预示刘禹锡将尽享游览苏州胜境乐趣。颔联即传写苏州畅游之乐。此联下本有白居易自注："语儿店、女坟湖，皆胜地也。"语儿店："语儿"又作"御儿"，在古吴越分界处。女坟湖：《吴地记》引《越绝书》《吴越春秋》，言吴王（阖闾）葬女于此，后陷成湖，故曰女坟湖，今在苏州西北六里。"宣城独咏窗中岫，柳恽单题汀上蘋"：说的是南朝齐宣城太守谢朓和南朝梁湖州太守柳恽的题诗。谢朓《郡内高斋闲坐答吕法曹》曰"窗中列远岫，庭际俯乔林"，柳恽《江南曲》云"汀洲采白蘋，日暮江南春"。白太守将此二位于宣城、湖州，与韦应物、白氏自己、刘禹锡之于苏州相比，戏称为"何似姑苏诗太守，吟诗相继有三人"。尾联下原有白居易自注"领吴郡日，刘尝赠予诗云：'苏州刺史例能诗，西掖今来替左司。'故有三人之戏耳。"于此可见白居易的幽默，当然也向读者及后人宣扬了姑苏古城的持久魅力。

忆旧游·寄刘苏州

（唐）白居易

忆旧游，旧游安在哉。
旧游之人半白首，旧游之地多苍苔。
江南旧游凡几处，就中最忆吴江隈。
长洲苑绿柳万树，齐云楼春酒一杯。
阊门晓严旗鼓出，皋桥夕闹船舫回。
修蛾慢脸灯下醉，急管繁弦头上催。
六七年前狂烂熳，三千里外思裴回。
李娟张态一春梦，周五殷三归夜台。
虎丘月色为谁好，娃宫花枝应自开。
赖得刘郎解吟咏，江山气色合归来。

【诗话】

此乃歌行体古诗。白居易于宝历元年（825）任苏州刺史，至宝历二年九月因病去官。刘禹锡在大和五年（831）十月自礼部郎中、集贤殿学士除苏州刺史，次年二月抵任。据刘禹锡诗《乐天寄忆旧游因作报白君以答》云："报白君，别来已渡江南春。"则白居易这首诗当作于大和六年。

白氏此诗，所忆者苏州旧游也。诗从旧游之地写到旧游之人。"长洲苑"：即茂苑，春秋吴王的狩猎之地，左思《吴都赋》有云："带朝夕之浚池，佩长洲之茂苑。""齐云楼"：在苏州子城上，唐曹恭王李明（唐太宗十四子）所建。"阊门"：为苏州西北城门。"皋桥"：即伯通桥，在阊门内，相传东汉皋伯通居此，故名。下六句专写旧游之人。"修蛾"：修长的眉毛。"慢脸"：细嫩美丽之脸。"急管繁弦"：节拍急促、旋律丰富的丝竹音乐。这些均是诗人对七年前游宴的回忆，故云"六七年前狂烂熳，三千里外思裴回"。"裴回"：即徘徊留恋的样子。"李娟张态""周五殷三"：原诗下有白氏自注："娟、态，苏州妓名，周、殷，苏州从事。"可见白太守在苏时间虽短，而留下记忆的具体人物、情事却不少。末四句乃寄语刘禹锡，是希望"解吟咏"的刘苏州能够将现时所见的"虎丘月色""娃宫花枝"写成诗歌，寄给自己以慰旧游之思。老友刘禹锡立刻回寄了《乐天寄忆旧游因作报白君以答》："坐中皆言白太守，不负风光向杯酒。酒酣嶰笙飞逸韵，至今传在人人口。报白君，相思空望嵩丘云。其奈钱塘苏小小，忆君泪点石榴裙。"并加自注曰："白君有妓，近自洛归钱塘。"好友互通心曲，古今一也。

白舍人曹长寄新诗，有游宴之盛因以戏酬

（唐）刘禹锡

苏州刺史例能诗，西掖今来替左司。
二八城门开道路，五千兵马引旌旗。

水通山寺笙歌去，骑过虹桥剑戟随。

若共吴王斗百草，不如应是欠西施。

【诗话】

　　此诗为宝历元年(825)刘禹锡在和州刺史任上，收到白居易从苏州寄来的新诗作，因以唱和。诗人早年与柳宗元为文章之友，称"刘柳"；晚年与白居易为诗友，号"刘白"。白居易《刘白唱和集解》有云："彭城刘梦得，诗豪者也，其锋森然，少敢当者。"以此遂有"诗豪"之称。

　　白居易曾任中书舍人(起草诏令之职)，所以刘禹锡在诗中称其为"白舍人"。唐代郎官相互称为曹长，刘禹锡与白居易先后任郎官，故而又称白氏为"曹长"。首联"苏州刺史例能诗，西掖今来替左司"，乃将前苏州刺史韦应物与今苏州刺史白居易并举。韦应物在贞元四年至六年(788—790)，以左司郎中出任苏州刺史，白居易原为中书舍人，唐代中书省在西，故称"西台"或"西掖"，所以云"西掖今来替左司"。颔联乃言白氏到任苏州。"二八城门"：语出西晋左思《吴都赋》"通门二八，水道陆衢"。唐李善注引《越绝书》曰："水门八，陆门八。"盖苏州城门八，皆为水陆城门，故称"二八"。下两联具体描绘白刺史游宴苏州的活动，"水通山寺""骑过虹桥"，可见游宴不绝，暗点诗题"游宴之盛"。"斗百草"：是一种古代游戏，竞采花草比赛多寡优劣，常于端午行之。这里刘禹锡在想象白居易与吴王夫差比赛斗百草，如果斗不过，当因为有欠于西施的缘故，语含调侃，且露绮色，恰可称为"戏酬"。

别苏州二首

（唐）刘禹锡

其　一

三载为吴郡，临岐祖帐开。

虽非谢桀黠，且为一裴回。

其　二

流水阊门外，秋风吹柳条。

从来送客处，今日自魂销。

【诗话】

刘禹锡于大和五年（831）十月除苏州刺史，大和八年（834）七月移汝州（今河南汝州）刺史，在苏州做了近三年地方长官。大和五年，苏州遭遇特大水灾，刘禹锡到任时"水潦虽退，流庸尚多"，"饥寒殍仆，相枕于野"，刘太守乃询访疾苦，救济灾民，招集流亡，奖励生产，至次年秋收时所治生产得恢复，户口有所增加。大和七年十一月，刘禹锡以"政最"获朝廷嘉奖，赐紫金鱼袋。所以第三年初秋，当刘禹锡离开苏州时，苏州吏民相送于阊门外。这两首绝句即作于此时。

"为吴郡"：指做苏州地方长官。"临岐"：一作"临歧"，指面临歧路，多用为赠别之辞。"祖帐"：古代送人远行，在郊外路旁为饯别而设的帷帐，亦指送行的酒筵。这两句交代别苏州之事。"虽非谢桀黠，且为一裴回"句：桀黠，应作"不乱于心，不困于情"行而桀黠解；"裴回"：古意即徘徊，留恋不去的样子。此两句是说自己虽然坚持做"不乱于心，不困于情"行而桀黠之人，但面对辞别姑苏及送行的百姓，还是产生了恋恋不舍之情。第二首绝句，诗人将描述与抒情的重点放在了阊门之外道旁水边的杨柳上。古有折柳赠别的风俗，阊门为苏州西门，历来也是迎来送往之所。刘刺史在苏州为官三载，在阊门当亦送过不少行客，然此时此刻自己成了被送之客，故有"今日自魂销"之感。此处暗用南朝江淹《别赋》句"黯然销魂者，唯别而已矣"，可以看出一代"诗豪"不常流露的深情。

渡吴江

（唐）杜　牧

堠馆人稀夜更长，姑苏城远树苍苍。
江湖潮落高楼迥，河汉秋归广殿凉。
月转碧梧移鹊影，露低红草湿萤光。
文园诗侣应多思，莫醉笙歌掩华堂。

【诗话】

　　"吴江"：古名松江，全长125公里，发源于太湖，自苏州市松陵镇东流吴县、昆山，穿过江南运河，由花桥入沪，经黄浦江入海。因其流域春秋时在吴国境内，故又称吴江、吴淞江。诗由夜境起笔。"堠馆"：即古驿站，堠是古时路旁标志里程的土堆。韩愈有《路旁堠》："堆堆路旁堠，一双复一只。"颔联"河汉秋归广殿凉"："河汉"，即天际银河；"广殿"，神话传说中嫦娥奔月的居所广寒宫。此处用"江湖潮落"意在表达行舟江上，与首句"堠馆人稀"对比，表达匆匆赶路。颈联转从天上写到地下。"鹊影"，疑指苏州最古的乌鹊桥；"红草"，旧传西施故事。唐王炎《葬西施挽歌》云："西望吴王国，云书凤字牌。连江起珠帐，择地葬金钗。满地红心草，三层碧玉阶。春风无处所，凄恨不胜怀。"均指途经吴地。末句方直点思归长安，思见久违诗侣与华堂。

　　检缪钺《杜牧年谱》，杜牧经过苏州约有五次：唐文宗大和八年

（834）从扬州至越州；唐武宗会昌六年（846）由池州刺史移任睦州；唐宣宗大中二年（848）自睦州回朝取道金陵；大中四年出任湖州刺史；大中五年由湖州回京。据此诗颔联"秋归"云，此诗当作于大中五年，诗人由湖州刺史任返归长安途中。

别 离

（唐）陆龟蒙

丈夫非无泪，不洒离别间。
杖剑对尊酒，耻为游子颜。
蝮蛇一螫手，壮士即解腕。
所志在功名，离别何足叹。

【诗话】

陆龟蒙（？—881），字鲁望，号天随子，吴县（今江苏苏州）人。出身名门，六世祖陆元方为武则天朝宰相，五世祖陆象先为玄宗朝宰相。自幼聪颖，善属文，唐懿宗咸通年间举进士不第。咸通十年（869）皮日休至苏州为郡从事，陆龟蒙与之诗歌酬唱，传为佳话，世称"皮陆"。咸通十二年编唱和诗为《松陵集》。咸通后期至乾符初，在湖州与苏州刺史幕中。乾符六年（879）卧病笠泽，隐居著书，自编其诗文为《笠泽丛书》。这首《别离》即收于《笠泽丛书》，当为诗人少壮之时送别友人之作。

这首别离诗，叙离别而全无哀怨。起笔即挺拔刚健，"丈夫非无泪，不洒离别间"比起初唐王勃《送杜少府之任蜀州》"无为在歧路，儿女共沾巾"更有力度，无怪乎沈德潜《说诗晬语》评："直疑高山坠石，不知其来，令人惊绝。"颔联接着描述丈夫离别时的表现，所谓"耻为游子颜"是说好男儿闯荡四方时，慷慨激昂，应以天涯游子常有的愁容为耻。"蝮蛇一螫手,壮士即解腕",取自《三国志·魏书·陈泰传》"蝮蛇螫手,壮士解其腕"的典故。"解腕",即断腕。诗人用壮士断腕的舍弃精神,来勉励友人不必留意于离别的不舍。尾联乃点出"功名"二字,意谓与建功立业相比,离别又有什么好叹息的呢?这一反问点明了意旨,强调了功名之志远胜于离别之悲。古人评价此诗为"清紧",还是很有道理的。

双声子·晚天萧索

(北宋)柳 永

晚天萧索,断蓬踪迹,乘兴兰棹东游。三吴风景,姑苏台榭,牢落暮霭初收。夫差旧国,香径没徒有荒丘。繁华处,悄无睹,惟闻麋鹿呦呦。 想当年,空运筹决战,图王取霸无休。江山如画,云涛烟浪,翻输范蠡扁舟。验前经旧史,嗟漫载当日风流。斜阳暮草茫茫,尽成万古遗愁。

【诗话】

柳永(984—1053),原名三变,后改名永,字耆卿,崇安(今福建武夷山)人。宋仁宗朝进士,官至屯田员外郎。自称"奉旨填词",并以"白衣卿相"自诩。其词多写城市风光,尤长抒写羁旅,创作慢词独多。铺叙刻画、情景交融、语言通俗、音律谐婉,其婉约之风在当时流传极广。

这首雅词乃柳永入仕后游苏州所作。"双声子":词牌名,双调一百四字,始自北宋柳永。"断蓬":断根的蓬草,常以喻游子。"兰棹东游":兰棹指船。"三吴":《水经注》指吴兴(今浙江吴兴)、吴郡(今江苏苏州)、会稽(今浙江绍兴),此处代指苏州。"姑苏":山名,在今苏州西南,上有吴王夫差所筑姑苏台。"牢落":冷落。"夫差":春秋时吴国最后一位国君(前495—前473年在位),一度称霸,后为越国所灭。"夫差旧国":指夫差都苏州,故称。"香径":飘满花香的小路,指吴国后宫,越国曾向夫差进献美女西施,词中"香径"亦暗指西施。"运筹决战":指公元前494年夫差大败越国,攻下越国都城会稽的"夫椒之战"。"图王取霸":谋求称霸一方。"翻输范蠡":"翻输",反而不如;"范蠡",越国大夫,助越王勾践复国灭吴,后泛舟隐于五湖。此句意为夫差曾不可一世,然而结局反不如范蠡功成身退浪迹江湖,返朴归隐。

此词上片写景,叙三吴之地风光美好;下片追忆吴越争霸。《史记·吴太伯世家》载:"二年,吴王悉精兵以伐越,败之夫椒,报姑苏也。"越败之后对吴称臣,伍员劝吴王拒降灭越,吴王不听反赐剑子胥自杀,将勾践君臣允归越国,终致吴国灭亡。一个"空"字意味深长,饱含了词人对春秋争霸的深叹,认为范蠡才是真正的风流人物。

过苏州

(北宋)苏舜钦

东出盘门刮眼明,萧萧疏雨更阴晴。
绿杨白鹭俱自得,近水远山皆有情。
万物盛衰天意在,一身羁苦俗人轻。
无穷好景无缘住,旅棹区区暮亦行。

【诗话】

苏舜钦(1008—1048),字子美,河南开封人,景祐元年(1034)进士。庆历元年(1041)夏,原任河南长垣知县、迁大理评事的苏舜钦赴会稽(今浙江绍兴)奔母丧,途中经过苏州,东出盘门时写下了这首诗。

盘门,为苏州西南门,古称蟠门,因门上曾悬有木制蟠龙,以示震慑越国;又因其"水陆相半,沿洄屈曲"得今名。盘门水陆两门并列,城外大运河绕城而过。苏舜钦东出盘门,乃是一个夏雨初晴的傍晚。"刮眼明"，着一"刮"字，雨后清丽之景立现眼前。颔联两句，具体描绘雨后盘门附近的所见所感。"绿杨白鹭"，呈现出一种色彩明净的景致；"近水远山"，相互映衬。如此自得世界、有情自然，似乎让苏舜钦这位匆匆奔丧的过客心中感到了些许宽慰，故而引发诗人在颈联中的顿悟："万物盛衰天意在，一身羁苦俗人轻。"对于个人的得失进退不要过于看重，应当尽情享受大自然的恩赐，将身心融入山水之中。宋代文士地位较高，苏舜钦进士及第前即屡上书议国政。宝元元年（1038）正月，服满父丧回京待选的苏舜钦，上《诣匦疏》指责弊政，批评仁宗"隔日御殿"，弹劾宰相副相，朝廷乃用苏舜钦言，仁宗每日临朝御事，并罢两相。诗人此处乃议论万物盛衰在于天意，似有达观知命之意。"一身羁苦"，是诗人在概括自己沉沦下僚的游宦生活。"俗人轻"，指被俗人所轻。尾联乃感慨无缘停驻于苏州。四年后，获罪除名的苏舜钦乃筑沧浪亭于苏州城南，当然，这是诗人此刻匆忙间所无法预知的。

初晴游沧浪亭

（北宋）苏舜钦

夜雨连明春水生，娇云浓暖弄阴晴。
帘虚日薄花竹静，时有乳鸠相对鸣。

【诗话】

庆历三年（1043）冬，服满母丧回京待选的苏舜钦，以参知政事范仲淹推荐，召试馆职，授集贤校理、监进奏院。这一年九月庆历新政开始。次年十一月，苏舜钦以卖废纸钱举办进奏院祀神宴会，遭保守派诬陷，获罪除名。庆历五年四月诗人南下至苏州，几经迁徙最终在城南购地，筑沧浪亭定居。其地原为五代十国时吴越王钱俶妻弟、中吴军节度使孙承佑的别墅。苏氏筑亭其中，取《楚辞渔夫对》"沧浪之水清兮，可以濯吾缨"之意,命名沧浪,自号沧浪翁。这首诗当作于诗人居苏州一年之后,即庆历六年春。

首句"夜雨连明",乃谓春雨从夜里一直下到了天明。据苏舜钦《沧浪亭记》记载,沧浪亭"纵广合五六十寻,三向皆水也"。今沧浪亭之东北,仍然保留着碧波荡漾的水面。这座三面皆水的宅子,在夜雨连明之时想必是春水涨池,故而诗人曰"春水生"。"娇云浓暖弄阴晴",乃转向描写天空。因为是雨后初晴,天上仍有残留的雨云,春天的阳光又不太强烈,照射到雨云上更添了春云之轻柔娇羞,故有"娇云浓暖"之说。前两句写室外的春水雨云,后两句则转入室内。"帘虚日薄",正是春阳初照的景象,"花竹静"是视觉上的安闲。此时,帘外又传来了"乳鸠相对鸣",古人评苏舜钦"真能道幽独闲放之趣",苏舜钦自己也说"静中情味世无双"。从这首诗中可以读到诗人无官一身轻,及沧浪亭在闹市中的幽静。

青玉案·送伯固归吴中故居

(北宋)苏　轼

三年枕上吴中路。遣黄耳随君去。若到松江呼小渡。莫惊鸥鹭,四桥尽是,老子经行处。　　辋川图上看春暮。常记高人右丞句。作个归期天已许。春衫犹是,小蛮针线,曾湿西湖雨。

【诗话】

"伯固":即苏轼友苏坚,字伯固。"吴中":今江苏吴县,苏坚故乡。这是一首元祐七年(1092)苏轼任扬州太守时,写给友人的送别之作。此前三年,即元祐四年至元祐六年,苏轼守杭州,苏坚为属官,曾随苏轼在杭州三年。此时因苏坚告别苏轼回吴中故里,故作者为友人作词送行。

上片写作者对苏坚归吴的羡慕与自己对吴中旧游的怀念。"吴中"：苏州旧称。公元前221年秦统一中国实行郡县制，命名此地吴县，后习称吴中。"松江"：发源于太湖，向东流经黄浦江入海的吴淞江古称。"呼小渡"：呼唤小舟摆渡。"四桥"：苏州的四座名桥。《（乾隆）苏州府志》云："甘泉桥一名第四桥，以泉品居第四也。"此句是说友人归返的家乡，也曾是自己昔日游历过的地方。下片写辋川，实际抒己之"归心"，间接表达对宦海浮沉的厌倦。"辋川"：位于今陕西蓝田南。唐代王维曾于蓝田清凉寺壁上画《辋川图》，表示林泉隐逸之情。"右丞"：指王维，王维曾官尚书右丞。"作个归期天已许"：天公必会允许。"小蛮"：此喻苏轼侍妾王朝云。苏轼发妻王弗卒于治平二年（1065），九年后苏轼任杭州通判时，遇纳朝云。

"黄耳"：一作"黄犬"。《晋书·陆机传》："初机有骏犬，名曰'黄耳'，甚爱之。既而羁寓京师，久无家问，笑语犬曰：'我家绝无书信，汝能赍书取消息不？'犬喜摇尾作声。机乃为书以竹筒盛之而系其颈。犬寻南路走，遂至其家，得报还洛。"陆机乃吴县（今苏州吴县）人，苏轼用此典，意表达盼伯固及时来信。

青玉案·横塘路

（北宋）贺　铸

　　凌波不过横塘路。但目送芳尘去。锦瑟华年谁与度。月桥花院，琐窗朱户，只有春知处。　　飞云冉冉蘅皋暮。彩笔新题断肠句。试问闲情都几许。一川烟草，满城风絮，梅子黄时雨。

【诗话】

　　贺铸（1052—1125），字方回，人称贺梅子，祖籍山阴，生于卫州，自称唐贺知章后裔。据《宋史·文苑五·贺铸》："长七尺，面铁色，眉目耸拔。

喜谈当世事……人以为近侠。"贺铸自述:"铸少有狂疾,且慕外监之为人,顾迁北已久,尝以'北宗狂客'自况。"(见《庆湖遗老诗集自序》)又说:"吾笔端驱使李商隐、温庭筠,常奔命不暇。"(《宋史·文苑五·贺铸》)。

贺铸虽然诗、词、文皆善,但从实际成就看他的诗词高于文,而词又高于诗。其代表作《横塘路》《半死桐》及《六州歌头》最为有名。据《宋故朝奉郎贺公墓志铭》记载,有《庆湖遗老前后集》二十卷。但南宋初年仅存《前集》。贺铸词现存280首,较多继承晚唐五代花间词人路子,以秾丽精致的语言写人生愁绪,这首写于重和元年(1118)之后的《青玉案》,尽显其风。上阕借邂逅一个女子而不能获得的情节写人生的怅惘,下阕由此抒发一种难以言状的"闲情"。末节历来被人称赞,贺铸还因此得了一个"贺梅子"雅号。

"青玉案":词牌名,源自汉张衡《四愁诗》:"美人赠我锦绣段,何以报之青玉案。""凌波":语出曹植《洛神赋》:"凌波微步,罗袜生尘。"形容女子步态轻盈。"锦瑟华年":指美好的青春。李商隐《无题》:"锦瑟无端五十弦,一弦一柱思华年。""飞云冉冉蘅皋暮":"蘅"指香草,"皋"为水中地。这句是说连飞云也流连这片长满香草的高地。"彩笔新题断肠句":用《南史·江淹传》典故:江淹因得五色笔而才华横溢妙句纷呈,后梦见郭璞来讨还,"尔后为诗,绝无美句,时人谓之才尽"。"一川":遍地。"梅子黄时雨":江南初夏之雨。《岁时广记》卷一载后唐人诗云:"楝花开后风光好,梅子黄时雨意浓。""横塘":位于今苏州城外。作者晚年隐居之所。龚明之《中吴纪闻》:"铸有小筑在盘门之南十余里,地名横塘。方回往来其间,尝作《青玉案》词。"

鹧鸪天·半死桐

(北宋)贺 铸

重过阊门万事非,同来何事不同归。梧桐半死清霜后,头白鸳鸯失伴飞。　　原上草,露初晞。旧栖新垅两依依。空床卧听南窗雨，谁复挑灯夜补衣。

【诗话】

　　这首词是建中靖国元年(1101)，作者从北方回到苏州时为悼念亡妻所作。其词情真意切、语深辞美、哀伤动人，因此被后人评为：中国文学史上继西晋潘岳《悼亡》、唐人元稹《离思》，以及同时代苏轼《江城子》之后，又一篇悼亡诗的传世之作。

　　贺铸妻赵氏，为宋宗室济国公赵克彰之女。赵氏，勤劳贤惠，贺铸曾有《问内》诗写赵氏冒酷暑为他缝补冬衣的情景，夫妻俩的感情很深。诗人一生辗转各地担任低级官职，抑郁不得志。年近五十闲居苏州的第三年，与他相濡以沫、甘苦与共的妻子亡故。今重游故地，想起亡妻、物是人非，作词以寄哀思。"鹧鸪天"：词牌名。因此词有"梧桐半死清霜后"句，贺铸又名之为"半死桐"。"阊门"：苏州城西门，此处代指苏州。"何事"：为什么。"梧桐半死"：汉枚乘《七发》中说，龙门有桐，其根半生半死(一说此桐为连理枝，其中一枝已亡一枝犹在)，斫以制琴，声音为天下之至悲。这里用来比拟丧偶之痛。"原上草"二句：形容人生短促，如草之露水易干。语出汉代挽歌："露晞明朝更复落，人死一去何时归。""晞"：晒干。"旧栖"：旧居，昔日与妻共居之房屋。"新垅"：新坟，指死者葬所。

泊平江百花洲

（南宋）杨万里

吴中好处是苏州，却为王程得胜游。
半世三江五湖棹，十年四泊百花洲。
岸傍杨柳都相识，眼底云山苦见留。
莫怨孤舟无定处，此身自是一孤舟。

　　淳熙十六年(1189)二月一日,宋孝宗传位于太子赵惇(宋光宗)。八月十二日,谪守筠州六十三岁的杨万里应召赴行。十月二十九日除秘书监,十一月借焕章阁学士为接伴金国贺正旦使,至淮安迎金使归。绍熙元年(1190),诗人伴金使北还,途泊平江(苏州宋代的称呼)百花洲,故有是诗。"百花洲"在今苏州西盘门与胥门之间,为一形似洲岛的狭长地带。该处原为南宋专门接待金国来使的"姑苏馆"所在。此馆"体式宏丽,为浙西客馆之最",城上新建姑苏台,台下即百花洲。

　　杨万里此诗中的"王程",指的就是接伴金国贺正旦使的职事。"半世三江五湖棹",是感慨自己大半生都在江湖间漂游不定。"十年四泊百花洲",在点明题面的同时,诗人含蓄地概括了生平所处的时代。颈联写景,然而眼中之景都被拟人化,恰如一百五十年前苏舜钦过苏州时留下的名句"绿杨白鹭俱自得,近水远山皆有情"。诗中此处的"杨柳"似乎认识诗人,"云山"则在挽留诗人,饱受江湖漂泊之苦的杨万里在想象中构建出一个山水含情的世界。尾联是见道语:诗人乃由"孤舟"联想到"孤身",认为"此身自是一孤舟",以"莫怨"二字领起,暗接首联之"胜游",由此亦可见杨万里诗中常见的恬淡思远。

过垂虹

（南宋）姜　夔

自作新词韵最娇,小红低唱我吹箫。
曲终过尽松陵路,回首烟波十四桥。

　　"垂虹":即垂虹桥,在今苏州吴江,始建于北宋庆历八年(1048),县尉王廷坚所建。史载垂虹桥三起三伏,环如半月,长若垂虹,故而得名,桥上有垂虹亭。

南宋王象之《舆地纪胜》云:"用木万计,前临县区,横绝松陵,湖光海气,荡漾一色,乃三吴之绝景。"诗句"自作新词":《砚北杂志》引此,"作"作"琢"。言姜夔自制曲《暗香》《疏影》等。"曲终过尽松陵路":松陵,乃吴江县别称。陈沂《南畿志》:"吴江本吴县之松陵镇,后析置吴江县。""十四桥":泛指水城苏州多桥。全句是说回头张望,烟波缥缈,已经走过了许多桥。

姜夔(1154—1221),字尧章,号白石道人,鄱阳(今江西波阳)人。工诗词,尤精通乐律,却屡试进士不中,以布衣终身。一生往来于苏、浙、扬、淮之间,过着清客生活。今人程千帆、吴新雷著《两宋文学史》认为:姜夔此诗与《除夜自石湖归苕溪》同为南行船上之作。全诗句清敲玉、摇曳有致、如歌如画、情韵丰赡。描绘自己在低徊的箫声中穿过一座又一座画桥,渐渐地消失在缥缈的烟波之中。其自作新词《暗香》是写自己身世飘零之恨和伤离念远之情;《疏影》则披露了作者对南宋日衰的感触。一叶扁舟记人生。

虞美人·听雨

(南宋)蒋 捷

少年听雨歌楼上,红烛昏罗帐。壮年听雨客舟中,江阔云低,断雁叫西风。 而今听雨僧庐下,鬓已星星也。悲欢离合总无情,一任阶前,点滴到天明。

【诗话】

蒋捷(1245—1305),字胜欲,宋末元初阳羡(今江苏宜兴)人。先世为宜兴巨族,咸淳十年(1274)进士。南宋亡后,深怀亡国之痛,隐居不仕，人称"竹山先生""樱桃进士"。"樱桃进士"出自作者《一剪梅·舟过吴江》："一片春愁待酒浇。江上舟摇，楼上帘招。秋娘渡与泰娘桥，风又飘飘，雨又萧萧。　何日归家洗客袍？银字笙调，心字香烧。流光容易把人抛，红了樱桃，绿了芭蕉。"其气节为时人所重。词作多抒发故国之思、山河之恸，风格多样，以悲凉清俊、萧寥疏爽为主。尤以造语奇巧之作在宋季词坛上独标一格，有《竹山词》一卷，收入毛晋《宋六十名家词》本、《彊村丛书》；又《竹山词》二卷，收入涉园景宋元明词续刊本。

　　蒋捷这首《虞美人·听雨》作于宋亡后隐居苏州之时。此时大宋王朝已成烟云，作者回顾一生，以自己三个时期、三幅画面、三种心境，表达生于宋末人生的悲欢离合，读来使人凄然。第一幅画面"少年听雨歌楼上，红烛昏罗帐"，展现自己少年时期未经世事的无忧无愁。第二幅画面"壮年听雨客舟中，江阔云低，断雁叫西风"，断雁失群象征"宋元易代"，道出了战乱之中个人颠沛流离，在苍茫大地上踽踽独行，"客舟听雨"万种感慨。第三幅画面"而今听雨僧庐下，鬓已星星也"，是一幅显示作者当下处境的自画像。一个白发老人独自在僧舍下倾听夜雨：江山已易主，壮年愁恨与少年欢乐，尽如雨打风吹去。"一任"用语，深刻表达了作者在冷漠和决绝中的痛苦之境。

德祐二年岁旦(其二)

（南宋）郑思肖

有怀长不释，一语一酸辛。
此地暂胡马，终身只宋民。
读书成底事，报国是何人。
耻见干戈里，荒城梅又春。

　　郑思肖(1241—1318),宋末诗人、画家,著名遗民。据说郑氏原名
"之因",宋亡后改名"思肖",取思"趙"之意。字忆翁,号所南。郑思肖
出生在临安(今浙江杭州),宝祐二年(1254),随父举家徙居苏州。宋恭
帝德祐元年(1275)十二月初二,苏州献城投降元军,廿八日郑思肖作七
言长诗《陷虏歌》(又名《断头歌》),诗中云:"彼儒衣冠谁家子,靡然相从
亦如此。不知平日读何书,失节抱虎反矜喜。"又云:"欲死不得为孝子,
欲生不得为忠臣。痛哉擗胸叫大宋,青青在上宁无闻。"可见其强烈的
民族气节和忠孝意识。三日后,诗人作五律《德祐二年岁旦》二首,可以
看作《陷虏歌》的续歌,这里选的是第二首。

　　"有怀长不释":有怀者,有感也,此处当指国土沦亡、身陷胡虏之
痛。"不释",不能消除、不可排遣之意。既然"长不释",那就不得不形
之于言辞,可是"一语一酸辛"也即语语辛酸,满满的都是血泪。然而,
诗人的民族气节与忠孝观念还在,所以颔联即云"此地暂胡马,终身只
宋民",两句形成对比,既表达了信念,又宣扬了取舍。颈联乃转向对降
元士人的批判。"成底事"即成何事,与"是何人"一起构成两个反问。结
尾两句点出"耻"字,用耻于在荒城战火中见到梅花开放,来表达自己决
不降元的决心。此诗原有题注曰:"时逆虏未犯行在。"史载元兵南下时,
郑氏痛国事日非,乃叩阙上书,但没有回复。德祐二年正月十八日,谢太
后派大臣向临安城外的元军献上降表和传国玉玺,二月初五,临安皇城
举行受降仪式,宋恭帝宣布正式退位,郑思肖乃正式成为赵宋之遗民。

寒　菊

(南宋)郑思肖

花开不并百花丛,独立疏篱趣未穷。
宁可枝头抱香死,何曾吹落北风中。

【诗话】

　　此诗又名《题画菊》。郑思肖是诗人、画家,著名遗民,原籍连江(今属福建)。宋末曾以太学生应博学鸿词试,授和靖书院(位于苏州虎丘西)山长。宋亡后隐居苏州,改名思肖,字忆翁,取怀念故国之意,坐卧必向南,誓不与北人交往,因号所南。擅画墨兰,兼工墨竹。画兰根不着土,人问故,答曰:"土为蕃人所夺,汝尚不知耶?"这首《寒菊》诗,即为郑思肖之强烈民族气节与忠孝意识的绝佳写照。

　　首句点出菊花开放时间的特殊。唐元稹《菊花》诗云:"不是花中偏爱菊,此花开尽更无花。"刘禹锡《白菊花》诗曰:"数丛如雪色,一旦冒霜开。"古人咏菊,多着眼于其凌霜傲寒,郑氏此诗亦不例外。不过下句"独立疏篱趣未穷",则翻出新意。"趣未穷",当指菊花谢后仍有趣味,此中似有深意。且看诗句:"宁可枝头抱香死,何曾吹落北风中。"原来郑氏意旨,乃在于菊花往往败而不落。诗人将菊花这一特性形象地描摹为"枝头抱香死"而非"吹落北风中",这恰恰象征着南宋政权灭亡于自北方南下扩张的蒙元后,宋遗民们坚持气节誓不降元的决绝和难能可贵。史载郑思肖原与宋宗室、大书画家赵孟𫖯交往甚密,后赵降元并任官,郑氏即与之绝交。南宋初期女诗人朱淑真有《黄花》诗:"土花能白又能红,晚节由能爱此工。宁可抱香枝上老,不随黄叶舞秋风。"郑氏《寒菊》可能意袭了此诗,然从民族气节和遗民情结的角度看,郑诗当有后来居上之处。据传郑思肖还题额其居室为"本穴世家",意谓如将"本"下的"十"字移入"穴"字中间,便成"大宋世家",以示对赵宋的忠诚。如此,则郑思肖真可称为纯正"遗民"了。

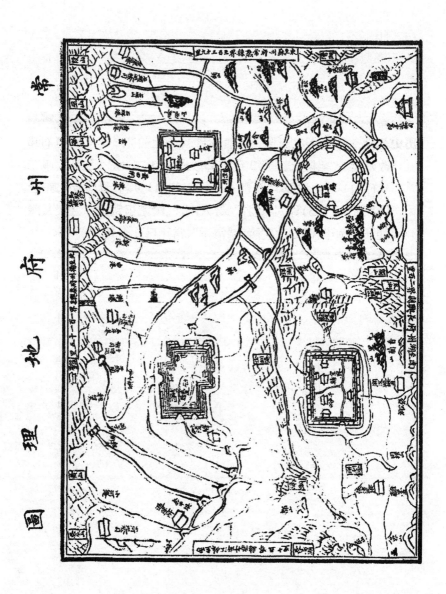

历史名称： 春秋时称"延陵"（季札封地），公元前202年汉高祖刘邦改延陵为"毗陵"，公元9年王莽改毗陵为"毗坛"，西晋太康二年(281)置"毗陵郡"，西晋永兴元年(304)更名"晋陵郡"，东晋大兴元年(318)称"兰陵郡"（晋人南迁、萧家祖籍山东兰陵），隋朝开皇九年(589)改兰陵为"常州"，常州自此得名。

陈情赠友人（节选）

（唐）李　白

延陵有宝剑，价重千黄金。
观风历上国，暗许故人深。
归来挂坟松，万古知其心。
懦夫感达节，壮士激青衿。

【诗话】

　　此诗当为李白在入京（长安）之前卜居湖北安陆时所作，这里所选的是诗的前八句。首句提到的"延陵"，为今常州之古称。春秋晚期吴王寿梦第四子季札为避王位而居于此，后来"延陵"即成为季札封邑。史载公元前530年吴国第二十二代君王余昧即位，时派季札出使鲁国、齐国、郑国、卫国、晋国结好。季札北行途经徐国，徐国国君与之会面，十分喜爱季札出使所配的宝剑，然而难于启齿相求。季札心里明白，不过因出使尚未完成不便献赠，等到季札北行出使归来再经过徐国，不料徐君已经去世，于是季札解下自己所配宝剑，挂在了徐君墓边树上。人问："徐君既然已经去世，何必还要送剑呢？"季札曰："不然，始吾心已许之，岂以死背吾心哉！"

　　李白这八句诗所依据的，就是上述"季札挂剑"的故事。此诗题作"陈情赠友人"：所谓"陈情"，即陈述衷情，所以诗人这里重笔描述了延陵季子重友轻物故事。首两句写出宝剑之价重于千两黄金。"观风历上国"："上国"，即为此行拜访的鲁、齐、郑、卫、晋国。"观风"代指出使。"归来挂坟松"：即指系剑于徐君墓冢之事。末两句意为使懦夫"感达节"，使壮士"激青衿"。"达节"语出《左传》："圣达节，次守节，下失节。"谓不拘常规而合于节义，这里指季札笃于交道之风。"青衿"出自《诗经》：“青青子衿，悠悠我心。”乃学子之衣领，这里是夸张的说法；季札之重友重义，使壮士意气激昂，乃至衣领震动。这里虽然只选了前八句，但已足让后人领略了古人所谓此诗"披露胸怀，不作龊龊之态"的太白之风。

太伯延陵

（唐）吴 筠

太伯全至让，远投蛮夷间。
延陵嗣高风，去国不复还。
尊荣比蝉翼，道义侔崇山。
元规与峻节，历世无能攀。

【诗话】

吴筠（？—778），字贞节（一作正节），华州华阴（今属陕西）人，唐代道教名士。据《旧唐书》载：“（吴筠）少通经，善属文，举进士不第。性高洁，不奈流俗，乃入嵩山。”“开元中，南游金陵，访道茅山。久之，东游天台。”后为玄宗召见，令待诏翰林。安禄山将乱，求还茅山。安史之乱中，乃避乱东游会稽，与李白等诗篇酬和，终老于越中。吴筠作有《高士咏》五十篇，从混元皇帝（唐代老子的封号）一直到东晋陶渊明，历史上著名的道家人物及隐逸高人，几乎一一加以咏歌。这五十首均为五言律诗，《太伯延陵》是其中的第二十四首。

《全唐诗》载吴筠《高士咏序》云：“予自弱年，窃尚真隐，远览先达，实怡我心。”则吴筠之咏高士，意在推崇“真隐”。《太伯延陵》一诗，咏吴国始祖太伯与吴公子季札二人，此二人均以辞让王位著称。太伯，周太王古公亶父之长子，因古公亶父欲传位于季历及其子姬昌（后称周文王），太伯与其弟仲雍乃逃到荆蛮吴地，以示不愿违背父命。此即首联所谓"太伯全至让,远投蛮夷间"。延陵乃地名,在今常州一带。春秋时吴国第十九代君主寿梦第四子季札,为了避免继长兄诸樊、次兄余祭、三兄余眛之后即王位而避居于此,后来此地成季札封邑,也用以代指其人。延陵季子是吴太伯的后代,故称"延陵嗣高风,去国不复还"。颈联是由比喻构成的对比,将尊荣比作蝉翼,将道义比作崇山,用蝉翼与崇山对比,孰轻孰重立刻显现。"元规"指美好的品行,"峻节"是高尚的节操,吴筠在尾联发表议论,再次强调了吴太伯与延陵季子的高洁品性,赞之为历代无人能比。这种对"真隐"的推崇,其实也包含着对当时视终南为仕宦捷径"伪隐"风气的批评。

送李挚赴延陵令

(唐)刘长卿

清风季子邑,想见下车时。
向水弹琴静,看山采菊迟。
明君加印绶,廉使托芸麋。
且暮华阳洞,云峰若有期。

【诗话】

刘长卿(约709—786),字文房,其名乃取西汉司马相如的字,开元二十一年(733)进士及第。安史乱起,避乱至江东,任苏州之长洲尉。此诗当作于至德元载(756)秋天诗人之长洲尉任上。李挚为刘长卿友人,当时将赴延陵任县令。延陵,在今常州一带,春秋时吴公子季札让国避居于此,后来成为季札之封邑。唐代延陵为润州属县,旧治在今江苏丹阳西南,并非古之延陵。

诗歌起笔云"清风季子邑"。"季子邑":即延陵邑,"清风":比喻高洁的品格,这里指季札让国。"下车":语出《礼记·乐记》:"武王克殷反商,未及下车,而封黄帝之后于蓟。"后称初即位或到任为"下车"。颔联乃想象李挚到任后的清雅生活。上句暗用孔子弟子宓不齐的典故,《吕氏春秋》云:"宓子贱治单父,弹鸣琴,身不下堂,而单父治。"下句化用陶渊明《饮酒》"采菊东篱下,悠然见南山"的诗意。然诗人于"弹琴"之后着一"静"字,"采菊"之后着一"迟"字,则闲雅之境悠悠而出。古人云:"文房五言,格韵高妙,绝处不减摩诘。"于此可见一斑。颈联点明县令的职责。"明君":即"明府"。宋周煇《清波杂志》云:"古治百里之邑,令拊其俗,尉督其奸,故令曰明府,尉曰少府。""廉使":指县令的上司观察使。"印绶":是授官的印信和系印信的丝带。"茕":指没有兄弟。"嫠":即寡妇。这里连用,当指将疾苦中的百姓予以托付。"华阳洞":是茅山洞名,茅山在延陵县西南三十五里,传说西汉茅氏兄弟在此修炼,故称茅山。东晋葛洪、南朝梁陶弘景均修道于此,乃道教名山。《梁书·陶弘景传》云:"此山下是第八洞宫,名金坛华阳之天。"此处刘长卿是在向李挚发出邀约,他日当赴延陵与之共游茅山。诗以此结尾,自然表达诗人的无限向往。

题季子庙

(唐)李 华

季子让社稷,又能听国风。
宁知千载后,蘋藻满祠宫。

【诗话】

据陈尚君《〈全唐诗〉补遗六种札记》(《中国古典文学丛考》第二辑)考辨,此诗当为李华作。李华(715—774),字遐叔,赵郡赞皇(今河北赞皇县)人,开元二十三年(735)进士,天宝年间官监察御史、右补阙。至德元年(756)六月,安禄山陷长安,李华为叛军所获,伪署为凤阁舍人。

至德二年十月，两京收复，因贬为杭州司户参军。此后，尽管朝廷数次征召，李华因其仕伪经历难以释怀，一直流寓于南方各地。永泰元年（765），其由洪州（今江西南昌）迁居润州。唐代延陵为润州属县，旧治在今江苏丹阳西南，《粟香随笔》卷四载："杜佑谓：'曲阿延陵季子庙，非古之延陵。古延陵在晋陵县。'"可见润州延陵并非古之延陵。这首《题季子庙》当作于诗人寓居润州时。季子庙，今位于丹阳市延陵镇境内。

　　首句五字，乃言季子辞让王位之事。古时帝王、诸侯祭祀，土神称社、谷神为稷，故"社稷"亦用为国家的代称。"又能听国风"："国风"是《诗经》的一部分，这里说的是春秋时季子出使鲁国观周乐之事。据《左传》鲁襄公二十九年记载，"吴公子札来聘"，"请观于周乐"，故而使乐工为之歌周南、召南、风、小雅、大雅、颂等。"蘋藻"：蘋与藻，皆水草名，古人常采作祭祀之用，《左传》（襄公二十八年）有云："济泽之阿，行潦之蘋藻，置诸宗室，季兰尸之，敬也。"这里泛指祭品。"祠宫"：指季子庙。这两句感叹季子在后世所受祭祀尊奉之盛。《左传》有言："豹闻之：'太上有立德，其次有立功，其次有立言。'虽久不废，此之谓不朽。"李华在诗中盛赞季子之德，可能也暗藏着对自身德行有亏的感慨。

大 酺

（唐）杜审言

毗陵震泽九州通，士女欢娱万国同。
伐鼓撞钟惊海上，新妆袨服照江东。
梅花落处疑残雪，柳叶开时任好风。
火德云官逢道泰，天长地久属年丰。

【诗话】

　　唐武则天长寿二年至万岁通天元年（693—696），杜审言出任常州江阴县丞。杜审言(约645—708),河南巩县人,祖籍襄阳,字必简,是杜甫的祖父,唐高宗咸亨元年(670)登进士第,与李峤、崔融、苏味道齐名,称"文章四友"。"大酺"是古代帝王为欢庆盛事而特许民间举行的大型会饮。据《新唐书》记载:武则天万岁通天元年三月丁巳,"复作明堂,改曰通天宫。大赦,改元,赐酺七日。"从杜审言诗中描绘的节令看,这首《大酺》当作于此时。

"毗陵":常州的古称。春秋末吴公子季札封延陵邑,西汉高祖时改延陵为毗陵,并置县,西晋惠帝时改为晋陵,隋文帝时改称常州。"震泽":太湖的古称。"九州":传说大禹治水时代将古中原划为九州。《尚书禹贡》作冀、兖、青、徐、扬、荆、豫、梁、雍,后泛指全国。首联"毗陵震泽九州通,士女欢娱万国同",在点出诗人当时所处地域的同时,已初步传达出"大酺"会饮举国欢庆的气氛。接着开始正面描写,诗人选择"伐鼓撞钟"与"新妆袨服"的景象,分别从听觉与视觉传写人们庆祝的盛况。"惊海上"与"照江东"在夸张之中表现出诗人躬逢盛世的欣喜,同时也暗点诗人当时所处的江南地域。颈联转向节令物候描写,梅落柳开,正是江南初春景象;"疑残雪"与"任好风",同时传达出冬去春来的喜悦。《唐诗观澜集》云"三、四秾丽,五、六间以轻婉,乃不滞",诚哉斯言。史载武周崇尚火德,所以末联起首曰"火德"。"云官",相传黄帝受命有云瑞,故以云纪事,以云名官。最后两句乃歌功颂德,并祝国运昌盛,岁穰年丰。杜审言这首《大酺》,明人评曰"极高华雄整",极有见地。

和晋陵陆丞早春游望

(唐)杜审言

独有宦游人,偏惊物候新。
云霞出海曙,梅柳渡江春。
淑气催黄鸟,晴光转绿蘋。
忽闻歌古调,归思欲沾巾。

　　唐代常州下辖晋陵、无锡、宜兴、江阴、武进五县。唐武则天长寿二年至万岁通天元年(693—696),杜审言任常州江阴县丞。"晋陵陆丞",即常州晋陵县丞,陆姓。"早春游望",当为陆县丞原诗名,杜审言这首和诗应作于同时。

　　此诗起笔警拔,"独有""偏惊"二词,是颇有力度的直抒胸臆之语,似乎掩藏已久的宦游沉沦之情,经江南初春的物候激发,遂冲口而出,发为歌诗。中间两联具体描绘早春游望所见所闻。"云霞"指清晨的朝霞,江南水乡东临大海,气候湿润多云,所谓"出海曙",当指曙光照射下东方天空朝霞辉映,如日出海面升起一般。"梅柳"中的梅,当指春梅。"渡江春"者,形象地描绘出江南江北不同的气候特征:早春时分北方尚未褪去严寒,故而春梅杨柳尚在"蛰伏"之中,然而江南气候温暖湿润,此时梅柳则已吐红绽绿,绚烂缤纷。诗人着一"渡"字,似乎是梅柳渡江来到了江南天地,尤为巧思。"淑气"者,温和之气;"黄鸟"即黄莺;"晴光"者,晴朗日光;"绿蘋"即浮萍。诗人各着一"催"字、"转"字,传达出了大地春回之时气候与生物的互动。尾联中的"古调",即指陆县丞的原诗。"忽闻"二字看似无理,其实乃是诗人归思为之忽然唤醒,诗歌也由对江南早春物候之"新"的描写,转向长年宦游不得归乡的感慨。江阴县丞只是从八品下的小官,杜审言于唐高宗咸亨元年(670)登进士第以来,二十余年一直做着县尉、县丞一类的地方小官。这首和诗被明人尊为"初唐五言律第一",其实深含着杜甫这位生性狂傲祖父的怅恨与悲哀。

送李侍郎赴常州

(唐)贾　至

雪晴云散北风寒,楚水吴山道路难。
今日送君须尽醉,明朝相忆路漫漫。

据李华《常州刺史厅壁记》、崔祐甫《故常州刺史独孤公神道碑铭》江南东道常州"当楚越之襟束,居三吴之高爽,其地恒穰(五谷丰饶),故有嘉称"。开元、天宝时就有"版图十余万",为"望高地剧,此关外之名邦",唐后期"吴中州府,此焉称大"。由此可见中唐时常州已是全国人口经济发达的重镇。

"李侍郎",即李栖筠(719—776),唐朝中期名臣,中书侍郎李吉甫之父、太尉李德裕之祖父。天宝七载(748)李栖筠进士及第,调缑氏县主簿。安史之乱时,选精兵七千赴灵武,擢殿中侍御史,累官给事中、工部侍郎。广德二年(764),李栖筠兴修水利,"岁得租二百万,民赖其入,魁然有宰相望。元载忌之,出为常州刺史"(见《新唐书》)。

贾至(718—772)与李栖筠不仅同为士族子弟,且代宗时同朝共事。据《新唐书·贾至传》记载:贾至以文著称于中唐,其父贾曾和他都曾为朝廷掌执文笔。玄宗受命即位册文为贾曾所撰,而传位册文则是贾至手笔。玄宗赞叹曰:"两朝盛典,出卿家父子手,可谓继美。"贾至历任中书舍人、尚书左丞、礼部侍郎、京兆尹、御史大夫等。二人同朝时,贾至任尚书左丞,李栖筠任给事中,两人相交甚密、志趣相投。此诗即贾至为好友遭当朝嫉,被贬常州赴任时所作。"侍郎":唐代官名,中书、门下及尚书省副官。

"楚水吴山":泛指江南山水。全诗是说正当京城"雪晴云散北风寒"之时,恰送君远赴吴山楚水之地。今日之别即为明日之相忆,人生短暂而路漫漫。唐代360个州按各地人口经济,分"辅雄望紧上中下"七等级,常州属十望之一。府学之端、崇文重教,历代均认为乃李栖筠任常州刺史时所开。

游子吟

（唐）孟　郊

慈母手中线，游子身上衣。
临行密密缝，意恐迟迟归。
谁言寸草心，报得三春晖。

【诗话】

　　孟郊（751—814），字东野，湖州武康（今浙江德清）人。孟郊少隐嵩山，称处士，后屡举进士不第，至贞元十二年（796）方才进士及第，时年四十六，作有《登科后》云："昔日龌龊不足夸，今朝放荡思无涯。春风得意马蹄疾，一日看尽长安花。"贞元十六年至洛阳应铨选，得常州溧阳县尉，迎养其母于溧上，《游子吟》原有自注"迎母溧上作"。溧阳，秦统一后所置县，因在溧水之北故名。此诗当作于贞元十六年孟郊初任溧阳尉之时。

　　《游子吟》传颂千古，在西方也是知名度最高的唐诗之一（另一首为李白《静夜思》）。此诗简古高妙，几不可言，亦不待言。若勉强言之，则如昔人所评："仁孝蔼蔼，万古如新。"全诗仅六句，前两句看似在描述常识，实则一语点动了在外漂泊无依的游子对慈母的感情。接着两句追述临行前慈母"密密缝"制游子衣，却在不经意间触及了母亲的矛盾心理——"意恐迟迟归"。这一"密密"与"迟迟"的对举，饱含着天下慈母的酸辛和无奈。最末两句，"寸草"即小草，此处比喻游子对慈母的微小心意，可能就是诗人终于能够迎养母亲于溧上之事。"三春晖"：是春天的阳光，此处比喻慈母的恩情。孟郊此处以诚挚的反问，道出了天下游子心中永远的愧疚。古人云："亲在远游者难读。"诚哉斯言。

　　清代常州诗人洪亮吉《北江诗话》云："孟东野诗，篇篇皆似古乐府，不仅《游子吟》《送韩愈从军》诸首已也。"孟郊被选为溧阳尉时,韩愈作《送孟东野序》曰:"孟郊东野始以其诗鸣,其高出魏、晋,不懈而及于古。"历来评价孟郊诗,常以"高古"与"苦吟"称之。苏轼《读孟郊诗二首》云:"诗从肺腑出,出辄愁肺腑。"这首千古传诵的《游子吟》,其实兼具了"古"与"苦"两种因素。

戏和贾常州醉中二绝句(其一)

(唐)白居易

闻道毗陵诗酒兴,近来积渐学姑苏。
罨头新令从偷去,刮骨清吟得似无。

【诗话】

　　白居易(772—846)于唐宝历元年(825)三月被任命为苏州刺史,五月到官,宝历二年九月因病去官。此诗当作于宝历元年五月至宝历二年九月白居易苏州刺史任上。贾常州,即贾悚,字子美,长庆四年(824)出为常州刺史。

　　"毗陵":常州的古称。春秋时,吴王寿梦第四子季札为避让王位躬耕于舜过山(今江阴申港西),公元前547前吴王余祭封季札于延陵,是为常州历史上见诸文字的最早名称。西汉高祖时改延陵为毗陵,至隋代始称常州。苏常两州古属吴地,至唐代贞观元年(627)分天下为十道,又同属江南道。隋大业年间(605—616)南北大运河贯通,常州遂成苏州、松江至两浙七闽南北交通必经之地,因此人员经济往来更加密切,此诗即为事例之一。全诗首联"闻道毗陵诗酒兴",意即听说最近贾刺史诗兴高涨,可是白居易接着却说"近来积渐学姑苏",也就是最近越来越多地模仿他苏州刺史的诗作。尾句"罨头新令从偷去,刮骨清吟得似无":"罨头新令"是一种诗令;"刮骨清吟"者亦为一种诗歌曲式,唐权德舆《杂兴》云"含羞敛态劝君住，更奏新声刮骨盐"是也。"从"通"纵"，意谓"纵使被你偷学过去"，"得似无"意即"怎么好像还没学会呢"。诗题作"戏和"，所以此处语涉调侃，亦可看出二人友情深厚。

送沈康知常州

（北宋）王安石

作客兰陵迹已陈，为传谣俗记州民。
沟塍半废田畴薄，厨传相仍市井贫。
常恐劳人轻白屋，忽逢佳士得朱轮。
殷勤话此还惆怅，最忆荆溪两岸春。

【诗话】

宋嘉祐二年（1057）五月，三十七岁的王安石由群牧司判官改太常博士，知常州，七月到任。翌年二月调任提点江南东路刑狱，赴任途中，遇沈康将知常州，乃作此诗。

"兰陵"：南朝梁改武进县为兰陵，此处即指常州。"作客兰陵"意即任常州知州；"迹已陈"，则现已调任别处。"为传谣俗"：当是王安石在交代写诗缘由，意谓为你写下这首记述常州地方民情的赠诗，可见这位前知州对常州民生的挂念。颔联是对常州民生疾苦的描述。"沟塍"：沟渠和田埂，是农田里的基本水利设施，现状是半废半存。"田畴"：泛指田地。"薄"：即贫瘠。"厨传"：见《汉书·宣帝纪》："或擅兴徭役，饰厨传。"韦昭曰："厨谓饮食，传谓传舍。""相仍"：即沿袭、仍旧。"市井"：指街市集镇。王安石不愧为实干派官员，这一联十四个字就把常州从农村到城市、从农业到商业的实际状况准确精到地勾勒而出。颈联乃表达自己的忧虑以及对沈知州的期许。"劳人"：即劳苦之人，指平民百姓。"白屋"：是以白茅覆盖的房屋，为平民所居。"劳人轻白屋"意谓百姓因灾荒而逃亡，这是地方长官最为担忧的事情。唐韦应物即有"邑有流亡愧俸钱"之句。"佳士"：是对沈康的称许。"朱轮"：古代王侯公卿所乘之车用朱红漆轮，故称朱轮。后指禄至二千石之官，这里即指知州一职。这番前任与继任的殷勤谈话以"惆怅"结尾，前知州最后用"最忆荆溪两岸春"，表达出了对常州的怀念。据《咸淳重修毗陵志》，荆溪以在荆南山(今江苏宜兴之山)之北故名，"按《汉书·地理志》，其贯邑市，受宣歙芜湖之众流，注震泽，达松江，以入于海"。王安石为官常州仅约半年，从诗中表现出的智识和情怀来看，已经隐约现出政治家的面貌。

次韵舍弟常州官舍应客

（北宋）王安石

霜雪纷纷上鬓毛，忧时自悔目空蒿。
桑麻只欲求三亩，势利谁能算一毫。
此地旧传公子札，吾心真慕伯成高。
飘然更有乘桴兴，万里寒江正复艚。

【诗话】

此诗亦作于王安石知常州任上。"次韵"：亦称"步韵"，是旧体诗的一种作诗方式，即依照所和之诗的韵脚及其用韵先后次序来写诗。"舍弟"：是对自己弟弟的谦称。王安石在常州知州任上，为改变常州屡受自然灾害影响的状况，决定兴修水利开凿运河。可动工之后即遭到同僚反对，上司转运使亦不予支持，终因工程浩大，人力不足，且遭遇秋雨不绝，不得不中途而废。这首诗述其"自悔"忧时而生乘桴之兴，当作于河役罢止之时。

古诗常用"霜雪"比喻白发，此诗首句"霜雪纷纷上鬓毛"，是诗人在感叹自己的衰老。"目空蒿"："蒿目"语出《庄子·骈拇》："今世之仁人，蒿目而忧世之患。"后有成语"蒿目时艰",意为对时事忧虑不安。这里是极目远眺的意思,王安石《忆金陵》有云"蒿目黄尘忧世事"。这里加一"空"字,乃言其自悔之意。诗人自悔忧时,则意在退隐,故而颔联云"桑麻只欲求三亩,势利谁能算一毫"者,则严正表露出自己的清明廉洁。"公子札":常州古为吴公子季札的封邑。"伯成高":为唐尧时代隐居耕种的高士。王安石用此二典,乃在重申其所崇尚的古人高义。"乘桴":语出《论语·公冶长》"道不行,乘桴浮于海",意为乘坐竹木小筏出海遨游,而不再忧心世事。诗人《次韵平甫金山会宿寄亲友》诗亦云:"飘然欲作乘桴计,一到扶桑恨未能。"此诗后三联均在表达自己意欲退隐的愿望,也密集地表露出自身清正高洁,于此亦可见出王安石的政治胸襟。

除夜野宿常州城外二首

（北宋）苏　轼

其　一

行歌野哭两堪悲,远火低星渐向微。
病眼不眠非守岁,乡音无伴苦思归。
重衾脚冷知霜重,新沐头轻感发稀。
多谢残灯不嫌客,孤舟一夜许相依。

其　二

南来三见岁云徂,直恐终身走道途。
老去怕看新历日,退归拟学旧桃符。
烟花已作青春意,霜雪偏寻病客须。
但把穷愁博长健,不辞最后饮屠苏。

【诗话】

　　熙宁二年(1069)王安石变法拉开帷幕,是年苏轼父丧服满回朝,因与王安石意见相左,在熙宁四年出为杭州通判。熙宁六年十一月,三十七岁的杭州通判苏轼受命前往常州、润州赈饥,这年除夕团圆之夜,苏轼孤舟宿于常州城外的运河边,"野宿"即指在野外过夜。

　　"行歌":行旅者所吟唱的歌,这里指诗人自己。"野哭":当指逃荒在外的灾民哭声。诗歌起始即用两种哀伤之声营造出悲凉的气氛。"渐向微":可见天色已近微明。作者除夕一夜未眠,不是在守岁,而是思归——"乡音无伴苦思归"。颈联乃转向触觉描写,诗人感到脚冷霜重、头轻发稀,于除夕夜的孤独苦寒之中,更增添了年华消逝之感。不过,苏轼的达观性格还是让他寻得了一丝安慰:幸有残灯相伴相依,着一"多谢",口语中透着亲切。

　　第二首起句点明自己南来已经过了三次岁末,"云"是语助词,无实义。"徂"意即"逝","岁云徂"即逢岁末。因与当朝宰相意见不合,苏轼觉得自己可能要"终身"宦游于道途之中。颔联上句叹老,下句乃言拟学"旧桃符",桃符是一年一换之物,"旧桃符"即为被换下的桃符,这里表达的是意欲退归的想法。故而虽然除夕之夜的烟花传达出新春来到的热闹意味,可是诗人却只是感觉到自己漂泊衰病的寒苦情怀,句中的对比是显而易见的。不过,新年来到总有一些新的愿望,苏轼在尾联表达希望自己可以"长健"。如果可以得到长久的健康,那么"穷愁"也就认了。"屠苏":药酒名,古时在农历正月初一饮之以避瘟疫。其饮法是先幼后长,幼者为得岁、长者为失岁。南朝梁宗懔《荆楚岁时记》载:"(正月一日)长幼悉正衣冠,以次拜贺","进屠苏酒","次第从小起"。这里苏轼"不辞"最后饮屠苏,意即可以坦然面对自己的"年老",诗人在最后,还是表达出了朴素的乐观。

与孟震同游常州僧舍（其一）

（北宋）苏　轼

年来转觉此生浮，又作三吴浪漫游。
忽见东平孟君子，梦中相对说黄州。

【诗话】

　　欲说苏轼生平，均绕不开"乌台诗案"与黄州之贬。元丰二年（1079）八月，湖州知州苏轼下御史台狱，十二月出狱，责授黄州（今湖北黄冈）团练副使，次年二月到达贬所，至元丰七年四月方受命移汝州，苏轼在黄州度过四年多的时间。元丰七年四月六日苏轼出发离开黄州，经由江州、筠州（今江西高安）、金陵，中途来往常州，乃于是年底来到泗州（今江苏盱眙），再上《乞常州居住表》，翌年正月，继续沿淮河北上汝州赴任。等接到神宗"报可"的诏旨，苏轼已经到了南都（今河南商丘），于是在元丰八年四月调转船头南下，五月抵达常州。此诗前两句说的就是这一经历。所谓"此生浮"，即一直漂泊于江湖之中。"三吴浪漫游"：意即来到了吴地常州。"三吴"，《水经注》晋时指吴兴、吴郡、会稽；至宋代《历代地理指掌图》以苏州、湖州、会稽为东吴、中吴、西吴。

　　苏轼在黄州期间，黄州通判孟震与之颇相善。元丰八年五月，苏轼在常州邂逅这位故人，与之同游"感慈报恩僧舍"，并作下《与孟震同游常州僧舍》三首，这是第一首。孟震，字亨之，郓城（今山东东平）人，笃学力行、克有常德、信于朋友，一时皆称之曰君子。诗末句"梦中相对说黄州"：乃谓诗人自语"与孟君子邂逅如在梦中，黄州情景历历在目"。苏轼《乞常州居住表》谓"臣有薄田在常州宜兴县"，《归宜兴留题竹西寺》云："十年归梦寄西风，此去真为田舍翁。"故而诗里的"梦中"，实有噩梦终了之感慨与庆幸，诗人确乎准备在常州退隐了。

多稼亭

(南宋)杨万里

雨前田亩不胜荒,雨后农家特地忙。
一眼平畴三十里,际天白水立青秧。

【诗话】

南宋淳熙四年至六年(1177—1179),杨万里任常州知州。此诗原题《晓登多稼亭》,作于诗人任上的第二年(1178)六月,原诗共有三首,这里是第二首。

这一年常州遭春旱,杨万里《和李子寿通判曾庆祖判院投赠喜雨口号八首》云:"苏湖元以水为乡,春旱偏欺润与常。""守臣闵雨几曾欣,两月天高叫不闻。"直到六月终于迎来充沛的降水,"一雨忽来三昼夜","更无一寸旱时情",而且恰值秧时。《六月喜雨》曰:"今年不是雨来悭,不后秧时亦不前。"故而诗人晓登多稼亭,写下了这三首欢快的诗。"多稼亭",据《咸淳重修毗陵志》记载,"在子城西北隅,建炎中毁,乾道间晁守子健重建"。时至孝宗乾道七年(1171),著名理学家、杨万里之友张栻应邀作《多稼亭记》曰:"城有故亭塞,下瞰阡陌","人以'多稼'名"。

诗的前两句以雨前雨后对比。"不胜":指不堪、不可承受,极言其荒凉。"特地":方言词,意为特别。雨前的荒凉与雨后之忙碌,恰恰表现出干旱两个月后等来的充沛降水的珍贵与及时。多稼亭"下瞰阡陌",故而诗人登亭,可以"一眼平畴三十里"。"平畴":指平坦的田野。晋陶渊明诗云"平畴交远风,良苗亦怀新"。"三十里"乃言视野之广阔。诗人在雨后晓登多稼亭,看到的是农田里农民插秧的忙碌场景:白水青秧,色彩鲜明,"际天"则再次点出降雨的充沛。全诗轻快自然,流露出杨知州心中的喜悦。

遥望横山

（南宋）杨万里

三日横山反覆看，殷勤送我惠山前。
常州更在横山外，只望横山已杳然。

【诗话】

　　淳熙六年(1179)正月，杨万里常州知州任满，三月初离开常州，泊舟无锡，游惠山，过苏州，谒范成大，游石湖精舍，一路上吟诗不绝。这首诗题原作《出惠山遥望横山》。据《咸淳重修毗陵志》记载："横山在(武进)县东北三十五里。南唐徐锴碑云：旧名芳茂，晋时常有紫气，右将军曹横葬此，易今名。三茅山人张存有'当时不葬曹横墓，千古犹存芳茂山'之句。"又有"《风土记》云：有大横岘，以承众流，即此山也。东南有芙蓉湖，山横其间，故曰大横"。"惠山"：古称历山，属天目山余脉。因晋代西域僧人慧照来此开山，又称慧山，"慧""惠"相通，后乃称惠山，位于今无锡西郊，江南名胜。

　　杨万里舟行三日来到常州属县无锡县的惠山，这三日里所能回首观望的，惟有武进县东北三十五里的横山，所以诗人首句云"三日横山反覆看"。"反覆"二字，可见横山之百看不厌，其中当然有杨万里对常州的不舍之情。第二句更有"殷勤"一词，乃杨氏喜用的拟人手法，语中透着亲切。然而毕竟一路舟行向东，离常州愈来愈远了。常州尚在横山之西，而回望横山已经朦胧。这里暗点诗题中的"遥望"，同时亦表达诗人对常州两年生涯的难忘。诗人三天前离开常州时所作《初离常州，夜宿小井，清晓放船》云："拦街父老不教行，出得东门已一更。"可见常州百姓对杨知州也是充满了爱戴。

晚过常州

（南宋）杨万里

常州曾作两年住，一别重来十年许。
岸头杨柳记得无，总是行春系船处。
自笑恍如丁令威，老怀成喜亦成悲。
人民城郭依然是，只有向来须鬓非。

【诗话】

  杨万里淳熙四年至六年（1177—1179）曾任常州知州，十年后的淳熙十六年二月一日，宋孝宗传位于太子，是为宋光宗。八月十二日，出知筠州的杨万里应召赴行在（皇帝出行暂住之所）；十月二十九日除秘书监；十一月，借焕章阁学士为接伴金国贺正旦使，至淮阴迎金使。这首诗即写于诗人北上途中。

  诗人之前是在淳熙四年五月到任常州的，至淳熙六年正月任满离开常州，故诗中首句云"常州曾作二年住"。从淳熙六年二月到淳熙十六年十一月，也恰是"十年许"光景。所以诗人在颔联不禁对"岸头杨柳"发问："还记得我吗？我当年在常州出巡，总是系舟于此。"此处之问杨柳，其实寄寓了诗人对常州生活的怀念。后两联乃化用了丁令威的故事。据托名陶渊明撰的《搜神后记》云："丁令威，本辽东人，学道于灵虚山。后化鹤归辽，集城门华表柱。时有少年举弓欲射之，鹤乃飞，徘徊空中而言曰：'有鸟有鸟丁令威，去家千年今始归。城郭如故人民非，何不学仙冢累累！'遂高上冲天。"丁令威化鹤事，后人诗文多用之，以比喻人世的变迁。杨万里这里自笑自己也如丁令威一般，重过常州时亦喜亦悲，只是自己未学仙道，所以是"人民城郭依然是，只有向来须鬓非"，颇有年华老去之感。这十年来，杨万里又经历了一次因直言获罪而由京城贬至地方,如今刚刚回到临安任官,故有如是之叹。

常　州

（南宋）文天祥

山河千里在,烟火一家无。
壮甚睢阳守,冤哉马邑屠。
苍天如可问,赤子果何辜。
唇齿提封旧,抚膺三叹吁。

【诗话】

　　南宋德祐二年(1276)正月十八日,谢太后派大臣向临安城外的元军献上传国玉玺和降表。元相伯颜接受投降,但提出宋宰相需到元军营商谈具体投降事宜,"是夕,宰相陈宜中遁"。十九日,文天祥"除右丞相兼枢密使,都督天下兵马";二十日,其往元营会见伯颜,因坚持只议和不投降而被拘禁。二月初八日,被胁迫北上元大都,觐见忽必烈,途中经过常州时,文天祥写下了这首五言律诗。

　　此诗首联描述元军攻占下江南地区荒残破落的惨状。曾经的锦绣江南富庶之地,现在是千里无烟火。德祐元年九月文天祥被任命为浙西江东制置使、江西安抚大使兼知平江府,十月元军统帅伯颜亲率中军进攻常州,常州知州姚訔、通判陈炤等组织民众奋勇抵抗。十月十五日,文天祥刚到任苏州,即命朱华、尹玉、麻士龙率江西义军支援,可是朝廷所派援军坐视不救,甚至趁夜率部潜逃。结果麻士龙、尹玉战死,而常州城业已于十一月二十日被攻破,且惨遭屠城。此即颔联"壮甚睢阳守,冤哉马邑屠"所言之事。"睢阳守":指唐安史之乱时守城殉职的睢阳守将张巡、许远。"马邑屠":用的是汉初战乱马邑城破,百姓无辜遭冤杀之典。文天祥用"壮甚""冤哉"表达出强烈感慨,并在颈联继以"苍天如可问,赤子果何辜"反问,加重了哀叹。尾联中"提封":指常州旧为季札封地,君子之乡。"抚膺":即以手捶胸,表示激烈悲愤。全诗就常州所见而抒发感慨,字字含悲,读之令人神伤。

无锡

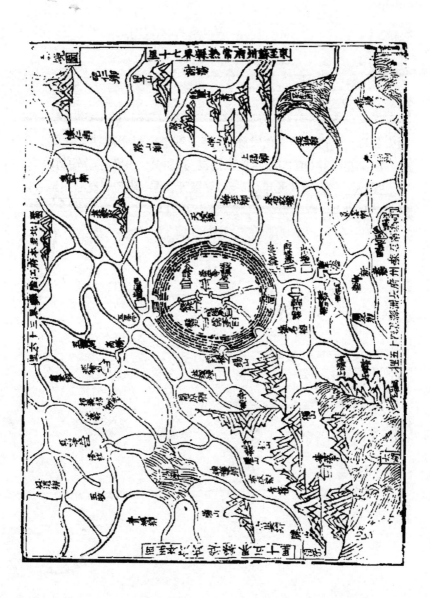

历史名称：无锡为吴文化发源地，商末泰伯奔吴于此建勾吴国。自汉高祖五年(前 202)始置无锡县，其后公元 9 年王莽短暂改"有锡县"，东汉建武元年(25 年)复置无锡县，其名一直沿用至今。

和袭美泰伯庙

（唐）陆龟蒙

故国城荒德未荒，年年椒奠湿中堂。
逊来父子争天下，不信人间有让王。

【诗话】

　　咸通十年（869）夏，新任苏州刺史崔璞到任，诗人皮日休随之入苏州，为郡从事（军事判官）。不久，陆龟蒙（？—881）字鲁望，长洲（今江苏吴县）人，带着自己所作诗文拜谒皮日休，皮、陆一见互慕，自此酬唱甚密。这首《和袭美泰伯庙》，即为咸通十一年陆龟蒙为皮日休《泰伯庙》所作的和诗。诗题中的"袭美"乃皮日休的字。泰伯，姬姓，周太王古公亶父之长子，因太王欲传位于季历及其子姬昌，泰伯与其弟仲雍乃避让至荆蛮吴地，以示无意继承王位。据《史记·吴太伯世家》张守节正义曰："太伯居梅里，在常州无锡县东南六十里。至十九世孙寿梦居之，号句吴。"泰伯庙，为东汉时所建，今庙有联"孝亲在知亲，让位于弟背井离乡那怕披荆斩棘；从俗而化俗，推己及人启蛮迪夷何忧断发文身"。

　　皮日休《泰伯庙》原诗："一庙争祠两让君，几千年后转清芬。当时尽解称高义，谁敢教他莽卓闻。"所谓"两让君"者，泰伯与仲雍也，泰伯庙盖并祀仲雍。"莽卓"：即王莽、董卓。陆龟蒙的和诗，从泰伯庙所处的故国荒城写起。《读史方舆纪要》引《吴地记》云："太伯筑城于梅李"，"今曰梅李乡，亦曰梅里村。"诗中的"故国"当即指泰伯当年所筑之城，距陆龟蒙的时代已逾两千年。然而"故国城荒德未荒"，泰伯庙又名至德祠、让王庙，泰伯让位的"至德"精神经久不衰，所以此诗第二句即云："年年椒奠湿中堂。""椒奠"：即指祭祀时洒椒酒于地。"年年"：乃言其千百年来所受祭祀之勤。和诗后两句,乃承继皮日休原诗之旨,批评后世为王权乃至父子相争。"迩来":即近来,可能是暗指唐王室。"不信人间有让王":意谓世道已经沦丧到在位者不再相信曾经的"让王"至德。由此可见陆龟蒙和诗中的讽刺,是不下于皮日休之原作。

泰伯庙

(北宋)范仲淹

至德本无名,宣尼一此评。
能将天下让,知有圣人生。
南国奔方远,西山道始亨。
英灵岂不在,千古碧江横。

【诗话】

　　景祐元年(1034),范仲淹由睦州(今浙江桐庐)知州调任苏州知州。回到祖祢之邦,范知州兴修水利"疏五河,导太湖注之入海";兴办教育,买地南园创立郡学。在此期间作有《苏州十咏》,第一首即这里所选的《泰伯庙》。历史上苏州阊门、无锡梅里,均建有泰伯祠庙。泰伯,周太王古公亶父之长子,因其父欲传位于季历,故与其弟仲雍乃避让至荆蛮吴地。据说太伯与仲雍退避吴地后,定居于梅里,以其谦恭的道德风范和所带来的先进北方农耕技术,得到当地土著的拥戴,"荆蛮义之,从而归之千余家,立为吴太伯"。

　　范仲淹此诗首联,乃化用《论语·泰伯》中孔子的话"泰伯,其可谓至德也已矣。三以天下让,民无得而称焉"。"宣尼":汉平帝元始元年(公元1年)追谥孔子为褒成宣尼公,后因称孔子为"宣尼"。"民无得而称",即为"无名"之意。颔联"能将天下让,知有圣人生":此述泰伯让天下之事。圣人乃指季历之子姬昌,即后来的周文王;古公亶父主要是因为姬昌的贤明而欲传位给季历,泰伯与仲雍也是因此而主动退避吴地。颈联中的"西山":指伯夷、叔齐隐居的首阳山。史载伯夷、叔齐之歌云:"登彼西山兮,采其薇矣。"伯夷、叔齐本是"孤竹国"王子,两人也以辞让王位著称,后因义不食周粟而饿死于首阳山。"道始亨":意为大道始通达。此联将泰伯仲雍与伯夷叔齐并列,意在表达辞让至德得到彰扬。末尾范仲淹用反问与描写,表述泰伯之德如大江般千载流传,崇敬之情自在言中。

泰伯井

(唐)李 绅

至德今何在,平墟井有泉。
梁鸿重浚后,又历几千年。

【诗话】

李绅(772—846),字公垂,祖籍亳州谯县(今安徽亳州),幼时父亲为常州晋陵县令,家居无锡县梅里乡。少时读书惠山寺中,元和元年(806)登进士第,武宗会昌年间(841—846)官至宰相。泰伯,周太王古公亶父之长子,因太王欲传位于第三子季历,太伯与其弟仲雍乃避让至荆蛮吴地,以示无意继承王位。李绅这首《泰伯井》,由《全唐诗外编》辑自《梅里志》,为作者的佚诗之一,当作于李绅早年家居梅里阶段。

首句"至德今何在",化用了孔子对泰伯的称赞。《论语·泰伯篇》首章"子曰:'泰伯,其可谓至德也已矣。三以天下让,民无得而称焉。'""至德":指最高的德行。"平墟":平坦的故城。清吴存礼《梅里志》序云:"泰伯君句吴,都梅里平墟,号吴城。""井有泉":即指泰伯井。"梁鸿":字伯鸾,东汉著名隐士,晚年隐于吴地。《梅里志》记载:"(梅里)皇山在故泰伯城东九里。《吴地志》：'山在无锡县东五十里……后梁鸿居此，改称鸿山。'"梁鸿隐居吴地后曾暂居梅里，有疏浚泰伯井之事。从泰伯居梅里至梁鸿隐吴地，历时约一千三百年，再到李绅家居梅里，又历七百余年。此诗的后两句，意在表明泰伯之至德永垂不朽，也回答了第一句中"今何在"的设问。

过梅里上家山

（唐）李 绅

上家山，家山依旧好。昔去松桂长，今来容须老。上家山，临古道。高低入云树，芜没连天草。草色绿萋萋，寒蛩遍草啼。噪鸦啼树远，行雁帖云齐。岩光翻落日，僧火开经室。竹洞磬声长，松楼钟韵疾。苔阶泉溜鈌，石磴青莎密。旧径行处迷，前交坐中失。叹息整华冠，持杯强自欢。笑歌怜稚孺，弦竹纵吹弹。山明溪月上，酒满心聊放。屼发此淹留，垂丝匪闲旷。青山不可上，昔事还惆怅。况复白头人，追怀空望望。

【诗话】

　　此诗原题"过梅里家于无锡四十载今敝庐数堵犹存今列题于后"，《全唐诗》题作《过梅里七首》，其中《上家山》是第一首。题下原注"余顷居梅里，常于惠山肄业。旧室犹在，垂白重游，追感多思，因效吴均体"。惠山古称历山，相传舜帝曾躬耕于此山，今位于无锡市西北。李绅少年时读书于惠山寺中，故称"常于惠山肄业"。吴均，字叔庠，南朝梁诗人，文章清秀拔俗，时人或仿效之，称"吴均体"，这里指吴均诗的古歌形式。大和七年（833）闰七月，六十二岁的李绅由太子宾客擢浙东观察使，赴任途中经过无锡，重游梅里故乡，作《过梅里七首》。

　　诗的前四句（从"上家山"到"容须老"），乃抒发自身今昔之感。下四句更进一层,扩展至古今之叹。"家山":古人对故乡的美称。接着十句写景,诗人由白天写到夜间,以视觉与听觉两个角度的融合,传达出了惠山的古僻清幽。"寒蛩":谓蟋蟀。"帖":同"贴"。"岩光":乃岩石上的夕晖。"僧火":指惠山寺中的灯火。"经室":即僧人诵经之处。"苔阶泉溜鋢,石甃青莎密",此两句极细。"泉溜":泉眼流出的水流,即为有"天下第二"之美称的惠山泉。"鋢",刺也,此处意谓泉流细细穿过台阶上的苔藓。"石甃":石砌井壁。"青莎":即莎草。石砌井壁上密布青青的莎草,可见其荒僻。下十句叙事。"前交":即故交。诗人与故交同登惠山,丝竹管弦,诗酒笑歌,不禁回忆起少年时光。"丱(guàn)发":古代儿童束发成两角。"淹留":久留,这里指诗人早年家居梅里。"垂丝":白发下垂,指年岁已老。"匪闲旷":不得清闲也。此处自有感慨在,也照应了前面的"叹息整华冠,持杯强自欢"之句。

诗末四句重在抒情。"青山不可上,昔事还惆怅",乃借用南朝梁何逊《拟古》"青山不可上,一上一惆怅"句,不过李绅此处加以"况复白头人,追怀空望望",乃将六十二岁的老人回首往事时的惆怅之情表现了出来。"望望"者,依恋也。这种夹杂着依恋的惆怅,发生于老年李绅仕宦途中匆匆路过故土、登临家山之时,其中的身不由己字字可见。南宋计有功《唐诗纪事》云:"开成间,(李)绅集其诗为《追昔游》,盖叹逝感时,发于凄恨而作也。"李绅一生,身陷牛李党争,仕宦沉浮不定,这首《上家山》,确见其"俯仰感慨"之意。

古风二首

(唐)李 绅

其 一

春种一粒粟,秋收万颗子。
四海无闲田,农夫犹饿死。

其 二

锄禾日当午，汗滴禾下土。
谁知盘中餐，粒粒皆辛苦。

【诗话】

　　李绅的《古风》二首，一作《悯农》，是作者知名度最高的诗。据晚唐范摅《云溪友议》记载："初，李公赴荐，常以《古风》求知吕光化，温（吕温，字光化）谓齐员外煦及弟恭曰：'吾观李二十秀才之文，斯人必为卿相。'果如其言。"可见《古风》二首是青年李绅应进士试时，行卷谒吕温的作品。有学者考辨出李绅拜谒吕温的时间，当在贞元十五年（799）吕温担任集贤校书之后，与贞元十六年七月吕温丁父忧之前。如此，则李绅之《古风》二首，当为贞元十六年之前，作者居住、读书于江南时期的感时讽喻之作。

　　《古风》之名，隐含着讽喻现实的写作目的。风，本为《诗经》六义之一。《毛诗序》云："上以风化下，下以风刺上，主文而谲谏。言之者无罪，闻之者足以戒，故曰风。"建中元年（780），宰相杨炎取消"租庸调"及其杂捐、杂税，施行"两税法"。"两税法"依贫富分等级征税，初衷是减轻平民负担，且规定"此外敛者，以枉法论"，但在实施过程中却逐渐流弊丛生，民众苦不堪言。李绅《古风》第一首，即指向了"两税法"实施过程中显现的严重社会问题：丰收之年农民犹不免饿死。第二首前两句，以白描的手法画出农夫耕作之苦；后两句乃向世人发出反问，言简意切，成为传诵至今的名句。李绅曾作《新题乐府》二十首，元稹赞其"雅有所谓，不虚为文""病时尤急"；元、白先后仿效，促成了中唐的新乐府运动。《新题乐府》今已散佚，不过从这两首《古风》，即可以看出李绅早期的诗歌精神。

过春申君祠

（唐）张　继

春申祠宇空山里，古柏阴阴石泉水。

日暮江南无主人，弥令过客思公子。

萧条寒景傍山村，寂寞谁知楚相尊。

当时珠履三千客，赵使怀惭不敢言。

【诗话】

　　张继（约715—779）天宝十二载（753）登进士，两年后因安史之乱避地吴越，这首诗即作于这一时期。春申君，本名黄歇（前314—前238），公元前262年为楚令尹、封春申君，赐淮北十二县；十五年后，转封楚灭越拥有的江东"吴地"。相楚二十五载，与齐国孟尝君、赵国平原君、魏国信陵君齐名，有食客三千，曾救赵却秦、北伐灭鲁，使楚大盛。其祠在今无锡惠山春申涧旁。

　　张继诗不事雕琢，多登临纪行之作。此诗从"春申祠宇"起笔，首先描摹唐时祠堂空立山中、寂寞无闻之状，如此引发忆古。颔联"日暮江南无主人"：即写公元前238年考烈王驾崩后春申君遇刺，从此再无春申君香火。又暗示公元前242年各国担心秦国吞并而互订盟约，共推楚国任盟首，春申君之死楚国便少了一位运筹帷幄、远见卓识之人。故而诗人有"弥令过客思公子"之句。"弥"：是更加的意思，更加令人思念安邦古贤。诗人来到古祠旧地，看到的只是"萧条寒景"，人们似乎已经忘记了当年的楚相。然而据《史记·春申君列传》："五年，（秦）围邯郸。邯郸告急于楚，楚使春申君将兵往救之，秦兵亦去……当是时，楚复强。赵平原君使人于春申君，春申君舍之于上舍。赵使欲夸（耀于）楚，为玳瑁簪，刀剑室以珠玉饰之，请命春申君客。春申君客三千余人，其上客皆蹑珠履以见赵使，赵使大惭。"诗人明显不甘春申君祠的萧条和无闻，故而特意再现了当年春申君"三千珠履"盛况。古人谓"继诗多弦外音"者，良见也。

夜泊伯渎

（南宋）赵孟頫

秋满梁溪伯渎川，尽人游处独悠然。
平墟境里寻吴事，梅里河边载酒船。
桥畔柳摇灯影乱，河心波漾月光悬。
晓来莫遣催归棹，爱听渔歌处处传。

【诗话】

赵孟頫（1254—1322），字子昂，号松雪道人、鸥波亭长、水精宫道人等，生于吴兴（今浙江湖州），宋太祖赵匡胤十一世孙。咸淳九年（1273），通过国子监考试，注真州司户参军，未赴任。德祐二年（1276）元军陷临安，谢太后携宋恭帝出降，孟頫隐居湖州，从宿儒敖继公求学，时与钱选等并称"吴兴八俊"，孟頫为之首。至元二十三年（1286），元行台侍御史奉诏前往江南搜访贤能，翌年赵孟頫于大都获元世祖忽必烈接见，授兵部郎中、奉训大夫（主管驿站事务）。三十七岁拜集贤直学士、奉议大夫；四十六岁改江浙等处儒学提举；官终翰林侍读、知制诰。为元代著名画家，被称为"元人冠冕"。

据《赵孟頫大事年表》，此诗应写于至元二十四年诗人受元世祖忽必烈接见，授官兵部郎中后不久，以公事赴杭州；至至元二十六年九月携夫人管道升同还大都之时。全诗开篇以梁溪、伯渎擒题：梁溪为流经无锡的干河，其源出无锡惠山，北接运河，南入太湖。《洪武无锡志》引《吴地记》云："古溪极狭，梁大同（535－545 年）中重浚，故号曰梁溪。"

伯渎川古名"泰伯渎",相传商末泰伯建立勾吴国后,为推广农耕灌溉,乃率土著于梅里一带凿此长达二十公里的人工运河。"尽人游处"句似述自己坎坷的身世变迁,一个"独"字,既含对南宋亡国的感慨,亦见其内心了然。颔联"平墟境里寻吴事":平墟在今无锡梅里古镇,此地乃商末周初吴国初都。《吴越春秋》载:"古公卒,太伯、仲雍归,赴丧毕还荆蛮。国民君而事之,自号为勾吴""太伯起城,周三里二百步,外郭三百余里""太伯卒葬于梅里平墟"。梅里河即伯渎川,"载酒船"有"落魄江湖载酒行"与"月照一孤舟"之意。颈联乃描写夜泊伯渎所见:桥畔柳摇、灯影连绵、渔歌处处。尾句"晓来莫遣催归棹"乃流露流连忘返,深见诗人此时的无奈与对平民生活的向往。作者一生并非以诗见长,但此诗仍为后人留下了一幅宋亡后作者自己的"自画像"。

访陆羽处士不遇

(唐)皎 然

太湖东西路,吴主古山前。
所思不可见,归鸿自翩翩。
何山赏春茗,何处弄春泉。
莫是沧浪子,悠悠一钓船。

【诗话】

诗僧皎然(720—800),俗姓谢,字清昼,湖州长城(今浙江长兴)人,自称谢灵运十世孙。幼入道,唐玄宗天宝后期曾漫游各地名山,安史之乱后居于湖州杼山妙喜寺。陆羽处士,即茶圣陆羽,字鸿渐,复州竟陵(今湖北天门)人。幼孤,为僧人收育,安史乱起,流落至湖州,与诗僧皎然相识,结为"缁素(意为僧俗)忘年之交"。大历十三年至十四年(778—779),陆羽来到江南一带考察茶事,继续《茶经》的撰写,期间寓居无锡惠山,作有《游惠山寺记》。皎然曾来江南寻访陆羽,此诗又题《访陆处士羽》,即为诗僧寻访茶圣不得而作。

　　起始两句,诗人在交代寻访陆羽的路线与地点。皎然从太湖之南的湖州来到太湖北岸的无锡,是要绕湖而行的,所以诗云"太湖东西路"。"吴主":一作"吴王"。"吴主古山":一般指姑苏山,亦可泛指春秋吴地的山,这里可能即指陆羽所寄居的惠山。颔联"所思":语出《楚辞·九歌·山鬼》"被石兰兮带杜衡,折芳馨兮遗所思",指所思慕之人,诗中喻陆羽。"归鸿自翩翩":归鸿乃双关妙语,陆羽,字鸿渐。诗中对归鸿的描写,是想象陆羽徜徉的自由生活。既然"不可见",接下来两句就在发问了:"何山赏春茗,何处弄春泉。"诗僧于此着一"赏"字"弄"字,已带出茶道的悠然兴味。"春茗""春泉",则点出了寻访的时节。最末两句,"沧浪子"即渔父,诗人乃以猜测之词回答自己的发问,莫不是好友已经漂泊于江湖做了渔父,不然自己怎么遍寻吴主古山前而不遇呢?诗僧对茶圣的深情厚谊,于此可见一斑。

题松汀驿

(唐)张　祜

山色远含空,苍茫泽国东。
海明先见日,江白迥闻风。
鸟道高原去,人烟小径通。
那知旧遗逸,不在五湖中。

【诗话】

　　张祜(782—852),字承吉,南阳人,生长在姑苏。志气高逸,有用世之志,后至长安辟诸侯府,为元稹排挤,遂一生往来于江淮吴越,终隐丹阳曲阿地。其诗风沉静浑厚,有隐逸之气。《全唐诗》收其诗二卷。

这首诗是诗人访旧遗不遇,在湖畔的松汀驿落脚时题在壁上的诗。张祜始居姑苏(今苏州一带),后隐居丹阳(今属江苏镇江),其一生行迹主要在苏南太湖一带地方。本诗历来争论最多的地方:一是诗题"松汀驿",历代诗评家都没有为"松汀驿"加注,也没人知道它在什么地方,因此有人怀疑是"松江驿"之误;二是这首诗的尾句"那知旧遗逸,不在五湖中"有不同解读。关于"松汀驿",《唐诗解》作者唐汝询云:"驿之所在未详,疑必依枕山陵,襟带江海。其高原险绝,则为鸟道;其小径幽僻,则通人烟。斯固隐沦之所藏也。"在题咏旅途的众多唐诗中"松江驿"是常见的,唐代由吴入越,舟行必取道松江。而松江驿在太湖之东,故诗云"苍茫泽国东"。

关于张祜这首《题松汀驿》尾句:"那知旧遗逸,不在五湖中。"唐汝询解云:"因想世人皆以五湖为隐士栖逸之所,殊不知古时之遗逸乃有不居五湖而在此中者。"这里的"此中",唐汝询指张祜诗的首联与颈联所描绘的五湖之外的地方。因此认为"那知"应作"岂知"解:岂知旧时隐士,不在五湖而在此地。而吴昌祺在《删定唐诗解》中删去了唐汝询的解释,批云:"其驿或在吴越间,故望五湖而意其有逸民。"认为"那知"应作"安知"解:你怎么知道旧时的隐士不会在五湖中呢?民国人施蛰存则在《唐诗百话》中举出了张祜另一首《松江怀古》诗:"碧树吴洲远,青山震泽深。无人踪范蠡,烟水暮沉沉。"认为前诗所谓"旧遗逸"即指范蠡。《题松汀驿》结句是说,但恨如今的五湖中,已无范蠡可追随。而后者《松江怀古》结句是说,在烟水沉沉的五湖中,无人能追踪范蠡。二者应异曲同工。

题惠山寺

(唐)张　祜

旧宅人何在,空门客自过。
泉声到池尽,山色上楼多。

小洞生斜竹，重阶夹细莎。

殷勤望城市，云水暮钟和。

【诗话】

《题惠山寺》，题名一作《常州无锡县惠山寺》。据元代辛文房《唐才子传》记载：张祜"性爱山水，多游名寺，如杭之灵隐、天竺，苏之灵岩、楞伽，常之惠山、善权；润之甘露、招隐，往往题咏唱绝。"其中所言"常之惠山"，当指此诗。

"惠山"：古称历山、华山，位于无锡西郊，江南名胜。惠山寺始建于南朝宋，其前身是南朝宋司徒右长史湛茂之的历山草堂，后改作僧舍，南朝梁时始名"惠山寺"。故而张祜此诗，起笔乃云"旧宅人何在"，旧宅者，湛长史之草堂也。"空门"：即佛门，"客"乃张祜自称。"泉声到池尽"：此泉即惠山泉，陆羽所云"天下第二泉"。三四两句暗含禅机：泉水一路淙淙到池乃尽，山色迤逦不绝上楼犹多。古人评此两句曰："实景至理，晚唐妙语。""小洞"两句，刻画细致。"生斜竹"，既是植物趋光特性所致，又饶有姿态，摇曳洞门。"莎"：即莎草，夹生于石阶之间，宛然一微观世界。中间两联大小远近有别，皆可见出张祜览物超绝之天分与穷究物理之精微。尾联写回望无锡城，然只见苍茫暮色下，云水泱泱，耳边钟声回荡久久不息。

惠山听松庵

（唐）皮日休

千叶莲花旧有香，半山金刹照方塘。

殿前日暮高风起，松子声声打石床。

皮日休(约834—883),字袭美,号鹿门子,襄阳竟陵(今湖北天门)人。咸通八年(867)进士及第,咸通十年入新任苏州刺史崔璞幕中,为郡从事(军事判官),咸通十二年夏离任。在苏期间,与陆龟蒙诗歌唱和甚密,传为佳话,陆龟蒙因编有《松陵集》十卷传世。这首诗作于咸通十一年皮日休与友人游览无锡惠山之时。惠山,古称历山、华山,俗称九龙山,因晋代西域僧人慧照来此开山故称慧山。"慧""惠"相通,后乃称惠山,位于无锡西郊,江南名胜。"听松庵",唐时当在惠山之上,惠山寺有"听松石床",乃两棵六朝古松下的一块天然巨石,疑与听松庵有关。一说今惠山寺之竹炉山房,即为原听松庵之址。

此诗前两句取径巧妙,诗人从金莲池写起,首句言其神奇久远;次句乃由池中倒影写出千年古刹的雄伟辉煌。今惠山寺天王殿后,有方塘名曰金莲池,池内种植千叶金莲,夏日满池碧绿莲叶,叶间开满黄花。据说原千叶金莲只有庐山、华山和惠山三寺种植,服之可以成仙。后两句乃从听觉入手,另辟蹊径。今惠山寺大同殿前有听松石床,是一块天然的褐色大石,长约两米,石面平坦光滑,然一侧微翘若枕,宛似卧榻,唐朝时石旁是有二棵六朝古松,故称"听松石床"。皮日休将诗尾留与日暮风起时敲打石床的松子,诗境转向幽静,也暗含禅意。《唐才子传》谓"(皮)日休性冲泊无营",于此可见一二。

经无锡县醉后吟

(唐)赵嘏

客过无名姓,扁舟系柳阴。
穷秋南国泪,残日故乡心。
京洛衣尘在,江湖酒病深。
何须觅陶令,乘醉自横琴。

赵嘏(806—853),字承祐,楚州山阳(今江苏淮安)人。据《唐才子传》:赵嘏于唐武宗会昌二年(842)登进士第。早年因举进士屡不中,曾寓居长安,作有《长安秋望》,其"残星几点雁横塞,长笛一声人倚楼"之句,为杜牧激赏,因呼为"赵倚楼"。期间南游江淮、吴越,故此诗当作于诗人尚未取得功名,南游吴越及家于浙西之时。

首联"客过无名姓"者,非真无名姓,乃无人知晓其名姓,此中有功名未举之意,"扁舟系柳阴"则欲停舟求一醉也。颔联"穷秋":乃晚秋深秋。南朝鲍照《代白纻曲》云:"穷秋九月荷叶黄,北风驱雁天雨霜。""残日":即日暮。唐李颀《奉送五叔入京兼寄綦毋三》诗曰:"云阴带残日,怅别此何时。"这里的"残"字与上句"穷"字皆有时光抛人之意。颈联"京洛衣尘在":语出陆机《为顾彦先赠妇》:"京洛多风尘,素衣化为缁。"京指长安、洛为洛阳,赵嘏久客两京,然功名不举。相对于京洛,江南无锡当然是远在江湖了。"酒病":犹嗜酒,这里暗点诗题"醉后吟"。尾联中"陶令":即魏晋南北朝人陶渊明,家浔阳(今江西九江),外祖父乃晋代名士孟嘉。陶渊明晚年更名陶潜,别号五柳先生。曾任江州祭酒、建威参军,最后弃官彭泽县令,故称陶令。"横琴":即抚琴、弹琴。史载陶渊明不解音声,而蓄无弦素琴一张,每有酒适则抚弄以寄其意。赵嘏在诗尾暗用其意,是说不用去寻找昔日的陶令,如今的我正和他当年一样,日暮自横琴。

太　湖

(北宋)范仲淹

有浪即高山,无风还练静。
秋宵谁与期,月华三万顷。

　　景祐元年(1034),范仲淹知睦州(今浙江桐庐),不半岁徙苏州。时"州比大水,民田不得耕,仲淹乃疏五河,导太湖注之入海,募游手兴作。"在此期间作有《苏州十咏》,《太湖》是其中的第七首。太湖古称震泽,又名五湖、笠泽,其为地跨苏、浙二省,面积三万六千顷,仅次于鄱阳湖、洞庭湖,为长江流域第三大湖。范仲淹知苏州兴修水利,主要措施就是分流太湖洪水以导入江海。

　　这首描绘太湖的五言绝句,语言简净、气局宏大,写出了太湖的浩渺与诗人心中的雄壮。首句又作"有浪仰山高",湖泊能掀起如高山的巨浪,可见太湖体量之大,"即"字表现出风来浪起的迅速。人如仰望高山般观看太湖之浪,更见太湖之浪非同一般。"无风还练静":引南朝谢朓《晚登三山还望京邑》名句"余霞散成绮,澄江静如练"。与谢诗相比,范仲淹笔下的"还"字,含有"还原"的意思,意在突出无风时更呈现一望无垠的太湖如镜。前两句从"有浪"与"无风"两种状态,描画了"高山"与"练静"的太湖景象。后两句乃直抒情怀"秋宵谁与期?"是说待到素月生辉的秋夕,与谁欣赏这无边的月色呢? 可能只有月光与渺渺浩瀚的三万顷了。

惠山谒钱道人烹小龙团登绝顶望太湖

(北宋)苏　轼

踏遍江南南岸山,逢山未免更留连。
独携天上小团月,来试人间第二泉。
石路萦回九龙脊,水光翻动五湖天。
孙登无语空归去,半岭松声万壑传。

【诗话】

　　熙宁六年(1073)十一月,三十七岁的杭州通判苏轼受命奉转运司檄前往常州、润州赈灾。途中经过惠山,拜见了隐居于此的钱道人。道人名颖,无锡人,是苏轼朋友钱颢之弟,苏轼曾有《至秀州赠钱端公安道并寄其弟惠山老》一诗,"惠山老"即为钱道人。小龙团,茶名,制成圆饼状,上印龙形图纹,原产于福建南平,本为宋仁宗时的一种贡茶。宋叶梦得《石林燕语》记载:"建州岁贡大龙凤团茶各二斤,以八饼为斤。仁宗时,蔡君谟知建州(今属福建),始别择茶之精者为'小龙团'十斤以献,斤为十饼。"诗题中的"绝顶",指惠山最高峰三茅峰。

　　首联诗人交代了一路行踪皆江南平原,很少有山,因此遇到惠山不免留连,更何况惠山紧邻太湖,万顷浩渺一览无余。颔联"小团月":即指小龙团茶,此处借小龙团茶的圆饼造型,巧比"月圆人间",与钱道人相会。"人间第二泉":即陆羽所称"天下第二"的惠山泉。如此"天上"与"人间"相会,实指以惠山泉水煎小龙团茶,与友人相会一事,可见诗人用语之妙。"九龙脊":即惠山之脊。惠山俗谓九龙山,清查慎行《苏诗补注》引陆羽《惠山寺记》注云:"山有九陇,若龙之偃卧然。""五湖":乃太湖古称。颈联述诗人登山路径,石路萦回至惠山绝顶,见太湖之浩瀚。诗尾借用孙登之典,孙登乃魏晋之际的著名隐士,长年隐居河南苏门山,尤善长啸。据《晋书》记载:"(阮籍)尝于苏门山遇孙登,与商略终古及栖神导气之术,登皆不应,籍因长啸而退。至半岭,闻有声若鸾凤之音,响乎岩谷,乃登之啸也。"诗末"半岭松声万壑传"即表达诗人对友人隐逸太湖惠山的怀念与对其道行高深的赞叹。

题云海亭

(南宋)尤　袤

亭前山色绕危栏，亭下波涛直浸山。
波上渔舟亭上客，相看浑在画图间。

【诗话】

　　无锡云海亭在太湖西南华藏山上。明胡溁《华藏记略》云："锡邑西三十五里,有华藏禅寺,寺在塘湾山之阳,即今所谓青山也。宋绍兴间,太师张俊敕葬于此,绍熙间建寺于左,以奉祭祀。"另据《光绪无锡金匮县志》载："(华藏山)以华藏寺得名,本名青山,东临太湖,山顶为莲花峰,下有青山岭……山前旧有云海亭,望洞庭、夫椒历历如画。"尤袤(1127—1194),常州无锡人,字延之。绍兴十八年(1148)进士,官至礼部尚书,立朝敢言,守法不阿。工诗文,与杨万里、范成大、陆游齐名,称"南宋四大家"。淳熙五年(1178),尤袤由台州知州赴任提举淮南东路常平茶盐,治所在泰州。是年三月十八日,因故降一官,尤袤季父、伯兄得知此事,前往泰州看望,尤袤送其南返无锡,因游故乡山水,这首《题云海亭》即作于此时。

　　云海亭踞山临湖,所以诗人有"亭前山色绕危栏,亭下波涛直浸山"之句。"危栏":即高栏。高栏之侧,华藏山春色宜人;云海亭下,太湖水波涛滚滚。"直浸山":乃言水势之大,水域之广。南宋晚期诗人潘玙《华藏云海亭》诗云"一亭突兀出湖边",当即是此景。"波上渔舟亭上客,相看浑在画图间"将人与景融为一体,以"画图"比之,可谓恰当。然上下"相看",诗人之所以选择"渔舟",似乎多少有些倦退意思。

青山寺

（南宋）尤　袤

峥嵘楼阁插天开，门外湖山翠作堆。

荡漾烟波迷泽国，空蒙云气认蓬莱。

香销龙象辉金碧，雨过麒麟剥翠苔。

二十九年三到此，一生知有几回来。

【诗话】

尤袤这首《青山寺》七律，亦作于淳熙五年(1178)，五十二岁的尤袤由台州知州赴任提举淮南东路常平茶盐；是年三月因故降一官，尤袤季父、伯兄得知此事前往泰州看望，尤袤送其南返无锡，因游故乡山水之时作此诗。

"青山寺"：即华藏寺，在无锡西南太湖边华藏山上。这首七律，首联上句描述青山寺楼阁之雄伟。"峥嵘"：即高峻的样子，"插天开"自是夸张，然亦是青山寺之佛塔高峻所引起的合理想象。下句转向寺外，青山寺门南向太湖而开。"湖山翠作堆"者，正是太湖七十二峰汇聚眼前的景象。颔联具体描绘青山寺所见太湖胜景，"泽国"：即水乡，这里指江南吴地。"蓬莱"：指蓬莱山，古代传说中的神山名。《史记·封禅书》曰："自威、宣、燕昭使人入海求蓬莱、方丈、瀛洲。此三神山者，其传在渤海中。"后亦泛指仙境，这里喻指华藏山。颈联承接"蓬莱"之喻，具体描写青山寺。"龙象"：龙与象。水行中龙力大，陆行中象力大，故佛氏用以喻诸阿罗汉中修行勇猛有最大能力者，这里指青山寺香火缭绕中的罗汉像。"麒麟"：古人以为仁兽、瑞兽，佛门亦引以为祥瑞的象征。这里指寺中的麒麟塑像经历风雨之后生出青苔。由此，诗人在尾联发出了忧生之嗟："二十九年三到此，一生知有几回来。"尤袤于失意之中重游故土,诗末的这种嗟叹是有原因的。

泊舟无锡雨止遂游惠山

(南宋)杨万里

天教老子不空回,船泊山根雨顿开。

归去江西人问我,也曾一到惠山来。

【诗话】

　　杨万里(1127—1206)在常州度过了约两年的知州生涯,淳熙六年(1179)三月初离开常州,泊舟无锡,游惠山,过苏州,谒范成大,一路上吟诗不绝。惠山,古称历山、华山,因晋代西域僧人慧照来此开山,故称慧山。"慧""惠"相通后乃称惠山,位于无锡西郊。杨万里任知州时,就对惠山充满向往。诗人归途所作《雨中远望惠山》二首曰:"准拟归时到未迟,归时不到悔来时。惠山不识空归去,枉与常州作住持。""诗人也是可怜生,不及穿云度水僧。不是惠山看不见,只教遥见不教登。"眼看着终于到了惠山近处,诗人又作《惠山云开复合》,起笔即云:"二年常州不识山,惠山一见开心颜。"由此可见杨万里对无锡惠山的厚爱。

　　诗歌首句说"天教老子不空回",既可看出杨万里的诗人本色,又与前引诗中"惠山不识空归去,枉与常州作住持"形成情感上的呼应。杨万里离开常州,一路上阴雨连绵,《舟中雨望》其一云:"雨里船中只好眠,不堪景物妒人闲。"到了惠山附近云开却又复合,"看山未了云复还,云与诗人偏作难。"现在真正到了惠山,所幸天公作美,"船泊山根雨顿开",诗人自是要畅游一番了。至于具体如何游惠山,杨万里倒没有作正面的描绘,绝句体裁也不适合过多描摹。诗人另辟蹊径,乃说等回到江西老家,乡人问我时,我可以自豪的说起曾经到过惠山。这种侧面描写的手法,反而给七绝短诗以更多的想象空间。

无锡道观

（南宋）刘　过

门外红尘市一廛，买瓜买李兴悠然。

树根石透月洒落，殿阁屋多风折旋。

卖墨道人勤置酒，能诗老子欲飞仙。

髑髅南面蛆虫辈，鹏鷃逍遥各自天。

【诗话】

刘过（1154—1206），字改之，号龙洲道人，吉州太和（今江西泰和）人。生平以功业自许，究心古今治乱之道，数上书陈恢复方略。多次应举不第，终身未仕，漫游江浙湘鄂一带，依人作客，与陆游、辛弃疾、陈亮等友善，晚年寓居昆山而殁。清徐釚《词苑丛谈》曰："刘改之过，以诗名江左，放浪吴楚间。"宋宁宗庆元二年至庆元四年（1196—1198）这三年间，诗人活动范围以苏州为中心，游无锡、吴江等地，这首《无锡道观》当即作于此时。

由首句"门外红尘市一廛"看，无锡的这座道观当位于闹市之中。"市"：即街市。"一廛"：为古时平民一家在城邑中所占的房地，后泛指一块土地、一处居宅，这里指街市。既然道观门当街市，那么道士们就可以"买瓜买李兴悠然"，而不必全依靠自己耕作了。颔联具体描述道观景色，诗人选择"月"和"风"来描写道观的林石殿阁，用"月洒落"与"风折旋"带动了本来处于静态的景物，既是写实，亦别有兴味。颈联继续转到道观门外，既然是观前街市，就少不了游历四方的道士身影，其实刘过自号龙洲道人，亦未尝不可居于游历江湖的道士之列，所以诗人说"卖墨道人勤置酒，能诗老子欲飞仙"，句中"老子"即当指刘过自己。尾联乃议论，化用了《庄子》中的两个典故。《庄子·至乐》云："髑髅深鞻戮额曰：'吾安能弃南面王乐，而复为人间之劳乎？'"刘过此处乃将"髑髅南面"之乐与"蛆虫辈"之苦相比。《庄子·逍遥游》有云："有鸟焉，其名为鹏，背若太山，翼若垂天之云，抟扶摇羊角而上者九万里"，"斥鷃笑之曰：'彼且奚适也？吾腾跃而上，不过数仞而下，翱翔蓬蒿之间，此亦飞之至也。'"诗人在末句提出"鹏鷃逍遥各自天"，应该是寄寓了自身抱负屡屡不得施展的感慨。

过无锡

（南宋）文天祥

金山冉冉波涛雨，锡水泯泯草木春。
二十年前曾去路，三千里外作行人。
英雄未死心先碎，父老相逢鼻欲辛。
夜读程婴存赵事，一回惆怅一沾巾。

【诗话】

南宋德祐二年(1276)正月十八日，朝廷派大臣向临安城外的元军献上传国玉玺和降表。元相伯颜接受投降，但提出宋宰相需到元军营商谈具体投降事宜，"是夕，宰相陈宜中遁"。十九日，文天祥"除右丞相兼枢密使，都督天下兵马"；二十日，其往元营会见伯颜，因坚持只议和不投降而被拘禁。二月初八日，被胁迫以"祈请团"名北上元大都觐见忽必烈。经无锡时，元兵为防意外，将船停泊在运河中的黄埠墩上，运河两岸的无锡百姓洒泪跪送，于是文天祥写下了这首《过无锡》。

首联写景，农历二月正是早春时节，黄埠墩又名小金山，故云"金山冉冉波涛雨，锡水泯泯草木春"。诗人即景生情，想起了二十年前，即宝祐四年(1256)春天他与弟弟文天璧赶赴临安参加科举，中途经过黄埠墩时情景。是年其高中状元，而现在则被元军拘押，将远赴三千里外的元大都。今昔对比,诗人不禁产生了"英雄未死心先碎"的感慨。而"父老相逢鼻欲辛"则是如实描绘当时运河两岸百姓洒泪跪送场景。文天祥在德祐元年曾被任命为浙西江东制置使、江西安抚使兼知平江府,故称无锡百姓为"父老"。"程婴存赵"即赵氏孤儿的典故,《史记·赵世家》载:春秋时程婴含辱负重,立赵氏之后,及赵武为成人、复故位,程婴乃自杀以报赵盾与公孙杵臼。文天祥此处以"程婴存赵"自勉,是在申明自己忍辱不死的原因,同时也表达了恢复宋室的艰苦决心。

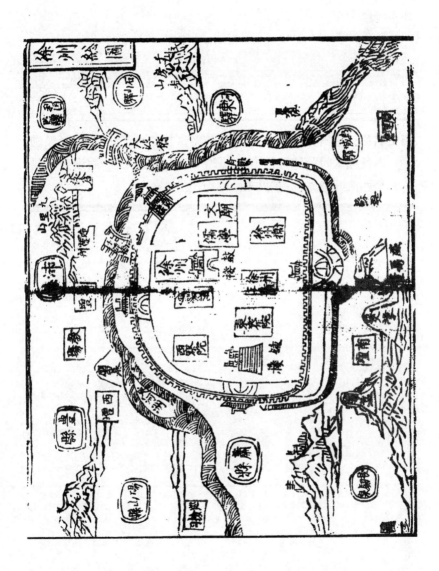

历史名称： 徐州历史悠久,六千年前尧帝封彭祖于此,为大彭氏国；春秋战国时此地称徐方,先属宋、后归楚；秦统一后设彭城县；至西汉升彭城郡；东汉末始称徐州。

题汉祖庙

（唐）李商隐

乘运应须宅八荒，男儿安在恋池隍。
君王自起新丰后，项羽何曾在故乡。

【诗话】

　　李商隐（约813—858），字义山，怀州河内（今河南沁阳）人，开成二年（837）登进士第，是晚唐诗坛上与杜牧齐名的重要诗人。他一生既有"欲回天地"政治雄心，也有不囿"古圣先贤"的进步思想。可惜人生"运与愿违"，因党争屡遭谗毁、横被排抑，所以"一生襟抱未尝开"。据检，大中四年（850）李商隐曾以御史衔在徐州卢弘正幕府为判官。这一时期李商隐并未灰心丧气，对前途充满信心。此诗即是他三十八岁游览高祖故里的述怀之作。

　　这首《题汉祖庙》，是一首高度概括刘邦、项羽命运的佳作。秦末暴政，天下英雄并起，在那个"王侯将相宁有种乎"的时代刘邦与项羽作为时代的代表人物，他们抱负不同、个性不同、结局不同。刘邦、项羽均生于秦统一前，一个是草根出身的泗水亭长，一个是旧楚贵族（楚国名将项燕）的后代。据《史记》所载这两个人都见过秦始皇，刘邦因押送囚徒赴咸阳修阿房宫而见嬴政出巡，言"大丈夫当如此"；项羽二十三岁在会稽郡目睹第五次出巡的秦始皇，言"彼可取而代之"。同为时代英雄、同生旧楚之地，刘邦生于沛县丰邑，项羽故里宿迁下相，"乘运"时代均有逐鹿之志。然而不同的是，一个胸怀天下重视英才，志可"宅八荒"；一个自负"力拔山兮"刚愎自用，理想为分封时代，诗人讥其"恋池隍"。结果公元前206年秦亡，楚汉争霸自此而起，项羽确曾因势建西楚于彭城、分封天下，刘邦封地汉中，但最终是刘邦统一了天下。

"新丰"：有人认为此指刘邦平定天下后定都长安，因太上皇思念家乡故将旧秦骊邑按徐州丰邑建，并迁父老乡亲于此，改名"新丰"。但这并不符合李商隐此诗逻辑，此处"新丰"应为汉高祖天下统一后将原沛县升郡、丰邑升县，故为"新丰县"简称。"宅八荒"：八荒指天下，以四海为家。"池隍"：比喻家乡，此处指项羽恋故旧之地定都彭城，心胸难比刘邦。诗人这首怀古诗，对汉高祖心怀天下、终成汉业的称颂溢于言表，也隐喻自己亦非"恋池隍"之人。

沛 宫

（唐）胡 曾

汉高辛苦事干戈，帝业兴隆俊杰多。
犹恨四方无壮士，还乡悲唱大风歌。

【诗话】

胡曾（约840—?），长沙邵阳人，唐咸通中进士。《唐才子传》说他"天分高爽，意度不凡，视人间富贵亦悠悠。遨历四方，马迹穷岁月，所在必公卿馆谷。上交不诌，下交不渎，奇士也。"又说："尝为汉南节度从事，作《咏史诗》，皆题古君臣争战、废兴尘迹，经览形胜，关山亭障，江海深阻，一一可赏"，"至今庸夫孺子，亦知传诵"。今有《咏史诗》150首传世，皆七绝。

"大风歌"又称《过沛诗》《三侯之章》，其歌作者为公元前256年生于沛县丰邑、公元前195年卒于长安，在位十二年的汉朝开国皇帝刘邦。据《史记》载刘邦于公元前202年歼灭项羽统一天下，为固汉业又于公元前196年击败企图谋反的九江王黥布，之后回到故乡，悉召故人父老兄弟纵酒自为此歌。使沛中青年一百二十人合唱，自己击筑起舞。歌曰："大风起兮云飞扬，威加海内兮归故乡，安得猛士兮守四方！"所以高祖歌中"安得猛士"与胡曾诗中"犹恨四方无壮士"均指忠诚之士,而非打天下时的悍将骁勇。这是中国历史第一首载入文献的帝王诗歌。

"沛宫":乃当年建于刘邦故乡的行宫,故址在今江苏省徐州市沛县。此诗实际反映刘邦最后一次回故乡盛事。而独特之处在于诗人高度概括了高祖建汉大业之所以取得成功,全在于"帝业兴隆俊杰多"。首联"事干戈":干,古之防器也;戈,古之攻器也,后代指战争。《史记·儒林列传序》云:"然尚有干戈,平定四海。"次句"俊杰多":指当年跟随高祖兴汉开业、运筹帷幄与战场建功的名将。尾句"犹恨四方无壮士,还乡悲唱大风歌":诗人赞誉高祖的远见,即晓谕后代,汉祚欲长久仍需优先重视并网罗天下英才。

沛　歌

（南宋）文天祥

秦世失其鹿，丰沛发龙颜。
王侯与将相，不出徐济间。
当时数公起，四海王气闲。
至今尚想见，虹光照人寰。
我来千载下，吊古泪如潸。
白云落荒草，隐隐芒砀山。
黄河天下雄，南去不复还。
乃知盈虚故，天道如循环。
卢王旧封地，今日敌函关。

【诗话】

"秦世失其鹿":逐鹿,本指古代狩猎。史学上首将"鹿"引申为国家政权始自《史记》："秦失其鹿，天下共逐之。"意思是说秦国瓦解后，其权利就像无主猎物。"龙颜"：指刘邦。《史记·高祖本纪》："高祖为人，隆准而龙颜……仁而爱人，喜施，意豁如也。""王侯与将相，不出徐济间"：刘邦夺取天下后，其故乡受封之人众多。据徐州地方志载，汉初其地"五里三诸侯"。"芒砀山"：位于今苏、豫、皖三省结合部，因汉高祖刘邦于此斩蛇起义而著名于世。"盈虚"：充实和空虚。《易经》云："天道盈虚，与时消息。"《庄子·秋水》曰："消息盈虚，终则有始。"尾句"卢王旧封地，今日殷函关"："卢王"，据《史记》乃刘邦同里人，汉朝开国功臣、异性王卢绾。楚汉战争中卢绾封为长安侯，长安，故咸阳也。"函关"：即函谷关，位于今河南灵宝县，其地因东自崤山，西至潼津，"深险如函"故名，乃中国历史上建置最早的雄关要塞。相传春秋时楚国人老聃（姓李氏名耳，周守藏室之史）晚年归隐途经函谷关，于此写下概括天地变化的《道德经》。

经下邳圯桥怀张子房

（唐）李　白

子房未虎啸，破产不为家。
沧海得壮士，椎秦博浪沙。
报韩虽不成，天地皆振动。
潜匿游下邳，岂曰非智勇。
我来圯桥上，怀古钦英风。
唯见碧流水，曾无黄石公。
叹息此人去，萧条徐泗空。

【诗话】

　　李白是位毕生集狂酒、崇道、敬慕古英雄的杰出诗人。二十五岁出蜀漫游,四十二岁应召入长安,五十八岁因入李璘幕而遭流放夜郎。一生遍游天下,留下众多脍炙人口佳作。这首诗是作者开元二十六年(738)入长安前,南下往游吴越,途经徐州下邳时所作。

"圯桥":位于今江苏徐州邳县沂水之上的古桥之名。"子房":秦末韩相后裔张良(前250—前186),字子房。下邳圯桥,传为张良为报灭国之仇刺秦王未成,潜匿于此遇黄石公处。张良家五世为韩相,后佐刘邦兴汉封为留侯。"破产不为家":出自《史记·留侯世家》:"秦灭韩。良年少,未宦事韩。韩破,良家僮三百人,弟死不葬,悉以家财求客刺秦王,为韩报仇。""沧海得壮士,椎秦博浪沙":亦见《史记》"(良)东见仓海君,得力士,为铁椎重百二十斤。秦皇帝东游,良与客狙击秦皇帝博浪沙(今河南原阳县)中,误中副车。秦皇帝大怒,大索天下,求贼甚急,为张良故也。""黄石公":秦末隐士魏辙,托名黄石。《史记》载张良曾从黄石公处获《太公兵法》,黄石公言:"读此则为王者师矣。后十年兴。十三年孺子见我济北,谷城山下黄石即我矣。""徐泗":为徐州、泗水简称。此地为蚩尤本据涿鹿之所,也是黄帝初都彭城之地。

楚汉争霸时代,被誉为兴汉三杰"运筹帷幄之中,决胜千里之外"的张良是李白十分倾慕的英雄。"唯见碧流水,曾无黄石公":诗人访寻古杰经过圯桥时,在这传说中张良恩遇黄石公之地久久徘徊。因"怀古钦英风""叹息此人去",故写下此篇名作。白居易曾作《李白墓》诗"可怜荒垄穷泉骨,曾有惊天动地文"是也。

归沛县道中晚泊留侯城

(唐)刘长卿

访古此城下,子房安在哉。
白云去不反,危堞空崔嵬。
伊昔楚汉时,颇闻经济才。
运筹风尘下,能使天地开。

蔓草日已积，长松日已摧。
功名满青史，祠庙唯苍苔。
百里暮程远，孤舟川上回。
进帆东风便，转岸前山来。
楚水澹相引，沙鸥闲不猜。
扣舷从此去，延首仍裴回。

【诗话】

据李吉甫《元和郡县图志》："故留城在（沛）县东南五十五里。"《史记·留侯世家》云："汉六年正月，封功臣。良未尝有战斗功，高帝曰：'运筹策帷帐中，决胜千里外，子房功也。自择齐三万户。'良曰：'始臣起下邳，与上会留，此天以臣授陛下。陛下用臣计，幸而时中，臣愿封留足矣，不敢当三万户。'乃封张良为留侯。"刘长卿曾于天宝初东游梁宋徐泗，此诗当为游丰沛之作。

全诗首句以"访古此城下，子房安在哉"开篇，显然是说诗人此行的主要目的是寻访留侯遗迹。"子房"：张良字子房，《史记》司马贞索引中言"张良出于城父（今河南颍川）也"，其先人五世相韩。接下"白云"句是说，"大风起兮云飞扬"已往，如今此地空余荒城。由此，诗人道出了自己心中的昔日留侯乃一代身怀经天纬地之才的汉杰。"颇闻经济才"：经济，出自《文中子·礼乐》"皆有经济之道"，谓经邦济世。这里亦含有对张良一生忠于韩、讲信义人格的崇敬。"运筹风尘下"：是突出楚汉之争刘邦处于下风时的献策，既有初入秦都的"约法三章"，又有"入蜀烧栈道"以绝项羽之疑；既有拒绝郦食其的"重新分封六国"以定天下，又有关键时劝刘邦承认韩信齐王，最终实现消灭项羽。尾句"功名满青史，祠庙唯苍苔"乃感叹时代沧桑，一代"功名满青史"的人，如今已被人渐渐忘却了。"祠庙"：指张良庙。据《太平寰宇记》卷十五徐州沛县载："留城，在县东南二里……今有张良庙存焉。"

樊将军庙

（唐）汪　遵

玉辇曾经陷楚营，汉皇心怯拟休兵。
当时不得将军力，日月须分一半明。

【诗话】

　　汪遵，唐乾符年（874—879）前后在世，宣州泾县（今安徽泾县）人。幼为小吏，昼夜读书良苦，人皆不觉。咸通七年（866）韩衮榜进士。今有《乌江》《咏长城》《三闾庙》《渑池》等众多佳作行世。

　　樊哙是最早跟随刘邦的同乡人（亦吕后妹夫），司马迁《史记·樊郦滕灌列传》有其传。西汉开国，曾任大将军、左丞相，封舞阳侯。"樊将军庙"：一说在今徐州九里山下，即当年汉军围困楚军、以"十面埋伏"布阵的铜山县。传说当时樊哙在此舞旗调军，至今山上仍有"磨旗石"旧迹。后人有诗云："九里山前摆战场，牧童拾得旧刀枪。顺风吹动乌江水，好似虞姬别霸王。"此诗作者为突出樊哙传奇，全诗起笔便以危局开篇："玉辇曾经陷楚营。""玉辇"：指天子所乘之车，因车以玉饰，又称玉辂。首句是说从"鸿门宴"到"荥阳之战"，高祖多次身陷楚军围困。接下来，仍以史铺垫"汉皇心怯拟休兵"：说楚汉争霸之始，刘邦数度被项羽击败，对取胜毫无信心，以此反衬樊哙作用。这个作用有多大呢？诗人由此写出了夸张句："当时不得将军力，日月须分一半明。""将军"：指樊哙。"日月"：诗人巧用日月代指其照耀下的江山社稷。此句是说在亡秦及楚汉战争中，如果不是樊哙舍生忘死，恐怕后来的日月只能有一半属于汉家。

登戏马台作

（唐）储光羲

君不见宋公杖钺诛燕后，英雄踊跃争趋走。

小会衣冠吕梁壑，大征甲卒碻磝口。

天门神武树元勋，九日茱萸飨六军。

泛泛楼船游极浦，摇摇歌吹动浮云。

居人满目市朝变，霸业犹存齐楚甸。

泗水南流桐柏川，沂山北走琅琊县。

沧海沉沉晨雾开，彭城烈烈秋风来。

少年自言未得意，日暮萧条登古台。

【诗话】

储光羲(706—763)，润州延陵(今江苏金坛)人，祖籍兖州(今山东济宁)。开元十四年(726)严迪榜进士，《唐才子传》说有诏中书试文章，尝为监察御史。安史之乱后因受伪官被贬，卒于岭南。擅长田园诗，笔意细密，是唐代著名山水田园诗人之一。有《储光羲集》传世。

"宋公"：指南朝宋武帝刘裕(据传刘裕是汉高祖刘邦之弟楚元王刘交后代)，曾于东晋义熙十二年(416)受封为宋公。杖钺，即手持大斧；"诛燕"：指义熙六年刘裕灭南燕，擒杀南燕主慕容超。"小会衣冠"：指《宋书·孔季恭传》所载"(季恭)辞事东归，高祖饯之戏马台，百僚咸赋诗以述其美"。"吕梁壑"：即吕梁洪，水名，在今徐州东南。"甲卒"：指军队。"碻磝(qiāo áo)"：古津渡名，故址在今山东庄平古黄河南岸，为东晋军事要地，刘裕北伐攻打后秦时曾留戍于此。"树元勋"：立首功的意思。"天门"：帝王宫殿的门。"茱萸"：一种有香气的植物。古俗九月九日重阳节配茱萸，登高饮花酒可以避灾。"齐楚甸"：古地名，春秋时齐楚两国交界处,今在徐州附近。甸,古时京城郊外的地方称甸。"泗水":源出山东,四源并发故名。此水南流经徐州注入淮河。"桐柏川":即淮水,淮河发源于桐柏山故名。"沂山":又名"东泰山",在今山东中部临朐南九十里。"琅琊县":古为琅琊国,秦置县。"沧海":指黄海。"彭城":尧时彭祖篯铿受封之地。

戏马台

（南宋）吕　定

据鞍挥指八千兵,昔日中原几战争。
追鹿已无秦社稷,逝骓方叹楚歌声。
英雄事往人何在,寂寞台空草自生。
回首云山青矗矗,黄流依旧绕彭城。

【诗话】

吕定(1169年前后在世),字仲安,新昌(今属浙江)人,吕由诚曾孙。孝宗朝,以武功迁从义郎(宋徽宗所定武官职阶)、历殿前都指麾,龙虎上将军。博学工诗,有《说剑集》传世。

"戏马台":在今江苏徐州城南,公元前206年项羽建"西楚"定都彭城,筑台以观训马,故名。"据鞍":指骑马。"八千兵":指秦末纷起跟随项梁、项羽征战灭秦的吴中八千子弟兵。"中原":特指黄河中下游一带地区,自古历代政治中心均聚于此。"几战争":指历史上亡秦与楚汉之争的著名战役,包括定陶之战、巨鹿之战(破釜沉舟)、蓝田之战(先入为王)、三秦之战(明修栈道暗度陈仓)、荥阳会战(鸿沟之约、楚河汉界)、垓下之战(十面埋伏、霸王别姬)。"追鹿":语出司马迁《史记》,"鹿"比喻无主政权或帝位。"社稷":古代帝王祭祀,社为土神、稷为谷神,后"社稷"被用来借指国家。"骓":毛色苍白相杂之马,特指项羽坐骑。

"楚歌声"：楚地之歌，指垓下之战韩信鼓动士兵四面高唱楚歌。"云山"：即今云龙山，位于江苏徐州城南，因山有云气蜿蜒如龙，故名。"矗矗"：高耸直立。"黄流"：黄河，徐州旧为黄河入海口。"彭城"：昔日西楚都城。

游戏马台

（南宋）文天祥

九月初九日，客游戏马台。
黄花弄朝露，古人化飞埃。
今人哀古人，后人复今哀。
世事那可及，泪落茱萸杯。

【诗话】

　　文天祥这首诗写于 1279 年南宋灭亡后，作者自是年 4 月 22 日至 10 月 1 日被元军张弘范派都镇使石嵩解押往元大都（燕京），9 月 7 日至 12 日途径徐州。据作者《指南后录》自序：此行"一山还一水、无国又无家"，历时五月余，途经广东、江西、安徽、江苏、山东、河北六省（其中过境江苏南京、扬州、淮安、宿迁、徐州五市），行役万里。又据《文山先生全集》卷十六《集杜诗·北行第九十》序：作者"八月二十六日，至扬州。九月初七日，哭母小祥于邳门外（小祥为古时父母死后周年忌日）。初九日至徐州，吊项羽故宫地、登黄楼台，读子由赋。十二日至沛县，县有歌风台。十五日，至东平府（今山东省济宁市）……"历徐州六天写诗八首：《徐州道中》《中原》《彭城行》《燕子楼》《戏马台》《发彭城》《沛歌》《歌风台》。

　　同为记录旅途经历内心所思，作者写于 1279 年的《指南后录》与写于 1276 年"一息尚存，抗元不止"的《指南录》，最大不同在于：此时南宋已亡,忠臣不事二主,"而今而后为人,惟弘扬人间正直之道","使天下见之,识其为人,即吾死无憾矣"(《指南后录》卷一跋云)。故作者一路寻访历史同道,觅精神知音,留下对故国大地最后的眷恋。

"九月初九日,客游戏马台":戏马台,古西楚遗迹。"黄花弄朝露,古人化飞埃":古人,指"生当为人杰,死亦作鬼雄"的项羽。"今人哀古人,后人复今哀":哀,指思念。"世事那可及,泪落茱萸杯":是说人的客观命运并不是自己能完全掌握的,但是立德立人是可以自己选择的。此时身临此境,为自己难以见到千年以前的同道而哀伤。

出丰县界寄韩明府

（唐）刘长卿

回首古原上,未能辞旧乡。
西风收暮雨,隐隐分芒砀。
贤友此为邑,令名满徐方。
音容想在眼,暂若升琴堂。
疲马顾春草,行人看夕阳。
自非传尺素,谁为论中肠。

【诗话】

刘长卿,字文房,籍贯有宣城、河间、彭城三说,《元和姓纂》认为,刘长卿属于"彭城刘氏"后代,其祖先刘仲乃汉高祖刘邦的二兄,至唐代,诗人祖父邓州刺史刘钦忠依然谱牒有记。据中华书局《刘长卿诗编年笺注》,此诗写于诗人天宝初东游梁宋徐泗时。若此,从这首诗首句"回首古原上,未能辞旧乡"看,此诗当是诗人此行丰沛的挥别之作。

诗人这首诗表达了三重含义:一是此行寻根问祖"未能辞旧乡"。"旧乡":指刘长卿籍贯,《极玄集》谓为宣城,《新唐书》《唐才子传》谓为河间,《元和姓纂》谓为彭城。"未能":是不能确定自己的祖籍即彭城。二是表达对友人韩明府的感谢"自非传尺素,谁为论中肠"。"自非":倘若不是。"尺素":即书信。古乐府《饮马长城窟行》:"客从远方来,遗我双鲤鱼。呼儿烹鲤鱼,中有尺素书。""中肠":即内心的话,"中"为"衷"的通假字。"明府":据宋代《清波杂志》:"古治百里之邑,令拊其俗,尉督其奸。故令曰明府,尉曰少府。"唐后通称县令为明府,县丞、县尉为少府。这里亦有对友人"令名满徐方"的赞誉。"徐方":指古徐国,后指古徐州,最早出自《诗经.大雅》。"令名":美名。"琴堂":出自《吕氏春秋·察贤》:"宓子贱治单父,弹鸣琴,身不下堂而单父治。"后以此指代古代县官办理公务之所。三是描写自己出丰县情景"西风收暮雨,隐隐分芒砀。疲马顾春草,行人看夕阳",行人,应指自己;芒砀,乃芒山、砀山两山合称,位于安徽与河南交界处。

送郑正则徐州行营

(唐)郎士元

从军非陇头,师在古徐州。
气劲三河卒,功全万户侯。
元戎阃外略,才子幄中筹。
莫听关山曲,还生塞上愁。

【诗话】

郎士元,字君胄,河北中山(今河北定县)人。天宝十五载(756)卢庚榜登进士第。安史之乱中避难江南;宝应元年(762)补渭南尉,历左拾遗、出为郢州刺史。"大历十才子"之一,与钱起齐名。据《唐才子传》载:"时朝廷自丞相以下,出牧奉使,无两君诗文祖饯,人以为愧。"写诗格调娴雅,逼近康乐,擅长五律。今存诗70余首传世。

此诗是一首典型记写唐代军旅生活的五言律诗,诗题即点明事件、人物和地点,行营是军旅单位,诗的首句也写得很明确:"从军非陇头,师在古徐州。"所以从此诗看,至少在郎士元时代(公元788年之前),徐州就已成为唐朝驻扎军队的重要地点。又此诗一作皇甫冉诗,题为《送郑判官赴徐州》。皇甫冉生于开元五年(717),卒于大历五年(770)比郎士元早十年。而诗中所送之人郑正则,据检为贞元年间(785—805)任徐州判官,后任郓州刺史,与郎士元、李白、王昌龄皆有交集,故此诗为郎士元作似更可信。

唐代徐州由行营上升为节度使治所,最早记载是:贞元四年(788)徐州设节度使,至贞元十六年废;永贞元年(805)再建节度使,并赐名"武宁军"。张愔(张建封子)为首任武宁节度使,领徐、泗、濠三州,宪宗元和四年增领宿州。"节度使"是始于唐代设立的地方军政机构,因受职之时朝廷赐以旌节故称。据《资治通鉴》:节度使之名始自唐睿宗景云元年(710),至唐玄宗开元、天宝间,逐渐形成平卢、范阳、河东、朔方、陇右、河西、安西、北庭八个节度使区,加上剑南、岭南共为十镇。这首诗所记载的徐州行营,应是徐州设立节度使之前情景。"从军非陇头":陇头,今甘肃陇山以西,乌鲁木齐以东之地。"气劲三河卒":三河,指古代河东、河内、河南三郡。"元戎阃外略":阃外,指统兵在外。"才子幄中筹":帷幄,古代军帐。"莫听关山曲,还生塞上愁":关山曲,是古代军中乐曲名。这句是说安史之乱后,如今的徐州也和当年陇头塞外一样,随时面临平定战乱情景,虽然以君之才"元戎阃外略,才子幄中筹"可以建立功勋,但我还是感到一种送君塞外般的惆怅。

汴泗交流赠张仆射

(唐)韩 愈

汴泗交流郡城角,筑场千步平如削。
短垣三面缭逶迤,击鼓腾腾树赤旗。

新秋朝凉未见日，公早结束来何为。

分曹决胜约前定，百马攒蹄近相映。

球惊杖奋合且离，红牛缨绂黄金羁。

侧身转臂著马腹，霹雳应手神珠驰。

超遥散漫两闲暇，挥霍纷纭争变化。

发难得巧意气粗，欢声四合壮士呼。

此诚习战非为剧，岂若安坐行良图。

当今忠臣不可得，公马莫走须杀贼。

【诗话】

韩愈（768—824），字退之，南阳（今河南孟县）人，自称"郡望昌黎"，世称"韩昌黎"。贞元八年（792）登进士，唐宪宗时曾随宰相裴度平定淮西藩镇之乱。在刑部侍郎任上，上疏谏迎佛骨触怒了唐宪宗，被贬为潮州刺史。后历官国子监祭酒、京兆尹及兵部、吏部侍郎。韩愈一生政治上维护中央集权、反对藩镇割据，但反对王叔文为代表的革新派。在文学上和柳宗元同为"古文运动"倡导者，反对骈文、提倡散文，主张文以载道。诗歌自成一派，有《韩昌黎集》传世。

韩愈贞元八年登进士后一直没有官职，贞元十一年三次上书宰相求职。贞元十二年在汴梁，宣武节度使董晋请他去当"观察推官"，贞元十五年董晋卒于军人叛乱，韩愈迁徐州，徐泗节度使张建封留韩为"节度推官"，仅一年韩愈便辞职回洛阳。这首诗即作于贞元十六年夏，描写张建封亲历将士训练并以诗谏。

诗题"汴泗交流"：汴泗，指汴河与泗水；交流，指两河在徐州汇合入淮。"张仆射"：即张建封（735—800），时任徐泗节度使驻守徐州。"仆射"，是当时大臣的荣誉称号。首联"汴泗交流郡城角"：是说徐州行营大校场地点。次联"短垣"：四周低垒。第三联"公早结束来为何"：公，指张仆射；结束，指张建封早早装束来到赛场。第四联"分曹"句：是说分成两组按照既定规则比赛胜负。第五至第八联具体描写比赛："攒蹄"，马急驰时四蹄并集；"红牛缨绂"，是说以染红的牛毛为缨络、以黄金为马勒头，言饰物华丽贵重；"神珠驰"句描写发球情状，选手翻身附着马腹，只听霹雳声响，圆球随手飞出；"超遥""挥霍"，均写骑兵比赛情状，一忽儿跑远分散，一忽儿跑快聚集，动作轻捷变化多姿；"发难得巧"：指发球之难，得球之巧；"意气粗"，犹言意壮气豪。九、十联中："行良图"，是说诚然击球是练兵，但那能比在帷幄中议行良策；"莫走"，似说别为了比赛让战马奔驰过劳；"贼"：旧注指彰义节度使吴少诚，据淮西之地，掠州杀将，与中央政权对抗发动叛乱。

观徐州李司空猎

（唐）张　祜

晓出郡城东，分围浅草中。
红旗开向日，白马骤迎风。
背手抽金镞，翻身控角弓。
万人齐指处，一雁落寒空。

【诗话】

张祜（782—852），字承吉，南阳（今河南沁阳）人。元和、长庆年间（806—820），其深为太平军节度使令狐楚所识，将其所献三百首诗进呈并上表推荐，惜为元稹所抑，寂寞而归。由此，失去了举荐入仕的机会，只能浪迹吴越，常客居节度使幕府。此诗即写于长庆后这一时期。著有《张处士诗集》。

"李司空"：即李愿。唐元和六年（811）冬，朝廷任李愿为徐州刺史、充武宁军节度使。长庆元年（821）李愿任司空，故称李司空。"司空"，官名，西周始置，位次三公，与六卿相当，掌水利、营建之事；至隋唐，仅为一荣典虚衔。诗中"晓出郡城东":指徐州东面吕梁山、茱萸山一带。
"分围":围猎。古时训练军队练兵合击的一种方式。"金镞":箭头,这
里指箭。皮日休《馆娃宫怀古》诗云:"弩台雨坏逢金镞,香径泥销露玉
钗。""角弓":两端用动物角所饰的弓。《诗经·小雅·角弓》:"骍骍角
弓,翩其反矣。"朱熹集注:"角弓,以角饰弓也。"尾句"万人齐指处":极
言李司空猎,参加人数规模。

燕子楼三首(其一)

(唐)张仲素

楼上残灯伴晓霜,独眠人起合欢床。
相思一夜情多少,地角天涯未是长。

【诗话】

　　张仲素(约769—819),字绘之,唐贞元十四年(798)李随榜进士。
不久复中博学宏辞,始任武康军从事。贞元二十年迁司勋员外郎,除翰
林学士。时宪宗求卢纶诗文遗草,敕仲素编集进之。后拜中书舍人。
《唐才子传》称:"仲素能属文,法度严确。魏文帝有云:'文以意为主,以
气为辅,以词为卫。'此言得之矣。"又言张仲素"善诗,多警句。尤精乐
府,往往和在宫商,古人有未能虑者。"

　　燕子楼为徐州五大历史名楼之一,位于今徐州云龙湖畔。相传此
楼为唐贞元年间,徐州节度使张愔为其爱妾关盼盼所建,因楼飞檐挑
角、形如飞燕故称。白居易《燕子楼》诗序云:"徐州故张尚书有爱妓曰
盼盼,善歌舞,雅多风态。予为校书郎时,游徐、泗间。张尚书宴予,酒
酣,出盼盼以佐欢,欢甚。"白氏所谓"故张尚书"者乃张愔,而非其父张
建封。

　　相传关氏不仅貌美而且能诗,与张仲素、白居易均有诗文交往。正

因唱和记载,为后人留下了传说:张愔贞元二十二年卒后,关盼盼矢志不嫁。诗人这首七绝即写此事;赞美关氏不忘旧情,"地角天涯未是长"。此楼名因人而得以流传。至元十六年(1279)文天祥北行至徐州燕子楼亦有题:"自别张公子,婵娟不下楼。遂令楼上燕,百岁称风流。我游彭城门,来吊楚王阙。问楼在何处?城东草如雪。娥眉代不乏,埋没安足论。因何张家姜,名与山川存?自古皆有死,忠义长不没。但传美人心,不说美人色。"足见关盼盼义节与燕子楼的名声。

影灯夜二首

(唐)薛　能

其　一

偃王灯塔古徐州,二十年来乐事休。
此日将军心似海,四更身领万人游。

其　二

十万军城百万灯,酥油香暖夜如烝。
红妆满地烟光好,只恐笙歌引上升。

【诗话】

薛能(约817—880),字太拙,汾州(今山西汾阳)人。唐武宗会昌六年(846)登进士,历御史、都官、刑部员外郎、嘉州刺史、同州刺史,终至工部尚书。曾节度徐州,徙忠武。善写诗,日赋一章,写景抒情诗在晚唐诗人中尤具特色。据谭优学《唐诗人行年考》,这是两首作者咸通十四年(873)任徐州节度使时,记写徐州正月十五夜的诗。

"影灯夜":古为正月十五夜,又称上元节、元宵节、灯节、元夕,是中国春节年俗中最后一个重要节令。第一首诗首句"偃王灯塔":为塔状彩灯,灯名源于古东夷盟主徐偃王。《后汉书·东夷列传》云:"偃王仁而无权,不忍斗其人,故致于败。乃北走彭城武原县东山下,百姓随之者以万数,因名其山为徐山。"丁山先生在《论〈禹贡〉九州之名谊寓有种姓历史之背景》中认为"徐州得名于徐方",故历代地方官吏及诗人总把徐州和徐方、徐国、徐偃王联系在一起。唐皇甫冉有诗:"川流通楚塞,山色绕徐方。"次句"二十年来乐事休":指薛能咸通十四年任徐州刺史感化军节度使时,王仙芝、黄巢在临近徐州的河南一带农民起义,因此徐州已有二十年未举行上元夜盛大灯会。第一首末句"此日将军心似海":指节度使节日夜巡。第二首"十万军城":唐代后期先后在江苏徐州、扬州等地设节度使,尤以徐州驻重兵把守。"夜如烝""红妆满地":均形容唐代正月十五夜徐州市井之热闹非凡、游人如织。"笙歌":古中国乐分东笙、南琴、西磬、北鼓。

赋得古原草送别

(唐)白居易

离离原上草,一岁一枯荣。
野火烧不尽,春风吹又生。
远芳侵古道,晴翠接荒城。
又送王孙去,萋萋满别情。

【诗话】

"赋得":借古人诗句或成语命题作诗。诗题前一般都冠以"赋得"二字。这是古人学习作诗或文人聚会分题作诗,或科举考试时命题的一种方式,称"赋得体"。

相传这首诗是白居易年少时成名之作,约写于贞元三年(787)。关于此诗还有一个故事,张固《幽闲鼓吹》:"白尚书应举,初至京,以诗谒顾著作。顾睹姓名,熟视白公曰:'米价方贵,居亦弗易。'乃披卷,首篇曰:'离离(一作咸阳)原上草……'即嗟赏曰:'道得个语,居即易也。'因为之延誉声名大振。"宋尤袤《全唐诗话》也有类似记载。

诗篇前三联均写"古原草",最后一联写"别"。首联开篇两句直接点题,用平淡的语言,点出了古原上草木繁荣与枯败自然规律。"离离":形容草木生长繁茂的样子。"一岁枯荣":这里诗人先说"枯"后说"荣",重在强调后者,体现"古原草"生命力之强大。颔联接着写"草",前半句写枯"野火烧不尽",后半句写荣"春风吹又生"。前后两句形成巧妙对仗,在精练语言中引出发人深省之理,成为千古名句。

前两联写完"草"之后,颈联转而写"古原"。古原,在诗人的视线里是"古道"、是与"荒城"相接的故乡之路。此为最动情句:因为"远芳侵古道",游子远离家乡的路途;因为晴翠接荒城,那里没有亲人,只能见到和家乡一样的草而怀念故乡。《楚辞·招隐士》有"王孙游兮不归,春草生兮萋萋"句,以芳草喻家乡。所以"又送王孙去":王孙,指送别之人。"萋萋满别情",写出了家乡对游子的眷念,与游子对家乡的不舍。整首诗字中有情、言外有意,堪称"赋得体"之绝唱。

江南送北客因凭寄徐州兄弟书

(唐)白居易

故园望断欲何如,楚水吴山万里余。
今日因君访兄弟,数行乡泪一封书。

【诗话】

此诗是诗人早期作品之一,诗中作者称徐州为"故园",壮年离徐后仍不忘相隔千山万水的彭城,流下"数行乡泪"寄家书给徐州兄弟,可见白居易对徐州感情之深。

徐州　江南送北客因凭寄徐州兄弟书

白居易祖籍山西,出生河南新郑。为什么作者日后一直把徐州当成故乡呢?缘于唐建中元年(780),其父白季庚由宋州(今河南商丘)司户参军授徐州彭城令。一年后(白居易十岁),其父因与刺史李洧坚守徐州拒李纳有功,升任徐州别驾。建中三年,白居易十一岁,从父迁徐州任所,寄家符离(今徐州丰县)。时白居易六兄任符离主簿、外祖父陈润任丰县尉、叔父白季般任沛县令,亲属多聚徐州一带,诗人在此经历了美好的少年时光。直至贞元二十年(804)其父迁离,白家已"客居徐州"二十二年之久,故有"日久他乡即故乡"之感。

此诗据考写于贞元二年前后,之前因庐龙朱滔、王武俊、李希烈叛乱,白居易因避战乱,前往江南苏、杭二郡"苦节读书"。贞元二年朱滔死、李希烈为部将所杀,各地战乱暂息。时其父加"检校大理寺少卿、依前徐州别驾,乃知州事",弟白行简、白幼美始识字开蒙。因诗人十分想念故园亲人,故有"故园望断欲何如,楚水吴山万里余"之句。此处楚水喻故园徐州,吴山代指读书之地姑苏。因战乱停止,道路畅通,乃有"江南送北客"托人捎信以寄思亲,并此诗。

朱陈村

(唐)白居易

徐州古丰县,有村曰朱陈。去县百余里,桑麻青氛氲。
机梭声札札,牛驴走纭纭。女汲涧中水,男采山上薪。
县远官事少,山深人俗淳。有财不行商,有丁不入军。
家家守村业,头白不出门。生为村之民,死为村之尘。
田中老与幼,相见何欣欣。一村唯两姓,世世为婚姻。
亲疏居有族,少长游有群。黄鸡与白酒,欢会不隔旬。
生者不远别,嫁娶先近邻。死者不远葬,坟墓多绕村。
既安生与死,不苦形与神。所以多寿考,往往见玄孙。
我生礼义乡,少小孤且贫。徒学辨是非,只自取辛勤。

世法贵名教，士人重冠婚。以此自桎梏，信为大谬人。
十岁解读书，十五能属文。二十举秀才，三十为谏臣。
下有妻子累，上有君亲恩。承家与事国，望此不肖身。
忆昨旅游初，追今十五春。孤舟三适楚，羸马四经秦。
昼行有饥色，夜寝无安魂。东西不暂住，来往若浮云。
离乱失故乡，骨肉多散分。江南与江北，各有平生亲。
平生终日别，逝者隔年闻。朝忧卧至暮，夕哭坐达晨。
悲火烧心曲，愁霜侵鬓根。一生苦如此，长羡村中民。

【诗话】

唐代朱陈村位于今徐州丰县。白居易幼时随父迁居徐州，外祖父陈润时任丰县尉。因此白居易当去过。"徐州古丰县，有村曰朱陈……县远官事少，山深人俗淳"如外祖父语。据诗中"忆昨旅游初，追今十五春"句推，此诗应写为作者"三十为谏臣"时。检《白居易年谱》：贞元十五年(799)，白居易往长安应进士试，在宣州与杨虞卿相识(九年后与杨从妹结婚)。翌年(贞元十六年)以第四名及第，长安大雁塔下有白居易登科题壁"慈恩塔下题名处，十七人中最少年"。是年回故乡符离。贞元十七年白居易在符离，符离六兄、乌江十五兄先后去世。秋返洛阳。此诗应为作者当年告别故乡的追忆怀念之作。

此诗前三十二句写故乡朱陈村："女汲涧中水，男采山上薪"，"县远官事少，山深人俗淳"，"家家守村业，头白不出门"，"黄鸡与白酒，欢会不隔旬"，"既安生与死，不苦形与神"。与唐郑谷《淮上渔者》、北宋苏轼《浣溪沙谢雨》、南宋杨万里《多稼亭》一样，是一幅真实记写当时乡村田园生活的风俗画。后三十六句言自己经历：以彼"生者不远别"与己"离乱失故乡""平生终日别，逝者隔年闻"述自己的感慨。

陈季常所蓄朱陈村嫁娶图二首

（北宋）苏 轼

其 一

何年顾陆丹青手，画作朱陈嫁娶图。
闻道一村惟两姓，不将门户买崔卢。

其 二

我是朱陈旧使君，劝农曾入杏花村。
而今风物那堪画，县吏催租夜打门。

【诗话】

"陈季常"：名慥，字季常。据南宋《容斋随笔》：陈慥自称龙丘先生，喜好宾客，蓄纳声妓。其妻善妒，每当陈以歌舞宴客时，就会用木棍敲打墙壁。苏轼因"乌台诗案"谪黄州五年，常"谈空说有"访陈宅，故有诗记："龙丘居士亦可怜，谈空说有夜不眠。忽闻河东狮子吼，拄杖落手心茫然。"成语"河东狮吼"即写陈季常与其妻柳月娥之事。"朱陈村嫁娶图"：为五代后唐画家赵德元所画。

"朱陈村"：在今江苏徐州丰县，一村之中只有朱陈两姓，世代互为婚姻，其村因白居易《朱陈村》长诗而广传。"顾陆"：指晋代画家顾恺之、陆探徽，二人皆善绘人物。后人有评："顾得其神、陆得其骨。""丹青手"：画师。"买崔卢"：是说晋代崔卢两姓之间，嫁娶多取钱财，故人谓之卖婚。这句意思是说：朱陈两姓之间的嫁娶与晋代崔卢两家之间的嫁娶不同，不为买卖。第二首"旧使君"：苏轼曾任徐州太守，故称自己为"旧使君"。"杏花村"：与朱陈村相邻。

彭城道中

（北宋）曾　巩

百步洪声潦退初，白沙新岸凑舟车。
一时屠钓英雄尽，千载河山战伐余。
楚汉旧歌流俚耳，韩彭遗壁冠荒墟。
可怜马上纵横略，只在邳桥一卷书。

【诗话】

　　曾巩(1019—1083)，字子固，建昌军南丰（今江西南丰县）人，故又称"曾南丰"。北宋嘉祐二年(1057)登进士第，官至中书舍人，为唐宋散文八大家之一，著有《元丰类稿》《隆平集》。元丰六年(1083)卒于江宁府（今江苏南京）。

　　"潦"：大雨后的积水。"凑"：会合。"一时屠钓英雄尽"：屠钓，指宰牲和钓鱼。相传殷商伊尹、西周吕望未显时，一曾屠牛于朝歌（商朝国都），一曾垂钓于渭滨（渭河荒原）。这里借指隐居未遇的贤人。"流俚耳"：指世俗的听闻。"韩彭遗壁冠荒墟"：韩彭，指汉初名将淮阴侯韩信与建成侯彭越。曾巩此诗元刻本有注："吕梁洪上有云梦、梁王二城，其旁之人以谓云梦即韩信城，梁王即彭越城是也。""邳桥一卷书"：出自司马迁《史记·留侯世家》，指秦末张良曾在古邳县圯桥遇黄石公（魏辙），黄石公授予张良《太公兵法》之传说。

吕　梁

（北宋）苏　辙

出没悬流虽有道，凭陵险地本无心。
未能与物都无碍，咫尺清泉亦自深。

【诗话】

提起吕国，人们往往会想到河南的南阳或新蔡，很少有人知道西周时代，在"徐州东南"也有一个叫"吕国"的地方，后来衍称为"吕邑""吕县""吕城"，由此冠名了当地的"吕梁山""吕梁洪""吕梁渡""吕梁集"等。

清顾祖禹《读史方舆纪要》载："吕城，（徐）州东五十里。春秋时宋邑。襄元年（前572年），晋以诸侯之师伐郑，楚子辛救郑，侵宋吕、留。杜预曰：'彭城郡之吕城、留城也。'汉为吕县，属楚国，后汉及晋皆属彭城国，宋属彭城郡，后魏因之，隋废。"又"志云：吕城临泗水……城东二里又有三城，一在水南，一在水北，一在水中潬(shàn)上，盖高齐所筑（北朝齐国皇帝姓高，史称"高齐"）以防陈者（南朝陈国）。又泗水至吕城积石为梁，故称吕梁。今吕城东十里吕梁洪上有二城，一曰云梦，一曰梁王。土人谓云梦即韩信城，梁王即彭越"。

北宋熙宁十年（1077）苏辙在赴任应天府（今河南商丘）判官途中，与同时调任徐州知府的兄长苏轼相遇，顺至徐州。兄弟二人对榻而眠，形影相随，寻胜访古。此行苏辙亲见吕梁洪"悬涛奔涌，实为泗险"之情状，因写下这首《和李公择赴历下道中杂咏十二首其六吕梁》。"李公择"：字元中，今安徽桐城人，北宋元祐间与李公麟、李公寅同举进士，时称"龙眠三李"，善书法绘画，与黄山谷交游甚密。"历下"：今在山东济南。"咫"：古代周制八寸，比喻距离很近。

桓　山

（北宋）陈师道

平江如抱贯秦洪，双岭驰来欲并雄。
是物皆为万世计，阖棺犹有一朝穷。
林峦特起终为污，美恶千年竟不空。
尚有风流羊叔子，稍经湔洗与清风。

【诗话】

　　桓山，旧名圣女山，在今徐州铜山境内，南傍运河（古泗水道），西与北洞山汉墓相望。其称桓山，乃与春秋人桓魋有关。《明一统志》云：桓山"亦名魋山，山下有桓魋墓，故名"。

　　桓魋为齐桓公后代，春秋时在宋国官居司马、执掌兵权。相传桓魋曾用了三年时间于此营造石室墓。孔子周游列国时经此曾有讥讽："若是其靡也，死不如速朽之愈也。"桓魋闻言欲杀之，孔子已微服离去。因为孔子与桓魋这段往事，桓山遂成后世文人墨客揽胜驻足地。全诗以"平江如抱贯秦洪"起笔：秦洪，乃桓山下河流。据《史记·秦始皇本纪》："二十八年……始皇还，过彭城，斋戒祷祠，欲出周鼎泗水。使千人没水求之，弗得。"后此水称秦洪。

　　陈师道（1053—1102），字无己，彭城人。十六岁拜师曾巩，当时朝廷用王安石经义之学取士，陈师道不以为然拒应试。元丰四年（1081）曾巩奉命修本朝史，推荐陈师道为属员，因其布衣未果。至哲宗朝元祐二年（1087），时任翰林学士的苏轼荐其文行，起为徐州教授，后历太学博士、颍州教授、秘书省正字。相传诗人一生安贫乐道，作诗求辞独造、用力极勤。此即为陈师道早年怀古之作。诗人极目桓山滔滔泗水"平江如抱贯秦洪"，不由勾起孔子与桓魋"阖棺犹有一朝穷"的千年对话，由此对比桓魋同乡、留下"稍经湔洗与清风"美名的羊祜,感叹"美恶千年竟不空"。羊祜,字叔子,兖州泰山人,魏晋时名臣,战略家、军事家和文学家。

登彭祖楼

(北宋)陈师道

城上危楼江上城,风流千载擅佳名。
水兼汴泗浮天阔,山入青齐焕眼明。
乔木下泉余故国,黄鹂白鸟解人情。
须知壮士多秋思,不露文章世已惊。

【诗话】

彭祖,古尧舜禹时"尧时"人,原名篯铿。传为上古五帝"颛顼"玄孙,乃部落首领,受尧分封。徐州古时乃其封地,故名彭城。彭祖楼,又名彭祖祠、彭祖庙。据《太平寰宇记》:彭祖庙原于徐州城西北并彭祖墓,"北魏神龟二年,徐州刺史元延明将彭祖楼迁至城东北汴泗交流处"。

"江上城":江指黄河,古时黄河流经彭城。"风流千载":指尧帝治水在徐州时,当地部落首领篯铿与尧并肩栉风沐雨,"因功受封"。由此领九州之地、建彭国,筑城掘井,以致国运八百余年,不可谓不风流。颔联"水兼汴泗":指汴水、泗水以及黄河在此会合。"山入青齐":山,指徐州桓山,其脉延伸至今天的山东省。山东古属青州,别称齐,故以"青齐"代指山东。颈联"故国":指彭祖封地大彭氏国。尾联"须知壮士多秋思,不露文章世已惊":壮士,据诗意应指上古五帝之一颛顼玄孙篯铿。这句是说篯铿是一位历史上与众不同胸怀壮志之人,虽然上古留下的记载很少,但此地留下的口碑,足令后世仰望追忆,代代相传。

登快哉亭

（北宋）陈师道

城与清江曲，泉流乱石间。
夕阳初隐地，暮霭已依山。
度鸟欲何向，奔云亦自闲。
登临兴不尽，稚子故须还。

【诗话】

"快哉亭"：古名奎楼，为徐州五大名楼之一，位于今徐州城东南。另四楼为彭祖楼、霸王楼、燕子楼、黄楼。此地原为唐代节度使薛能所筑"阳春亭"，宋熙宁十年（1077）苏轼由密州调任徐州知府，时京东提刑使李邦直在阳春亭旧址重建新亭。亭成后，李提刑广邀当地名流来此揽胜，并请苏轼赐文题赠。苏太守欣然挥毫作"贤者之乐"《快哉此风赋》，从此奎楼又称"快哉亭"。

此诗写于元符二年（1099）作者晚年归居徐州时。陈师道乃彭城人，师从"唐宋八大家"之一曾巩，历任太学博士、徐州教授、颖州教授。教授，学官名。宋代在武学、宗学置教授传授学业、掌学校课试等事。此诗乃反映诗人晚年生活。首联写快哉亭方位，其亭翼然城头、江水蜿蜒其下，城与江同曲。颔联点出登临时辰：日落地平线，暮霭无情山间升起。颈联"度鸟"句，因充满哲趣历来受人称赏。晋陶渊明《归去来兮辞》有："云无心以出岫，鸟倦飞而知还。"诗人反其意而用，是说夕阳将尽飞鸟匆匆不知向何处，与自在奔腾的天外白云飞翔成鲜明对比，引人无限遐思。尾句并不直说游兴未尽，却说因家中有稚子，故不能流连忘返。

浣溪沙·谢雨（五首选三）

（北宋）苏 轼

其 三

麻叶层层苘叶光，谁家煮茧一村香。隔篱娇语络丝娘。
垂白杖藜抬醉眼，捋青捣䴬软饥肠。问言豆叶几时黄。

其 四

簌簌衣巾落枣花，村南村北响缫车。牛衣古柳卖黄瓜。
酒困路长惟欲睡，日高人渴漫思茶。敲门试问野人家。

其 五

软草平莎过雨新，轻沙走马路无尘。何时收拾耦耕身。
日暖桑麻光似泼，风来蒿艾气如薰。使君元是此中人。

【诗话】

熙宁十年（1077）四月，作者调知徐州。次年元丰元年（1078）早春，旱情严重，作为一州的地方官，照例要向天求雨，下雨后又要谢雨。当时作者前往求雨和谢雨的地方均为城东老龙潭山之石潭，诗人求雨时曾有《起伏龙行》诗"东方久旱千里赤，三月行人口生土"。这五首《浣溪沙》是谢雨诗，极写农村得雨后百姓欢乐、风光好。

其三，"苘"：䴕的古写，䴕亦麻之属，《尔雅翼》"叶似苎而薄。""络丝娘"：指蚕妇，她们这时正在缫丝。"娇语"：指妇女谈笑。"捋"：原作扶，并注"一作捋"。按当以捋为是。捋青，摘取新麦。"䴬"（chǎo）：干粮。"软饥肠"：唐人以酒食接风叫"软脚"，软，有慰劳意，此处犹如说饱肚子。

其四，作者记述了这次到乡下来的兴致之高，所以看到纷飞的枣花、卖瓜的农民,听到处处人家缫丝的响声,无处不成乡景。就连口渴了就地敲乡下人家的门讨口茶喝,也随笔写了下来。"簌簌":形声字。这句倒装,即枣花簌簌落衣巾。"缫车":缫丝的工具。"牛衣":用粗麻或草编织起来的衣服。此处说穿着牛衣的乡下人,在古老的柳树下叫卖黄瓜。"酒困路长惟欲睡,日高人渴漫思茶"句:似述路遥,因困渴而敲门求茶。

其五,"软草平莎":莎,指莎草。"何时收拾耦耕身":耦耕,两人二耜并耕。典出《论语·微子》:"长沮、桀溺耦而耕。"这句是说归田之想,欲效春秋避世隐者长沮、桀溺之意。"泼":形容像洗过一般的光亮。"熏":香气。"元是":即原本是之意。"此中人":指农间。封建社会士大夫,绝大多数是地主家庭出身,自以为来自农村,就混说自己也是农民。作者也常爱说"我昔在田间""自是田中识字夫"一类的话。

十月十五日观月黄楼席上次韵

(北宋)苏　轼

中秋天气未应殊,不用红纱照座隅。
山上白云横匹素,水中明月卧浮图。
未成短棹还三峡,已约轻舟泛五湖。
为问登临好风景,明年还忆使君无。

【诗话】

苏轼,字子瞻,四川眉山人,北宋著名文学家。二十一岁中进士步入仕途。熙宁十年(1077)调任徐州知州。上任不过二年,却在徐州历史上留下了口碑传世的一页。

熙宁十年秋黄河决口,浩荡洪水包围徐州。在州城危于旦夕、百姓面对葬身鱼腹之际,苏太守大呼:"吾在是,水决不能败城!"遂率全城劳丁,冒雨筑起一道自戏马台至州南门长堤,阻止了洪水灌城。黄水退后徐州父老称颂:"前年无使君,鱼鳖化儿童。"苏轼因治水有功,朝廷赐钱发粟,命"改筑徐州外小城"。为纪念这次胜利,苏轼遂在城东门建了一座"歇山飞檐"城楼,取五行"土能克水"之义,命名"黄楼"。元丰元年(1078)八月竣工,九月九日重阳节,大宴父老乡亲庆贺黄楼落成,诗人即席写下一首《九日黄楼作》,并于楼内立碑。十月十五日晚,苏太守再登此楼,写下这篇《十月十五日观月黄楼席上次韵》。

徐州黄楼因苏轼传名,今主楼楹联:"江山信美黄楼千载雄三楚,人物风流赤县万民忆二苏。"由此可见这座黄楼已然超出一般古建筑意义,成为徐州历史上一种文化符号,一种情结。其意涵可与江南黄鹤楼、岳阳楼、滕王阁三大名楼媲美。千百年来黄楼屡毁屡建,却一直保留"黄楼赏月"传统,足见此楼影响。诗中颔联"山上白云横匹素,水中明月卧浮图":匹素,指白绸子,此喻天上白云。浮图,一般指佛塔,为梵文译音,此处应指黄楼。颈联"未成短棹还三峡,已约轻舟泛五湖":是描写诗人平定水患后此时登黄楼的心情。尾句"为问登临好风景,明年还忆使君无":使君,唐宋时称太守与知府为使君。

黄 楼

(北宋)陈师道

楼以风流胜,情缘贵贱移。

屏亡老毕篆,市发大苏碑。

更觉江山好,难忘父老思。

只应千载后,览古胜当时。

【诗话】

陈师道(1053—1102),彭城人,字履常,一字无己,号后山居士。出身仕宦家庭,但其年少时家境已衰落。元祐初苏轼荐其文行,起为徐州教授,历仕太学博士、颍州教授、秘书省正字。一生安贫乐道,闭门苦吟,相传作诗用力极勤,平日出行有思旋归、拥被而卧诗成乃起,故有"闭门觅句陈无己"之称。诗人又为"苏门六君子之一",江西诗派重要作家,有《后山先生集》传世。

作者这首书写家乡黄楼的古诗,不仅多有亲历感,而且能站在历史长河中看待这座黄楼所纪念之事。首联"楼以风流胜,情缘贵贱移":是说这座楼是徐州太守与当地百姓患难与共的见证。贵贱移,是说情缘会随贵贱变化,但珍贵的经历永远会记在人心。颔联"屏亡老毕篆,市发大苏碑":老毕篆,指当时毕仲询篆《黄楼赋》。大苏碑,大苏乃区别于苏轼之弟苏辙。指最早记载当年盛事的《黄楼赋》,先由毕仲询书写在楼内,如今苏轼又将其凿刻成碑立于市井。颈联"更觉江山好,难忘父老思":是回应苏轼《十月十五日观月黄楼席上次韵》"为问登临好风景,明年还忆使君无。"尾联"只应千载后,览古胜当时":是说对这座楼最好的评价应在千年之后。因为太守与民共赴时艰,这样的故事会教育很多人,那时的怀古忆胜一定会超过今天。

会子瞻兄宿逍遥堂二首

(北宋)苏　辙

其　一

逍遥堂后千寻木,长送中宵风雨声。
误喜对床寻旧约,不知漂泊在彭城。

其　二

秋来东阁凉如水,客去山公醉似泥。
困卧北窗呼不起,风吹松竹雨凄凄。

　　此诗作于熙宁十年(1077)七月。关于作诗之缘由,作者小序说:"辙幼从子瞻读书,未尝一日相舍。既仕,将宦游四方,读韦苏州(韦应物)诗至'安知风雨夜,复此对床眠',恻然感之,乃相约早退为闲居之乐。故子瞻始为凤翔幕府,留诗为别,曰:'夜雨何时听萧瑟?'其后子瞻通守余杭,复移胶西(指知密州),而辙滞留于淮阳、济南,不见者七年。熙宁十年二月,始复会于澶濮之间,相从来徐,留百余日。时宿于逍遥堂,追感前约,为二小诗记之。"

　　苏轼时任徐州知州,而苏辙是赴北宋时的南京(今河南商丘)任签判。二诗除描写兄弟离别之情外,亦寄寓了政治失意感慨。第一首写两人会于徐州官署逍遥堂。"误喜对床寻旧约",虽与"人生早退"初愿不符,但漂泊之余兄弟二人能久别重逢、对床夜语,耳听中宵风雨之声也是令人欣慰的。第二首则想象自己离开徐州后,其兄苏轼的孤独"客去山公醉",亲情与宦情交织流露感伤。

　　诗题"逍遥堂"乃彭城官署中堂名。第一首"中宵":半夜。第二首"东阁":古指宰相款待宾客之地,此指彭城逍遥堂。"山公":乃西晋名士山涛的别称;又说晋山简,时人亦称山公,性嗜酒,镇守襄阳,常游高阳池饮辄大醉。诗中借指苏轼。

<h1 style="text-align:center">与子由宿逍遥堂二绝句</h1>

(北宋)苏　轼

其　一

别期渐近不堪闻,风雨萧萧已断魂。
犹胜相逢不相识,形容变尽语音存。

其 二

但令朱雀长金花，此别还同一转车。
五百年间谁复在，会看铜狄两咨嗟。

【诗话】

苏轼这首《与子由宿逍遥堂二绝句》诗序云："子由将赴南都，与余会宿于逍遥堂，作两绝句，读之殆不可为怀，因和其诗以自解。余观子由，自少旷达，天资近道，又得至人养生长年之诀，而余亦窃闻其一二。以为今者宦游相别之日浅，而异时退休相从之日长，既以自解且以慰子由云。"

苏洵、苏轼、苏辙史称"三苏"。苏洵为父，其子苏轼字子瞻、次子苏辙字子由，兄弟俩情谊很深，诗人因"乌台诗案"身陷囹圄曾作《狱中寄子由》"与君世世为兄弟，又结来生未了因"，历为世人感叹。《宋史·苏元老列传》说："辙与兄进退出处无不相同，患难之中友爱弥笃，无少怨尤，近古罕见。"二人一生诗文酬唱寄赠近两百首，最有名者当属东坡写于熙宁九年密州的《水调歌头·明月几时有》。

作者这二首绝句作于熙宁十年，其时兄弟二人因熙宁四年苏轼上书论王安石新法弊病出京，已七年未见。时辙送轼赴徐州任，到八月十六辙离徐州赴南京（今河南商丘）任签判。如今两人相会徐州，辙作会宿二首，轼和两绝。诗人第一首为描绘离别情景，以"犹胜"慰子由"误喜"，用典《后汉书》，东汉党锢祸起，名士夏馥"剪须变形，入林虑山中，隐匿姓名，为冶家佣。亲突烟炭，形貌毁瘁，积二三年人无知者"，其弟静"遇馥不识，闻其言声乃觉而拜之"。

第二首起句引道家语，是说如果真能长生不老，那么数年分别很短暂。后两句是说五百年后争权夺利的人早已不复存在，何须计较。"朱雀金花"：语出《还丹歌》。"一转车"：引贾岛"碌碌复碌碌，百年双转毂"。"铜狄"：典出《后汉书》，"时有百岁翁，自说童儿时见子训卖药于会稽市,颜色不异于今。后人复于长安东霸城见之,与一老公共摩挲铜人,相谓曰:'适见铸此,已近五百岁矣。'"

中秋月

（北宋）苏　轼

暮云收尽溢清寒,银汉无声转玉盘。
此生此夜不长好,明月明年何处看。

【诗话】

此诗作于熙宁十年(1077)八月十五日徐州。是年二月与其胞弟苏辙相见,四月二人同赴徐州,八月中秋后方离。这是暌别七年来兄弟首次相聚并共度中秋。诗题"中秋月"即记述这次久别重逢,调寄《阳关曲》,更赋相聚又别伤感。

首句乃表"月到中秋分外明"之意,但并不直接从月光下笔,而从"暮云"说起,明月先被云遮,一旦"暮云收尽"便觉清光更多。句中并无"月光""如水"等字面,而以"溢"字、"清寒"更让人领略中秋。银河也显得非常淡远,"银汉无声",似说银河本来应该有声,但由于遥远也就"无声"了,天宇空阔由此传出。此夜明月之所以格外圆,对于苏轼来说是因为兄弟团聚了。三四句"此生此夜不长好":是说"此生此夜"不常有,感慨"此生此夜"之短;说"明月明年何处看",当然含有"未必明年此会同"的意思,是抒"离扰"。两句对仗天成:"此生此夜"与"明月明年"作对,假借巧妙;"明月"之"明"与"明年"之"明"义异而字同,属妙用。两句一否定一疑问,产生出悠悠不尽的情韵。诗从月色美好写到"人月圆"的愉快,又从"当年当夜"推想次年中秋,归结到别情,意味深长。后人将此诗与唐代王维《送元二使安西》,谓唐宋送别诗两绝唱。

"中秋赏月"最早起源古代祭祀，后对月怀人扩散到民间。魏晋《子夜四十歌》就有："仰头看明月，寄情千里光。"至唐开元十七年（729）中秋始成固定节日，北宋正式定八月十五为中秋节。

送蜀人张师厚赴殿试二首（其二）

（北宋）苏　轼

云龙山下试春衣，放鹤亭前送落晖。
一色杏花三十里，新郎君去马如飞。

【诗话】

张师厚：蜀人，苏轼眉山同乡。元丰二年（1079）张师厚赴京城开封参加殿试，路过徐州。苏轼陪他游览云龙山放鹤亭为其钱行，并赋诗以壮行色。"殿试"：古代也叫廷试，科举制度中皇帝对会试取录的贡士，在殿廷上亲发策问的考试。"云龙山"：位于今徐州城南，古迹甚多，既有北魏大石佛，又有唐代摩崖石刻、宋代的放鹤亭、明代兴化禅寺、清代送晖亭等。"放鹤亭"：位于云龙山之巅，为彭城隐士张天骥所建。张天骥自号"云龙山人"，苏轼任徐州知府时与其结为好友。传说山人养了两只仙鹤，每天清晨在此亭放飞，亭因得名。元丰元年秋，苏轼专门为此写了《放鹤亭记》，后被清人选入《古文观止》。从此，云龙山放鹤亭更播名于世。"送落晖"：为歌咏徐州自然景色的名句，后人为此在大士岩南建有送晖亭。"新郎君"：自唐代始对"新进士"的称呼。此指张师厚，其时以"贡士"资格赴殿试，由"贡士"经过殿试才能赐"进士"。苏轼在此处称张师厚为"新郎君"是对其祝福，预祝他殿试成功。

江城子·别徐州

（北宋）苏　轼

　　天涯流落思无穷,既相逢,却匆匆。携手佳人,和泪折残红。为问东风余几许,春纵在,与谁同。　　　隋堤三月水溶溶,背归鸿,去吴中。回首彭城,清泗与淮通。欲寄相思千点泪,流不到,楚江东。

【诗话】

　　苏轼,号东坡,眉州眉山(今四川眉州)人。嘉祐二年(1057)进士,签书凤翔府判官,召直史馆。熙宁中,因与王安石政见不合,自请出朝,通判杭州,后徙密州、徐州、湖州。元丰二年(1079)因"乌台诗案"贬黄州(今湖北黄冈),再移量汝州(今河南临汝)团练副使,元丰八年改知登州(今山东蓬莱)。元祐年间(1086—1094),回朝任翰林学士,后再度出任杭州、颍州、定州知府。官至吏部、礼部尚书。绍圣元年(1094),又因属文"讥谤前朝",远贬惠州、儋州。元符二年(1099)遇大赦,提举玉局观,复朝奉郎。次年卒于常州。此词一作《江神子·恨别》,写于元丰二年苏轼知徐州满三年,改任湖州之际。

　　苏轼为北宋中叶文坛领袖,其诗其词题材广阔、文辞豪爽激越。宋俞文豹《吹剑续录》记载:"东坡在玉堂日,有幕士善歌,因问:'我词何如柳七?'对曰:'柳郎中词,只合十七八女郎,执红牙板,歌杨柳岸晓风残月。学士词,须关西大汉,铜琵琶铁绰板,唱大江东去。'东坡为之绝倒。"此词上阕"天涯流落思无穷":为作者自叹政治主张不为朝廷接受,一直流转于地方。"携手佳人":这里指徐州百姓。词下阕"背归鸿,去吴中":宋代三吴指东吴苏州、中吴湖州、西吴会稽。"清泗与淮通":谓徐州乃泗水淮水汇聚之地。"欲寄相思千点泪":指苏轼与彭城百姓关系。作者在这里留下《黄楼集》尽述三年盛事。"楚江东"：泛指楚地。古指长江芜湖以下广大东南地区为江东，此处代指即将赴任的湖州。意思是说，我和徐州百姓结下的深情，可能到别的地方就不会再有了。诗人知湖州不久即蒙"乌台诗案"。

徐州　江城子·别徐州

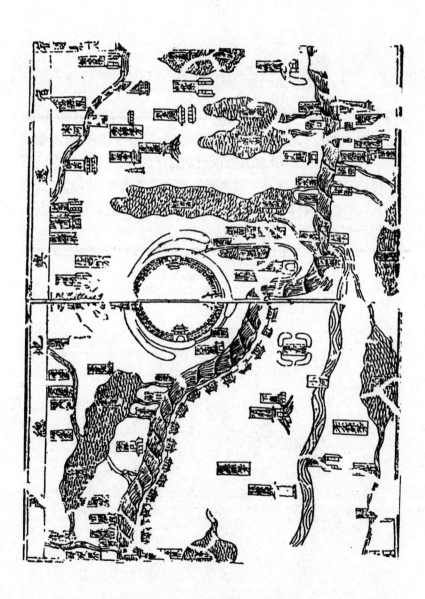

历史名称： 春秋时此地称"钟吾国"，秦统一后设下相县（因古相水下游而得名、属泗水郡），西汉元鼎元年（公元前113年汉武帝封景帝孙刘商于此）称"泗水国"，东晋义熙元年（405）置"宿豫县"，同时设"宿豫郡"，唐宝应元年（762）改名为"宿迁"，其名沿用至今。

项羽庙

（唐）李山甫

为虏为王尽偶然，有何羞见汉江船。

停分天下犹嫌少，可要行人赠纸钱。

【诗话】

"楚汉之争"是当时中国历史继续向前实现大一统，还是回归小国寡民"分封制"的时代，这一历史疑问，此诗给予了回答。

李山甫（860年前后在世），这首诗的独特之处，就在于以犀利的视角概括了"楚汉之争"，触及了项羽灵魂"停分天下犹嫌少"的楚亡之叹。诗人于咸通年间（860—874）游历项羽故里，感叹"为虏为王"的偶然，尽管项羽"力拔山兮气盖世"，尽管项羽作为历史上一位战神，有"破釜沉舟"勇猛、憨厚重义的气度、鄙视城府的品性，但因错过灞上"鸿门宴"清除对手刘邦的历史机遇，最终败给了刘邦。但他在后人心中的人格魅力超越成败，无需"行人赠纸钱"。

在诗人眼中项羽应该是无悔的，公元前206年是项羽的鼎盛时期，称雄天下建西楚于彭城，分封十八路诸侯，包括刘邦为汉王、章邯为雍王、司马欣为塞王、董翳为翟王、魏豹为西魏王、申阳为河南王、韩成为韩王等。今天看历史，统一文字、统一法律、统一货币、统一度量衡是历史的进步，不可阻挡，人心向背于厌战，向往安居乐业，统一优于分封。刘邦继承了秦始皇志向，完成了大一统，而项羽仅成为为分封而战的"英雄"。

汉文化发轫于江苏，是江苏的骄傲，而项羽庙遗存的其人其事，亦成为江苏大地千年历史留下的挽歌。"汉江船"：典出《史记·周本纪》"昭王南巡狩不返，卒于江上"。是说西周昭王（姬瑕）欲广周土南征荆楚,引起当地人的不满,当他渡汉江时船夫向他进献的是"胶船",驶至江心胶溶船解,昭王落水而亡。

题楚庙

(唐)归 仁

羞容难更返江东,谁问从来百战功。

天地有心归道德,山河无力为英雄。

芦花尚认霜戈白,海日犹思火阵红。

也是男儿成败事,不须惆怅对西风。

【诗话】

归仁(909年前后在世),京洛灵泉寺僧人(灵泉寺位于今河南偃师),唐末五代著名住持,诗风刚健,格调高亢,语含旷达。后梁开平三年(909)罗隐卒,归仁有诗哭之。今《全唐诗》存其诗六首。此诗系诗僧归仁过楚庙之作。自古成败论英雄,在诗人眼中项羽尽管败在刘邦手下,但他实现了自己一生的亡秦之志,仍不失英雄本色。

"楚庙":即西楚霸王庙简称。庙建唐代,位于今宿迁下相项羽出生地。首联"江东":汉唐以来将芜湖以下、长江南岸地区称作江东。诗中指项梁、项羽共同起兵的会稽(治所在今江苏苏州)。"百战功":史载秦末项羽起兵以来身历七十余战,鼎盛时麾下拥有龙且、钟离眛、季布、英布、虞子期五大将,所向无敌。颔联"天地有心归道德,山河无力为英雄":道德,指民心所向。刘邦与项羽争夺天下,入咸阳即约法三章,采取了不少得人心措施。"英雄",其定义历来仁者见仁,既有认为"聪明秀出谓之英,胆力过人谓之雄",又有认为是"勇武才能过人者"。此处指仅以武功称雄天下的项羽。尾联"也是男儿成败事,不须惆怅对西风":意谓世无永远的霸业,只有永恒的作者。

鸿门宴

（唐）王 毂

寰海沸兮争战苦，风云愁兮会龙虎。
四百年汉欲开基，项庄一剑何虚舞。
殊不知人心去暴秦，天意归明主。
项王足底踏汉土，席上相看浑未悟。

【诗话】

　　王毂（898年前后在世），字虚中，自号"临沂子"，宜春（今属江西）人。以歌诗擅名，长于乐府。未第时曾作《玉树曲》"璧月夜，琼树春，莲舌泠泠词调新。当时狎客尽丰禄，直谏犯颜无一人……"大播于时。乾宁五年（898）羊绍素榜进士，历国子博士，后以郎官致仕。辞多寄寓比兴之作，《全唐诗》今存十八首。

　　王毂此诗作于晚唐，借"寰海沸兮争战苦，风云愁兮会龙虎"诉己之见："天无私覆，地无私载，日月无私照"，人心向背"天意归明主"。首二句"寰海"：指秦统一后的疆域及海。"风云"：喻指时代。颈联意在阐述暴政难以长久、霸王亦难安天下，揭示何谓明主？诗人借"席上相看浑未悟"的项羽，道出天将降大任于斯人者，应是明世道发展，主人心所向之人。认为这不仅是"楚汉之争"、更是历史检验"龙虎"的分野所在。尾联"项王足底踏汉土"：是说土地本无秦姓、楚姓、汉姓前定，诗中所谓"汉土"，示意楚汉之争中刘邦更深悟争取人心为本。鸿门位于自古中原大地中心的陕西临潼。诗人这首《鸿门宴》，客观上开启了为后来历代政治家，重视人心向背得天下的警示。

鸿 门

（唐）胡 曾

项籍鹰扬六合晨，鸿门开宴贺亡秦。
樽前若取谋臣计，岂作阴陵失路人。

【诗话】

　　胡曾（约840—?），长沙邵阳人，咸通中进士。《唐才子传》云：“曾天分高爽，意度不凡”，“遨历四方，马迹穷岁月”，“上交不谄，下交不渎，奇士也”。咸通十二年（871）路岩为剑南西川节度使，召其为掌书记，乾符元年（874），复为剑南西川节度使高骈掌书记。其《赠薛涛》诗“万里桥边女校书，枇杷花下闭门居。扫眉才子知多少，管领春风总不知”即写于此。乾符五年，高骈徙荆南节度使，胡曾又从赴荆南，终老故乡。是中国文学史第一个以《咏史》名集的诗人。今有《咏史诗》一百五十首行世，皆七绝。

　　“项籍”：字羽，公元前208年与叔父项梁共襄起兵反秦。“鹰扬”：此处将项家军比喻“秦失其鹿、天下共逐之”的猎鹰飞扬。“六合”：指天下。李白《古风五十九首》有“秦王扫六合，虎视何雄哉”。“晨”：这里指亡秦事业之初。“鸿门开宴贺亡秦”：鸿门，位于今陕西咸阳灞水。历史上著名的“鸿门宴”，指公元前206年项羽巨鹿之战歼灭秦军主力，刘邦按楚怀王“北伐分工”先入咸阳（子婴降秦亡）；项羽拥四十万胜师至咸阳城下、刘邦“献玺称臣”，项羽大封天下十八王。实际上是西楚“开国盛典”“贺亡秦”。“谋臣”：指范增（前277—前204年），安徽巢湖人。秦二世二年始投项梁，梁阵亡后继随项羽，为西楚谋士，封历阳侯。因早年居安徽巢湖亚父乡，故尊称“亚父”。司马迁《史记·项羽本纪》云：“居鄛人范增，年七十，素居家，好奇计。”“谋臣计”：指鸿门宴上，范增所献计策。对于当时最有实力的刘邦,项羽想采取分封之策,将刘邦分封至远离中原、关山阻隔的汉中以定天下不同,范增主张果断斩杀"入咸阳封府库分毫不取,心怀大志"的刘邦以绝后患。结果此计未被采纳,后又中刘邦谋臣陈平离间计,范增愤然回乡,客死归途。"阴陵失路":阴陵今位于安徽省定远县,楚汉之争最后一战项羽在此迷路,遂陷汉军"十面埋伏"。

这是一首诗人从"鹰扬六合"到"阴陵失路",高度概括"西楚霸业"由兴坠亡的史诗。既描绘了"鸿门开宴贺亡秦"壮阔历史画面,又不无遗憾地指出项王年轻目浅,拒谋臣良计终至西楚走上不归路。

乌 江

（唐）胡 曾

争帝图王势已倾,八千兵散楚歌声。
乌江不是无船渡,耻向东吴再起兵。

【诗话】

"乌江":秦置乌江亭,因附近有乌江而得名。今在安徽省马鞍山市和县长江西岸乌江镇。"楚歌声":指"四面楚歌"。据《史记·项羽本纪》:"项王军壁垓下,兵少食尽,汉军及诸侯兵围之数重。夜闻汉军四面皆楚歌,项王乃大惊,曰:'汉皆已得楚乎?是何楚人之多也。'"此处言最早跟随项羽打天下的"江东八千子弟兵"最终兵散原因。也是历史上首用"心理战"范例。

"争地图王势已倾":是说项羽垓下战败退至乌江边,此时已无力与刘邦争夺天下了,不仅中原尽失,分封诸侯国也悉被消灭。"八千兵散楚歌声":此为妙语,八千子弟兵原为"兴楚而战",如今闻"楚歌"而思归。"乌江不是无船渡":诗人最剜心的句子,此句将历史人物、一代英雄项羽的绝望写到极致。"耻向东吴再起兵":一个"耻"字,不仅道出了项羽此刻无兵可用之窘境、分封难久的觉醒与壮士内心人格,更为后人留下一幅"英雄末路于乌江"的历史图画。

此诗未着一字写项羽失败,而无不让人联想其弑义帝、去能臣、刚愎自用,最终失民心、绝八千子弟兵希望,此时既无力也无颜东山再起了。

垓 下

（唐）胡　曾

拔山力尽霸图隳,倚剑空歌不逝骓。
明月满营天似水,那堪回首别虞姬。

【诗话】

"垓下":今安徽省灵璧县,西楚最终葬身之地。汉高帝五年(公元前202)十二月,汉军在韩信指挥下与西楚项羽在垓下进行了最后一场战略决战。以项羽自刎乌江结束了长达四年之久的楚汉战争。"拔山力尽霸图隳":是说成就帝王霸业,仅凭力拔山兮气盖世是不够的。"倚剑空歌不逝骓":指项羽《垓下歌》:"力拔山兮气盖世,时不利兮骓不逝。骓不逝兮可奈何,虞兮虞兮奈若何!""明月满营天似水,那堪回首别虞姬":为诗人留下的一幕千古英雄与红颜生死相别图画。

题乌江亭

（唐）杜　牧

胜败兵家事不期,包羞忍耻是男儿。
江东子弟多才俊,卷土重来未可知。

杜牧,字牧之,京兆(今陕西西安)人。祖父为唐代宰相、著名史学家杜佑,诗人自己二十三岁即以一篇《阿房宫赋》名动长安。《唐才子传》云:杜牧"善属文。大和二年韦筹榜进士"。诗歌以七言绝句著称,内容以咏史抒怀为主,其诗多切经世之物,在晚唐有"小李杜"之称。据缪钺《杜牧年谱》,此诗写于会昌初年诗人赴任池州刺史途经乌江亭而作。

"乌江亭":在今安徽和县乌江浦,相传为项羽自刎处。此地乃古代"万里长江第一渡",项羽兴兵反秦由南向北经此渡,此次楚汉之争兵败"由北向南"依次经垓下、阴陵、东城,亦止于乌江。据《史记·项羽本纪》:"于是项王乃欲东渡乌江。乌江亭长舣船待,谓项王曰:'江东虽小,地方千里,众数十万人,亦足王也……汉军至,无以渡。'项王笑曰:'天之亡我,我何渡为!且籍与江东子弟八千渡江而西,今无一人还,纵江东父兄怜而王我,我何面目见之?'乃自刎。

"兵家":指战争。"事不期":不限一时。"包羞忍耻是男儿":喻指春秋吴越之争中的勾践,意为成大业者应像勾践那样能屈能伸。"江东子弟多才俊,卷土重来未可知"乃名句,极见诗人眼界开阔,议论不落传统窠臼。此句似说如果项王非意气用事,而是重新蓄积力量东山再起,那么重演"苦心人,天不负,卧薪尝胆,三千越甲可吞吴"的吴越之争结局不是不可能的。"江东":汉唐以来均指今安徽芜湖以下长江南岸广大地区,包括项羽起兵之地会稽。

夏日绝句

(南宋)李清照

生当为人杰,死亦作鬼雄。
至今思项羽,不肯过江东。

【诗话】

李清照(1084—1155),号易安居士,山东济南人,父亲为苏轼学生,母亲为状元王拱辰孙女,少年便才华过人。李清照强调协律,提出词"别是一家"之说。一生以词为主,有《漱玉集》传世。

"人杰":语出《史记》,天下大定,高祖都雒阳,一日置酒召群臣曰:"列侯诸将无敢隐朕,皆言其情。吾所以有天下者何,项氏所以失天下者何?"众臣各抒己见后高祖云:"夫运筹策帷帐之中,决胜于千里之外,吾不如子房(张良);镇国家,抚百姓,给馈饷,不绝粮道,吾不如萧何;连百万之军,战必胜,攻必取,吾不如韩信。此三者皆人杰也,吾能用之,此吾所以取天下也。"人杰典即出此。"鬼雄":鬼中英雄。《楚辞·九歌·国殇》云:"身既死兮神以灵,魂魄毅兮为鬼雄。""项羽":秦末义军领袖,亡秦后与刘邦争霸天下,以兵败无颜见江东父老自刎乌江。

本诗亦作《乌江》,金兵南侵后诗人渡江至建康(今江苏南京),不久丈夫赵明诚病故,她孤身一人辗转流徙于江浙一带。诗作称颂项羽"不肯过江东"的精神,意在讥讽南宋朝廷和宋高宗的逃跑主义,表达了诗人恢复中原思想。这首诗和一般咏史诗不同,首二句即从大处落笔,义正词严地表示出国家多难之时的人生态度:生要有气节,做人中豪杰;死要死得悲壮,做鬼中的英雄。所用"人杰""鬼雄"典,意涵张良、萧何、韩信、屈原,皆史上有胆有识有为之士,可见作者人生抱负与品格。全诗开篇十字掷地有声、扣人心弦。第三句写"思项羽",特着"至今"二字暗喻当时。末句"不肯过江东",虽未明言而鉴今之旨自在,余音千古。全诗寓意深刻、笔力雄浑,很难让人联想它是出自著名婉约派女词人之手。

虞姬墓

（北宋）苏　轼

帐下佳人拭泪痕，门前壮士气如云。

仓黄不负君王意，只有虞姬与郑君。

【诗话】

"虞姬"：沭阳颜集（今江苏宿迁）人，楚汉之争时期一直跟随项羽。其墓位于今安徽省灵璧县，墓侧曾建虞姬庙，庙内塑有项羽、虞姬像。此诗为苏轼《濠州七绝》之一，是诗人熙宁四年（1071）过濠时所作。首联"佳人"：指姬妾、侍女。"壮士"：指项羽帐内外兵将（楚营素有二十八位以忠诚著称带刀侍卫）。下联"仓黄"：急迫之时，亦写作仓皇。"君王"：此处指楚将项燕后人项籍。项籍，姬姓，字羽。项氏世世为楚将，封于项故姓项氏。"郑君"：即郑荣，项籍的臣子。项羽死后郑荣做了刘邦俘虏。刘邦把一批项籍旧臣改名"籍"，看他们对项籍是否还有主臣观念和保持主臣关系，如果没有，那他们就不避讳这个"籍"字。郑荣独拒不奉命，被逐，始终忠实于项籍。这里诗人将郑荣与虞姬并列为不负项籍的人，不同于其他佳人壮士。

浪淘沙·赋虞美人草

（南宋）辛弃疾

不肯过江东，玉帐匆匆。至今草木忆英雄。唱著虞兮当日曲，便舞春风。　　儿女此情同，往事朦胧。湘娥竹上泪痕浓。舜盖重瞳堪痛恨，羽又重瞳。

【诗话】

词题"虞美人草"：其草乃夏花，茎长而叶红。北宋沈括《梦溪笔谈》记宋仁宗时高邮人桑景舒性知音，曾作虞美人操(乐曲)。稼轩此题亦有借此草追忆英雄之意。全词以"不肯过江东，玉帐匆匆"起笔：不肯过江东，见司马迁《史记·项羽本纪》。玉帐，军帐美称。匆匆，乃谓短暂。指项羽随叔父项梁起兵反秦，及秦亡做西楚霸王仅仅四年。"至今草木忆英雄"：草木乃虞美人草。"虞兮当日曲"：史称《和垓下歌》，项羽被困垓下时，哀叹大势已去，自创《垓下歌》，随侍在侧的虞姬怆然拔剑以歌和曰："汉兵已略地，四面楚歌声。大王意气尽，贱妾何聊生。"左右皆泣，莫能仰视。下阕"湘娥竹"：相传舜帝死后，二湘妃泣泪落翠竹，在竹上留下斑迹，人谓斑竹。"舜盖重瞳"：重瞳，一目两眸。《史记·项羽本纪》末太史公云："吾闻之周生曰'舜目盖重瞳子'，又闻项羽亦重瞳子。羽岂其苗裔邪？何兴之暴也！夫秦失其政，陈涉首难，豪杰蜂起，相与并争，不可胜数。然羽非有尺寸，乘势起陇亩之中，三年，遂将五诸侯灭秦，分裂天下而封王侯，政由羽出，号为'霸王'，位虽不终，近古以来未尝有也。"

此词作于庆元元年(1195)稼轩罢官居信州时。全词通篇围绕"至今草木忆英雄"，借当年虞姬与项羽生死与共，表达人非草木，今天的自己亦追忆英雄。

汴河怀古二首

(唐)皮日休

其　一

万艘龙舸绿丝间，载到扬州尽不还。
应是天教开汴水，一千余里地无山。

其 二

尽道隋亡为此河，至今千里赖通波。
若无水殿龙舟事，共禹论功不较多。

【诗话】

皮日休（约834—883），字袭美，襄阳（今属湖北）人。《唐才子传》云：皮氏"性嗜酒，癖诗，号'醉吟先生'，又自称'醉士'；且傲诞，又号'间气布衣'，言己天地之间气也。以文章自负，尤善箴铭。唐咸通八年礼部侍郎郑愚下及第，为著作郎，迁太常博士"，为诗"有云：'毁人者自毁之，誉人者自誉之。'又曰：'不思而立言，不知而定交，吾其惮也。'"，"在乡里与陆龟蒙交拟金兰，日相赠和"，乾符丧乱，陷（黄）巢贼中，"临刑神色自若，无知不知皆痛惋也"。有《文薮》及《鹿门隐诗》传世。

皮日休《汴河怀古二首》其实是一个整体，连起来读其旨尽显。作者以"万艘龙舸绿丝间，载到扬州尽不还"开笔，是说隋炀帝的"大业"起于扬州亦葬于扬州，隋朝历史终结扬州，也终结在这条运河上。由此对这条"尽道隋亡为此河"，诗人一反人云亦云，道出了独见"共禹论功不较多"。

隋朝开国面对之局是运河开凿的根源。隋存虽短，但它结束了之前中国近四百年的分裂，统一天下后最迫切任务即巩固政权。开皇杨坚武力统一了南北，但却无暇解决因长期分裂造成的南北差异，这就是后来杨广继位后迁都洛阳、开凿大运河背景。据《隋书》，杨广一生尚秦皇、汉武，以秦汉功绩为求，冀成千古一帝，为此定年号"大业"。在位十四年二下扬州、两年住长安、四年住洛阳，余皆各地巡游，是史上第一位亲莅西域帝王。为完善人才贡举，在开皇所设"明经""秀才"两科外，首增"进士科"，其后开凿大运河。大业元年（605）杨广征百万人开"通济河"（沟通黄河与淮河），同时又发淮南十余万百姓挖"邗沟"（连淮河与长江）。大业四年再令百万民工开"永济渠"（连接黄河与海河）。大业六年下令开"江南河"（打通长江与钱塘江）。仅六年全长二千公里的水上交通全部完工。从此更加紧密地连接了黄河流域和长江流域文明，将北方政治中心与南方经济中心连为一体，至今仍在造福炎黄子孙。这就是诗人之观——"共禹论功不较多。"

"汴河"：古称鸿沟，始于战国时魏惠王首凿贯通黄河与颍水的南北向运河。隋称通济渠，唐称汴河，现仅存江苏宿迁段。"龙舸"：舸，指巨船；龙舸，意为帝王水上朝廷。"水殿龙舟事"：出自颜师古《大业拾遗记》。"共禹论功"：是说隋炀帝开凿大运河，可与大禹治水疏通九河造福后代相提并论。

汴河直进船

（唐）李敬方

汴水通淮利最多，生人为害亦相和。
东南四十三州地，取尽脂膏是此河。

【诗话】

李敬方，字中虔，并州（今山西）人。长庆三年（823）进士，历任户部郎中、谏议大夫、台州司马。唐宣宗大中年间（847—860）任明州（今浙江宁波）、歙州（今安徽歙县）刺史。《全唐诗》仅存其诗八首，这首《汴河直进船》便是其反映现实的"炙背"之作。

开凿大运河与修建万里长城均史无前例，修建长城是防止游牧民族入侵农耕文明的历史举措，大运河开凿为便利交通、缩小南北文化差异、促进经济发展的壮举。诗人此作属于最早对"始于唐而盛于宋"的运河开凿正面褒评。

据《新唐书·食货志》："唐都长安，而关中号称沃野，然其土地狭，所出不足以给京师,备水旱,故常转漕东南之粟。"至宋代对大运河带来的繁荣更彰讴歌,《宋史·河渠志》记载:"汴河,自隋大业初疏通济渠,引黄河通淮……每岁自春至冬……岁漕江、淮、湖、浙米数百万,及至东南之产,百物众宝,不可胜计","故于诸水,莫此为重"。张择端《清明上河图》更直接,每年春回大地之际,黄河解冻,此时江南各种船只从一个冬天沉睡中被唤醒,纷纷"装粮载货"起航入汴(北宋国都)。船抵京之时,恰好在清明节前后,所以京城百姓清明结游出城,最主要就是去汴河上"赶河市"。这就是张择端为什么要画人们在清明节上汴河的主要缘由。

"直进船":指从东南地区经汴河直入京城的进奉船。"生人为害亦相和":生人,指不了解情况人的贬议;亦相和,人云亦云。"东南四十三州地":指唐代淮河以南、长江中下游各州府。"脂膏":取自民间财物。北宋诗评家黄彻《䂬溪诗话》云:"尝爱李敬方《汴河直进船》诗……此等语皆可为炙背之献也。"

汴河十二韵

（唐）许　棠

昔年开汴水，元应别有由。
或兼通楚塞，宁独为扬州。
直断平芜色，横分积石流。
所思千里便，岂计万方忧。
首甚资功济，终难弥宴游。
空怀龙舸下，不见锦帆收。
浪倒长汀柳，风欹远岸楼。
奔逾怀许竭，澄彻泗滨休。
路要多行客，鱼稀少钓舟。
日开天际晚，雁合碛西秋。

一派注沧海，几人生白头。
常期身事毕，于此泳东浮。

【诗话】

许棠(862年前后在世)，字文化，宣州(今安徽泾县)人。《唐才子传》说他："苦于诗文，性僻少合。既久困名场……咸通十二年李筠榜进士及第。时及知命，尝曰：'自得一第，稍觉筋骨轻健，愈于少年，则知一名乃孤进之还丹也。'调泾县尉。之官，郑谷送诗曰：'白头新作尉，县在故山中。高第能卑宦，前贤尚此风。'后潦倒辞荣。初作《洞庭》诗，脍炙时口，号'许洞庭'云。"

此诗与皮日休《汴河怀古》、李敬方《汴河直进船》相比，以"昔年开汴水""或兼通楚塞""所思千里便"为咏，赞美运河空前绝后，"直断平芜色""横分积石流""首甚资功济"卓绝，如一幅"穿越秦汉至隋唐再统一"充满朝气的历史画卷。生动记录了大运河开通以来，促进南北交流，福泽千秋的变化。并说等有朝一日卸去公务后，自己要亲自乘舟"于此泳东浮"细览。

中国社会自秦统一首推"车同轨"，并创立了"邮驿制度"，形成以咸阳为中心，以陆路河北、河南、两湖、两广南北邮驿通道。每三十里设一亭，置亭长管辖。驿站不仅具有战时军需保障作用，平时还肩负朝廷公文传递。至隋朝统一运河开凿，始增置"水驿"。据《唐六典》：开元年间每三十里设一驿，全国共设1643个驿站(其中陆驿1297所、水驿260所，水陆相兼者86所)。功能进一步明确，为递送官文、传檄军情、接送官吏、安抚边民、平息内乱、羁捕逆犯、赈恤灾民、运送物资。后"驿责"再扩为接驾巡游、接待各国使节。故诗言"首甚资功济，终难弥宴游"。尽管如此，今天看这条大运河的开凿，对促进南北交流、维护国家统一均居功至伟。其诗尾句豪迈"一派注沧海，几人生白头"。令人想象李太白"黄河之水天上来，奔流到海不复回"。"泳东浮"：语出《论语·公冶长》"道不行,乘桴浮于海",意为乘坐竹木小筏出海遨游,而不再忧心世事。

徐偃王庙

（南宋）杨伯岩

当年大德瑞朱弓,仁在斯民千古同。
故国已无徐子土,灵祠今有梵王宫。
水流檐影晴江上,山接钟声暮霭中。
揽辔此行因致敬,蒲团分坐听谈空。

【诗话】

杨伯岩（？—1254）,字彦思,代郡（今属河北）人,宋理宗朝以工部郎守衢州。

宿迁自古"地脉远从东岱入,山光坐向大河收"。据史载,古宿一带夏朝时雄踞着东方部落"东夷",首领皋陶。相传皋陶曾被舜任命为部落联盟刑法官。皋陶生子曰伯益,又传伯益助大禹治水有功,禹封其子若木建国,都城在今泗洪东南大徐台子。后世称徐夷、徐戎、徐方及"九夷盟主"。

据《竹书年纪》与《帝乡记略》,徐国经历了夏商周赓续一千六百年,统辖淮、泗一带,建都今江苏泗洪县。到了徐国第三十二代国君徐偃王时,因治国有方、仁义远播,前来归顺的东夷小国逾四十（《后汉书·东夷传》称地方五百里,朝贡者"三十有六国"）,势力波及苏、豫、鲁、皖地区。周昭王、周穆王时,由于频繁对外征伐,各诸侯国对宗周国暴虐日厌,偃王遂联合九夷伐周。加之西周对各地分封小国颁布众多规制,禁止子国逾制,而徐国无视"周规"首先"僭越"称王、逾制建都（《汉·地理志》载:周天子王城"方九里",而"故徐国也,其城周十二里"）。周穆王巡视天下闻之,遂遣楚国袭其不备,大破之杀偃王,其子北徙彭城,百姓从之者数万。诗人这首《徐偃王庙》,即记此地此事。

首联"当年大德瑞朱弓":《水经注》云:"偃王治国仁义著闻,欲舟行上国,乃通沟陈蔡之间,得朱弓矢,以得天瑞。""仁在斯民":同"仁斯民"。这句是说自徐建国以来奉行民本,世代相传。颔联"故国已无徐子土,灵祠今有梵王宫":故国,指已经灭亡的国家;"梵王宫"为佛教庙宇代称。是说此地曾经的徐国如今其后代已没有任何一寸土地了,昔日都城现今只剩古老庙宇。颈联"水流檐影晴江上,山接钟声暮霭中":是说宿迁自古便有"北望齐鲁,南接江淮,居两水(黄河长江)中道,扼二京咽喉"之称。山,指马陵山,号称"八百里马陵",又称马岭山、马连山。公元前341年,齐魏马陵之战孙膑胜庞涓于此,因战马相连故得名。尾联"揽辔此行因致敬":揽辔,即挽住马缰。意为后人经此皆下马步行,向徐偃王致敬。

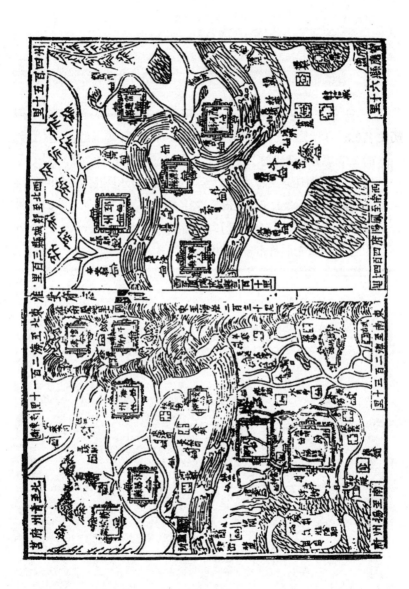

历史名称： 春秋属吴、吴亡后属越、战国时属楚；秦王政灭楚(公元前223年)建县史称"淮阴"；西汉时属临淮郡；东晋义熙七年(411)置山阳郡(又称山阳)；至南朝齐武帝永明七年(489)取淮水安澜之意置"淮安县"，淮安之名始见；隋开皇三年(583)此地设"楚州"；南宋绍定元年(1228)撤楚州改淮安军，不久升"淮安州"；元明清先后称淮安路、淮安府。

韩信庙

（唐）刘禹锡

将略兵机命世雄，苍黄钟室叹良弓。
遂令后代登坛者，每一寻思怕立功。

【诗话】

刘禹锡，字梦得，荥阳（今河南郑州）人。贞元九年（793）进士及第，初任太子校书，后入节度使杜佑幕府，杜佑入朝为相禹锡亦迁监察御史。贞元二十一年唐顺宗即位，诗人参与了以宰相王叔文为首的反对"藩镇割据、宦官干政"永贞革新。革新失败遭贬巴山楚水朗州、连州、夔州、和州刺史，至宝历二年（826）方回洛阳。开成元年（836）其迁太子宾客，后加检校礼部尚书衔，故世称刘宾客、刘尚书。其诗每呈超越空间的开阔景象，所以《唐音癸签》说"禹锡有诗豪之目"。

此诗写于宝历二年诗人北归洛阳、途经楚州时。"韩信庙"：今位于淮安市西南码头镇。其旧址据《古今图书集成》云："淮阴侯祠，在郡治东南，祀韩信。"又记"淮阴侯庙，按苏轼《淮阴侯庙铭》：'宅临旧楚，庙枕清淮。'则庙当近淮阴故城淮水之岸。"韩信，乃兴汉三杰，据《史记·淮阴侯列传》所载，韩信为淮阴人，善用兵，楚汉相争佐刘邦，有大功。先封齐王，项羽灭后转封楚王，汉六年再贬淮阴侯，及天下太平后被告反，终为吕后斩杀。首句"命世"：名盛称于当世。次句"叹良弓"：见《史记·淮阴侯列传》："汉六年，人有上书告楚王信反。高帝以陈平计，天子巡狩会诸侯，南方有云梦，发使告诸侯会陈……信持其（项羽亡将钟离眛）首，谒高祖于陈。上令武士缚信，载后车。信曰：'果若人言，"狡兔死，良狗烹；高鸟尽，良弓藏；敌国破，谋臣亡。"'""钟室"：古代悬放乐器编钟之舍。《史记·淮阴侯列传》载汉十年陈豨

淮安　韩信庙

275

反,吕后与萧相国谋,诱信入宫,斩于长乐钟室。"登坛者":指古代君王求贤拜将的受命之人。

题韩信

(唐)汪 遵

秦季贤愚混不分,只应漂母识王孙。
归荣便累千金赠,为报当时一饭恩。

【诗话】

"秦季":汉高祖刘邦名刘季。此处应解为秦末沛县人刘季,非尊称。"贤愚":司马光《资治通鉴》云:"才德全尽谓之圣人,才德兼亡谓之愚人;德胜才谓之君子,才胜德谓之小人。""漂母":姬姓,淮阴人,因当年同情收留韩信而后名。"王孙":指韩信。司马迁语"王侯将相宁有种乎"。

汪遵这首《题韩信》(全唐诗作《淮阴》)主题是说韩信是个有德的人。全诗着眼点是"识",识的主体亦即历史上决定韩信命运的两个人:一个是昔日亭长出身、在楚汉之争时重用韩信,最终击败项羽成为一代开国皇帝的刘邦;一为社会底层的漂母。所识韩信品德:前者韩信为报"知遇之恩"助刘邦夺取天下,终被刘邦因猜忌身后危及朝运政权而处决;后者漂母人虽亡故,而韩信仍念念不忘报其恩"归荣便累千金赠"(实际累土圆坟)。韩信其才历史无争,韩信其人其德,这首《题韩信》诗应是韩信无声、历史为言的立人史传。

淮阴侯

（北宋）黄庭坚

韩生沈鸷非悍勇，笑出胯下良自重。

滕公不斩世未知，萧相自追王始用。

成安书生自圣贤，左仁右圣兵在咽。

万人背水亦书意，独驱市井收万全。

功成广武坐东向，人言将军真汉将。

兔死狗烹姑置之，此事已足千年垂。

君不见丞相商君用秦国，平生赵良头雪白。

【诗话】

黄庭坚（1045—1105），字鲁直，洪州（今江西九江）人，治平四年（1067）进士及第，官至吏部员外郎。黄庭坚是江西诗派开山之祖，诗风严谨、说理细密，讲究"字字有来处""句句尚简易"历来被评为宋诗典范。诗人这首《淮阴侯》与众不同之处在于，它以众多脍炙人口的历史典故，勾勒了秦末淮阴人韩信的人生传奇。尤以第五联，韩信拜将后于公元前204年的井陉之战，给韩信以极高评价，实证刘邦"兴汉大业"国无二人。

诸侯之称源自分封制，周代分"公侯伯子男"五等，汉朝分王、侯二等。秦统一后废除分封制，实行郡县制。汉初迫于形势，既行郡县制、又保留部分诸侯国。公元前201，韩信由楚王被贬为淮阴侯。"韩生沈鸷"：韩生，指韩信；沈鸷，深沉而坚定。"笑出胯下"：在屠夫和路人的讥笑声中忍胯下之辱。"滕公不斩"：滕公即夏侯婴。《史记·樊郦滕灌列传》云"汝阴侯夏侯婴，沛人也"，"因复常奉车从击秦军雒阳东，以兵车趋攻战疾，赐爵封转为滕公"。不斩，指韩信"亡楚归汉"起初并未受到重用，只是在一次坐法当斩，被夏侯婴发现推荐给萧何。"萧相自追王始用"：《史记·淮阴侯列传》载萧何夜追韩信归，谒上曰："诸将易得耳。至如信者，国士无双。王必欲长王汉中，无所事信；必欲争天下，非信无所与计事者。"刘邦由此拜为大将军。"成安书生"：指成安君陈余。"左仁右圣"：指李左车和赵王歇，面对汉军两人建议扼其粮道，但被自比圣贤的陈余拒纳。"亦书意"：谓同样用兵法，韩信以三万兵背水一战二十万赵军，获井陉之战大胜。"功成广武"：广武山在今河南荥阳，此地乃楚汉之争"鸿沟"划界地，夺取广武标志汉军从此"由西向东"进入项羽后方，为楚汉争霸转折点。"兔死狗烹"：指汉统一天下后韩信不再重要。"赵良头雪白"：赵良曾劝商鞅急流勇退，结果商鞅死赵良一夜白头。

　　韩信在历史上地位极高，《史记》称韩信为"建汉三杰"之一。历经齐王、楚王、淮阴侯、大将军、左丞相等，是有史以来集"王侯将相"于一身人物。汉高祖语："连百万之军，战必胜，攻必取，吾不如韩信。"可见韩信在奠定汉业中的贡献。

经漂母墓

（唐）刘长卿

昔贤怀一饭，兹事已千秋。
古墓樵人识，前朝楚水流。
渚蘋行客荐，山木杜鹃愁。
春草茫茫绿，王孙旧此游。

【诗话】

　　刘长卿，字文房，少居嵩山读书，后移家鄱阳（今江西）。《唐才子传》云：刘长卿"开元二十一年（733）徐征榜及第。至德中历监察御史

（掌分察百僚、巡按州县、纠视刑狱、整肃朝仪），以检校祠部员外郎出为转运使判官，知淮西、岳鄂转运留后（唐五代时称代行节度使为留后）。观察使吴仲孺诬奏，非罪系姑苏狱，久之，贬潘州南巴尉……终随州刺史。"又云："长卿清才冠世，颇凌浮俗，性刚多忤权门，故两逢迁斥，人悉冤之。"据储仲君《刘长卿诗编年笺注》，此诗约写于大历二年（767）夏。其诗云"渚蘋行客荐，山木杜鹃愁。"青蘋夏日始花，杜鹃亦为夏候鸟，均为印证。

　　"漂母墓"：《水经注》云淮水"又东径淮阴县故城北""城东有两冢，西者即漂母冢也。周回数百步，高十余丈。昔漂母食信于淮阴，信王下邳，盖投金增陵以报母也。东一陵即信母冢也"。全诗以"昔贤怀一饭，兹事已千秋"起笔：昔贤，指韩信。据《史记·淮阴侯列传》所载，"汉五年正月，徙齐王（韩）信为楚王，都下邳。信至国，召所从食漂母，赐千金"。千秋者，言如今"古墓樵人识，前朝楚水流"，《唐诗解》云："此吊古而思漂母之贤也。言淮阴怀漂母之一饭，其事已千秋矣，樵人犹能识其墓。汉王忌信而收其国，宜长享天下，然前朝恶在乎？惟余楚水之流耳。"颈联"渚蘋行客荐，山木杜鹃愁"：蘋，生于水边，故云。杜鹃，又名子规、杜宇，传说中古蜀帝化为杜鹃亡去。这句是说，今其墓间行客采蘋以荐，杜宇绕水而愁，荐者思母之贤，愁者写信之怨也。尾句"王孙"喻自己，经此凭吊。

漂母冢

（唐）罗　隐

寂寂荒坟一水滨，芦洲绝岛自相亲。
青娥已落淮边月，白骨甘为泉下尘。
原上荻花飘素发，道傍菰叶碎罗巾。
虽然寂寞千秋魄，犹是韩侯旧主人。

罗隐(833—909),原名横,字昭谏,后改名隐,自号江东生。新城(今浙江富阳)人。《唐才子传》称:"少英敏,善属文,诗笔尤俊拔,养浩然之气。乾符初举进士,累不第(史称'十上不第')。"黄巢起义后,避乱九华山。光启三年(887)归江东,投靠杭州刺史钱镠,任钱塘令,拜著作郎。唐亡后,钱镠王授罗隐吴越国给事中。传世名句有:"得即高歌失即休,多悲多恨亦悠悠。今朝有酒今朝醉,明日愁来明日愁","时来天地皆同力,运去英雄不自由","我未成名卿未嫁,可能俱是不如人"。

"漂母":姬姓。韦昭曰:"以水去絮为漂,故曰漂母。"传说韩信布衣时,其志异,弱冠母亡,因不拘礼仪,故被弃选为吏,又不屑经商,所以在乡受尽白眼,唯一漂母怜其难。秦二世二年项梁、项羽率军过淮水,韩信毫不犹豫仗剑从军。秦亡后韩信去楚,被刘邦拜为大将军。功成身荣日,不忘漂母之恩,归故里漂母已逝,故举"增陵"以报答。"一水":淮水,漂母墓址。"芦洲绝岛":《东周列国志》记载楚有上柱国、位居令尹之昭阳,为报楚恩,将封地命名"楚水",后称芦洲绝岛。"青娥已落淮边月":是说漂母逝去犹如淮河之上一轮明月沉坠。"千秋魄":古代魂为阳、魄为阴。

人之于世的感恩等同于对社会的认识。据检,罗隐此诗写于乾符年间进士不第,告退长安东游时。"漂母祠"今成淮水之东韩信故里一座报恩祠,"千金一饭""芦洲绝岛"成千古佳话,民间知恩图报传统。

泊舟盱眙

(唐)常　建

泊舟淮水次,霜降夕流清。
夜久潮侵岸,天寒月近城。
平沙依雁宿,候馆听鸡鸣。
乡国云霄外,谁堪羁旅情。

　　常建(708—765),长安(今陕西西安)人,开元十五年(727)与王昌龄同榜进士。开元十八年诗人始任盱眙尉。之后长期仕宦不得意,来往山水名胜,很长时期过着漫游生活。最后移家隐居鄂渚。其成名作《题破山寺后禅院》即写于诗人秩满盱眙尉,等候吏部漫长的铨选时。

　　这首《泊舟盱眙》诗,应写于作者开元十八年履新盱眙尉时。"盱眙":地处江淮平原,古属楚国之地,公元前221年秦始皇统一中国后实行"郡县制"始置县,初名"盱台",后称"盱眙"。盱,古汉字义为张目;眙,为直视远眺。今属江苏淮安市。"泊舟淮水次":次,舟船停泊之意。"候馆听鸡鸣":候字通假"堠"。候馆,即驿馆。是说作者是于深秋季节到达盱眙的,当晚住在驿站迎接黎明。"乡国云霄外,谁堪羁旅情":乡国,乡指故乡、国指朝廷。羁旅,《左传》曰"羁旅之臣",杜预注:"羁,寄也;旅,客也"。意思是说此番到江南履职,离自己家乡和朝廷越来越远了,人生如寄客,又有谁同情呢? 常建终身沦于一尉,《唐才子传》论曰:"古称高才而无贵仕,诚哉是言。"

淮上喜会梁州故人

(唐)韦应物

江汉曾为客,相逢每醉还。
浮云一别后,流水十年间。
欢笑情如旧,萧疏鬓已斑。
何因不归去,淮上有秋山。

　　诗题"淮上"指今江苏省淮阴市一带。《水经注·淮水》云:"又东北至下邳淮阴县西，泗水从西北来流注之。""梁州"，唐代《元和郡县图志·山南道·兴元府》载：禹贡"华阳、黑水惟梁州"，秦"以为汉中郡"，魏钟会"既克蜀，又置梁州"，隋大业三年"罢州为汉川郡"，唐武德元年"改为褒州，二十年又为梁州（即今陕西南郑县）"。

这是一首他乡遇故知的记兴诗。首联"江汉曾为客，相逢每醉还"交代诗人与故知之间的友情。诗人天宝九载（750）以门荫补右千牛，后以侍卫官为唐玄宗近侍；天宝十五载安史之乱爆发，叛军进长安、玄宗奔蜀，作者始流落失职，于唐肃宗乾元元年进太学"折节读书"。诗题梁州，应指这段"无职为客"岁月。颔联"浮云一别后，流水十年间"：既是感慨也是回首，诗人于广德元年（763）安史之乱结束后任洛阳丞，至建中四年（783）任滁州刺史再赴地方官，所以以"浮云"言生活飘荡不定，以"流水"比喻时间消失迅速。这里用李陵、苏武河梁送别典故，喻十年前与故人的分别。李陵《与苏武诗》云"仰视浮云驰，奄忽互相逾。风波一失所，各在天一隅。"苏武亦有诗回赠："俯观江汉流，仰视浮云翔。"尾联未道两人在此喜会机缘，却说何因不归去？因为"淮上有秋山"。秋山指千里长淮"第一山"都梁山，位于今江苏盱眙。此会足见诗人暮年赴任地方官时"我有一瓢酒，可以慰风尘"风貌。

津亭有怀

（唐）耿　沣

津亭一望乡，淮海晚茫茫。
草没栖洲鹭，天连映浦樯。
往来通楚越，旦暮易渔商。
惆怅缄书毕，何人向洛阳。

【诗话】

耿沣，河东（今山西永济）人，"大历十才子"之一。唐宝应二年

(763)进士,擢盩厔(今属陕西西安)县尉。大历初入朝任左拾遗,大历十年(775)前后充括图书使往江淮一带,在越州与颜真卿、严维、刘长卿、秦系等酬唱为一时盛事。贞元年间(785—805)卒于许州司法参军。其诗以平淡质朴见长,《春日即事》之二"家贫僮仆慢,官罢友朋疏",写人情世态深刻入骨。

这是一首典型的羁旅思乡之作。诗人因公务来到江淮一带,"日暮乡关何处是,烟波江上使人愁","惆怅缄书毕,何人向洛阳",却客观上为后人留下一幅大历年间江淮一带的水乡风景图。"津亭一望乡,淮海晚茫茫":津亭,古代建于渡口之亭,相当于今天的港口码头。唐王勃《江亭夜月送别》诗:"津亭秋月夜,谁见泣离群。"淮,四渎之一,《尔雅·释水》云:"江、河、淮、济为四渎。"四渎,星官名也,古人认为星辰与大河对应,故以此为四条终流入海的大河命名。"草没栖洲鹭,天连映浦樯":鹭,又名鹭鸶,生长滨水之地,性食鱼蚌而生。樯,带桅杆可以出海之大船。这是一幅典型的"风吹草低见洲鹭"江南版《敕勒川》图景。"往来通楚越,旦暮易渔商":楚越,喻相距遥远。《庄子·内篇·德充符》"仲尼曰:'自其异者视之,肝胆楚越也。'"李白《寄远》诗亦云:"坐思行叹成楚越,春风玉颜畏销歇。"旦暮:指一日之晨昏。这句是说此地交通发达、鱼市兴旺,黎明和傍晚前来贩鱼的都不是同一人,所以自己才要寻找"何人向洛阳",能交托家书的人。

望夫歌六首

(唐)刘采春

不喜秦淮水,生憎江上船。载儿夫婿去,经岁又经年。
借问东园柳,枯来得几年。自无枝叶分,莫怨太阳偏。
莫作商人妇,金钗当卜钱。朝朝江口望,错认几人船。
那年离别日,只道住桐庐。桐庐人不见,今得广州书。

昨日胜今日，今年老去年。黄河清有日，白发黑无缘。

昨日北风寒，牵船浦里安。潮来打缆断，摇橹始知难。

【诗话】

刘采春，女，淮甸（即今江苏淮阴一带）人，一作越州（今浙江绍兴）人。相传她是伶工周季崇的妻子，擅长参军戏，会唱歌。参军戏是唐代盛行的一种艺术形式，最初由两人搭档，后演变成多人合演。刘采春与丈夫周季崇和夫兄周季南曾自组家庭戏班，四处走穴。而她本人也红遍江南。据记载，彼时吴越一带，只要刘采春曲响起，"闺妇、行人莫不涟泣"。

唐元和十五年至大和三年（820—829），元稹任越州刺史、浙东观察使时，刘采春随丈夫周季崇从淮甸来到越州，深受元稹赏识。元稹有《赠刘采春》诗，说她"选词能唱望夫歌"，又说她"言辞雅措风流足，举止低回秀媚多"。足见女艺人在当时的影响。《望夫歌》即《罗唝曲》，《全唐诗》注刘采春作，共录存六首。清人潘德舆《养一斋诗话》更称此曲为"天下之奇作"。这类当时民间流行的小唱，在文人诗篇之外，确实一帜别树，以浓厚的民间气息，给人以新奇之感。直叙其事、直表其意、直言其情，不事雕琢，使人读诗如见其人。后人将刘采春与薛涛、李冶、鱼玄机并列为唐代四大女诗人。

夜到泗州酬崔使君

（唐）陆　畅

徐城洪尽到淮头，月里山河见泗州。

闻道泗滨清庙磬，雅声今在谢家楼。

【诗话】

　　陆畅,字达夫,吴郡吴县(今江苏苏州)人。元和元年(806)登进士第,为皇太子僚属。云安公主出降,畅为傧相。才思敏捷、应答如流,因操吴语为宋若华所嘲,作《嘲陆畅》一诗。后作者官凤翔少尹。

　　"泗州":汉为泗水王刘商封地泗水国,南北朝时期北周大象二年(580)始设泗州城,位于今江苏盱眙县淮河岸边。唐代泗州处于黄河与长江的漕运中心,有"水陆都会"之称,今故城于清代康熙年间沦入洪泽湖。"徐城洪尽到淮头":徐城,指东魏高平县,隋代更名徐城,故城在今盱眙县西。淮头,指泗水流入淮河处;泗河为山洪性河流,故言"洪尽到淮头"。"闻道泗滨清庙磬":是说唐时有人于泗水之滨得一石磬,后置于当地清庙。石磬,佛寺用敲击乐器,形状如钵取石制成。"雅声":超凡脱俗之声。"谢家楼":指南朝谢灵运故居。谢灵运与从弟谢惠连相友爱,其《登池上楼》"池塘生春草,园柳变鸣禽"佳句,即得于梦见谢惠连之后,后人遂以"谢家楼"为兄弟情谊典故。

赠少年

（唐）温庭筠

江海相逢客恨多,秋风叶下洞庭波。
酒酣夜别淮阴市,月照高楼一曲歌。

【诗话】

　　温庭筠(约812—870),本名岐,字飞卿,唐代太原(今山西祁县)人。唐初宰相温彦博后裔。出生没落贵族门第,多次考进士均落榜,一生很不得志,行为放浪、性喜讥刺权贵,多触忌讳;又不受羁束,纵酒恣情。《北梦琐言》中载:"吴兴沈徽云:'温曾于江淮为亲表槚楚,由是改名庭筠。'"官终国子助教。夏承焘先生《温飞卿年谱》说他精通音律，诗词兼工，诗与李商隐齐名，时称"温李"。只是李商隐有文集流传、温庭筠却没有；温庭筠有词、李商隐没有。其词艺术成就在晚唐诸词人之上，为"花间派"词人之首。

诗人这首《赠少年》地点写得很明确，只是少年为谁，一直留后人争论。江海相逢、夜别淮阴，诗人用词是"客恨"，客可以指少年，也可以说是自己，但据诗意说自己似更合理。"恨"字一般不常用，但用起来寄寓很深。什么恨呢？作者没有隐藏，而是直抒"秋风叶下洞庭波"。这句话典出《楚辞·九歌·湘夫人》："帝子降兮北渚，目眇眇兮愁予。袅袅兮秋风，洞庭波兮木叶下。"此句诗一般用于异性而非同性别，所以后人有说此少年指十五岁写《赠邻女》"易求无价宝，难得有心郎"诗，和登崇真观看新进士题名榜写下"自恨罗衣掩诗句，举头空羡榜中名"的鱼玄机。在封建社会中，一个女诗人能在诗中表现这样风流浪漫思想情感的并不多见。据检鱼玄机生平，温庭筠与鱼玄机(844—871)自大中八年(854)即相识，此后有长达十四年诗歌唱和。且温庭筠比后者大三十二岁，因此可以称后者为少年。如是，则淮阴市应是当年作者留下佳话的地方。"月照高楼一曲歌"：从诗句看，此时夜别离开的应不是少年，而正是作者自己。是说此一别对于自己是一曲歌。

淮上渔者

（唐）郑　谷

白头波上白头翁，家逐船移浦浦风。
一尺鲈鱼新钓得，儿孙吹火荻花中。

【诗话】

郑谷(851—910)，字守愚，袁州（今江西宜春）人。唐僖宗朝进士,官至都官郎中,故人称"郑都官";又因作《鹧鸪》诗,一鸣惊人,由此得名,后世称其"郑鹧鸪"。此诗乃作于咸通年间(860—874)作者早年长安求仕时期,这一时期是郑谷诗歌的发轫。

"渔舟唱晚"为唐代盛行题材,郑谷这首七绝与士大夫之咏"西塞山前白鹭飞,桃花流水鳜鱼肥。青箬笠,绿蓑衣。斜风细雨不须归"的最大不同在于:其诗直写渔人命运,因而充满烈风白浪艰辛、得鱼喜悦的草根气息。全诗家逐船移、白首老人搏击、儿孙吹火升烟,白描如画。这幅风雨同舟"淮上垂钓图",首句"白头波上白头翁"即见沧桑,第二句承接"家逐船移"更见命运。第三句"一尺鲈鱼"白描,诗人着一"新"字,既见不易、又令人同感苦中之乐的收获喜悦。尾句"儿孙吹火荻花中"极传神,表面似述天伦之乐,实则乃道世代。

淮中晚泊犊头

(北宋)苏舜钦

春阴垂野草青青,时有幽花一树明。
晚泊孤舟古祠下,满川风雨看潮生。

【诗话】

庆历四年(1044)秋冬之际,诗人被政敌构陷削职为民,逐出京都。次年春,他由水路南下,于四月到达苏州。这首诗即是其此行泊舟淮上犊头镇所作。

此诗虽题为"晚泊犊头",内容却从日间行船写起,后两句才是停船夜宿情景。诗人一路所见之景,皆为心中感慨之景:春云布满天空,阴沉沉笼罩着原本可以是开阔的淮河两岸原野。原野上只有草色青青,无边无际。花,本是植物对春天的赞美,但此时在诗人的眼里,花也是"幽花"。"时有幽花一树明"表明诗人在乘船看花,亦感悟自己的春天就这样走过。旅途终究是和时间相伴的,这样的旅途在诗人笔下是"夜泊""孤舟""古祠",而且是风声相伴夜雨。全诗唯一的亮点即"满川风雨看潮生",这才是宋代留下"汉书下酒"典故的苏舜钦此诗要表达的心境。这首典型的"羁旅诗",背景是春天,以行舟喻命运,"孤舟夜泊古祠"相伴此行到苏州。

淮上早发

(北宋)苏　轼

澹月倾云晓角哀,小风吹水碧鳞开。
此生定向江湖老,默数淮中十往来。

【诗话】

　　元丰七年(1084)正月,神宗出御札,苏轼由黄州(今湖北黄县)量移汝州(今河南汝县)团练副使,本州安置。苏轼四月离黄州,自九江至筠州(今江西高安)访苏辙。"乌台诗案"不仅对苏轼影响巨大,同样也牵连到苏辙,苏辙因上书救乃兄被贬监筠州盐酒税。筠州是一座四山环抱一江横贯,"云气山川满,江流日夜深"的依山傍水山城。见过苏辙后,苏轼五月游庐山写下《题西林壁》:"横看成岭侧成峰,远近高低各不同。不识庐山真面目,只缘身在此山中。"七月回舟当涂,过金陵,见王安石,相谈甚欢,留一月别去。岁晚在泗州,此诗即作于此。因其去黄州时过淮河,此番量移汝州亦过淮河,故言"此生定向江湖老,默数淮中十往来"。

浣溪沙·从泗州刘倩叔游南山

（北宋）苏　轼

细雨斜风作晓寒，淡烟疏柳媚晴滩。入淮清洛渐漫漫。
雪沫乳花浮午盏，蓼茸蒿笋试春盘。人间有味是清欢。

【诗话】

　　这首词作者有序：元丰七年(1084)十二月二十四日，从泗州刘倩叔游南山。"刘倩叔"：淮安泗州人，是苏轼被贬黄州时曾经帮助过他的恩人。"南山"：又名都梁山、第一山。"作晓寒"：写小寒季节。"淡烟疏柳媚晴滩"：淡烟疏柳，指薄雾中冬天的柳。媚晴滩，是说眼前景色很美。"入淮清洛渐漫漫"：清洛，指淮河上游今安徽境内洛水。漫漫，是说洛水汇入淮河后水流缓慢舒畅。三句均描写诗人心中的春景。"雪沫乳花"：指茶水泛出的茶花，茶叶细嫩，宋时有茶叶研碎传统，唐宋时喝茶均讲究这些。水初沸、茶即投入。曹邺《茶诗》云"香泛乳花轻"。"浮午盏"：盏，茶杯。"蓼茸蒿笋"：蓼，古称辛菜；蓼茸指其嫩芽。"蒿笋"，指南方芦蒿。"试春盘"：东晋时立春日以萝卜、芹菜置盘中送人，表示"贺春"叫作春盘。这种风俗，宋时和宋以后还有。这里"春盘"点明尝食蓼、蒿季节，与上句写"浮午盏"品茶相对，使人感觉轻快鲜明，也道出苏轼与刘倩叔游泗州的心情。"清欢"：不因物喜而因有情获得的欢乐。

过龟山

（高丽）朴寅亮

岩岩峻石叠成山，下着珠玭一水环。
塔影倒垂淮浪底，钟声摇落碧云间。
门前客棹洪涛急，竹下僧棋白日闲。
一奉胜游堪惜景，故留诗句约重还。

【诗话】

朴寅亮（？—1096），朝鲜高丽时期诗人，字代天，竹州（今平州）人。文宗朝登第。历任高丽右副承宣、礼部侍郎、右仆射、参知政事。元丰三年（1080）与金觐等出使北宋。北宋对朴寅亮和金觐诗甚为称赞，合二人作品为《小华集》印传。

朴寅亮素有文名，李世黄《破闲集〈跋文〉》引李仁老言："倚酣相语曰：'我本朝境接蓬莱，自古号为神仙之国。其钟灵毓秀，间生五百，现美于中国者，崔学士孤云唱之于前，朴参政寅亮和之于后。'"作为外交使者和高丽国优秀诗人，朴寅亮诗词文韵雅丽、意境深远，善于借景抒发心中之情。他在出使北宋时写的《舟中夜吟》和这首《过龟山》广为流传，前者表达了对祖国高丽的深切怀念，后者留下其出使旅迹、记录了北宋王朝对外交往，高丽使者对中国的友好情谊。

"龟山寺"：位于今盱眙县风景秀丽的第一山上，此寺建于天禧元年（1017），因集"儒道释"为一体而闻名。"珠玭"：蚌珠，《尚书·禹贡》云："淮夷玭珠暨鱼。""塔影"：即僧伽塔，始建于唐代，原在洪泽湖北岸泗州城，瘗西域高僧僧伽真身，故名。"客棹"：船桨。"僧棋"：寺中僧人对弈。"一奉胜游"：指自己奉旨入宋结两国之好，旅异国胜地快意游览。刘禹锡诗云："管弦席上留高韵，山水途中入胜游。"

龟山寺晚钟

(北宋)米　芾

龟峰高耸接云楼，撞月钟声吼铁牛。
一百八声俱听彻，夜行犹自不知休。

【诗话】

　　古龟山寺(今名龙山寺)，坐落于江苏盱眙县风景秀丽的第一山上，左拥翠屏峰，右揽风坡岭，俯瞰淮河，三面环山，一面临水，风水独好。寺庙初建于天禧元年(1017)，是集"儒道佛"于一体的三教合一圣地。北宋"四大家"之一的米芾赴任涟水时途经于此，写下盱眙十景之一名诗《龟山寺晚钟》。后宋代苏轼、陆游等文豪都曾来此，并留下大量石刻。明朝开国皇帝朱元璋曾在龟山寺处放过牛，后创立三百年大明王朝。嘉靖年间，由于为太后祝寿，嫌龟字不雅，遂改名"龙山寺"，成为明朝皇家寺院。明末毁于兵火，几经沧桑至今盛世复建。

　　"撞月钟声"：晚上听到的钟声。"一百八声"：一说每年有十二个月、二十四节气、七十二候(五天为一候)，相加正好是一百零八下，表示时间的存在与逝去；一说意出佛教，凡人在一年中有一百零八种烦恼，钟响一百零八次，人的所有烦恼便可消除。

第一山怀古

(北宋)米　芾

京洛风尘千里还，船头出汴翠屏间。
莫论衡霍撞星斗，且是东南第一山。

　　米芾(1051—1107)，字元章，号襄阳居士、海岳山人等，祖籍太原，后迁襄阳，长居润州(今江苏镇江)。其五世祖乃宋初勋臣米信。熙宁四年(1071)进士，为北宋著名书法家、画家。曾任校书郎、书画博士、礼部员外郎。

　　米芾所题第一山在淮水南岸，原名南山。绍圣四年(1097)，米芾赴任涟水知军，由宋都汴京(今河南开封)南下就任，一路平川，入淮时忽见奇秀南山，由是诗兴勃发作此七绝，并大书此山为"第一山"，从此南山易名"第一山"。此后，众多的文人墨客慕名而来，留下了大量的碑刻和碑碣，使第一山成了一座历史文化名山。

　　"衡霍撞星斗"：衡山一名霍山，故称。宋邢昺疏："衡霍，一山二名者。"唐杜甫《送王十六判官》诗："衡霍生春早，潇湘共海浮。"《尔雅·释山》曰："霍山为南岳。""撞星斗"：是说衡山命名，据战国时期《甘石星经》记载，因此山位于星座二十八宿的轸星之翼，"变应玑衡"，犹如衡器可称天地，故名衡山。"第一山"背倚群峰面临淮河，为衡山余脉，因此地盛产都梁香草，故又名"都梁山"，都梁也因此成为古县盱眙别称。

蝶恋花·海岱楼玩月作

(北宋)米　芾

　　千古涟漪清绝地。海岱楼高，下瞰秦淮尾。水浸碧天天似水。广寒宫阙人间世。　　霭霭春和生海市。鳌戴三山，顷刻随轮至。宝月圆时多异气。夜光一颗千金贵。

【诗话】

　　词牌下原有夹注："海岱楼玩月作。"玩月，亦即赏月。这首词是作者绍圣四年(1097)知涟水军,登当地名楼赏月之作。词上片从海岱楼坐落的陆海交汇地理位置入手,"千古"一句,总写涟水之地形胜。涟水为水乡,境内有中涟、西涟、东涟诸水,黄河夺淮入海经此地,且东濒大海,北临运河,故以"涟漪"称之。

下片写"玩月"。首句不直接写月,而是写"海市"(实际上写海),从而为月出作辅垫。"霭霭春和生海市":是说海市蜃楼属于春天。霭霭,唐高蟾《春》诗有:"明月断魂清霭霭。""鳌戴三山,顷刻随轮至":是说秋天辽阔,能远目海上三山,乃一年中的赏月佳期。月从海上三山随轮而至,令人无限遐想。三山,神话传说中的海上方壶、瀛洲、蓬莱三仙山。尾句"宝月圆时多异气,夜光一颗千金贵":夜光,指月亮;夜光又为珠名,故以"一颗千金贵"称之,乃巧借名珠赞美圆月之贵。前句重"异"、后句重"贵",喻此时之月因其"异"始见"贵"。古人将月视为群阴之宗,崇拜备至。这两句包含诗人对明月的溢美,"金贵"强调其给人的精神享受非金钱所及。全词意境脱俗,造语绝尘,深得宋代王安石、苏轼赏识。

初入淮河四绝句(四首选二)

(南宋)杨万里

其 一

船离洪泽岸头沙,人到淮河意不佳。
何必桑干方是远,中流以北即天涯。

其 三

两岸舟船各背驰,波痕交涉亦难为。
只余鸥鹭无拘管,北去南来自在飞。

【诗话】

淮河,源自河南省桐柏山,全长一千一百公里向东流经湖北、河南、安徽、江苏入海的中国第六大河。自靖康二年(1127),金兵南下攻陷北宋都城汴京,徽宗、钦宗被俘并于绍兴五年(1135)死于五国城(今黑龙江依兰)后,绍兴十一年"宋金和议"签订,淮河从此成为宋金不可逾越分界线。淳熙十六年(1189)宋光宗赵惇即位,金国派使臣礼贺正旦,杨万里奉诏为焕章阁学士"接伴使"赴淮迎接。诗人历此百感交集写下此诗。

作者《初入淮河四绝句》原作四首,这里选二。第一首写此时入淮心情:"船离洪泽岸头沙,人到淮河意不佳"。诗人从洪泽湖出发北上,进入淮河便意识到了边境,心悲由生:"何必桑干方是远,中流以北即天涯。"是说从前人们每说塞北,总以远抵桑干河为边疆。而到了南宋,原为故国的淮河竟然成了宋、金历史分界线。近在咫尺的故土,如今成为异域天涯。第二首即原诗之三,写淮河成为"宋金界河"后,两岸百姓往来丧失了自由。由于南北分割,宋金行船皆背道而驰。纪实当时两岸对垒、南北禁隔。三、四两句以淮上鸥鹭无拘飞翔,反衬中原宋民失去自由、生活在刀兵前线。"只余"二字言有尽意无穷,"自在飞"乃无言悲歌。

"洪泽":古称富陵湖,隋称洪泽浦,唐代始称洪泽湖,位于今淮河下游苏北平原淮安、宿迁境内,方圆二千平方公里,为中国第四大淡水湖。"桑干":指今天河北的永定河(隋代称桑干河,康熙三十七年改名永定河),发源于山西省太行山。

盱眙旅舍

(南宋)路德章

道旁草屋两三家,见客擂麻旋点茶。
渐近中原语音好,不知淮水是天涯。

【诗话】

诗人路德章约嘉定十三年(1220)前后在世,其生平事迹已无从查考。此诗特点在于,它不是正面表达对南宋朝廷割地求和的悲愤,而是从描写"分界线"上的风土人情美好可爱,透露出家园破碎悲情。前二句写诗人所见,上句"道旁"二字点出位置,草屋只有两三家,可知淮河边上原本安居乐业的家园,如今因战火所剩人家寥寥可数。接着下句一个"旋"字,立即还原了这里百姓看到来自南宋后方人的热情好客。后二句写诗人所闻,听到"中原语音",由此敏感地勾起了对北方故土的怀恋,如今彼地已成天涯。在此之前杨万里《初入淮河四绝句(其一)》也写过"中流以北即天涯",表达的是同一感慨,只不过一为直抒胸臆、一是委婉忧伤。

　　"盱眙":乃秦代古县,位于淮河南岸,南宋领属淮安州。"擂麻":将芝麻倒入石臼,研碎成末,泡茶时放入为当地人敬客习俗。"旋":立即马上。"点茶":泡茶。"中原":指淮河以北地区,当时被金人占领。同境,南宋台州诗人戴复古亦有《盱眙北望》诗:"北望茫茫渺渺间,鸟飞不尽又飞还。难禁满目中原泪,莫上都梁第一山。"

减字木兰花

淮山隐隐,千里云峰千里恨。淮水悠悠,万顷烟波万顷愁。
山长水远,遮断行人东望眼。恨旧愁新,有泪无言对晚春。

【诗话】

　　南宋嘉定十五年(1222),金遣四都尉南犯,掳大批淮上良家女北归。有女题此词于泗州(治所临淮,今江苏泗洪东南盱眙对岸)旅舍壁上。

　　"减字木兰花":词牌名。"淮山":指淮河两岸所见山峰。"隐隐":不明显,不清晰。"淮水":指淮河,源出河南桐柏山,东流经安徽入江苏洪泽湖。"万顷烟波万顷愁"句：烟波，一眼望不尽的水波。是说作者对故乡的深情。此时淮上女目睹的是河山破碎，大批人民被掳北去，不能安居故土。"千里恨""万顷愁"无处表达有天无应，只能移情于淮河山水，因为它们是这场悲难的最好见证。"山长水远，遮断行人东望眼"：是说离故乡越来越远。东望，词人被掳北上，所以向东眺望故乡。"恨旧愁新"：指对金人统治者的恨，对自己艰难处境的愁。"有泪无言对晚春"：点出了被俘的时间，与无助的绝望。此词回环说愁、往复说恨，一唱三叹，读之令人回肠荡气，反映了被掳女子的屈辱与悲愤交加的沉痛心情。

过淮河宿阚石有感

（南宋）文天祥

北征垂半年，依依只南土。

今辰渡淮河，始觉非故宇。

江乡已无家，三年一羁旅。

龙朔在何方，乃我妻子所。

昔亦也奈何，忽已置念虑。

今行日已近，使我泪如雨。

我为纲常谋，有身不得顾。

妻兮莫望夫，子兮莫望父。

天长与地久，此恨极千古。

来生业缘在，骨肉当如故。

【诗话】

此诗作于至元十六年（1279），兵败国亡的南宋丞相文天祥被一路押往元大都，途经淮安时。据《文山先生全集》卷十四《指南后录》载：文天祥于九月初一行至淮安，短暂停留二日间共作诗三首，这首《过淮河宿阚石有感》即为其一，另两首分别为《淮安军》和《发淮安》。

北宋末年淮安即处宋金交战前沿，当时此地设"淮安军"。至南宋末淮安更处元军铁蹄之下。据《宋史》九月初一文天祥在阚石住了一晚（有学者认为，此处阚石即位于今淮安市王营、小营一带）。自至元十六年四月二十二日出广州算起，作者一路颠沛已近半年，随着距元大都越来越近，文天祥的心情愈发变得沉重起来。一边是元人的威逼利诱，一边是妻儿割舍不断的亲情，故此渡淮之际写出"今行日已近，使我泪如雨。我为纲常谋，有身不得顾。妻兮莫望夫，子兮莫望父。天长与地久，此恨极千古"诗句，发内心之痛楚，述人伦之绝唱。希望妻儿不要以己为念，在大义与亲情面前做出了艰难的抉择。

文天祥与妻感情至深，其妻欧阳氏亦出身书香门第。据《庐陵县志·文天祥妻欧阳氏传》：欧阳氏"从天祥流离于干戈中，绝无愠色。自天祥空坑之败，欧阳氏与子佛生及柳小娘、环小娘、颜氏、黄氏等皆主俘虏。求死不得，入都城服道冠敝衣，日诵道经"。文天祥亦作《哭妻文》："烈女不嫁二夫，忠臣不事二主，天上地下，惟我与汝，呜呼哀哉！"短短二十四字，字字锥心，不但能读到作者坚贞不屈忠君爱国，亦饱含了文天祥对妻子的深沉之爱。自古英雄非无情，作者此诗乃再次表白国大于家、忠臣不事二主死国之志。其乡人王炎午时有《生祭文丞相文》曰："名相烈士，合为一传，三千年间，人不两见。"

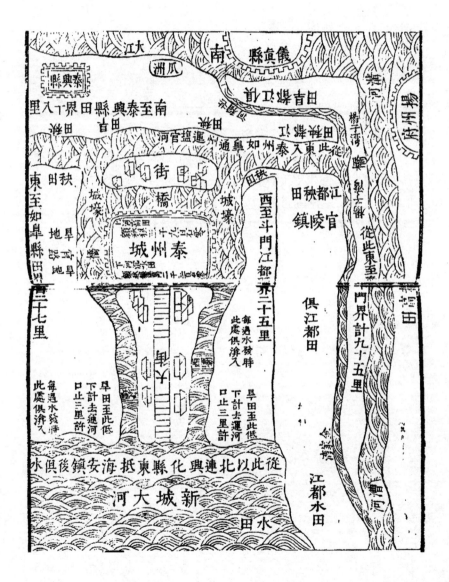

泰興縣

大江

瓜洲

南

儀眞縣

青旱卫前

田田

東入丁

里

泰興縣界田田

南至泰興縣田百田

田田田田

田淮田

楊子灣

運鹽官河

泰州通州如皐卫田

從此東入泰

揚州府

淮河

秋田

城壕

街橋

城壕

田

秋田一

秋田

江都陵官鎭

田

地旱田旱田地

城州泰

西至斗門江都界三十五里

俱江都田

門界計九十五里

淮田

東至如皐縣田界二十七里

大田

每遇水發時此處俱濟入

旱田至此低下計去運河口止三里許

旱田至此低下計去運河口止三里許

每遇水發時此處俱濟入

從此以北連興化縣東抵海安鎭後俱水

新城大河

田水

江都水田

历史名称：古称"海阳"，汉武帝元狩六年(公元前117)建"海陵县"；东晋升为"海陵郡"；唐武德三年(620)改称"吴陵县"，后以县置"吴州"；南唐升元元年(937)改名"泰州"(取"通泰""安泰""富泰"之意)，建州南唐。

夕次旧吴

（唐）骆宾王

维舟背楚服，振策下吴畿。

盛德弘三让，雄图枕九围。

黄池通霸业，赤壁畅戎威。

文物俄迁谢，英灵有盛衰。

行叹鸱夷没，遽惜湛卢飞。

地古烟尘暗，年深馆宇稀。

山川四望是，人事一朝非。

悬剑空留言，亡珠尚识机。

郑风遥可托，阙月眇难依。

西北云逾带，东南气转微。

徒怀伯通隐，多谢买臣归。

唯有荒台露，薄暮湿征衣。

【诗话】

诗题"夕次旧吴"：夕次，黄昏泊舟；旧吴，武德三年（620）海陵县改
称吴陵县并置吴州，七年后吴州仍复旧名，故称旧吴。

此诗写于684年徐敬业兵败海陵时，是记述徐敬业起兵讨武全程
的"述史"之诗。"维舟背楚服"：是说一路停船之地都是穿着楚服之人，
意指当地已屈从武后了。"振策下吴畿"：挥着马鞭，踏上旧吴这片属于
唐朝的土地。"盛德弘三让"：出自《论语》："子曰：'泰伯，其可谓至德也
已矣。三以天下让，民无得，而称焉。'"此处隐喻唐中宗被武后所废。
"雄图枕九围"：九围，即九州。"黄池通霸业"：鲁哀公十三年（前482）
吴王夫差与晋定公、鲁哀公会盟黄池完成霸业。"赤壁畅戎威"：赤壁乃

周瑜破曹操之地，此句喻起兵盛况。当时有众十万，只是徐敬业未采纳军师魏思温直取东都洛阳建议，而选择了先取润、楚二州线路，结果被武则天三十万大军镇压。"文物俄迁谢"：文物，指礼乐典章；俄迁谢，发生变易。"英灵有盛衰"：言起兵到失败仅七十三天，叹失败之速。"行叹鸱夷没，遽惜湛卢飞"：鸱夷，春秋范蠡又称鸱夷子皮；湛卢，春秋欧冶子所铸名剑。这句是说义军因为无范蠡这样的英才，以致方兴则灭。"山川四望是，人事一朝非"：作者深感山川依然物是人非。"悬剑空留信"：引春秋季札挂剑徐墓之事，言己对唐朝信义落空。"阚月眇难依"：阚月，据《太平御览》引三国吴谢承《会稽先贤传》载，阚泽年十三梦见自己名字悬在月中，因而世称"梦中之月"为阚月。这句乃慨叹壮举成梦。"徒怀伯通隐"：东汉人彭宠，字伯通，初据渔阳，因与朱浮不融起兵反。隐，有隐衷。"多谢买臣归"：朱买臣乃汉武帝长史，因与御史大夫张汤有隙，时三长史共举汤罪，张汤死前上书"陷臣者三长史也"，武帝继诛三长史。此句言徐敬业等因不在京师，故没有像朱买臣一样被害。"荒台"：乃昔日义军登岸的码头。诗人对如今兵败（徐敬业被杀）、残部抵海陵时的感慨。

骆宾王（约640—?），字观光，婺州（今浙江金华）人，与王勃、杨炯、卢照邻合称"初唐四杰"。唐高宗时，任长安主簿，后官至侍御史，因多次上奏章议论朝政，获罪入狱。释放后，贬为临海丞。文明中徐敬业起兵讨伐武则天，骆宾王往投之，署为府属。《唐才子传》载骆宾王代为起草《讨武曌檄》曾传诵一时。文章形容义军"南连百越，北尽三河；铁骑成群，玉轴相接。海陵红粟，仓储之积靡穷；江浦黄旗，匡复之功何远"。武则天读之，矍然曰："有如此才不用，宰相过也。"

送姚侍御出使江东

（唐）宋之问

帝忧河朔郡，南发海陵仓。
坐叹青春别，逶迤碧水长。
饮冰朝受命，衣锦昼还乡。
为问东山桂，无人何自芳。

【诗话】

宋之问(656—712)，字延清，汾州(今山西汾水)人，一说虢州弘农(今河南灵宝)人。上元二年(675)登进士，充崇文馆学士。武后晚年迁司礼主簿；后遭太平公主忌恨，下迁越州长史。睿宗时流钦州(今广西钦州)，以赦改桂州(今广西桂林)。唐玄宗即位后，赐死。他年轻时即已知名，但不少诗文均属歌颂功德、粉饰太平的浮华之作。这首《送姚侍御出使江东》为唐诗中首提"海陵仓"作品。

海陵地名最早出现在文学作品中，自枚乘始。南朝昭明太子萧统《文选》有枚乘《上书重谏吴王》曰："转粟西乡，陆行不绝，水行满河，不如海陵之仓。"李善注引："海陵，县名，有吴太仓。"古海陵仓遗址，经考证位于今泰县叶甸乡仓场庄。现有碑记："泰县古临海，夏商扬州，春秋吴，战国属楚，称海阳。秦属东海郡，汉元狩六年置海陵县。邑中盛产稻谷。《汉书》载：吴有海陵之仓，仓为吴王刘濞所建。西晋左思《吴都赋》云：鄎海陵之仓，则红粟之流行。"海陵仓从此名扬天下。

宋之问这首诗是说：你去的这个地方对朝廷来说，是个很重要的地方。虽然"饮冰朝受命"很艰苦，但是可以建立功业"衣锦昼还乡"。"饮冰"：语出《庄子·内篇·人间世》："今吾朝受命而夕饮冰，我其内热欤？"指受命从政为国分忧。尾句"为问东山桂，无人何自芳"：东山，晋谢安隐居之地。是说东山如果没有谢安,如今山中之桂还会为人称道吗?

送从弟惟祥宰海陵

（唐）王 维

旧有令闻,克奉成宪。往践乃职,无恫于人。狱货非宝,农食滋硕。浮于淮泗,浩然天波。海潮喷于乾坤,江城入于决溆。彼有美锦,尔尝操刀。学古入官,倚法为使。上官奏课,国将大选尔劳,勉哉行乎,唱予和汝。

【诗话】

　　王维(701—761),字摩诘,太原蒲州人,开元十九年(731)状元及第。曾一度奉使出塞,官至尚书右丞。一生自壮至老皆朝廷命官,但又过着"亦官亦隐亦居士"的生活。其山水诗继承了谢灵运传统,却无谢诗晦涩堆砌缺点。写辋川"空山新雨后,天气晚来秋";状洞庭"江流天地外,山色有无中"。这首《送从弟惟祥宰海陵》,以传神之笔,再次概括了唐代泰州地处江海交会,黄河、淮河、长江、黄海集于此地的地理特征,由此留下状写古泰州"浮于淮泗,浩然天波。海潮喷于乾坤,江城入于决溆"的名句。

　　"从弟":伯父、叔父的儿子。"宰":宰者,官也。《周礼》"乃立天官冢宰",《春秋榖梁传》"天子之宰,通于四海"。首句"旧有令闻,克奉成宪":是说海陵从前就有好的传统,能够有现成的法规奉行。令闻,美好的声誉。后句"无恫于人":恫,畏惧。"狱货非宝,农食滋硕":指泰州平原乃江南粮仓,老百姓可以丰衣足食。狱,案件;货,货币、钱。"淮泗":淮河和泗水。泗水,发源于山东为淮河支流。"彼有美锦,尔尝操刀":操刀,比喻做官任事。"学古入官":出自《尚书》周官篇,意为学习古人做官。"上官奏课"：课，旧指赋税，意谓要经常向上级奏报赋税的征收。"国将大选尔劳，勉哉"：国家定期选拔官员，你要努力呀。"唱予和汝"：语出《诗经》"叔兮伯兮，倡予和女"。这里指以诗勉励。

送许员外江外置常平仓

（唐）岑 参

诏置海陵仓，朝推画省郎。
还家锦服贵，出使绣衣香。
水驿风催舫，江楼月透床。
仍怀陆氏橘，归献老亲尝。

【诗话】

　　岑参（约715—770），南阳棘阳人，一说江陵（今湖北荆州）人。天宝三载（744）赵岳榜第二人及第，守选三年后获右内率府兵曹参军。后两次从军边塞，先后任安西节度使高仙芝幕府掌书记，天宝末年任安西北庭节度使封常清幕府判官。唐代宗时，任嘉州（今四川乐山）刺史，故世称"岑嘉州"。有集十卷行于世。《唐才子传》称他："博览史籍，尤工缀文，属词清尚，用心良苦。诗调尤高，唐兴罕见此作……读之令人慷慨怀感。"

　　岑参诗题材广泛，尤以边塞诗驰名。其作品除一般感叹身世、寄情山水外，亦写了不少赠答友人诗，如"一生大笑能几回，斗酒相逢须醉倒"，气势豪迈、情志慷慨、语言绚丽。这首作于广德二年（764）的《送许员外江外置常平仓》即其一也。诗题"许员外"指许登。据岑仲勉《郎官石柱题名新考订》，唐司勋员外郎有许登。登有父母在江宁，故诗云"仍怀陆氏橘，归献老亲尝"。"江外"：古指长江以南地区。"常平仓"：据《旧唐书·代宗本纪》：广德二年"第五琦奏，诸道置常平仓使司……

（帝）许之"。又《唐会要》载："广德二年正月二十五日,第五琦奏'每州置常平仓及库使,自商量置本钱,随当处米物时价,贱则加价收籴,贵则减价粜卖'。"首句"画省郎":乃古代对尚书的别称,此处指许员外。颈联"水驿":指古时设在水路的驿站。末句"陆氏橘":典出《三国志》,陆绩六岁作客袁术,因私怀三橘作答,其行被列入"二十四孝"。

此诗"诏置海陵仓",说明安史乱后,朝廷对恢复各地生产"务本力穑"的重视。海陵仓自汉代刘濞建,至代宗朝已近九百年,此时帝诏重建海陵仓,反映了这一时期唐代继"贞观之治""开元盛世"后,又一次重视国本发展农业的景象。

送卢仲舒移家海陵

（唐）皎　然

世故多离散,东西不可嗟。
小秦非本国,楚塞复移家。
海岛无邻里,盐居少物华。
山中吟夜月,相送在天涯。

【诗话】

皎然(720—800),字清昼,吴兴(今浙江湖州)人。《唐才子传》说他"俗姓谢,谢灵运之十世孙也。初入道,肄业杼山,与灵彻、陆羽同居妙喜寺。羽于寺旁创亭,以癸丑岁癸卯朔癸亥日落成,湖州刺史颜真卿名以'三癸',皎然赋诗,时称'三绝'","贞元中,集贤御书院取高僧集上人文十卷藏之,刺史于頔为之序……一时名公俱相友善,题云'昼上人'是也"。

这是一首诗僧送友人卢仲舒举家由京都长安迁海陵时的送别诗。海陵素有"汉唐古郡"之称。卢仲舒生平不详,移家之因或贬谪或投亲亦无可知。但此诗却为后人提供了唐代海陵的众多信息。首联"世故多离散，东西不可嗟"：显然是诗僧对友人的宽慰。颔联"小秦非本国，楚塞复移家"：小秦，旧指唐都长安所在的关中之地，即今陕西潼关以西一带。本国，指祖籍所在的都邑。北魏郦道元《水经注》云："魏因汉祚，复都洛阳，以谯为先人本国。"楚塞，海陵旧属楚地。颈联"海岛无邻里，盐居少物华"：乃诗僧对唐时海陵的描绘。陵，从阜从夌，唐代海陵处于黄河、淮河、长江交会之地，濒临黄海且辖众多岛屿。尾句"山中吟夜月，相送在天涯"：是说人生无定所，到哪里都是命运，即使是此地分别的长安亦是天涯。

皎然为唐代著名诗僧，其诗多引禅入句，意境开创、笔力不凡，此诗为后人留下了唐代海陵"城邑及海"的千年古貌。

寄海陵韩长官

（唐）鲍　溶

吏散重门叩不开，玉琴招鹤舞裴回。
野人为此多东望，云雨仍从海上来。

【诗话】

鲍溶，字德源。唐代《诗人主客图》称其"跃马非壮岁，报恩无高功""万里歧路多，一身天地窄"，为唐代诗文"六主"之一。《唐才子传》云：鲍溶"初，隐江南山中避地。家苦贫，劲气不扰，羁旅四方，登临怀昔，皆古今绝唱。过陇头古天山大坂……赋诗曰：'陇头水，千古不堪闻。生归苏属国，死别李将军。细响风凋草，清哀雁入云。'其警绝大概如此。古诗乐府，可称独步。"

据学者考证，鲍溶贞元十四年（798）曾到过河南，贞元十八年夏与韩愈华山话别。元和二年（807）至京城，此后两三年间在长安、洛阳游历。元和四年登韦瓘榜进士，元和六年冬回京守选（等待朝廷选拔）。苦等三年，已是"知天命"的鲍溶竟连一个"迁避之官"的低位也没得到。元和七年离京，约此年入范传正幕。元和十二年历逢"蔡州大捷"（唐朝平定淮西叛军吴元济的著名战役），这首七绝当写于此时。元和六年，作者参加朝廷守选，结果"吏散重门叩不开，玉琴招鹤舞裴回"，反映作者苦等三年，最终无果的绝望。

海陵唐属扬州，素有"千年古郡、淮海名区"之称。诗题韩长官应指韩愈。"重门"：指朝廷庙堂。"玉琴招鹤"：喻朝廷遴选纳贤的守选。因当时诗人一无官职，故称自己是"野人为此多东望"，希望此时正跟随宰相裴休东征淮西叛军的友人能推荐自己，改变命运。

清风楼

（北宋）曾致尧

楼号清风颇觉清，玉壶冰室漫传名。
并无尘土当轩起，只有松萝绕槛生。
秋似玉霜凝户牖，夜宜素月照檐楹。
我来涤虑搜吟坐，唯恐冬冬暮鼓声。

【诗话】

曾致尧（947—1012），字正臣，南丰（今江西昌县）人。为孔门"七十二贤"之一曾参后裔，唐宋"古文运动"八大家曾巩祖父。宋太宗太平兴国进士，先后历泰州、泉州、苏州、扬州、鄂州、寿州知府，官至尚书户部郎中。此诗应写于咸平六年（1003），诗人以户部员外郎知泰州时。

北宋是中国历史上强调"以文官治理天下"朝代。宋以朝臣充任各州长官，称"权知某军州事"，故简称知府。泰州今存"六太守祠"，分别为:荆罕儒、周述、田锡、张纶、孔道辅、曾致尧。据《宋史·曾致尧列传》:"致尧性刚率,好言事,前后屡上章奏,辞多激讦。"其知泰间著有《山亭》六咏,本诗即为六咏一。诗人借《清风楼》,实言己廉洁之志。

"清风楼":又名"清风阁",始建五代,取义"登高远眺,清风徐来"。宋时清风楼位于州署内,今不存。"楼号清风颇觉清"前四句是说前任清廉。"颇觉清":是说清风楼名字让人亲近,符合自己志向。"玉壶冰室":唐姚崇《冰壶诫序》曰:"冰壶者,清洁之至也。君子对之,示不忘清也。""漫传名":是说玉壶冰室和清风楼相比,清风楼要真实的多。"尘土":喻庸俗肮脏或指庸俗肮脏的事物,也可以理解成品德卑下之人。"轩":此处指清风楼。"秋似玉霜凝户牖"后四句是述勤政。"玉霜":喻一年将尽。"素月":指明月,喻己之心无愧明月相照。"我来涤虑搜吟坐":涤虑,指"吾日三省"。搜吟坐,指读书觅句。这句是说我每夜都要到清风楼来坐一坐,反思一天的公务,唯恐日暮有人击鼓鸣冤,玷污了自己公正、也玷污了清风楼名誉。

清风阁

(北宋)王安石

飞甍孤起下州墙,胜势峥嵘压四方。
远引江山来控带,平看鹰隼去飞翔。
高蝉感耳何妨静,赤日焦心不废凉。
况是使君无一事,日陪宾从此倾觞。

【诗话】

"清风阁":又名清风楼。庆历三年(1043),王安石初为秘书郎签书淮南节度判官时,曾以事出宋属泰州的如皋,与如皋县主簿陈与之、海陵县主簿许平均友善,登阁当在此时。

这首诗看似描写清风阁之高、之雄伟,实际是写作者登高远望的胸中之志。"飞甍":飞檐。"孤起":言四周无第二座建筑可与之相比。"下州墙":下面就是州署所在。"胜势峥嵘压四方":是说此阁不仅高而且很有气势,四方为之仰视。颔联"远引江山来控带":江山,指江淮大地。控带,环绕。"平看鹰隼":登斯阁可以平看鹰隼翱翔。境同杜甫《望岳》:"荡胸生层云,决眦入归鸟。"王安石是北宋一代名臣、著名政治家,此时初入政坛,携手如皋、海陵两位主簿登清风阁,故"晤言一室之内""高蝉感耳何妨静,赤日焦心不废凉"。"高蝉":指蝉冠,古代侍从官员之冠以貂尾蝉文为饰。《南史·何敬容列传》云:"回丰貂以步文昌,耸高蝉而趋武帐。""静":宁静而致远。颈联前半句是说一个有为的从政者真正登高望远,就不会因为朝中的各种政见,而失去判断、迷失方向;后半句指不会因此趋炎附势。此句似与两位主簿语。尾联"使君":汉称州刺史为使君,汉以后用以尊称州郡长官,此处应是作者自称。"无一事":无朝廷任命的重大事。"宾从":宾客及随从,此处应指陈与之和许平两位主簿。"此倾觞":觞,古代盛酒器皿。这句是说能和志同道合的人一起登此阁,值得畅饮。

江南寒食

(北宋)穆 修

江城水国春光饶,清明上巳多招邀。
花阴连络青草岸,柳色掩映红栏桥。
歌调呕哑杂吴俗,髻鬟疏削传六朝。
谁怜北客归未去,楚魄湘魂惟暗消。

【诗话】

穆修(979—1032),字伯长,郓州(今山东汶上)人。《宋史·穆修列传》云：“幼嗜学，不事章句。真宗东封（登泰山），诏举齐鲁经行之士，（穆）修预选，赐进士出身，调泰州司理参军。负才，与众龃龉，通判忌之，使人诬告其罪，贬池州。中道亡至京师，叩登闻鼓诉冤，不报。居贬所岁余，遇赦得释……久之，补颍州文学参军，徙蔡州。明道中，卒。”又记：“自五代文敝，国初，柳开始为古文。其后杨亿、刘筠尚声偶之辞，天下学者靡然从之；修于是时独以古文称，苏舜钦兄弟多从之游。修虽穷死，然一时士大夫称能文者必曰‘穆参军’。”

　　“寒食”：指每年清明之前的寒食节。诗人此时在泰州司理参军任上，只因清明节“北客归未去”，由此生动记录了宋代江南“上巳节”风俗。“江城水国春光饶，清明上巳多招邀”：是说江南与北国迥异，北国多山、江南多水。泰州位于长江与淮河之间，北面里下河、溱潼环于后，城虽不广而众流萦绕。上巳，古称“上巳日”，为每年农历三月初三，这一天人们会出门临水而聚。至宋代“上巳节”已与“清明节”合一。“招邀”：相互邀约。颈联“歌调呕哑杂吴俗，髻鬟疏削传六朝”：是说按吴俗这一天有歌会，呕为男声，哑为女音，男女交流展示才艺，游乐逍遥。与《论语·先进》“浴乎沂，风乎舞雩咏而归”描述的节日场景相类。“髻鬟疏削”：是说男女发髻按六朝时尚个个精心修饰，“髻”，指古代男子发型；“鬟”，为旧时女子梳妆。宋代有双鬟、三鬟髻、高耸髻、坠髻、云髻、凤髻、同心髻、百合髻、长乐髻等各式，其中蕴含着许多文化意涵，用金银、珠翠、鲜花来装扮它，相伴一生一世。尾句“谁怜北客归未去，楚魄湘魂惟暗消”：是说此时自己本应回乡，却在此地领略了江南风俗。

书海陵滕从事文会堂

（北宋）范仲淹

东南沧海郡，幕府清风堂。
诗书对周孔，琴瑟亲羲黄。
君子不独乐，我朋来远方。
言兰一相接，岂特十步香。
德星一相聚，直有千载光。
道味清可挹，文思高若翔。
笙磬得同声，精色皆激扬。
裁培尽桃李，栖止皆鸾皇。
琢玉作镇圭，铸金为干将。
猗哉滕子京，此意久而芳。

【诗话】

因"庆历新政"失败，范仲淹、滕子京均遭贬。庆历五年（1045）滕子京谪守巴陵郡（今湖南岳阳）建岳阳楼，时远贬邠州（今陕西彬县）的范仲淹应邀作序，由此留下"先天下之忧而忧、后天下之乐而乐"名句，其"不以物喜，不以己悲"的胸襟也流传后世。范仲淹与滕子京均为大中祥符八年（1015）进士，天圣元年（1023）范仲淹任泰州西溪盐监，滕子京任泰州军事通判知从事。当时两人在泰州结识本地人胡瑗、周孟阳和在海陵景德禅院读书的富弼，时五人常一起切磋学问、吟诗唱和。滕子京为此取"以文会友"之义，在州署内建"文会堂"以资相聚，范仲淹因赋此诗以纪胜事。

"沧海郡"：为汉代名，即今泰州。"清风堂"：又名清风楼、清风阁。"周孔"：周公与孔子。"羲黄"：指古代伏羲与黄帝。"君子"：指古代有道德品行的人。"德星":比喻贤士。"道味":指思想、学说,不同学者、学派赋予道的涵义各不相同。"栖止皆鸾皇":是说将来都是朝廷的栋梁。"镇圭":古代举行朝仪时天子所执的玉制礼器,以四镇之山为雕饰,取安定四方之义。比喻行为规范。"猗哉":叹美词。

登海陵齐云楼

(北宋)贺 铸

楼外浮云何可攀,聊持尊酒共消闲。
归心欻起登临际,春色来从想象间。
晚雪曦时见芳草,沧波尽处欠青山。
长安桃李行应好,解笑刘郎底未还。

【诗话】

南唐升元元年(937)海陵由县升州,称泰州,北宋统一天下后属淮南东路。诗题"齐云楼"的古代具体位置今无考,从诗文看此楼当为北宋时的泰州名胜。

贺铸(1052—1125),字方回,祖籍山阴(今浙江绍兴),生于卫州,早岁任武职,后转文官。宋神宗朝,元丰五年(1082)任徐州宝丰监钱官;哲宗朝,元祐年间(1086—1094)任泗州、太平州通判;宋徽宗崇宁四年(1105)迁宣德郎。晚年卜居苏州,宣和七年卒于常州僧舍。此诗为作者早年咏怀,应作于元祐年间出任泗州通判之际。此前作者写过展露壮志的《六州歌头》,十年过后由于"不得美官"而"悒悒不得志"(见《宋史·贺铸列传》)。

此诗作者以"云"起兴,抒怀"楼外浮云何可攀"。"浮云":喻当道小人。陆贾《新语》曰:"邪臣之蔽贤,犹浮云障日月。"由此诗人"归心欻起",因为"春色"只能想象之间。大自然"晚雪曦时"必然"见芳草",但人世间"沧波尽处欠青山"。缘此贺铸借史借典道出心中块垒:"长安桃李行应好,解笑刘郎底未还。""桃李":喻朝廷"朋党"任人唯亲体系。"刘郎":指唐代刘禹锡。诗人翻用前辈《再游玄都观》诗"种桃道士归何处,前度刘郎今又来"句,直言前辈虽才高正直,但最终还是难逃被贬巴山楚水命运。

寄泰州曾侍郎

(北宋)陈师道

八年门第故违离,千里河山费梦思。
淮海风涛真有道,麒麟图画岂无时。
今朝有客传河尹,是处逢人说项斯。
三径未成心已具,世间惟有白鸥知。

【诗话】

陈师道(1053—1102),字履常,彭城(今江苏徐州)人,元祐元年(1086)为徐州教授。高介有节、安贫乐道。崇宁元年(1102),预郊祀,适遇寒流,衣无绵,友人与一裘,却之,遂以寒疾死。著有《后山集》《后山诗话》传世。

"曾侍郎":即曾肇,肇在官泰前任吏部侍郎。"门第":指家族,亦语社会地位等级。门第制度形成于东汉时代,与西汉用以选拔人才的察举制度有关。"违离":无缘相见。"麒麟图画":典出《汉书·苏武传》。麒麟阁是汉长安未央宫中殿阁名,甘露三年(前51),汉宣帝追念功臣,将十一位功劳卓著臣子的像,画在麒麟阁上予以表彰,昭示后代。后以此典指"建功立业"彪炳史册。杜甫诗云:"莫度清秋吟蟋蟀,早闻黄阁画麒麟。""河尹":河南尹歧国公。岑参诗云:"河尹恩荣旧,尚书宠赠新。一门传画戟,几世驾朱轮。""说项斯":唐李绰《尚书故实》云:"杨祭酒敬之爱才,公心尝知江表之士项斯,赠诗曰:'……平生不解藏人善,到处相逢说项斯.'"后以"逢人说项"谓到处推荐有德之人。"三径":喻归隐者家园。晋赵岐《三辅决录》记载:"蒋诩归乡里,荆棘塞门。舍中有三径,不出,惟求仲、羊。仲从之游。"晋陶渊明《归去来兮辞》亦有:"三径就荒,松菊犹存。"这句是说我虽然比不上蒋诩,但不同奸人同流合污,人格和他一样高洁。

海陵书事

(北宋)晁说之

今古悠悠嘉上同,徒令客子恨无穷。
竹椽泥压清虚节,苇爨香殊忠厚风。
腾倚百年麇鹿外,波澜一日凤凰中。
可怜仙驭频来往,从此相传第几翁。

【诗话】

晁说之(1059—1129),字以道,澶州清丰(今河南濮阳)人。因慕司马光之为人,自号景迂生。宋元丰五年(1082)进士及第,与晁补之、晁冲之、晁咏之皆当时有名文学家。苏东坡称其自得之学,发挥《五经》理致超然。范祖禹亦以"博极群书"荐之以朝廷。高宗朝,官至猷阁待制兼侍读。著有《嵩山集》传世。作者多次流寓泰州,咏泰诗较多。此篇为建炎二年(1128)其避难莅泰时作。

"书事":指诗人就眼前事物抒写自己顷刻间感受,为即事写景之作。"古今悠悠嘉上同":嘉,指嘉言懿行。《尚书·大禹谟》云:"允若兹,嘉言罔攸伏,野无遗贤,万邦咸宁。""徒令客子恨无穷":客子,离家在外的人。是说靖康之乱后自己避难于此。"竹椽泥压清虚节":竹椽,这里指茅屋;清虚,指清高淡泊气节。"苇爨(cuàn)":以芦柴茅草烧火煮饭。"腾倚百年麋鹿外":作者自注:"此本汉县,多麋鹿。"另有诗句:"九死性命存,乃到海陵仓。海陵何所有?麋鹿昼成行。""凤凰":指海陵汉代遗迹凤凰池。"仙驭":即仙驾,指仙人所乘之鹤。作者自注:"此自徐二翁(徐守信)后,好谈仙,即有三四先生,甚异。"

对食戏作

(南宋)陆 游

香粳炊熟泰州红,苴甲莼丝放箸空。
不为休官须惜费,从来简俭作家风。

【诗话】

陆游(1125—1210),字务观,号放翁,山阴(今浙江绍兴)人。是宋代写诗最多的一位诗人,毕生写诗近万首,有《剑南诗稿》传世。此诗作于诗人晚年罢官闲居山阴时,属于教子"家训诗"类。

不同于唐代李绅"谁知盘中餐,粒粒皆辛苦"悯农,此诗以宋代誉名遐迩的"泰州红"起兴,以己躬行"不为休官须惜费"身教,意在传承后代"俭以养德"传统。中国古代"家风传世"最早记于《孟子》:"君子之泽,五世而斩。"正所谓道德传家十代以上,耕读诗书传家次之,富贵传家不过三代。此诗语言朴素,于民间不胫而走,亲切呈现了中华民族自古崇尚"简俭"的价值观。

"泰州红":又名海陵红粟,唐代白居易亦写过《红粟》诗。"苴甲莼丝":苴甲,莴苣;莼丝,即莼菜,又称"水葵"。"箸":古代汉族餐具,筷子。"休官":指辞官、罢免、候官的统称,无俸禄。"简俭":节俭,俭省。"家风":又称门风,指家庭、家族世代相传的风尚,给后代树立的道德准则。

沁园春·起云楼

（南宋）陈 垓

家住蓬瀛，船过方洲，系之泰亭。更跻攀天阅，从容旸谷，梯登双磴，身到层云。云起乎哉，我知之矣，雨不崇朝天下春。旗五丈，袅西风猎猎，羽扇纶巾。　　江头驾起冰轮，二百里金焦入坐青。问清都绛阙，诗盟谁健，琼浆麟脯，共醉何人。归鹤徐翁，沧浪范老，参语栏杆，天又参云。知否，认三台明处，玉字无尘。

【诗话】

陈垓，字漫翁，闽县（今福建福州）人。开禧元年（1205）进士，宝庆二年（1226）知泰州兼权淮东提举。

据载宝庆三年，陈垓在泰州城西建起云楼。"浚水环崖，作亭其上"，"曰天阅，曰旸谷，最高曰起云。秋七月落之"。楼取杜诗"西岳云峰起"之意，其楼巍峨壮观，州城内外一览无余。为记当年登临之胜，陈太守欣填《沁园春》。词意说老家住在蓬莱（实为福州），如今来到了泰州系船上岸。翌年跻攀新落成的起云楼，欣风调雨顺，慰百姓安居乐业。回首来时，一路经过金山、焦山，孤舟月照（江头驾起冰轮）。此时举目层云，问天帝所居，会盟诗人还有谁健在？海陵驾鹤的徐神仙、兴化为官的范仲淹，三人清都绛阙共语，此即我心向往的玉字无尘。

作者知泰州其间除兴建起云楼外，还为后人留下了纪念范仲淹的"同乐亭"、怀念徐神翁之"归鹤亭"等。起云楼毁于战火，明代正统年间（1436—1449）于旧址建"泰山祠"，万历十年（1582）建"泰山岳王庙"，以纪念建炎四年（1130）岳飞曾于此抗金，"战于南霸桥，大败金兵"盛事。

归鹤亭

（南宋）陈垓

出城七里近，绿树翳平野。
非谷响答钟，非坡势奔马。
固应地里家，著阡艺松槚。
独疑冲和翁，生死皆幻假。
孰云骨可蜕，正尔亦土苴。
更怜两翁仲，为客护潇洒。
柏阴供解鞍，竹色入浮斝。
此翁言可人，万事帚一把。
壁门六尺影，月夜岂自写。
向来表华鹤，千载有归者。
唤翁愿一醉，矮榻共倾泻。

【诗话】

　　古归鹤亭，今已不存。据《崇祯泰州志》，位于泰州东七里响林庄升真观内。据传徐守信为泰州知府时，每年二月在此延乡村父老坐亭中，设置酒果，共商全年农事，被称为"劝耕会"。此诗为宝庆二年（1226）陈垓任泰州知府时，记此盛事之诗。

　　诗句"非谷响答钟，非坡势奔马"：是说古归鹤亭并非建在有山泉、群山环抱的风景处，而是一个人文的风景。"地里家"：古又俗称"风水先生"。《易经·系辞》曰"仰以观于天文，俯以察于地理。""著阡"：阡为田间小路。"冲和翁"：乃宋徽宗赐予徐守信名号，诗中指深受百姓爱戴的、已故泰州知府徐守信。相传徐守信少年学道，曾有《绝句》："汲汲光阴似水流，随时得过便须休。儿孙自有儿孙计，莫与儿孙作马牛。""生

死皆幻假"：乃道家语，怀疑人的生死。"正尔"：正如此。《嵇康别传》
云："正尔在群形之中，便自知非常之器。""土苴"：典出《庄子·让王》，
意为"渣滓"，微贱的东西，犹土芥。这句是说人生在世所做之事可以
不朽，而死后尸骨没有任何意义价值。"翁仲"：墓前石人。"浮斝
(jiǎ)"：古代先民温酒器，亦作礼器。商王打败夏桀后，定为御用酒
杯，诸侯则用角。"万事帚一把"：古有为官"一室不扫何以扫天下"诫
语，言徐守信为官事必躬亲。"表华鹤"：即华表鹤，喻指离家久别之
人，另有道家丁令威传说。"矮榼"：古代盛酒器皿，《左传》有"使行人
执榼承饮"句。

发高沙二首

（南宋）文天祥

其　一

晓发高沙卧一航，平沙漠漠水茫茫。
舟人为指荒烟岸，南北今年几战场。

其　三

一日经行白骨堆，中流失柂为心摧。
海陵棹子长狼顾，水有船来步马来。

【诗话】

　　文天祥奉命出使元营谈判，因拒降被元军统帅伯颜拘留，南宋德祐
二年(1276)二月初八至四月初八，宋恭帝降元后被迫跟随"祈请使团"，
由临安(今浙江杭州)前往元都(今北京)，一路经平江(今江苏苏州)、无
锡、常州。二月十八日抵镇江，经谋划是夜成功逃脱元军控制，买通商
船前往真州(今江苏仪征)，后经泰州、南通，最终到达温州。他记写一

路经历,成二百首诗,汇编为《指南录》。这组《发高沙》诗即写于是年三月十一日。

据《宋史》所载,三月初一日,文天祥等一行历经千难万险,总算逃出虎口进入真州城,遇守将苗再成。原计划商议纠合两淮兵马图谋复兴,不料为李庭芝、苗再成疑忌。三月初三日,文天祥等人被赚出城,再次一路颠沛经扬州、高邮、海陵、如皋,终于大难不死于三月二十四日到达通州。期间险象环生,但文天祥早已置生死于度外,早作好一死准备,一路上自编《指南录》诗集,以示矢志抗元。作者自撰《纪年录》则更详细记录了这段惊心动魄、刻骨铭心的经历:"三月初一日入真州城。初三日,真州给出西城,门闭弗纳,寻遣兵护送出境。是夕三更,抵扬州西门不敢入,从者四人逃。初四日,伏城西荒山空屋中,虏骑万计过屋后,几不免。初五日,移止贾家庄,卧败墙粪秽中。是夜,趋高邮,迷失道。初六日早,遇哨,缚去一人,杀伤一人,余幸免。初七日,匍匐至高邮,亟下船,历七水寨。十一日,至泰州,伏城下。二十二日,发舟,与虏骑相先后。二十四日,至通州。"

"高沙":即今江苏高邮。此地北宋时为高沙郡,南宋建炎四年(1130)升为高邮州,析泰州兴化县来属。作者第一首诗即写自镇江脱险后前往真州,但不被真州守将信任,故而"晓发高沙卧一航",继续向通州奔波。第二首写途径泰州穿越元军占领区,"海陵棹子长狼顾,水有船来步马来"险象环生,为达抗元之志所以不避艰险日夜前行。

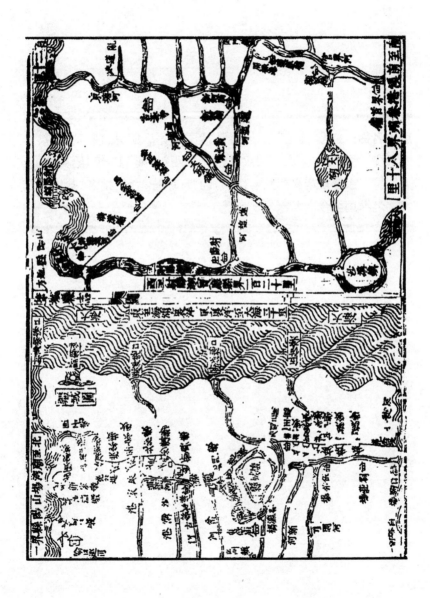

历史名称： 古为"淮夷"之地，春秋战国时先后属吴、越、楚所辖，秦统一后隶属"东海郡"，汉武帝元狩四年(前119年)始置"盐渎县"，东晋安帝义熙九年(413)因"环城皆盐场"始名"盐城"，其名沿用至今。

海春轩塔

（唐）李　承

东设点将台，西有溪通淮。
淹轩春潮旺，皆由此塔来。

【诗话】

唐代盐城既位于沿海边疆，也是朝廷的重要出海口之一。为利于航海交通，唐朝一统天下后，即择沿海各地建"海塔"。据记载：至今保护完好，用以指引航渔海道，护佑生灵平安的东台海春轩塔，为唐代贞观年间（627—649）大将尉迟恭监造，距今已有一千四百年历史。该塔砖砌，高六丈、八角八面，塔七层，寓意"救人一命胜造七级浮屠"。每层八面有神态各异佛像，别具唐代风格，被称为"定海神针"。

"海春轩塔"：今位于江苏盐城东台西溪镇。其名因曾与当地"广福寺"有轩相连，每年春天于轩中可眺览大海春潮，故名。首句"东设点将台，西有溪通淮"是说此塔所在位置。末句"淹轩春潮旺，皆由此塔来"，不仅记录了当年此地接海为陆之尽头，而且也饱含了诗人对此塔的赞誉。"淹轩"：是说每年春天海水都会涌至塔底。"春潮旺"：是说此塔建成后每年乘潮赶海人、归渔者的平安，以及西溪古镇的兴旺，均得益于此。

李承（722—783），赵郡高邑（今属河北）人。据《旧唐书·李承传》：承为吏部侍郎李至远之孙，幼孤，兄晔鞠养之，既长事兄，以孝闻。举明经第，累至大理评事，后充河南采访使郭纳判官、淮南节度使崔圆幕判官。圆卒，历抚州、江州刺史。曾为淮南西道黜陟使，奏楚州置常丰堰以御海潮，屯田瘠卤，岁收十倍，至今受其利。

楚州盐墟古墙望海

（唐）长孙佐辅

混沌本冥冥，泄为洪川流。
雄哉大造化，万古横中州。
我从西北来，登高望蓬丘。
阴晴乍开合，天地相沉浮。
长风卷繁云，日出扶桑头。
水净露鲛室，烟销凝蜃楼。
时来会云翔，道蹇即津游。
明发促归轸，沧波非宿谋。

【诗话】

　　长孙佐辅（约794年前后在世），据《唐才子传》："长孙佐辅，朔方（今内蒙古乌海）人。举进士下第，放怀不羁。弟公辅，贞元间为吉州刺史，遂往依焉。后卒不宦，隐居以求志。然风流酝藉，一代名儒，诗格词情繁缛不杂，卓然有英迈之气。每见其拟古、乐府数篇，极怨慕伤感之心，如水中月，如镜中相，言可尽而理无穷也。集今传。"据陈振孙《直斋书录解题》，其集名《古调集》。《全唐诗》存其诗17首。

　　这是一首记录诗人足迹江苏盐城（唐代称楚州盐墟）之诗。从诗人经历及诗句"我从西北来，登高望蓬丘"判断，此诗应写于贞元年间诗人往依其弟途径楚州盐墟时。本诗除了记载诗人早期"举进士下第"漫游吴越时的内心取向："明发促归轸，沧波非宿谋"以及对仕途感慨"时来会云翔，道蹇即津游"外，更多为后人留下了千年盐城"水净露鲛室，烟销凝蜃楼""长风卷繁云，日出扶桑头"的壮美。

　　"盐墟"：即盐城古称，唐代领属于楚州。首联"混沌本冥冥，泄为洪川流"：混沌，远古天地未开辟之元气状态。洪川，谓大江大河。第二、第三联："中州"，即中原。"蓬丘"，指蓬莱山，在海中。第五、第六联"扶桑"，神木名，古代传说中太阳从扶桑树上升起；"鲛室"：神话传说生活在海中之人称鲛人，鲛室谓鲛人水中居所，这句极言海水清澈；"蜃楼"，古谓蜃气变幻之楼阁。第七、八联："云翔"，意谓青云直上，比喻仕途亨通；"道蹇"，仕途不顺。"明发促归轸"：明，即黎明平明，《诗经·小雅·小宛》有"明发不寐，有怀二人"；轸，古代车厢底部的横木，借指车，"归轸"即回乡的车。"沧波非宿谋"：随波逐流并非我的追求。

过陈琳墓

（唐）温庭筠

曾于青史见遗文，今日飘零过此坟。
词客有灵应识我，霸才无主亦怜君。
石麟埋没藏春草，铜雀荒凉对暮云。
莫怪临风倍惆怅，欲将书剑学从军。

【诗话】

　　盐城古时为我国东方部族"淮夷"之地，夏为扬州之北，商为徐州之南，春秋时为吴国属地，公元前742年越王勾践灭吴后归越。秦统一中国后设三十六郡属"九江郡"，三国时属魏国。

　　陈琳，字孔璋，广陵射阳（今江苏盐城）人，东汉文学家。与孔融、徐干、阮瑀、刘祯、王璨、应场并称"建安七子"。今盐城大纵湖有陈琳墓。据《三国志》载汉灵帝末年陈琳任大将军何进主簿，中平六年（189）何进因何太后拒绝交出宦官，欲引诸侯入宫兵谏。陈琳以"掩目捕雀"讽刺，认为应闪电涤荡宫中，引诸侯勤王只会招来大乱。结果何进先被宦官诱杀，继召来董卓令天下大乱。由此陈琳避难冀州，入袁绍幕。袁绍军中文书多出其手，最著名即《为袁绍檄豫州文》，文中历数曹操罪状、诋斥其父祖，极富煽动力。建安五年（200）"官渡之战"袁绍大败，曹操围绝袁尚时，袁尚遣陈琳求降，陈琳由此为曹军俘获。曹操爱其才署为"司空军谋祭酒"，此后檄文始出陈琳与同为"建安七子"的阮瑀之手。建安二十二年疫疾大作，陈琳与刘桢、应场、徐干等同染疫疾而亡。

　　明代张溥辑陈琳作《陈记室集》收入《汉魏六朝百三家集》中。"青史见遗文"：应指《陈记室集》及《三国志·陈琳传》。"霸才无主"：今普遍认为，应解霸才无遇英主。"欲将书剑学从军"：意同杨炯《从军行》"宁为百夫长，胜作一书生"。

鬻海歌

（北宋）柳　永

鬻海之民何所营，妇无蚕织夫无耕。
衣食之源太寥落，牢盆鬻就汝输征。
年年春夏潮盈浦，潮退刮泥成岛屿。
风干日曝咸味加，始灌潮波增成卤。
卤浓咸淡未得闲，采樵深入无穷山。
豹踪虎迹不敢避，朝阳山去夕阳还。
船载肩擎未遑歇，投入巨灶炎炎热。
晨烧暮烁堆积高，才得波涛变成雪。
自从潴卤至飞霜，无非假贷充糇粮。
秤入官中得微直，一缗往往十缗偿。
周而复始无休息，官租未了私租逼。
驱妻逐子课工程，虽作人形俱菜色。
鬻海之民何苦辛，安得母富子不贫。
本朝一物不失所，愿广皇仁到海滨。

甲兵净洗征输辍，君有余财罢盐铁。
太平相业尔惟盐，化作夏商周时节。

【诗话】

　　据记载，汉武帝时全国始开"盐铁官营"。元狩四年（前119），盐城因盐设县，始名盐渎。渎，河也；盐渎，为运盐而开之河渠也。又有记，西汉全国共设置三十二处盐铁官署，只江苏盐渎与山东堂邑直属中央，可见其重要。至宋代，淮盐依旧在全国举足轻重。《宋史·食货志》记载："以蜀、广、浙数路言之，皆不及淮盐额之半。"遂有"两淮盐税甲天下"之说。

　　北宋词人柳永这首《鬻海歌》，以描写盐民寄予同情，述国泰民安之愿，为作者少数反映社会现实的作品之一。此诗大德《昌国州图志》题下原注"为晓峰盐场官作"，诗中描绘的鬻海人生活及塑造的形象，为后人留下了珍贵画卷。

　　"营生"：谋生。"牢盆"：鬻盐的器具。"输征"：纳税。"潮盈浦"：海潮上涨淹没海边滩地。"风干"：指经过风吹日晒，盐味加重时再灌进潮水使之成为盐卤。"未遑"：没有闲暇。"潴卤"：指蓄积盐卤。潴，积水。"飞霜"：指盐。张融《海赋》："漉沙构白，熬波出素，积雪中春，飞霜暑路。""无非假贷充糇粮"：依靠借贷来度日。糇粮，即干粮。"微直"：低价。"一缗"句：指十倍偿还借款。缗，串钱的绳子。"课工程"：课，古代一种徭役。"菜色"：饥民的脸色。《汉书·元帝纪》："诏曰：'岁比灾害，民有菜色。'""安得母富子不贫"：喻朝廷与百姓。"甲兵"：盔甲和兵械。甲兵净洗即停止战争。杜甫《洗兵马》："安得壮士挽天河，净洗甲兵长不用。""征输辍"：即废除盐铁之税。希望天下太平，停止征战、减轻人民赋税。

咏西溪

（北宋）范仲淹

谁道西溪小，西溪出大才。
参知两丞相，曾向此间来。

【诗话】

范仲淹是北宋"先天下之忧而忧，后天下之乐而乐""不以物喜，不以己悲"的一位名相。端拱八年（989）生于徐州，其父范墉历官成德军、武信军、武宁军掌书记。诗人两岁父卒，自幼随母回父原籍苏州，后母携其改嫁长山朱文翰，遂改姓朱。蒙师湖南安乡兴国观司马道士。十七岁游学秋口、长山，留下"划粥断齑"故事。大中祥符八年（1015）进士及第，任广德军司理参军，自此走上仕途。

宋真宗天禧五年至宋仁宗天圣二年（1021—1024）范仲淹调监西溪盐仓。后知兴化、移陈州通判，回京任右司谏。再后知苏州、饶州、润州、越州。康定元年（1040）任龙图阁直学士、陕西都转运使兼知延州。庆历元年（1041）范仲淹任陕西经略安抚招讨使。三年后范仲淹、富弼、韩琦同朝参知政事，提出明黜陟、抑侥幸、精贡举、择长官、均公田、厚农桑、修武备、减徭役、覃恩信、重命令等十项改革，史称"庆历新政"。庆历五年改革受阻，范仲淹罢参知政事，出知邠州；富弼罢枢密副使、使郓州；韩琦罢枢密副使、出知扬州；时任谏官的欧阳修被贬知滁州。皇祐四年（1052），范仲淹六十四岁移知颍州途中卒于徐州。其一生以"修身齐家治国平天下"情怀，死后谥"文正"。

诗人这首感赋写于任西溪盐监时。"参知两丞相"：指同在此担任过盐仓监，后成为北宋名相的晏殊、吕夷简。古西溪为宋代十大盐场之一，监管由朝廷直接任命。诗人此诗是说一个人为官莫言地偏职微，只要不断正心修行一定会有益于天下。

西溪书事

（北宋）范仲淹

卑栖曾未托椅梧，敢议雄心万里途。
蒙叟自当齐黑白，子牟何必怨江湖。
秋天响亮频闻鹤，夜海瞳昽每见珠。
一醉一吟疏懒甚，溪人能信解嘲无。

【诗话】

西溪原为泰州属镇，清乾隆年间划归东台，今为江苏盐城名镇。今古镇牌坊有联："唐塔破云天泰山寺香客盈门，听黄海四时涛声百里；晏溪控胜地犁木街商民接踵，看西城八景风雅千年"。

范仲淹为北宋著名政治家、"庆历新政"倡导者。诗人于大中祥符八年（1015）进士，天禧五年（1021）三十二岁调任监西溪盐仓，这首诗即写于此时。其诗名为"书事"，实乃记写当年作者心境。"卑栖"：职位低贱。"托椅梧"：攀龙附凤。"蒙叟"：指庄周。《史记·老子韩非列传》："庄子者，蒙人也，名周。周尝为蒙漆园吏。""子牟"：魏公子牟，战国时人，因封于中山，也叫中山公子牟。《吕氏春秋》载："中山公子牟谓詹子曰：'身在江海之上，心居乎魏阙之下，奈何。'"后常用作心存朝廷或忧国忧时的典实。唐陈子昂《群公集毕氏林亭》诗："子牟恋魏阙，渔夫爱沧江。""夜海瞳昽"：夜海明珠，朦胧可见。颈联"秋天响亮频闻鹤，夜海瞳昽每见珠"，为作者以鹤鸣九皋与夜海明珠自励。"解嘲"：用汉扬雄《解嘲》意。全诗写己卑栖海隅，未展鸿鹄之志，为此解嘲。虽淡泊官场名利得失，但心存魏阙。

浣溪沙·春恨

（北宋）晏　殊

一曲新词酒一杯，去年天气旧亭台。夕阳西下几时回。

无可奈何花落去，似曾相识燕归来。小园香径独徘徊。

【诗话】

晏殊（991—1055），字同叔，卒谥元献，世称晏元献。宋临川（今江西抚州）人，十四岁以神童入试，赐同进士出身，累官至宰相。当时名臣范仲淹、韩琦、富弼、欧阳修、王安石皆出其门下。古代实行"盐铁官营"，盐官均由朝廷指派。宋代在盐城任职历代盐官中，尤以晏殊、吕夷简、范仲淹最为著名。这三人都相继出任过西溪盐仓监官。晏殊在西溪任上曾创建"西溪书院"，该书院比泰州陈垓创立"安定书院"早两百年，为迄今江苏最古老书院之一。

"浣溪沙"：唐代教坊曲名，后用为词调。晏殊这首《浣溪沙》上片"一曲新词酒一杯"：一曲者一首也，因为词是配合音乐唱的故称曲。新词，新填之词。这里以"新""旧"对比，表达光阴流转的感慨与惆怅。下片尤以"无可奈何花落去，似曾相识燕归来"句最为有名。据《能改斋漫录》："晏元献公赴杭州，道过维扬，憩大明寺，瞑目徐行。使侍史诵壁间诗板，戒其勿言爵里姓名，终篇无几。又使别诵一诗云：'水调隋宫曲，当年亦九成……凄凉不可问，落日下芜城。'徐问之，江都尉王琪诗也。召至同饭，又同步游池上。时春晚已有落花。晏云：'每得句书墙壁间，或弥年未尝强对。且如'无可奈何花落去'，至今未能也。'王应声曰：'似曾相识燕归来。'"这首《浣溪沙》由此传为佳话，亦成为晏殊写于盐城留下的名作。后人评此词："静中有远、情中有思、意远无穷。"

寄题盐城方令君摇碧阁

（南宋）方　岳

有山无水山枯槁，有阁无书阁未清。

作计者谁三太息，美君于此四难并。

宰官身落秋城柝，处士星寒雪墅耕。

蚤晚樯竿插苍石，重拈秃笔与逢迎。

【诗话】

　　方岳（1199—1262），字巨山，号秋崖，祁门（今安徽黄山）人。绍定五年（1232）进士，授淮东安抚司干官。淳祐中，为赵葵参议官，历南康军（今江西江州），知袁州（今江西宜春），官至吏部侍郎。先后以忤贾似道、丁大全被弹劾罢官。诗学江西派，洪焱祖《秋崖先生传》称："诗文四六，不用古律，以意为之，语或天出。"元明以来戏剧小说里常见的"不如意事常八九，可与语人无二三"句，即出自方岳《别子才司令》诗。

　　方岳今存诗一千余首，多写家国、山川之作。晚年罢官后经明行修，隐居不仕，转写乡居生活。这首《寄题盐城方令君摇碧阁》所及方令君系何人今已难考，则据诗中所言"令君""宰官身"，此方令君或即盐城当地县宰，归隐筑摇碧阁，方岳为之题诗。"三太息"：表达忧国伤时。出自《汉书·贾谊传》"臣窃惟事势，可为痛哭者一，可为流涕者二，可为长太息者六"。"四难并"：谢灵运《拟魏太子邺中集序》曰："天下良辰、美景、赏心、乐事，四者难并"。此句承前，即摇碧阁有山、有水、有阁、有书，四者兼并，故难得。"宰官身"：乃佛教语，观音菩萨三十二应变化身之一。《三藏法数》载："谓若诸众生，爱治国土剖断邦邑，菩萨即于彼前，应现宰官身而为说法，令其成就也。""处士星"：即少微星，喻隐士。《晋书·隐逸列传》云："初，月犯少微，少微一名处士星，占者以隐士当之。"尾句"蚤晚樯竿插苍石",言古人文墨之事,亦是对"摇碧阁"点题妙语。"蚤":通"早",《战国策·宋卫策》有"蚤晚之时失也。""樯竿插苍石":宋黄庭坚《浯溪图》:"成子写浯溪,下笔便造极。空蒙得真趣,肤寸已千尺。只今中宫寺,在昔漫郎宅。更作老夫船,樯竿插苍石。"

集杜吊陆枢密秀夫

(南宋)文天祥

文采珊瑚钩,淑气含公鼎。
炯炯一心在,天水相与永。

【诗话】

"集杜":是文天祥诗歌集《集杜诗》简称。作于燕京狱中,以诗歌形式记述自宋理宗晚年(文天祥状元及第)到元至元十七年(1280)的南宋史,实际上是一部南宋亡国史。全集共二百篇,皆五言二韵,因专集杜甫句而成,故名。"枢密":即枢密使官名。唐代宗始置以宦官为之,昭宗时改任士人。宋代加强中央集权,百官权力分散,在职官制度上设中书、枢密、三司(分掌政、军、财三务),宰相之权为枢密使、三司使所分取。

据《宋史·文天祥传》,文天祥与陆秀夫均为南宋宝祐四年(1256)同科,时宋理宗在位久,政理浸怠,文天祥以"法天不息"为对,其言万余,不为腹稿一挥而就,帝亲擢第一。同榜登科的宋季名人还有谢枋得、陆秀夫。清《宝祐四年登科录》载:宋文天祥榜进士题名也,第二甲第一人为谢枋得,第二十七人为陆秀夫,与文天祥并以孤忠劲节,支柱纲常。及第进士是年,文天祥二十一岁,谢枋得三十岁,陆秀夫才满十九岁。《四库全书简明目录》跋云:"右宋理宗宝祐四年丙辰登科录,计六百一人,而宋亡死事之臣,若文天祥、谢枋得、陆秀夫三公,皆出是榜,不蒌盛欤！秀夫于祥兴己卯抱帝赴海死，其情事有足悲者。越三年，天祥尽节死燕京柴市；又七年，枋得以不食死悯忠寺中。虽时迹先后不齐，要其受命则一也。如三公者，诚无负国家求士之典，而国家之科名，岂不亦以若人为重哉？"

文天祥与陆秀夫，均为南宋时艰之际宰相。文天祥德祐二年(1276)任右丞相枢密使，陆秀夫于景炎二年(1277)为签书枢密院事。此诗写于文天祥被关押的元都。

陆君实挽诗

（南宋）龚　开

立事宁将败事论，在边难与在朝分。
从来大地为沧海，可得孤臣抱幼君。
南北一家今又见，乾坤再造古曾闻。
他年自有春秋笔，不比田横祭墓文。

【诗话】

陆秀夫，字君实，端平三年(1236)生于楚州盐城县长建乡长建里，他在盐城度过了童年时光。三岁随父亲迁徙镇江，二十岁考中进士。今故居在盐城市建阳镇，临街立有牌坊"君实坊"。南宋诗人陆游之曾孙。

南宋国策继北宋"联辽制夏""联金制辽"思路，续为"联蒙制金"终于己亡。陆游临终所写名诗《示儿》："王师北定中原日，家祭无忘告乃翁。"诗音犹在，而祥兴二年(1279)南宋灭亡，其曾孙辈陆秀夫以"负帝投海"壮举告慰了祖先。"从来大地为沧海，他年自有春秋笔"。诗人龚开(1222—1304)，字圣予，淮阴人，曾在两淮制置司李庭芝幕府任职，南宋灭亡后隐居不仕。年轻时曾与陆秀夫同事广陵幕府，宋亡后卖画为生,为文天祥、陆秀夫立传传世。此诗虽祭陆秀夫,实祭一个朝代的历史落幕。

"立事":成事。"乾坤三造":《易经说卦》指天、地、人。"春秋笔":书写历史的人。"田横":事见《史记·田儋列传》,太史公曰:"田横之高节,宾客慕义而从横死,岂非至贤! 余因而列焉。"

题陆秀夫负帝蹈海图

(南宋)林景熙

紫宸黄阁共楼船,海气昏昏日月偏。
平地已无行在所,丹心犹数中兴年。
生藏鱼腹不见水,死抱龙髯直上天。
板荡纯臣有如此,流芳千古更无前。

【诗话】

林景熙(1242—1310),字德阳,平阳(今浙江温州)人。咸淳七年(1271)由上舍生释褐登进士。宋亡不仕,隐居于平阳县白石巷,乃宋末遗民中一位具有民族气节、人品诗品俱佳诗人。一生留诗文十六卷,为温州历来成就最高诗人。作者曾冒死秘密收拾宋帝骸骨,葬于兰亭山南,被文徵明称为"千古大义士"。

"紫宸黄阁":宸,深邃屋宇,代指帝王住所,引申为帝王代称。黄阁,指宰相。汉代丞相、太尉及汉以后三公官署避用朱门,厅门涂黄色以区别于天子。"行在所":指天子所在的地方。《史记·卫将军骠骑列传》:"右将军苏建尽亡其军,独以身得亡去,自归大将军……遂囚建诣行在所。"宋裴骃《集解》引蔡邕曰:"天子自谓所居曰'行在所'。""中兴年":南宋先后有绍兴纪年(宋高宗赵构)、隆兴纪年(宋孝宗赵昚)、祥兴纪年(宋赵昺),此处应指南宋末"祥兴年"。"死抱龙髯直上天":1279

年,元朝大将张弘范率水陆大军攻破崖山(今广东新会),苦撑危局的南宋小朝廷终于失去了最后屏障。在生死存亡关头,身为丞相的陆秀夫大义凛然地对年仅七岁皇帝赵昺说:"先前的皇帝受金人之辱实为前鉴,陛下不可再续!"遂背起幼帝纵身投海殉国。"板荡":出自《诗经·大雅》之《板》篇、《荡》篇。初为反映朝政黑暗、黎民困苦,后被用来形容天下大乱、局势动荡。唐太宗曾有赐萧瑀诗:"疾风知劲草,板荡识诚臣。"意思是只有在狂风中才能看出草的坚韧,处乱世方显忠臣赤心。

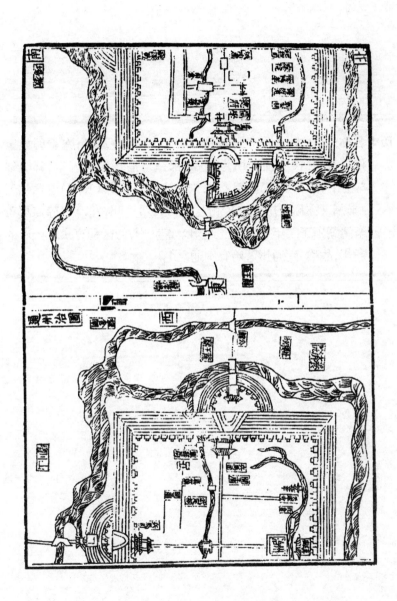

历史名称：春秋时为吴楚分疆地,秦统一后属九江郡,东晋时始置如皋县;五代十国时期为"静海都镇";后周显德五年(958)建"通州",意为通江达海之地;宋仁宗天圣元年(1023)改通州为"崇州"(亦称崇川);宋政和七年(1117)通州曾改称"静海郡";至清朝雍正二年(1724)升通州为直隶州,为区别直隶顺天府的通州,故称"南通州",始有南通之名。

狼山远眺

（北宋）齐 唐

海腹藏吴楚，天枢转斗牛。
夜分惊日浴，潮退见鲸游。

【诗话】

齐唐，字祖之，会稽（今浙江绍兴）人。据《宋诗纪事》载，齐唐天圣八年（1030）登进士，两次对策皆第一。因耿直遭当道忌，历著作佐郎，金判南雄（今广东韶关），官至职方员外郎。交趾曾要进麒麟给宋仁宗，齐唐据史斥其伪，众服其博识。后辞官庐居少微山（今浙江丽水），著有《少微集》传世。

这是一首记叙诗人通州之旅夜半登狼山，抒发寄情山水、登临怀古之作。首二句点明狼山地理位置。北斗的第一颗星转向斗宿、牛宿的分野，历史上的吴楚之地包孕在东海深处。据记载，曾为沧海的南通"扶海州"春秋末方接陆，"胡逗岛"五代十国时始归来，狼山原在海中至宋代才与陆连，故云此地千年"海腹藏吴楚"。天枢星为北斗第一星，又称"贪狼星"（象征力量与统治管理）。诗人开篇便将古通州的天、地、史妙语成画，由见此地悠远的历史。三、四句写此行登临所见的自然奇观："夜分惊日浴，潮退见鲸游。"夜分，指正午和半夜，北魏郦道元《水经注》云："自三峡七百里中，两岸连山，略无阙处；重岩叠嶂，隐天蔽日。自非停午夜分不见曦月。"这句是描写古通州地处临海的独特景象。在这里，黎明破晓能近距离看到日出沧海真实奇观；潮水退却，又能喜见海底巨鲸翻波遨游。此际应是狼山接陆不久沧海依旧可见，南通"五山"中最后归陆的是军山。

另清人刘名芳《五山全志》亦录此诗共八句："海腹藏吴楚，天枢转

斗牛。夜分惊日落,潮退见鲸游。岩树生盘节,沙禽戏渡头。乘桴有高
兴,渺渺瞰沧洲。"

观　海

（北宋）赵　抃

巨海澄澜波自平,停车冉冉看潮生。
岂同八月吴江会,共骇潮头万鼓鸣。

【诗话】

　　赵抃(1008—1084),字阅道,衢州(今浙江)人。北宋景祐元年
(1034)中乙科进士,为武安军节度推官,后任崇安、海陵、江原三知县。
据《宋史·赵抃列传》:"翰林学士曾公亮未之识,荐为殿中侍御史,弹劾
不避权幸,声称凛然,京师目为'铁面御史'。其言务欲朝廷别白君子小
人,以谓:'小人虽小过,当力遏而绝之;君子不幸诖误,当保全爱惜,以
成就其德。'""神宗立,召知谏院。……帝曰:'闻卿匹马入蜀,以一琴一
鹤自随,为政简易,亦称是乎?'未几,擢参知政事。"赵抃为政四十五年,
历事三帝,五任御史。元丰二年(1079),以太子少保致仕。故逝世追赠
少师,谥号"清献"。

　　赵抃这首《观海》和下一首《游观音岩》诗,《嘉庆如皋县志·名宦
传》记载"仁宗时,赵抃令如皋,崇字校、尊师儒,不立异政以拂民情,因
俗施教,惟以惠利为本",据此推测,应写于作者早年任如皋县令时。此
诗气势宏大,尤以结句"岂同八月吴江会"引人入胜,将宋时"如皋观潮"
与诗人家乡"钱塘观潮"相比,以"万鼓鸣"来形容通州江海交汇,同是八
月,大海波涛汹涌澎湃的声势,极为传神。

游观音岩

（北宋）赵 抃

石龙一滴水潺潺，大士岩溪峭壁间。
我道音闻无不是，何须更入宝陀山。

【诗话】

北宋名臣赵抃的这首《游观音岩》诗，与《观海》同样写于景祐元年
（1034）诗人进士及第后，任如皋县令时。诗题"观音岩"，又名滴珠岩，
今在南通狼山东北麓。此诗借佛教传说，赞美紫琅风物。

首二句陈述历被视为"佛教八小名山"之首的狼山，可与佛教圣地
宝陀山比拟。以石龙滴水的潺潺声，无形之间即为观音岩下流动的小
溪起笔，意在点出大自然的天籁有声与沛然消失后的寂寞无声，突出
"音闻"禅意。"石龙"：乃狼山古迹滴水岩，今已湮没。"大士"：佛教传
说中的观世音菩萨。后二句"我道音闻无不是，何须更入宝陀山"：宝陀
山，即普陀山，位于今浙江省舟山市舟山群岛东南海域，传说为观音大
士的居处；音闻，即声闻，佛教小乘法认为梵音无处不在，有慧根之人听
见佛音即成道果。此句是说诗人的顿悟，观音大士的声音处处有闻，用
不着跋山涉水远道宝陀山朝拜。

狼山观海

（北宋）王安石

万里昆仑谁凿破，无边波浪拍天来。
晓寒云雾连穷屿，春暖鱼龙化蛰雷。

阆苑仙人何处觅，灵槎使者几时回。
遨游半在江湖里，始觉今朝眼界开。

【诗话】

王安石(1021—1086)，字介甫，临川(今江西抚州)人，北宋杰出的改革家、政治家、文学家。据载，他在至和年间(1054—1056)曾任海门县令。这首气势磅礴的诗篇应写于此时。

首联"万里昆仑谁凿破，无边波浪拍天来"起句势如破竹。昆仑山，又称玉山，位于帕米尔高原东部，横贯新疆、西藏，延伸至青海境内，素有"中国第一神山"美誉。这句是说万里神山谁人凿破，诞生出无边波浪奔向江海奇景？颔联"晓寒云雾连穷屿"细写通州挽江结海，早春二月的江雾笼罩着大小岛屿，冬去春来长江水暖，在狼山能最先感受春景。颈联"阆苑仙人何处觅，灵槎使者几时回"："阆苑"，传说中神仙居住的地方；"灵槎"：典出晋人《博物志》，指神话中"年年八月有浮槎去来，不失期"的往返天河船筏。诗中将狼山之春与神宫仙境相比美，是说到哪儿去寻觅神山仙境？噢，要寻觅仙境就到狼山来吧。你问那神船木筏的使者吗？他或恐还在狼山一带流连忘返呢！诗人一生大江南北见多识广，然而眼前狼山的独特地理位置和景色，依然使他"始觉今朝眼界开"！

九日狼山

(北宋)蒋之奇

山头极目近天涯，不负登临赏物华。
一任秋风吹落帽，宁嗟白发对黄花。

蒋之奇(1031—1104),字颖叔,宜兴(江苏无锡)人。据《宋史·蒋之奇列传》,其嘉祐二年(1057)擢进士,"中春秋三传科,至太常博士。又举贤良方正,试六论中选,及对策,失书问目,报罢。英宗览而善之,擢监察御史。神宗立,转殿中侍御史"。元祐后"徙河北都转运使、知瀛洲。辽使耶律迪道死,所过郡守皆再拜致祭。之奇曰:'天子方伯,奈何为之屈膝邪!'莫而不拜。入为户部侍郎。未几,复出知熙州(今甘肃临洮)。夏人论和,请画封境。之奇揣其非诚心,务修守备,谨斥候,常若敌至。终之奇去,夏人不敢犯塞"。徽宗立,"拜同知枢密院"。崇宁元年(1102),除观文殿学士,知杭州。

诗人这首写于青壮年的登临之作,风格高昂、豪逸思放。狼山面朝大海,为州之最高峰。此时作者登临远目,正通州晚秋。"九日":古为重阳节代词。"物华":自然界天地精华。杜甫《曲江陪郑八丈南史饮》诗:"自知白发非春事,且尽芳樽恋物华。""落帽":《晋书·孟嘉传》载,桓温曾于重阳节宴客于龙山(今安徽省当涂县,其山蜿蜒如龙蟠而卧故名),僚佐毕集,有风至,吹落孟嘉的帽子。"落帽"遂成为重九登高的典故。在这登高忆旧、九州思家的日子,诗人一反伤时怀乡的情调,"宁嗟白发对黄花",是说壮年不努力,难道要等到白发时再对逝去的时光感叹吗?

狼山怀古

(北宋)姚　辟

清浅溪流送断崖,暮云深处见僧家。
龙居碧海云无迹,凤老苍崖竹有花。
潮卷乱峰横几席,沙填重险变桑麻。
人间陵谷犹如此,身外穷通空自嗟。

　　姚辟,字子张,金坛(今江苏常州)人。《宋诗纪事》载其皇祐元年
(1049)登进士,历官项城令、通州通判,官声甚著。一生究研诗、书、礼、
易、乐、春秋"六经"。与苏洵同修《太常因革礼》百卷,欧阳公甚称之。
此诗当是姚辟任通州通判时登山之作。

　　诗句开篇便展现出一片与嚣壤尘世隔绝的山海之景:清澈小溪告
别深山远去,日暮云深之处有僧人结庐。颔联"龙居碧海云无迹,凤老
苍崖竹有花":意思是龙藏深海看不见踪迹,凤死山中方见竹子开花。
"云无迹"语出《易经》,龙藏海中则云无踪迹;"凤凰":古代传说中的鸟
王,栖于梧桐以竹为食。颈联"潮卷乱峰横几席,沙填重险变桑麻":乃
怀古自然变幻无常。南通史上狼山、军山、剑山、马鞍山等原先均为海
中岛屿,直至宋代才逐次步回陆地怀抱。这句是说在终年潮汐下,千年
以后究竟还有几座山峰能存立?看不见的流沙不懈填埋洼地,如今已
变成了人间田园。诗人因由抒发"人间陵谷犹如此,身外穷通空自嗟"。
是说万年自然尚且如此变化,又何必为个人得失悲叹!姚辟一生研究
诗、书、礼、易、乐、春秋,此诗乃借沧桑变幻慨人生之须臾,识变中见
豁达。

登狼山咏怀

(北宋)任伯雨

狼山青青迹已陈,惟余楼阁向南薰。
蓬瀛气象群峰在,吴楚封疆一水分。
野色西南平接日,潮声东北怒穿云。
登临更有超然兴,回首尘埃不足云。

任伯雨(1047—1119),字德翁,眉州(今四川眉州)人。据《宋史·任伯雨列传》所载,其父孜,字遵圣,以学问气节推重乡里,名与苏洵埒,仕至光禄寺丞。其弟伋,字师中,亦知名,尝通判黄州,后知泸州。时称"大任小任"。伯雨自幼矫然不群,邃经术,文力雄健。元丰五年(1082)中进士第。元符间(1098—1100),擢左正言,居谏省半岁,所上一百八疏。大臣畏其多言,伯雨不听,抗论愈力,且将劾曾布。崇宁(宋徽宗年号)党事作,削籍编管通州。死后至绍兴初,宋高宗诏赠伯雨直龙图阁谏议大夫。宋孝宗淳熙中,赐谥忠敏。史称其"无少畏忌,古所谓刚正不挠者欤"。此诗应为诗人崇宁年间(1102—1106)贬官通州时所作。

此诗开篇即写登临时节:"狼山青青迹已陈,惟余楼阁向南薰。"南薰,夏日之风。是说作者是在削籍编管通州后的一个夏日登狼山的。颔联"蓬瀛气象群峰在,吴楚封疆一水分":蓬瀛,古仙山,位于渤海中;吴楚封疆,是说春秋时,吴国和楚国曾在此以长江为分界线。据记载,公元前483年鲁哀公、吴王夫差、卫国出公、宋国皇瑷等曾在此地"郧"(今南通海安)会盟。颈联"野色西南平接日,潮声东北怒穿云":是说阳光从这里普照原野,潮声在此终年澎湃。诗人由此天涯海角咏怀:"登临更有超然兴,回首尘埃不足云"。据《宋史·任伯雨列传》云,伯雨贬通间,其子申先遭陷害入狱,妻适死于淮,报讣俱至。伯雨曰:"死者已矣,生者有负于朝廷,亦当从此诀。"可见北宋元祐、绍圣党争之激烈如此,作者登高之痛之超然。

香 寺

(北宋)元 绛

身属公家等逸民,偶来香寺拂衣尘。
林僧莫讶徘徊久,本是深山嗜隐人。

元绛,字厚之。据《宋史·元绛列传》:"其先临川危氏。唐末,曾祖仔倡聚众保乡里,进据信州,为杨氏所败,奔杭州,易姓曰元。祖德昭,仕吴越至丞相,遂为钱塘人。绛生而敏悟,五岁能诗,九岁谒荆南太守。"天圣八年(1030)进士及第,初为江宁推官,摄上元令,再知永新县、通州海门县。任广东转运使,以功迁工部郎中,擢天章阁待制。神宗朝,累迁翰林学士,拜参知政事。后出知亳州,改颍州(今安徽阜阳),不久辞官而归。卒赠太子少师,有《玉堂集》传世。

这首诗应写于作者早年任通州海门县知府时。此诗描述了诗人于公务缠身之余,抽出时日闲游狼山所思,流露了仰慕深山高僧隐逸生活的情怀。诗人笔调轻松低徊,体现出山幽林深人静的意境。诗中说:我虽然做着官却犹如遁世隐士,偶然来到寺庙拂去衣裳的尘灰。山上和尚不要惊讶我徘徊许久,我本来就是渴望能隐居深山的人。

"逸民":古称节行操守超逸避世隐居之人。全诗明白如话,是典型的"口占"诗。诗人抒发的情怀虽属大多数官宦士大夫的共同心声,但表达方式有所不同。他没有大起大落的情感波动,也没有愤世嫉俗的好憎表示,而是侧重于自身情趣的反省与深思,以细腻的风格、明丽轻快语言,似无意中的有意,有意中又似无意,流露出自己追寻"清静"与"心隐于世"的本色。

题赞公

(北宋)王　观

山盘水转小桥通,殿角峥嵘倚乱峰。
世上自闻真法力,岩前无复白狼踪。
蜃喷海气昏危塔,龙戏江声杂暮钟。
为爱赞公房外月,解鞍求宿愿从容。

　　王观(1035—1100),字通叟,如皋(今江苏南通)人。宋明理学胡瑗学生,史称其"天资英迈,洽闻强记,善属文"。北宋著名词人。其祖父王载"常厚礼延致士之贤者以为友师,而成就其材,士亦乐游其门"。子孙知书识礼,相继登第,其故里被乡人称为"集贤里",该里至今尚在。《宋诗纪事》载:王观,嘉祐二年(1057)进士。累迁单州(今山东单县)判官、大理寺丞、知江都县。本诗乃记录狼山传奇人物高僧赞公。

　　至隋唐两代,南通五山(包括狼山)一直在江口水里。至唐总章二年(669),狼山始立"佛教慈航院"开设舟渡,以利百姓南北来往。这是狼山建寺的最早记录。王观此诗首二句即写狼山外貌:盘山小道崎岖壑壁,寺庙建于临海奇峰之上。颔联"世上自闻真法力,岩前无复白狼踪"写山的内韵,从另一个侧面突出自从有僧人以来,山前白狼便无影无踪,狼山自此空有其名。五、六两句写赞公的虔诚与修行的环境:长江之中巨蚌暮出,喷吐雾气蒸腾,使山顶佛塔朦胧于迷茫江雾中;巨鲸翻滚之声,与山里传来的晚钟浑然天成。末句诗人自道慕名探胜并非因为深山奇峰与充耳涛声,而是因为此处有指引人间"真法力"的赞公,犹如黑夜中有明月相照。赞公其人,一说乃唐代名僧,杜甫曾有《别赞上人》诗:"赞公释门老,放逐来上国。"一说是有德高僧尊称。诗人在一个皓月悬挂山巅的深夜,为见高僧解鞍求宿。这种笔锋急转的写法,曲折透示出诗人内心的人生向往。

题定慧寺

（北宋）史　声

寺名定慧知何代，桥古碑横不记年。
古树乱鸦啼晚照，故园新蝶舞春烟。

七层宝塔化成路，五色云衢散上天。

惟有玉莲池内水，沧浪深处老龙眠。

【诗话】

　　史声，元祐年间(1086—1094)进士，通州人。通州是个"先有寺后有城"之州，其中最古寺庙有狼山广教寺、通州天宁寺，以及建于隋唐时期"庙门朝北开"的如皋定慧寺。这首诗乃作于诗人任如皋县令时。其时定慧寺已今非昔比，一片破落，诗人字里行间流露出对故乡名寺的怀旧。

　　全诗以"寺名定慧知何代，桥古碑横不记年"发问：这座定慧古寺建于哪朝哪代？细辨桥旁横躺的残碑，因时间久远、字迹驳落已难以辨认年月。首句即给定慧寺涂抹了一层世事沧桑感。颔联"古树乱鸦啼晚照，故园新蝶舞春烟"：古树已被乱鸦占据，故园如今飞满了新蝶。这里诗人将既往与如今同构于一幅画面，表达了身为通州人的作者，对故乡美好的无穷寄意。颈联"七层宝塔化成路，五色云衢散上天"：是说当年定慧寺宝塔已化为平地，那塔上绚烂交错的图案亦化为乌有，也许天上的云彩就是由它化成的，然而这云彩却是可望不可即的，如今转瞬已成过眼烟云。尾句"惟有玉莲池内水，沧浪深处老龙眠"：是说如今古庙无存，只有当年庙前的玉莲池，与水中的石龙吐水还保留着历史痕迹。在定慧寺的变迁中，诗人借人间沧桑写出了自己不变的故乡记忆。

长　桥

（北宋）吴　及

有客过津亭，高歌愿濯缨。
阑干聚烟碧，波浪卷秋声。
蛛饮潇湘渴，龙游河汉横。

夕阳看不厌，待看月华生。

吴及（1013—1062），字几道，通州静海（今江苏南通）人。宋仁宗时进士，累官侯官尉、太常博士、右司谏。为人劲直，后被劾出知庐州（今安徽合肥），徙桂州（今广西桂林）卒。此诗再现了北宋时期通州城南门外，古长桥驿亭的旧时景象。

"有客过津亭，高歌愿濯缨"：是长桥风俗画面中的人物特写。津亭，古代建于渡口之亭，相当于今天的客运码头。客过津亭，引吭高歌，桥边溪水明澈如镜，引得过客暂停小憩，将官帽上的灰尘洗净。濯缨，取自《楚辞·渔父》："沧浪之水清兮，可以濯吾缨。"我的灵魂如此洁净，怎么能和世上灵魂浑浊的人为伍呢？"阑干聚烟碧，波浪卷秋声"：概写江城风貌，驿亭面江，长桥栏杆云起云飞，透出江南人杰地灵的隽秀之气。那长江拍面而来的波浪卷起三重秋色，好不壮丽！"蝀饮潇湘渴，龙游河汉横"：蝀，古指天上之虹。《诗经·鄘风》："蝃蝀在东，莫之敢指。"《徐霞客游记·游白岳山日记》亦有："飞虹垂蝀，下空恰如半月。"潇湘，长江上游水名，潇水在湖南零陵汇入湘水，这一段叫潇湘，此处代指长江。河汉，银河别称，又一说长江支流汉水每至夏季与天上的银河相一致，故称河汉。这句是说在长江之尾的古通州段，彩虹飞悬如龙腾银河。由此引发诗人"夕阳看不厌，待看月华生"感慨。尾句是说故乡的景色对于游子而言是百看不厌，白天逝去、明月升起，仍让人流连忘返。全诗美丽如画，诗意格调高昂可见。

南通　长桥

西归舟中怀通泰诸君

（南宋）吕本中

一双一只路旁堠，乍有乍无天际星。
乱叶入船侵破衲，疾风吹雨拥枯萍。
山林何谢难方驾，诗酒曹刘可乞灵。
酒碗茶瓯俱不厌，为公醉倒为公醒。

【诗话】

吕本中（1084—1145），字居仁，寿州（今安徽凤台）人。据《宋诗纪事》载，他是哲宗朝宰相吕公著曾孙，东莱郡侯吕好问长子，南北宋之交诗人。北宋宣和六年（1124），为枢密院编修官，后迁职方员外郎；南宋绍兴六年（1136）召赐进士出身，历官中书舍人、权直学士院。以劾罢，提举太平观。学者称东莱先生，著有《春秋集解》《紫微诗话》《东莱先生诗集》，诗属江西派。这是一首作者乘舟西行怀念通州、泰州友人之作，诗风清醒、轻松而浑厚，可见一斑。

诗中多处引经据典，首二句"一双一只路旁堠，乍有乍无天际星"：堠，即古代记里程的土堆。韩愈《路旁堠》："堆堆路旁堠，一双复一只。"意思是说路旁记程的土堆过去了一个又一个，昼夜天边之星出现了又没了，实际上是以无限眷念的心情，回顾渐行渐远的通泰诸友。颔联"乱叶入船侵破衲，疾风吹雨拥枯萍"：衲，僧衣，常用许多碎布补缀而成；枯萍，深秋景象，是说诗人此番别通州乃深秋季节。颈联"山林何谢难方驾，诗酒曹刘可乞灵"：何谢，指南北朝诗人何逊、谢朓；方驾，并驾齐驱；曹刘，指魏晋诗人曹植、刘祯。此句是说不能和当年高隐的南朝何逊、谢朓并驾齐驱，无缘与魏晋曹植、刘祯同饮共醉挥洒唱和。隐喻作者惜别知己之悲！尾联"为公醉倒为公醒"：这里所说的"公"，既可视为所仰慕的"山林何谢""诗酒曹刘",又可视为所怀念的通泰诸君,但更似说自己毕生立言追求,故为之失落而醉又为之清醒而作。这正是诗人追求有价值人生的执着,和对友人的坦诚。用语别致、深情而见高格。

泛海别通州二首

（南宋）文天祥

其 一

江波无奈暮云阴,一片朝宗只此心。

今日海头觅船去,始知百炼是真金。

其 二

孤山渐渐脱长淮,星斗当空日照怀。

今夜明月栖海角,未应便道是天涯。

【诗话】

文天祥这首《泛海别通州》诗写于德祐二年(1276)闰三月十七日。据作者《指南录自序》云:自镇江脱元,历千难万险过扬州、泰州,三月十一日"予至通,闻二王(益王赵昰、广王赵昺)建元帅府于永嘉(今浙江温州)",文天祥喜不自制,遂决定乘船扬帆南下,前往追随二王。这首诗即记写作者当时感谢通州守杨练"以舟相赠",以及辞别七星港由海路前往温州情形。

第一首诗以浩荡江水暮色入海起句,表达自己"一片朝宗"的赤子心。"朝宗":泛称臣下朝见帝王。《周礼·春官·大宗伯》:"春见曰朝,夏见曰宗,秋见曰觐,冬见曰遇。"诗人忠贞故国之心有如翻腾的江水奔涌入海,困居通州期间,因无朝廷信息而不知所踪,不能舒展宏图大志。

如今乘风破浪而去,终于可以组织民众抗元。"一片朝宗只此心",洋溢着不屈不挠斗争到底精神。"始知百炼是真金",更体现了作者的坚毅和自信。

第二首写航行途中"孤山渐渐脱长淮":孤山,虽指狼山,但此处代指通州。长淮,指已被元军占领的长江淮河。"星斗当空日照怀":诗人渐行渐远,获得自由的心情,尽情体现在拥抱沿途的山光水色中。尾句"未应便道是天涯":是说虽然孤舟月夜大海之上,但非此海路,又怎么能实现自己报国理想呢?

石 港

(南宋)文天祥

王阳真畏道,季路渐知津。
山鸟唤醒客,海风吹黑人。
乾坤万里梦,烟雨一年春。
起看扶桑晓,红黄六六鳞。

【诗话】

此诗首联用了两个典故,"王阳畏道",见《汉书·赵尹韩张两王传》:"王阳为益州刺史,行部至邛崃九折阪,叹曰:'奉先人遗体,奈何数乘此险。'后以病去。及尊为刺史,至其阪,问吏曰:'此非王阳所畏道邪?'吏对曰:'是。'尊叱其驭曰:'驱之!王阳为孝子,王尊为忠臣。'"即指路途艰难。"季路知津",见《论语·微子篇》:"长沮、桀溺耦而耕,孔子过之,使子路问津焉。长沮曰:'夫执舆者为谁?'子路曰:'为孔丘。'曰:'是鲁孔丘与?'曰:'是也。'曰:'是知津矣。'"知津,认识渡口,认识路途。这一联意思是说,他们这次为了忠于国事而逃难,初始担心道路难走,后来逐渐认识了道路。颔联"山鸟唤醒客,海风吹黑人"以两个比喻,说明这次逃难使他们得到了锻炼。颈联"乾坤万里梦,烟雨一年春":写德祐二年(1276)文天祥一行经历了一个特殊的春季,行了很远的路。尾联继续用典:"扶桑",传说中神树,为日出之处。"六六鳞",鲤鱼别称。鲤鱼脊中有鳞一道,每片鳞上有黑点,大小皆三十六鳞。这一联是说,他们在海上看到日出时,天边像红黄色的鲤鱼鳞片一样美丽的景象,象征着看到了抗元斗争的美好前途。

卖渔湾

(南宋)文天祥

风起千湾浪,潮生万顷沙。
春红堆蟹子,晚白结盐花。
故国何时讯,扁舟到处家。
狼山青几点,极目是天涯。

【诗话】

　　文天祥,字履善,号文山,庐陵(今江西吉安)人,南宋著名政治家。德祐元年(1275)十月,文天祥被调回京城保卫临安,第二年正月十九日,被任命为右丞相。二十日,以右丞相兼枢密使身份,置安危于度外与元军统帅伯颜谈判,由于坚持只议和不投降被元军扣押,后临安降被驱北行。三月,文天祥与部下杜浒等十二人从镇江逃脱,九死一生由扬州经通州,再渡海重返南方继续抗元。祥兴二年(1279)二月六日,崖山被元军攻破,南宋灭亡。文天祥被囚禁燕京三年,元人虽百般威胁利诱,却始终坚贞不屈,至元十九年(1282)十二月初九死节燕京柴市。临刑前向南而跪,留绝笔诗:"孔曰成仁,孟曰取义,惟其义尽,所以仁至。读圣贤书,所学何事? 而今而后,庶几无愧。"
　　《卖渔湾》和《石港》均是诗人德祐年经过通州时所写之诗。这首五律写得很精彩。首联以风起潮生时海上壮阔景象开篇；颔联以红白的鲜明色彩，写出卖鱼湾盛产蟹子和食盐；颈联写他们虽然以扁舟为家在海上漂泊，但一直打听朝廷消息，希望早日恢复祖国美丽的山河；尾联写一行极目远望天涯，看到青青的狼山，心中感慨万千。

连云港

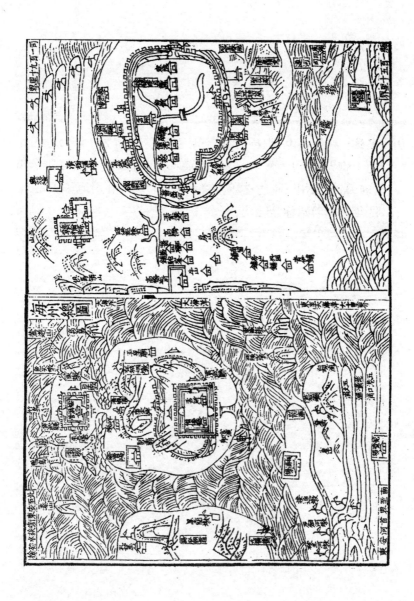

历史名称： 秦代首设"朐县"、秦始皇三十五年（前 212 年），立石东海上朐界中，以为秦东门，设"东海郡"；南北朝时东魏武定七年（549）置"海州"；隋唐之际"东海""海州"两名并用，至民国二十四年（1935）始称"连云港"。

羽 山（节选）

（唐）崔国辅

羽山数点青，海岸杂光碎。

离离树木少，漭漭波潮大。

日暮千里帆，南飞落天外。

须臾遂入夜，楚色有微霭。

寻远迹已穷，遗荣事多昧。

一身犹未理，安得济时代。

且泛朝夕潮，荷衣蕙为带。

【诗话】

　　崔国辅，山阴（今浙江绍兴）人。唐开元十四年（726）严迪榜进士。与著名山水诗人储光羲、綦毋潜同时举县令。累迁集贤院直学士、礼部郎中。天宝间（742—756），坐是王铣近亲，贬竟陵司马。与孟浩然、李白交厚，于杜甫有奖掖之恩。杜甫有《奉留赠集贤院崔、于二学士》诗："长怀禁掖垣……难述二公恩。"殷璠《河岳英灵集》说："国辅诗婉娈清楚，深宜讽味，乐府数章，古人不能过也。"

　　此诗《全唐诗》题为《石头滩作》，为诗人"日暮千里帆"，远望羽山兴笔。羽山，位于今江苏东海县与山东临沭县海上交界处，背倚齐鲁、襟怀吴楚，乃东海县最高峰。《禹贡会笺》云：羽甽"羽山之谷也""《舆地志》尧封禹为夏伯邑，于此即位"。《山海经》载："鲧窃帝之息壤以堙洪水，不待帝命。帝令祝融杀鲧于羽郊。鲧复生禹，帝乃命禹卒布土以定九州。""羽郊"即羽山之郊。"寻远迹已穷，遗荣事多昧"：寻远，即指诗人此行"日暮千里帆"寻史访胜；遗荣，抛弃荣华富贵。晋张协《咏史》云："达人知止足，遗荣忽如无。""一身犹未理，安得济时代"：

理,本义为将山上采来的璞石加工成美玉,使之成器。"济":儒家经邦济世追求。

诗写"且泛朝夕潮,荷衣蕙为带":荷衣蕙带,语出屈原《九歌·少司命》:"荷衣兮蕙带,倏而来兮忽而逝。"后人解为飘然出世远离凡尘。全诗为海州泼墨了一幅有山、有海、有远古的色彩缤纷山海画。

哭晁卿衡

(唐)李 白

日本晁卿辞帝都,征帆一片绕蓬壶。
明月不归沉碧海,白云愁色满苍梧。

【诗话】

李白(701—762),字太白,号青莲居士,祖籍陇西成纪(今甘肃秦安县),生于西域碎叶城,幼时迁居绵州昌隆(今四川江油县)青莲乡。天宝初供奉翰林。安史乱中,曾入永王李璘幕。后被流放夜郎,中途遇赦,晚年飘泊,卒于当涂。他是唐代伟大的浪漫主义诗人,诗风豪放飘逸,有"诗仙"之称。与唐代现实主义诗人杜甫并称"李杜"。有《李太白集》。

李白此诗所哭的晁衡,原名阿倍仲麻吕(698—770),日本奈良人。玄宗朝,开元五年(717)随日本遣唐使来中国求学,因"酷爱汉学"长留大唐,改名晁衡,字巨卿。学成后历玄宗、肃宗、代宗三朝,官至散骑常侍、安南都护、秘书监兼卫尉卿,并与李白、王维交厚。天宝十二载(753),他以唐朝使者身份,随同日本遣唐使团同船归日本,海上遇暴风,传说被溺死(实际漂流至海南,后仍折回长安)。消息传来,李白十分悲痛,便写了这首悼诗。

诗中首句写晁衡从长安出发,次句写船经海岛逐浪远航。"蓬壶":

古传海中三神山之一,《拾遗记》云:"三壶,则海中三山也。……二日蓬壶,则蓬莱也。"第三句写传闻晁衡溺死的悲剧。"明月":喻晁衡。尾句则补充说明是由"苍梧"出海而死,才使"苍梧"愁云笼罩。《李太白全集》的注家、清代学者王琦以《山海经》《水经注》、清《一统志》诸书为证,认为"苍梧"乃指"海州朐山东北海中"的"郁州山"(即今连云港云台山),因有"昔从苍梧飞来"的传说,故又称"苍梧山"。

诗人以苍梧碧海寄深情,说明非常了解海州。据载开元二十五年李白曾前往海州,拜见时任海州刺史的李邕(两人认祖归宗)。今连云港朝阳乡有太白石、李白涧,传为诗人"游海州"时的遗迹。

古风·其四十八

(唐)李　白

秦皇按宝剑,赫怒震威神。
逐日巡海右,驱石驾沧津。
征卒空九宇,作桥伤万人。
但求蓬岛药,岂思农扈春。
力尽功不赡,千载为悲辛。

【诗话】

《李太白全集》有《古风五十九首》,此诗是"其四十八"。诗讽秦始皇统一天下后巡视海西,为求"蓬岛"仙山长生不老药,驱石作桥,劳民伤农,终究成空。诗中所称"海右"即谓"海西",古时西方称右。海西,县名,汉置,属东海郡,故城在今连云港海州之南。

"驱石""作桥"事,见于《艺文类聚》《太平寰宇记》《江南通志》等书所引之《三齐略记》。传说秦始皇作石桥,欲渡海看日出处,时有神人驱石下海,石去不速辄鞭之,皆流血,至今悉赤。无独有偶的是,今赣榆县之秦山岛水域,有一条天然的长三百米、宽五米的石坝,从秦山岛连向海边,涨潮淹没,潮落路出。不知多少年来,人们称它是秦始皇欲登仙山的"神路"。有些古籍和地方志还记载了秦山岛有"始皇碑",以及传为仙人送珠给秦始皇的"授珠台",可惜今已不见。

至于《史记·秦始皇本纪》所载为始皇求"长生不老仙药"的徐福,便生于赣榆县徐福村。李白此诗,意在批判始皇"但求蓬岛药,岂思农扈春",而诗中所述,竟与连云港地区的山水、古迹和传闻一致。若非李白熟谙"海右"逸事,岂能逐一巧合?

观　海

(唐)独孤及

北登渤澥岛,回首秦东门。
谁尸造物功,凿此天池源。
颎洞吞百谷,周流无四垠。
廓然混茫际,望见天地根。
白日自中吐,扶桑如可扪。
迢遥蓬莱峰,想像金台存。
秦帝昔经此,登临冀飞翻。
扬旌百神会,望日群山奔。
徐福竟何成,羡门徒空言。
唯见石桥足,千年潮水痕。

【诗话】

独孤及(725—777),字至之,洛阳(今属河南)人。唐天宝末登进士第,补华阴尉。代宗朝以左拾遗召,既至上疏陈政要,改太常博士。历濠、舒二州刺史，以考绩加司封郎中，徙常州刺史，卒谥宪。他是韩愈"古文运动"的先驱者之一，为文必彰明善恶，议论风发。工诗，格调高古，风神迥绝，得大名当时，有《毗陵集》。

　　这首《观海》诗，当作于他任常州刺史间北上海州访游时。发端两句"北登渤澥岛，回首秦东门"点明他由南北上，登沧海大岛郁州山。"渤澥"：唐徐坚《初学记》曰："东海之别有渤澥，故东海共称渤海，又通谓之沧海。""秦东门"：《史记》载秦始皇三十五年，"立石东海上朐界中，以为秦东门"。朐县秦置，即今海州。秦东门的历史传说，诗人"句之所到，题必尽之"。前五联写海"颎洞吞百谷"，颎洞喻大水渺然无边无垠，只余点点岛屿；"扶桑如可扪"：扶桑，神木名，《山海经》曰为日从扶桑树上升起。扪，喻近、可触摸。后五联写"秦帝昔经此""迢遥蓬莱峰，想像金台存"：蓬莱峰，喻指秦山岛；金台，传说仙人于此赠珠秦始皇的授珠台。"徐福竟何成，羡门徒空言"：徐福，乃秦东门之人，生于赣榆县；羡门，传说中仙人，字子高，秦始皇曾派卢生找他求仙（见《史记·秦始皇本纪》)。这句是说如今海州惟余"空言"与"石桥"。"谁尸造物功"：尸，主持；功，古字通"工"。诗人健笔凌云，登临此岛写下了"白日自中吐""望日群山奔"壮句，给"港城"山海点缀了瑰丽色彩。

海　上

(唐)李商隐

石桥东望海连天，徐福空来不得仙。
直遣麻姑与搔背，可能留命待桑田。

【诗话】

　　李商隐(约813—858)，字义山，怀州河内(今河南沁阳)人。开成二年(837)登进士第。做过弘农、盩厔(今陕西周至)等县尉，秘书省校书郎,累官东川节度使判官、检校工部员外郎。由于陷入牛、李党争漩涡,一直很不得志,只得奔走于四川、广西、广东和徐州等地做些幕僚工作。四十六岁死于郑州。工诗,时与温庭筠齐名,人称"温李";又与杜牧齐名,人称"小李杜"。诗律绝尤工,富于文采,长于抒情,语言凝炼,为唐代一大家。有《李义山诗集》。

　　他的这首《海上》,当为大中四年(850)游宦徐州时至海州而作。"石桥":乃指连云港赣榆县秦山岛海水中的"神路",传说是秦始皇借助神力鞭石而成。"徐福":是为秦始皇求长生不老仙药的方士,今赣榆县徐福村相传是其出生地。"麻姑":传说中女仙,东汉桓帝时,曾于蔡经家与仙人王方平相会,自云:"接待以来,已见东海三为桑田。"蔡经见麻姑手指纤细似鸟爪,自念:"背大痒时,得此爪以爬背,当佳。"(见《太平广记》六十)末句"可能留命待桑田":可能,乃疑问句,意为能够吗? 清代纪昀《抄诗或问》曰:"义山谓此是透过一层意,莫说不遇仙,即遇仙人何益也?"全诗四句,句句用典,融为一体余味深长。

宿怀仁县南湖寄东海荀处士

(唐)刘长卿

向夕敛微雨,晴开湖上天。
离人正惆怅,新月愁婵娟。
伫立白沙曲,相思沧海边。
浮云自来去,此意谁能传。
一水不相见,千峰随客船。
寒塘起孤雁,夜色分盐田。
时复一延首,忆君如眼前。

【诗话】

　　刘长卿(约709—786),字文房,河间(今河北献县)人。唐开元二十一年(733)徐征榜及第。曾任苏州长洲尉。肃宗朝,历监察御史,以检校祠部员外郎出为转运使判官。大历中,知淮西、鄂岳转运留后,为观察使吴仲孺诬害,系姑苏狱久之,后贬潘州南巴尉,量移睦州司马,终随州刺史。宋人计有功《唐诗纪事》云:刘长卿"以诗驰声上元、宝应间"。其诗多写贬谪飘流之感与寄情山水隐逸,擅长近体,尤工五律。唐代《云溪友议》载:"刘长卿郎中,皆谓前有沈、宋、王、杜,后有钱、郎、刘、李。"刘君曰:"李嘉祐、郎士元,焉得与予齐称也?"今有《刘随州集》传世。

刘长卿此诗当作于任江淮转运使判官时。唐代海州包有怀仁(今名赣榆)、东海、朐山、沭阳四县。诗人夜宿怀仁,因忆念一位隐居于此的荀姓友人,由作此诗相寄。"处士":古指有才德而隐居不仕之人。《汉书·东方朔传》云:"今世之处士,魁然无徒,廓然独居,上观许由,下察接舆,计同范蠡,忠合子胥。""新月愁婵娟":婵娟,古指明月,此处喻友人荀处士。"一水不相见":引《古诗十九首》"盈盈一水间,脉脉不得语"。此"一水"又实指古怀仁县与东海县有沭水相隔,怀仁县旧有徐福故居,古东海县乃毗邻当年孔子周游列国所经的山东郯城。"时复一延首":延,《唐诗品汇》作"回"。诗为五古,用语"浮云自来去,此意谁能传?"曲尽新月之下遥望同在海边、一水相隔不相见的友人。

雨中望海上怀郁林观中道侣

(唐)钱　起

山观海头雨,悬沫动烟树。
只疑苍茫里,郁岛欲飞去。
大块怒天吴,惊潮荡云路。
群真俨盈想,一苇不可渡。
惆怅赤城期,愿假轻鸿驭。

　　钱起（约 722—780），字仲文，吴兴（今浙江湖州）人，天宝十载（751）李巨卿榜进士。《唐才子传》载："及就试粉闱，诗题乃《湘灵鼓瑟》"，"主文李晤深嘉美，击节吟味久之，曰：'是必有神助之耳。'遂擢置高第。释褐授校书郎"，"奉使入蜀，除考功郎中。大历中为大清宫使、翰林学士"。工诗，曾与王维、裴迪等唱和，王维许以高格。诗与郎士元齐名，时称"钱郎"。名句有"千里有同心，十年一会面""曲终人不见，江上数峰青"。以境界幽渺、其味悠悠而为人称道。有"大历十才子之冠"美誉。

　　钱起曾游海州，写过数首歌咏海州一带山海风物的诗篇。这一首是他身在海州朐山雨中望海之作。诗题"郁林观"，建于隋朝开皇年间（581—600），位于今连云港云台山下。郁林，乃云台山古称。此地名胜星罗、题勒棋布，为"东海第一胜景"。钱起既说"怀郁林观中道侣"，那他应早已去过，且与观中道侣相熟无疑。前六句，铺写雨中郁岛苍茫欲飞的景象。"大块"：谓海浪巨大。"天吴"：指海神。《山海经·海外东经》曰："朝阳之谷，神曰天吴，是为水伯。"诗人后四句为抒发对观中道侣的怀念。"群真俨盈想"：群真，谓观中道侣。"一苇不可渡"：谓此时"大块怒天吴，惊潮荡云路"的天气，自己无法登岛。"惆怅赤城期"：赤城，道家传说的仙山。《（嘉庆）大清一统志》引孔灵符《会稽记》云："赤城山，土色皆赤，状似云霞……旧志一名烧山，西有玉京洞，道书以为第六洞天。"鸿驭，驾鸿邀游天空。此诗气势充沛，境界绝俗，当是古海州山海奇观使然的佳作。

送海州姚别驾

（唐）韩翃

少年为长史，东去事诸侯。
坐觉千闾静，闲随五马游。
行人楚国道，暮雪郁林州。
他日知相忆，春风海上楼。

【诗话】

　　韩翃，字君平，南阳（今属河南）人，唐天宝十三载（754）杨纮榜进士。有诗名，为"大历十才子"之一。据《唐才子传》："唐德宗时，制诰阙人，中书两进除目，御笔不点。再请之，批曰：'与韩翃。'时有同姓名者为江淮刺史，宰相请孰与，上复批曰：'春城无处不飞花韩翃也。'俄以驾部郎中知制诰。终中书舍人。翃工诗，兴致繁富，如芙蓉出水，一篇一咏，朝士珍之。比讽深于文房（刘长卿），筋节成于茂政（皇甫冉），当时盛称焉。有诗集五卷，行于世。"

　　韩翃此诗，为送别赴任海州别驾的姚姓友人而作。"别驾"：汉始置，是"别驾从事史"的简称，为州刺史属官。刺史巡视，则另乘驿车随行，故名。诗首联"少年为长史"：长史，古代官名，最早设于秦代，当时丞相和将军府皆设长史官，相当于幕僚长，将军帐下的长史亦可领军作战。颔联"坐觉千闾静，闲随五马游"：闾，里巷之门。古代二十五家为一闾，《周礼》："五家为比，五比为闾。"五马，太守别称。汉时以四马载车为常礼，惟太守则增一马，故称五马。颈联"楚国道""郁林州"：分指古楚之地和今之云台山。海州古属"徐州之域"，春秋为鲁之东境，后属楚。云台山，江苏第一高峰，临海，唐以前有都州、郁州、郁林、田横岛等名称。末句"他日知相忆，春风海上楼"乃壮行语，是说将来一定前程远大。此诗语言淡雅,情深意长。

东海郁林观碑铭

(北宋)祖无择

犯惊涛,航溟渤。披宿莽,履巉岈。憩磐石,解簪黻。
挹飞泉,醒心骨。挥高论,谢俗物。思古人,忽终日。
足饮酣,清思逸。即绝壁,试奇笔。千万言,苍藓没。
后有人,为吾拂。

【诗话】

祖无择(1011—1084),字择之,上蔡(今河南汝南)人。宋仁宗初,
登进士第;皇祐年间,曾提点淮南广东刑狱,后权知开封、郑州、杭州等
府。庆历时,知海州。历官集贤院学士,知制诰。熙宁初,与王安石同
知制诰,因与王安石政见不合,谪忠正军节度副使。后复为秘书监,不
久知信阳军卒。为人好义,笃于师友,经术宗孙明复,文章宗穆修。曾
与欧阳修交流,苏轼亦有《与无择老师》书。《宋史》载:祖无择"以言语
政事为时名卿"。著有《祖学士文集》。

无择这首"诗史"少见的三言诗,作于庆历四年(1044)知海州时,并
由欧阳修的朋友、著名书法家苏唐卿篆书,终由镌刻家王君章于当年七
月,镌刻在郁林观东岩壁唐隶刻石对面的岩壁上。由于三人的诗、书、
刻均极其精妙,后人誉为"三绝碑"。今已列为江苏省保护文物。

此诗开端四句,写其乘船破浪而来、抛开大海登岸的全过程。"披
宿莽、履巉岈"句,"披"作弃解,下笔不凡。接下四句描述登至"飞泉"的
情景,"憩磐石,解簪黻,挹飞泉,醒心骨"句:憩,古意作贪、休息解;黻,
绣有华美花纹的官服,可见其豪情狂态。再下六句,抒发面对飞泉、石
刻受到陶冶的心境。"谢俗物":谢,辞绝。尾六句以"即绝壁,试奇笔"

就壁题诗,欲与飞泉古碑并存于世作结,表达了寄情山水的性情,知音古人的自信。全诗可作"游飞泉题壁记",诗体别致、文字古朴、风格奇崛、意境超逸,堪称是一首港城山水奇特绝俗的颂歌。

永遇乐·景疏楼

（北宋）苏　轼

　　长忆别时,景疏楼上,明月如水。美酒清歌,留连不住,月随人千里。别来三度,孤光又满,冷落共谁同醉。卷珠帘,凄然顾景,共伊到明无寐。　　今朝有客,来从淮上,能道使君深意。凭仗清淮,分明到海,中有相思泪。而今何在,西垣清禁,夜永露华侵被。此时看,回廊晓月,也应暗记。

【诗话】

　　苏轼(1037—1101),字子瞻,眉州(今四川眉州)人。嘉祐二年(1057)进士第。宋英宗朝为直史馆。神宗熙宁时,上书论王安石新法不便,自请出外通判杭州,后移知密州、徐州。元丰二年(1079)因"乌台诗案"贬黄州团练副使,元丰七年移汝州团练副使。哲宗朝召还,为翰林学士。绍圣中,又贬谪惠州、儋州,元符三年(1100)赦还,次年卒于常州。苏轼为"唐宋八大家"之一,诗风飘逸、词开豪放一派。据陈岩肖《庚溪诗话》:"上(宋神宗)一日与近臣论人材,因曰:'轼方古人孰比?'近臣曰:'唐李白文才颇同。'上曰:'不然,白有轼之才,无轼之学。'"今有《东坡七集》传世。

　　苏轼这首《永遇乐》词,据序所云,可知是在熙宁七年(1074)十一月十五日至海州,与海州太守(陈海州)会于景疏楼上,为怀念其至交文友孙巨源而作。孙巨源,广陵人,熙宁中任史馆检讨、同知谏院,因与王荆公政见不合补外知海州,熙宁七年八月任满"坐别于景疏楼",不久与离任杭州、赴任密州的苏轼相遇于润州多景楼（苏轼时有《采桑子》词并序记之）。"景疏楼"：乃石曼卿通判海州时为景仰西汉二疏所建，而西汉良吏疏广、疏受实为东海兰陵（即今徐州睢宁）人。此词苏轼承其误，意在咏赞海州旧迹。

全词上阕设想孙知府当时依依惜别此地，如今"别来三度"（指三次月圆）月随人千里。下阕写"今朝有客，来从淮上"乃抒发对孙巨源思念。客，代指自己。"淮上"：指苏轼赴海州路经淮河。"使君"：汉以后对州郡太守尊称，此指曾为海州知府的孙巨源。"西垣"：同"西掖"，古人对中书省的别称。苏轼所说"能道使君深意"，实为敬慕孙巨源有汉代"二疏"古风，敢于在朝政中秉公诤谏。作者在离开海州赴密州的当年，还写了《次韵孙巨源寄涟水李、盛二著作并以见寄》五首七绝，其中第二首云："高才晚岁终难进，勇退当年正急流。不独二疏为可慕，他时当有景孙楼。"此词为苏轼怀友人、颂海州杰作。

次韵孙职方苍梧山

（北宋）苏　轼

苍梧奇事岂虚传，荒怪还须问子年。
远托鳌头转沧海，来依鹏背负青天。
或云灵境归贤者，又恐神功亦偶然。
闻道新春恣游览，羡君平地作飞仙。

【诗话】

海州云台山，为江苏最高山，其山在第四纪最后一次海浸时全为沉陷海中岛屿，古称郁洲山，唐宋时称苍梧山，至清代康熙年间此山方与大陆相连。据《太平寰宇记》："苍梧山，在县东北二里。古老相传此山在海中，后飞至此。"

苏轼这首七律乃熙宁七年(1074)秋,诗人离任杭州赴密州上任,途经海州,因读友人孙职方的《苍梧山》诗,依原韵而和之作。孙职方,名奕,曾为福建运判。当时苏轼行程匆匆并未亲游苍梧山,因此他的这首"和诗"多从神话传说加以着墨,成为佳作。

首联"苍梧奇事岂虚传":开篇即议苍梧山的由来。《史记·五帝本纪》所载:舜"南巡狩,崩于苍梧(今湖南宁远县)之野,葬于江南九疑",与《太平寰宇记》所记不同,故作者以神话视角认为"苍梧奇事"。既然是神话,自然就要"问子年"了。"子年":乃东晋时五胡十六国前秦人王嘉,字子年,相传为得道之士,言荒唐怪诞之事皆验,著有《拾遗记》。颔联乃继续发挥"苍梧奇事"想象。上句"远托鳌头转沧海",引《列子·汤问》:"革曰:'渤海之东,不知几亿万里,有大壑焉,实惟无底之谷,其下无底,名曰归墟。……其中有五山焉……而五山之根无所连着……帝恐流于西极,失群仙圣之居,乃命禺强使巨鳌十五举首而戴之。"下句借《庄子·逍遥游》,想象苍梧山依托背负青天的鲲鹏,从南海徙来的雄奇画境。颈联"或云灵境归贤者":诗人对比《史记·五帝本纪》所载,认为从归贤者看,彼苍梧更传名,但又不否认海州苍梧山的"古老相传"。尾联"闻道新春恣游览",进一层表达对孙职方先行"平地作飞仙"畅游的羡慕,以此披露了自己对登临此山身未至神已游的向往。

秋日登海州乘槎亭

(北宋)张　耒

海上西风八月凉,乘槎亭外水茫茫。
人家日暖樵渔乐,山路秋晴松柏香。
隔水飞来鸿阵阔,趁潮归去橹声忙。
蓬莱方丈知何处,烟浪参差在夕阳。

张耒(1054—1114),字文潜,原籍亳州谯县(今安徽亳州),后迁居楚州(今江苏淮安)。熙宁六年(1073)登进士。历任临淮主簿、著作郎、寿安尉。绍圣初,知润州,因入党籍(列"元祐案")谪官。徽宗时召为太常少卿,出知兖、颍二州,复因朋党论落职。曾从苏轼游,与秦观、黄庭坚、晁补之并称"苏门四学士"。崇宁元年(1102)张耒在颍州举哀行服悼念恩师苏轼,因触怒上方被贬房州,居于柯山,故自号柯山。近体诗效白居易,乐府效张籍。在"苏门"里,其作品最富于关怀百姓内容。张耒这首七律乃晚年落职、秋游海州孔望山所作。

据《嘉庆海州直隶州志·山川考》:"乘槎亭在龙兴山(按:即今孔望山)巅,可观海。"《太平寰宇记》云:"春秋□□□云此山与郯城相近,当是孔子之郯问礼之时,因登此山,遂以名之。"苏轼所写《和陈海州乘槎亭》,也同咏此亭。亭名"乘槎",源于晋人张华《博物志》:"近世有人居海渚者,年年八月有浮槎去来,不失期。"孔望山唐宋时称龙兴山,与郁州山(唐宋称苍梧山)同样仍在海中,至清康熙五十一年(1712)方才成陆。

张耒此诗,写登亭望海,海阔天空,渔樵自乐,鸿雁阵飞,趁潮橹声,不禁心驰神往"蓬莱方丈知何处,烟浪参差在夕阳",想要乘槎浮海直上仙山。其诗情画意,留给当代读者的并不仅仅是沧桑之感,更多的则是对古海州山光水色的叹赏和忆念。

登海州城楼

(北宋)张　耒

城外沧溟日夜流,城南山直对城楼。
溪田雨足禾先熟,海树风高叶易秋。

疏傅里闾询故老，秦皇车甲想东游。

客心不待伤千里，槛外风烟尽是愁。

【诗话】

    作者这首七律，写于其晚年复因朝廷官场之争（清算朋党）落职后的一个秋天游历海州时。诗中尾联两句，正是其官场失意、愁情难排的反映。

    诗中所写"城外沧溟"，实指宋代海州东、北二面临东海的景象。"沧溟"：海水弥漫的样子。"城南山"：实指朐山，明天启五年（1625）知州翁承选改名"青龙山"，清康熙十三年（1674）知州孙明忠改名"锦屏山"。"疏傅里闾"：是说西汉官至太子太傅的疏广、官至太子少傅的疏受叔侄二人故里，相传在"东海平山"。石曼卿通判海州时，还在海州倡建了"景疏楼"，苏轼也写了赞景疏楼词。其实，二疏乃古东海兰陵（今江苏徐州）人，张耒这里意在赞颂海州人杰地灵，无意间亦承石曼卿、苏轼之误。"秦皇车甲"句，是用乐子正《太平寰宇记》所载"始皇东巡至朐山界"之事，表达对海州历史悠久的叹赏。全诗写海州的山海风光、久远历史，触景生情，客心难抑，令人想见其景其人。

海 州

（南宋）冉 琇

波涛起天末，舟楫满城隅。

管晏非王佐，田韩有霸图。

何门堪跋履，吾道欲乘桴。

倚杖春风近，含愁向绿芜。

冉琇(? —1262),字温季,南宋金元间琅琊(今山东临沂)人。相传其好纵横谈,为李璮客。南宋景定元年(1260)璮欲叛蒙古,琇止之,璮不听,乃南走渡江。闻璮灭,东向痛哭自刎。冉琇以五言古广传,如《宿京口》:"推篷在京口,山色对秋眠。搔首半帆落,怀人孤月悬。形骸成独往,风物共流年。随处逃名姓,乌啼又发船。"

他这首五律,据《嘉庆海州直隶州志》当作于离开李璮隐居海州时。全诗描绘宋时海州临海、涛起船行的古城景象,抒发壮志无遇之叹。"管晏":指春秋时齐相管仲、晏婴。管相桓公,晏相景公,二人皆有济世之才名显诸侯。"田韩":指田横、韩信。韩信破齐灭楚,成就汉业;田横曾自为齐王,率部属五百人逃至郁洲山(此山古在海中,又名"田横岛"),后刘邦称帝招降,横羞为汉臣,未至洛阳二十里而自杀,岛中五百士闻田横死,皆自杀。韩信后因"叛汉名"亦被杀。"何门堪跂履,吾道欲乘桴":跂履,迎客心切不顾穿鞋,形容对贤士的恭敬。唐杜甫《短歌行赠王郎司直》:"西得诸侯棹锦水,欲向何门跂珠履。"乘桴,语出《论语·公冶长》:"道不行,乘桴浮于海。"意思是哪里才是尊贤重才的报国之门? 此生只能"乘桴浮于海"了。

鹧鸪天·壮岁

(南宋)辛弃疾

壮岁旌旗拥万夫。锦襜突骑渡江初。燕兵夜娖银胡騄,汉箭朝飞金仆姑。   追往事,叹今吾。春风不染白髭须。却将万字平戎策,换得东家种树书。

　　辛弃疾(1140—1207)，字幼安，号稼轩，历城(今山东济南)人。早年率众抗金，曾生擒张安国南归，后历任建康通判、江阴签判、广德军通判，江西提点刑狱，以及湖南、江西、福建安抚使。临事英毅果断，曾上《美芹十论》等奏议，提出总揽全局极有见地的恢复大略。然一再遭排挤，在江西上饶等地闲居二十年之久。宋嘉泰四年(1204)朝廷再起北伐，起用他出任浙东安抚使兼镇江知府，不久北伐失败，辛弃疾忧愤而死。这首词即写于庆元六年(1200)，作者"投闲置散"于江西信州时。

　　稼轩生于北地，绍兴三十一年(1161)，金主亮大举南侵，时稼轩二十二岁，聚众起义，后归耿京为掌书记。次年春，奉表归宋，于北返海州途中，闻叛将张安国杀耿京投金，遂率轻骑五十夜袭金营，活捉叛将张安国兼程南渡，献俘朝廷(见《宋史·辛弃疾列传》)。此词即追忆这段早年"壮岁壮举"，与如今无为闲置强烈对比，寄寓了壮志未酬，青春难再深慨。上片追忆当年在山东聚众起义，在耿京幕下挥领上万义士之事。"锦襜"句，写活捉张安国渡江南下既往。"锦襜"：锦衣战袍。"突骑"：冲锋陷阵的敢死队。"燕兵"：指金兵。"娖"：警惕戒备。"胡䩮"：箭袋。"金仆姑"，汉代名箭。"燕兵"两句是说，尽管敌众我寡、甘冒敌后飞矢，我们仍能成功奔袭金营擒拿叛徒。下片感叹多年闲置山林的蹉跎岁月处境。"平戎策"：指作者乾道元年(1165)与乾道六年曾先后向朝廷提出北伐收复中原、统一国土的《美芹十论》《九议》等战略奏折。"东家"：东邻农家。"种树书"：关于耕种之事的农书，暗指自己废置家居。作者亦此时自号"稼轩"。

　　辛弃疾这位在中国文学史上罕有的英雄词人，至暮年仍念念不忘他青年时从海州奔袭金营，活捉叛徒的往事。海州地名就这样深深铭刻于诗人的记忆中。

主要参考书目

1. （清）彭定求等编：《全唐诗》，中华书局 1960 年版。

2. 北京大学古文献研究所编：《全宋诗》，北京大学出版社 1992 年版。

3. 唐圭璋编：《全宋词》，中华书局 1965 年版。

4. （宋）计有功撰：《唐诗纪事》，上海古籍出版社 1987 年版。

5. 关鹏飞译注：《唐才子传》，中华书局 2021 年版。

6. （元）方回编：《瀛奎律髓》，上海古籍出版社 1993 年版。

7. （明）高棅编选：《唐诗品汇》，上海古籍出版社 1988 年版。

8. 胡震亨著：《唐音癸签》，古典文学出版社 1957 年版。

9. （明）唐汝询选释，王振汉点校：《唐诗解》，河北大学出版社 2001 年版。

10. （清）沈德潜选注：《唐诗别裁集》，上海古籍出版社 1979 年版。

11. （清）厉鹗辑撰：《宋诗纪事》，上海古籍出版社 1983 年版。

12. 李勇先主编：《尚书禹贡篇集成》，上海交通大学出版社 2009 年版。

13. （唐）李吉甫撰，贺次君点校：《元和郡县图志》，中华书局 1983 年版。

14. （宋）乐史撰，王文楚等点校：《太平寰宇记》，中华书局 2007 年版。

15. (宋)王象之编著,赵一生点校:《舆地纪胜》,中华书局 1992 年版。

16. (北魏)郦道元原注,陈桥驿注释:《水经注》,浙江古籍出版社 2001 年版。

17. (汉)高诱注,(清)毕沅校,徐小蛮标点:《吕氏春秋》,上海古籍出版社 2014 年版。

18. (汉)司马迁撰,(南朝宋)裴骃集解,(唐)司马贞索隐,(唐)张守节正义:《史记》,中华书局 1982 年版。

19. (唐)房玄龄等撰:《晋书》,中华书局 1996 年版。

20. (宋)李昉等撰:《太平御览》,中华书局 1960 年版。

21. (宋)张敦颐撰,张忱石点校:《六朝事迹类编》,上海古籍出版社 1995 年版。

22. (宋)欧阳修、(宋)宋祁撰:《新唐书》,中华书局 2003 年版。

23. (元)脱脱等撰:《宋史》,中华书局 2010 年版。

24. (南朝宋)刘义庆著,(南朝梁)刘孝标注,徐传武校点:《世说新语》,上海古籍出版社 2013 年版。

25. 方韬译注:《山海经》,中华书局 2011 年版。

26. 周毅之、徐毅英主编,江苏省政协学习委员会编:《江苏历史文化览胜》,江苏人民出版社 2016 年版。